Le trésor de Saewulf

BERNARD
KNIGHT

Les enquêtes de John de Wolfe

Le trésor de Saewulf

ROMAN

Traduit de l'anglais
par Nathalie Bru

J'AI LU

Titre original
CROWNER'S QUEST

Éditeur original
Simon & Schuster UK Ltd., 1999, Grande-Bretagne

Pour la traduction française

« *Parbleu, oui : la loi de l'enquête du coroner !* »

Hamlet, Acte V, scène 1
(traduction de Jean-Michel Desprats)

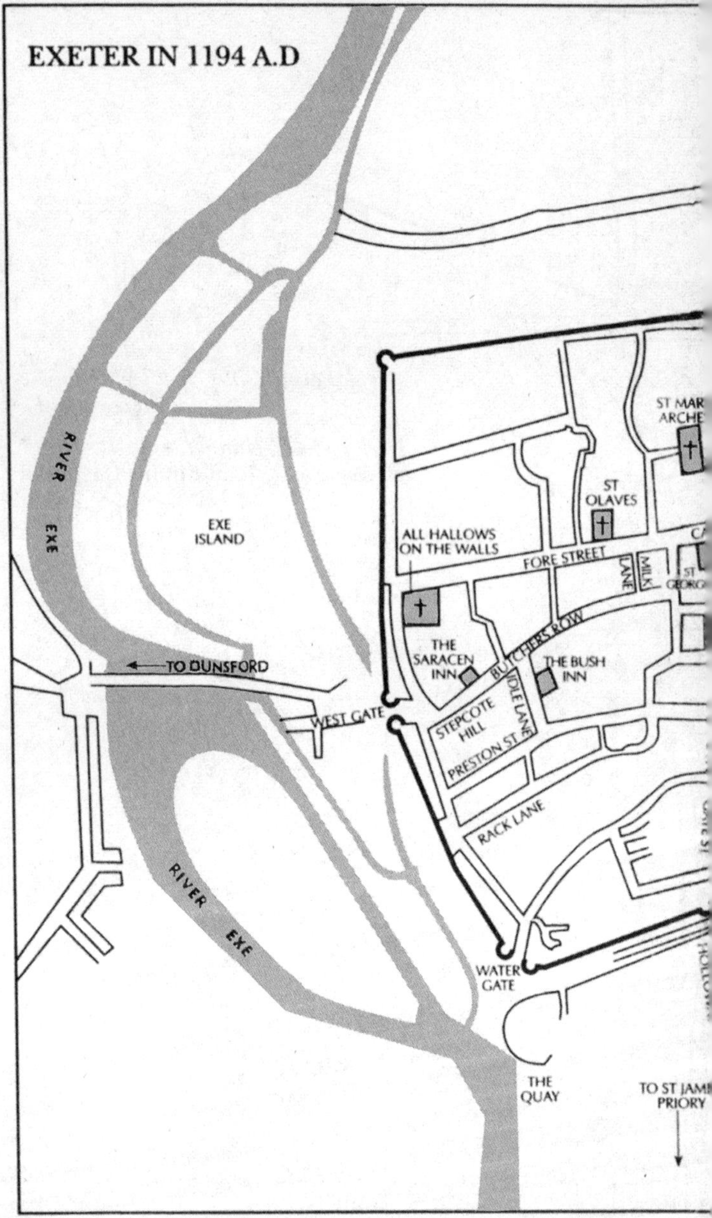

EXETER IN 1194 A.D
RIVER EXE
EXE ISLAND
ALL HALLOWS ON THE WALLS
FORE STREET
ST OLAVES
MILK LANE
BUTCHERS ROW
THE SARACEN INN
THE BUSH INN
TO DUNSFORD
WEST GATE
STEPCOTE HILL
IDLE LANE
PRESTON ST
RACK LANE
RIVER EXE
WATER GATE
THE QUAY
TO ST JAM
PRIORY

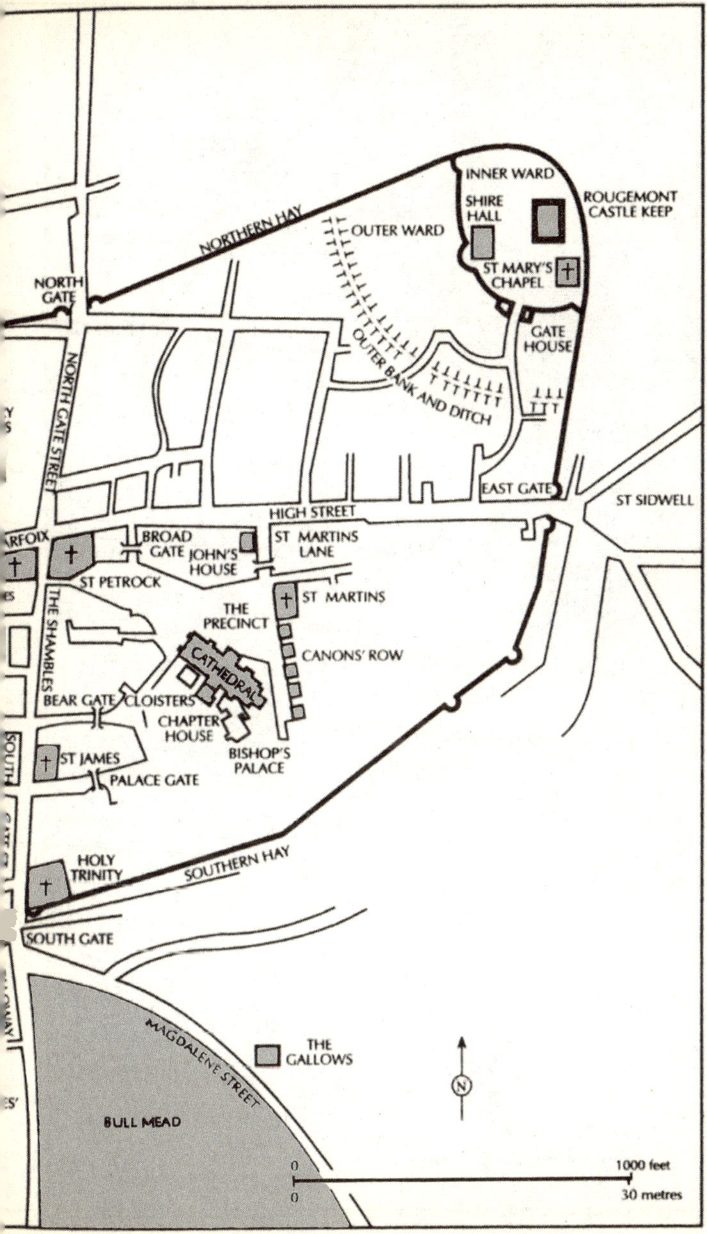
INNER WARD
SHIRE HALL
ROUGEMONT CASTLE KEEP
NORTHERN HAY
OUTER WARD
ST MARY'S CHAPEL
NORTH GATE
GATE HOUSE
OUTER BANK AND DITCH
NORTH GATE STREET
EAST GATE
ST SIDWELL
HIGH STREET
BROAD GATE
JOHN'S HOUSE
ST MARTINS LANE
ST PETROCK
ST MARTINS
THE PRECINCT
THE SHAMBLES
CATHEDRAL
CANONS' ROW
BEAR GATE
CLOISTERS
CHAPTER HOUSE
BISHOP'S PALACE
ST JAMES
PALACE GATE
HOLY TRINITY
SOUTHERN HAY
SOUTH GATE
MAGDALENE STREET
THE GALLOWS
N
BULL MEAD
0
1000 feet
0
30 metres

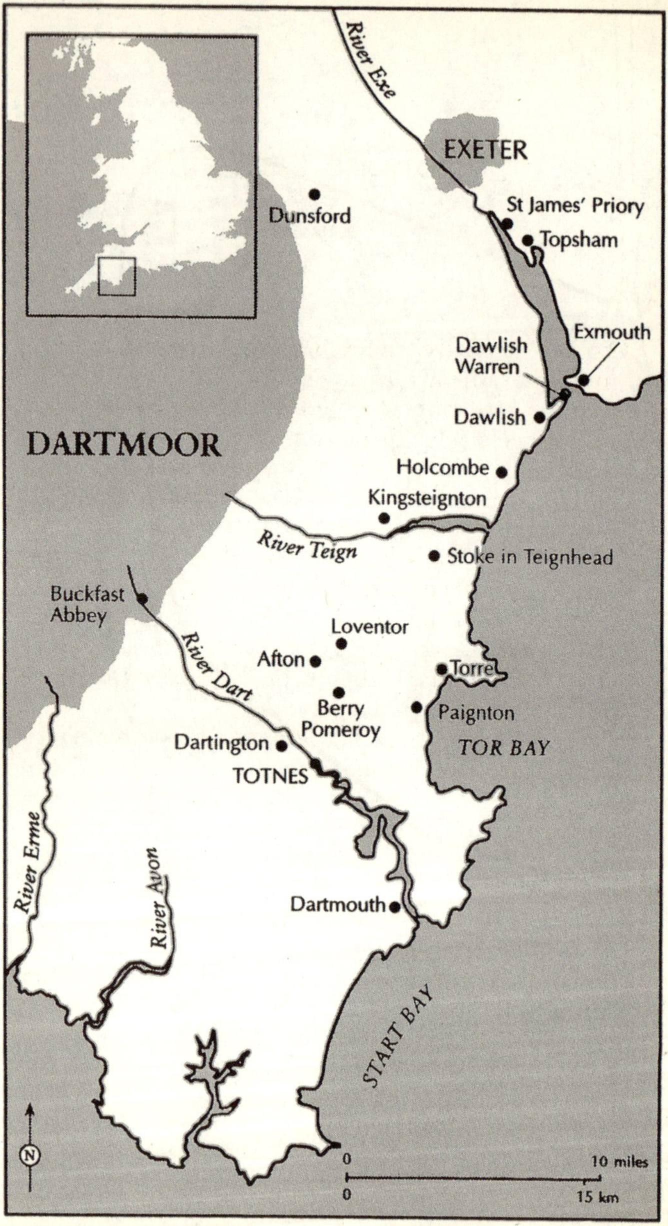
River Exe
EXETER
Dunsford
St James' Priory
Topsham
Exmouth
Dawlish
Warren
Dawlish
DARTMOOR
Holcombe
Kingsteignton
River Teign
Stoke in Teignhead
Buckfast
Abbey
Loventor
Afton
Torre
River Dart
Berry
Pomeroy
Paignton
TOR BAY
Dartington
TOTNES
River Erme
River Avon
Dartmouth
START BAY
N
0
10 miles
0
15 km

Note de l'auteur

Toute tentative pour donner aux dialogues modernes un parfum de « monde ancien » dans les romans historiques est aussi futile qu'inadéquate. À l'époque et à l'endroit où se déroule cette histoire, le Devon de la fin du XIIe siècle, la majorité des citoyens d'Exeter aurait parlé un moyen anglais précoce qui nous serait totalement inintelligible aujourd'hui. Nombreux étaient aussi ceux qui s'exprimaient en gallois de l'ouest, langue que l'on nomma plus tard « le cornique ». Quant aux classes dirigeantes, elles parlaient français, et le latin demeurait la langue de l'Église comme de presque tous les écrits officiels.
Cette histoire, dont la plupart des personnages principaux a réellement existé, se déroule à l'époque où le Prince Jean convoite le trône de son frère aîné, Richard Cœur de Lion. Situation qui fait planer sur la dernière décennie du XIIe siècle une menace bien réelle. La première tentative du prince pour ravir la couronne à son frère a lieu alors que Richard, capturé sur le chemin du retour de sa troisième croisade, se trouve prisonnier en Allemagne. Faisant alors hommage à Philippe Auguste, Jean convainc ce dernier de préparer pour l'invasion la flotte française d'une armée flamande. Le projet est cependant contrecarré par la redoutable Aliénor d'Aquitaine, mère des deux frères, qui va lever une « armée de manants et de

chevaliers pour la défense des côtes contre la Flandre ». Cet épisode de l'histoire médiévale semble en bien des points précurseur de 1940, Home Guard[1] comprise – et si la reine mère avait échoué, peut-être parlerions-nous aujourd'hui tous français !

1. Section de volontaires de l'armée britannique restée sur le territoire pour le défendre en cas d'invasion.

Personnages récurrents

John de Wolfe, le coroner

Toujours vêtu de noir ou de gris, John de Wolfe, le ténébreux coroner du roi pour le comté de Devon, en impose par sa large stature. Son dos légèrement voûté, ses cheveux d'ébène, ses sourcils en broussaille et un imposant nez en bec d'aigle donnent à Wolfe l'air d'un oiseau de proie. Bien que normand, il ne porte ni barbe ni moustache, mais les nombreux picots qui assombrissent ses joues lui ont valu au temps des croisades et des guerres irlandaises le sobriquet de « John le Noir ». Âgé de quarante ans, il paraît plus vieux, car deux décennies de campagnes en Irlande, en France et en Terre sainte ont creusé de profondes rides au-dessus de ses pommettes saillantes. D'une intégrité à toute épreuve, il donnerait sa vie pour que justice se fasse au nom de Richard Cœur de Lion, son roi, qu'il vénère.

Matilda de Wolfe, sa femme

Matilda de Wolfe n'est pas une femme heureuse. Acariâtre, aigrie, la corpulente épouse du coroner passe ses journées à se morfondre chez elle et à rêver que son mari, de six ans son cadet, s'intéresse enfin à briller en société. Elle a pour lui l'ambition qu'il refuse d'avoir et le compare sans cesse à son frère à elle, qu'elle adore, Richard de Revelle, le shérif du roi. Le couple n'ayant plus d'intimité depuis longtemps, elle est jalouse des écarts que s'autorise son époux de temps à autre.

Richard de Revelle, le shérif

Shérif du roi, Richard de Revelle, la cinquantaine, est un homme ambitieux et intrigant qui prend grand soin de sa mise. Les cheveux châtains et ondulés, il arbore une fine moustache et une petite barbe pointue. Grand bourgeois prêt à tout pour garder le pouvoir que lui confère son rang, il déteste par-dessus tout qu'on lui fasse de l'ombre. Depuis que son beau-frère, John de Wolfe, s'est vu attribuer la nouvelle fonction de coroner créée par Richard Cœur de Lion, il nourrit à son égard une haine teintée de mépris.

Eleanor de Revelle, la femme du shérif

Maigre femme de cinquante ans au visage revêche, Eleanor est plus façonnière que sa belle-sœur Matilda. Méprisant la traditionnelle coiffe de lin blanc, elle préfère porter ses cheveux nattés en deux tresses enveloppées sur les oreilles dans une résille dorée. Elle est conventionnelle et imbue de son rang.

Nesta, la maîtresse de Wolfe

Jolie rousse de vingt-huit ans au visage en forme de cœur, au front haut et au nez retroussé, toute en courbes, la taille fine et une poitrine qui fait rêver les hommes, la Galloise Nesta est aussi et surtout une maîtresse femme, indépendante et sûre d'elle. Veuve, elle dirige *La Brousse*, son auberge, « la meilleure taverne du comté » selon Wolfe, d'une main de fer. Mais elle sait aussi se montrer câline quand le coroner vient lui rendre une petite visite, souvent inopinée, pour échapper à l'atmosphère pesante de son foyer.

Gwyn de Polruan

Le Cornique est le lieutenant de John de Wolfe. Grossier, la tignasse rousse en bataille, le nez charnu et affublé d'une énorme moustache qui se prolonge en favoris carotte et descend jusqu'à sa poitrine velue, il a la prestance animale. Fidèle à son maître, aux côtés duquel il a combattu lors de nombreuses campagnes, il ne se laisse impressionner par rien.

Thomas de Peyne

Courtaud et infirme, affligé d'un léger strabisme à l'œil gauche, l'ancien prêtre est le troisième membre de l'équipe de John de Wolfe. Et le plus instruit. Comme il a la chance de savoir lire et écrire, c'est à lui que sont confiées toutes les tâches administratives. Défroqué pour avoir un jour fait des avances à une jeune novice de Manchester, il nourrit depuis lors un complexe vis-à-vis du corps ecclésiastique. Il est aussi le souffre-douleur de Gwyn.

John d'Alençon.

Le maigre et ascétique archidiacre d'Exeter à l'humour vif et à l'œil pétillant est un très bon ami de John de Wolfe. Fidèle à Richard Cœur de Lion comme lui, c'est un homme fin et intelligent.

Personnages du trésor de Saewulf

Jordan de Brent

Le chanoine Jordan de Brent est l'archiviste de la cathédrale. Tout en rondeurs, il a le visage en permanence illuminé d'un sourire bienveillant. Passionné d'histoire, il passe ses journées plongé dans les manuscrits et les parchemins de la salle des archives.

Roger de Limesi

D'une maigreur presque cadavérique, avec ses deux dents jaunes qui dépassent comme des crocs de part et d'autre de sa lèvre supérieure, le malheureux n'inspire pas confiance. Fouineur et fourbe, il ne se plie pas autant qu'il le devrait à la règle de saint Chrodegang, qui impose le plus complet dénuement aux moines qui la suivent.

Thomas de Boterellis

Grand chantre de la cathédrale, chargé de l'organisation des offices, Thomas de Boterellis est animé d'ambitions profanes et va toujours dans le sens du vent, quitte à trahir ses vœux pour des causes politiques.

Henri de la Pomeroy

Pomeroy est le seigneur du château de Berry dont il a hérité à la mort brutale de son père un an plus tôt. Trapu, presque sans cou, il paraît plus vieux que ses trente ans. Toujours désagréable et revanchard, il ne rêve que d'une chose : se voir restituer une partie des terres que son voisin Fitzhamon lui aurait selon lui arrachées.

Henry de Nonant

Henry de Nonant, seigneur de Totnes, est un proche d'Henry de la Pomeroy. Son imposante carrure et sa jovialité fruste cachent un cœur dur et une intelligence toute tournée vers l'intrigue.

Jocelin de Braose

Jeune chevalier des marches galloises, le rouquin aux cheveux bouclés est aussi un mercenaire qui loue ses services au plus offrant.

Giles Fulford

Le blond et pâlichon Fulford est le bras droit de Braose.

Rosamunde de Rye

Belle brune plantureuse, Rosamunde de Rye est une femme de petite vertu qui plaît aux hommes. Elle est la maîtresse de Giles Fulford et participe aux mauvais coups fomentés par son amant et Jocelin de Braose.

Prologue

Décembre 1194

Le fracas des haches contre les arbres et le crépitement des flammes qui dévoraient les branches encore vertes fendaient l'air du matin. Lentement mais sûrement, une douzaine d'hommes s'employait à faire reculer la forêt loin des terres cultivées sur les hauteurs du village d'Afton, à quelques milles de Totnes. Déjà, depuis le début du mois, en dépit des interruptions causées par des hommes arrivés de Loventor, village voisin sis de l'autre côté du bois, on était venu à bout d'une bonne douzaine d'acres.

Le Saxon Alward, premier magistrat d'Afton, arpentait les terres calcinées pour recenser les arbres abattus dans la semaine. Du bout de sa dague, il en consignait le nombre sur un bâton afin d'en rendre compte au bailli de son seigneur, Henry de la Pomeroy, qui n'allait pas manquer de se plaindre de la piètre quantité de travail abattu sans même considérer la surface gagnée par son domaine. Alward savait fort bien qu'ils se trouvaient en terres litigieuses, et que chaque nouvel arbre qui tombait les conduisait davantage au cœur d'un pays dont sir William Fitzhamon revendiquait possession, le hameau de Loventor y compris.

Il n'aimait guère devoir se quereller avec ceux de Loventor. Pas plus tard que la semaine passée, ces derniers venus crier à la violation de propriété avaient causé une altercation qui lui avait valu une entaille au crâne, et au cours de laquelle un de ses hommes avait perdu connaissance. En l'apprenant, l'intendant avait d'abord affecté aux bûcherons une escorte de deux hommes en armes, mais en l'absence de nouvel incident, ceux-ci avaient été rappelés deux jours plus tard vers le château de Berry, la forteresse des Pomeroy bâtie sur la crête, à un mille de là.

Le calme fut pourtant de courte durée. Ce matin, alors qu'ils étaient à la besogne depuis deux heures à peine, une horde hurlante brandissant gaules et gourdins jaillit du bosquet devant eux. Plusieurs de ceux d'Afton lâchèrent leurs outils et prirent aussitôt la fuite vers le village en contrebas. D'autres firent front, encouragés par Alward qui criait à pleins poumons et agitait les bras dans l'espoir de pouvoir mettre un terme à l'assaut. Mais vite renversé d'une gaulée à l'épaule par un paysan en haillons, il fut roué de coups de pieds par un autre à l'allure bestiale. Partout alentour se jouaient des scènes de même nature, empoignades sauvages ponctuées de cris et jurons.

La déroute fut vite évidente – la moitié de ceux d'Afton avait fui, les autres étaient à terre, frottant leurs crânes contusionnés et leurs côtes fêlées. Personne, cependant, n'était grièvement blessé. Dans une grimace, Alward se redressa sur son séant pour constater que les assaillants qui ne faisaient désormais plus cas de personne s'étaient mis à rassembler tous les outils. En quelques minutes, haches et couperets avaient disparu jusqu'au dernier, et les silhouettes de leurs adversaires s'évanouirent dans le sous-bois aussi vite qu'elles étaient apparues.

Le premier magistrat se mit promptement debout. Il était impossible, sans les outils, de se remettre à la tâche ; il fallait sans délai informer le bailli et lord Henry de la situation. Le message à leur délivrer était clair : rogner les terres de Fitzhamon n'allait désormais plus être chose aisée.

1

Où l'on trouve Coroner John importuné le soir de la Nativité

Pour une fois, Matilda était heureuse. Les joues rosies par le plaisir de se trouver au centre de toutes les attentions, elle exhortait ses invités à se resservir dans les cruchons, à se régaler des cuisses de chapons et autres friandises recouvrant la longue table à l'extrémité de laquelle elle était assise, dans la grande salle lugubre et haute de plafond de leur demeure.

À l'extrémité opposée se trouvait son ténébreux mari, sieur John de Wolfe, coroner du roi pour le comté de Devon, grand, légèrement voûté, des cheveux d'ébène et des sourcils proéminents en broussaille. Bien que normand, il ne portait sous son imposant nez en bec d'aigle ni barbe ni moustache ; mais les nombreux picots qui assombrissaient ses joues lui avaient valu au temps des croisades et des guerres irlandaises le sobriquet de « John le Noir ».

Ce soir-là, cependant, même lui, si sévère d'ordinaire, paraissait détendu, en partie sans doute grâce au vin français dont il s'était gorgé, mais aussi parce qu'il se trouvait flanqué de part et d'autre de deux bons amis. À sa gauche, Hugh de Regala, l'un des deux magistrats portuaires, personnage fat et rondouillet à la mine joyeuse. Et à sa droite, John d'Alençon, le maigre et ascétique archidiacre d'Exeter à l'humour vif et à l'œil pétillant.

Une douzaine d'autres notables d'Exeter et leurs femmes, représentant château, clergé et guildes, constituaient le reste des convives. La scène se passait à la onzième heure environ, le soir de la Nativité, et tous venaient d'assister au service spécial dans la grande cathédrale Sainte-Marie-et-Saint-Pierre, située à quelques pas à peine de la demeure du coroner sur Martin's Lane.

Hormis le solarium, petite annexe au plafond bas à laquelle on accédait par un escalier extérieur à l'arrière de la maison, l'étroite et haute bâtisse à colombages n'abritait sous ses larges poutres qu'une seule et unique pièce. Les murs étaient habillés de tapisseries aux couleurs sombres et le sol avait été dallé de pierre à la demande de Matilda qui considérait la terre battue comme indigne de leur rang.

Les invités étaient installés sur de longs bancs de bois, les deux seules chaises se trouvant à chaque extrémité de la lourde table. Avec le feu de cheminée, les chandelles de suif que l'on avait disposées entre les plats fournissaient l'éclairage. Déjà bien imbibés de bière, de cidre et de vin, les convives étaient d'humeur bavarde, comme souvent à cette période de l'année, où se répandait sur la communauté tout entière un élan de bonhomie étrangement contagieux.

« Matilda, vous fréquentiez d'habitude, me semblait-il, cette petite église de Saint-Olaf sur Fore Street et non la cathédrale, n'est-ce pas ? »

La voix stridente était celle de sa belle-sœur, Eleanor, épouse du shérif Richard de Revelle. Des deux, Wolfe ne savait d'ailleurs pas lequel il détestait le plus. Maigre femme de cinquante ans au visage revêche, Eleanor était plus façonnière encore que Matilda. Méprisant la traditionnelle coiffe de lin blanc, elle préférait porter ses cheveux nattés en deux tresses enveloppées sur les oreilles dans une résille dorée. Son mari, lui aussi, accordait grand soin à sa mise ; de taille moyenne, les cheveux châtains et ondulés, il arborait une fine moustache et une petite barbe pointue ; il était l'exact opposé de son beau-frère, lequel ne se vêtait jamais que de noir ou de gris.

« Pourquoi, par Dieu, la nomme-t-on Saint-Olaf ? demanda Revelle d'une voix traînante, renversé contre le dossier du banc de manière à mieux afficher sa nouvelle tunique verte au col et aux manches finement ornés de broderies jaunes.

— Très certainement pour Dieu, shérif, rétorqua l'archidiacre avec un sourire plein d'ironie. Olaf fut le premier chrétien qui régna en Norvège ; quoiqu'il me soit malaisé de comprendre pourquoi l'une de nos dix-sept églises, ici, à Exeter, lui rende ainsi hommage. »

La conversation se poursuivit, noyée dans un brouhaha dont l'intensité croissait à mesure que se vidaient les tonneaux de vin. Le visage carré de Matilda, qui suggérait un peu celui du bouledogue, rayonnait de plaisir devant le succès de sa fête. Balayant les convives du regard, elle tentait d'apprécier le bond qu'elle venait de s'octroyer sur l'échelle sociale, et qu'elle se plairait à vérifier dès que possible auprès de ses amies, à l'église comme au marché. Elle était, pour une fois, parvenue à convaincre son mari taciturne, nommé coroner à peine trois mois plus tôt, de s'ouvrir un peu à la vie mondaine et d'inviter chez eux quelques personnes de leur connaissance après la messe de la Nativité.

À sa surprise, même lui était aimable ce soir-là. Au moins la fête l'avait-elle contraint à passer la soirée chez lui, se dit-elle avec une amertume passagère, plutôt qu'à *La Brousse* en compagnie de sa rousse maîtresse Nesta, cette catin galloise. De l'autre côté des volets posés aux fenêtres sans vitre, la nuit était glaciale, mais le feu qui crépitait dans l'âtre doté, comble du luxe, d'une cheminée en pierre, apportait assez de chaleur à la pièce. Allongé de tout son long devant les flammes, Brutus, le vieux chien de meute de John, somnolait, le flanc agité de petits spasmes à chaque étincelle qui le touchait.

Le ravitaillement en mets et boissons était assuré par Mary, leur cuisinière, tandis que par ses allers-retours incessants, Simon, l'homme à tout faire, alimentait le feu de grandes brassées de bûches. Lucille, la femme de chambre personnelle de Matilda, cette vieille pie française, comme la surnommait Wolfe, trop orgueilleuse pour servir, s'était quant à elle tapie dans le solarium en attendant l'heure d'aider Matilda à se dévêtir ; oreille collée à l'étroite fenêtre, elle tentait de saisir des bribes de conversation.

Tout en apportant ses contributions aux potins et ragots qui se disaient à table, Matilda jetait d'anxieux regards vers son mari, espérant le voir se prêter à quelque procédé digne de son rang, comme lever sa chope – à Jésus-Christ, à la prospérité d'Exeter – peu importait tant que cela lui apportait à elle quelque gloire supplémentaire. Plusieurs fois d'ailleurs, elle le crut sur le point de se mettre debout pour boire à la santé de la petite assemblée de notables. Mais, comme il se contentait chaque fois de tendre la main vers une cuisse de poulet ou un pichet de vin de Loire, elle dut ravaler ses espoirs. Et l'occasion fut définitivement perdue lorsque son frère, brandissant sa chope, tapa impérieusement sur la table avec le manche de sa dague.

« Il nous faut remercier notre hôte et sa chère épouse de nous avoir conviés à une si sympathique tablée, brailla-t-il, la large manche de sa tunique se balançant avec la chope qu'il agitait. À sieur John de Wolfe, récemment nommé coroner de notre comté, et à sa chère épouse, ma petite sœur Matilda ! »

Comme tous se levaient pour répondre à son invite, John songea que « petite sœur » était sans doute la plus grande drôlerie du XIIe siècle : Matilda, avec son imposante carrure, pesait au bas mot quelques livres de plus que son frère. Charitable cependant, il consentit à accorder à Revelle que sa sœur, âgée de quarante-six ans et donc de quatre ans sa cadette, était en effet plus « petite » par l'âge. Le coroner n'en avait quant à lui que quarante, bien que les rides au-dessus de ses pommettes saillantes, creusées par deux décennies de campagnes en Irlande, en France et en Terre sainte, le fissent paraître plus vieux.

L'agacement que Matilda éprouvait devant l'incapacité de son mari à se montrer aussi mondain que Richard commençait à s'estomper quand un autre coup du sort vint ruiner son ambition de devenir l'hôtesse la plus en vue d'Exeter. Soudain, Mary, qu'elle soupçonnait à juste titre d'être l'une des conquêtes amoureuses de son époux, vint avec grand empressement murmurer quelque chose à l'oreille de celui-ci. Il regarda la porte qui menait directement du petit vestibule à la rue. Un homme était apparu dans l'embrasure, que Matilda fusilla du regard. Il avait une tignasse rousse en bataille, un nez charnu et une énorme moustache qui se prolongeait en favoris carotte retombant sur sa poitrine velue. C'était Gwyn de Polruan, garde du corps et lieutenant de son mari. Il était originaire de Cornouailles et Matilda, de toute son âme de Normande, méprisait les Corniques plus encore que les Saxons.

Son appréhension et sa contrariété ne firent que croître lorsque, faisant racler son siège sur les dalles, son mari se leva pour se diriger vers la porte. Quand elle le vit chuchoter quelque chose à l'oreille de Gwyn, son inquiétude se mua en furie. « S'il quitte la pièce, je le tuerai, et que Dieu me vienne en aide ! » se jura-t-elle intérieurement.

Ses pires craintes ne tardèrent pas à se réaliser : dos légèrement voûté, semblable dans sa cotte grise et ses longues chausses noires à un grand oiseau de proie, John traversa la grande pièce et vint glisser quelques mots à mi-voix dans l'oreille de John d'Alençon qui se mit aussitôt debout.

Le coroner s'éclaircit la gorge pour prendre congé de ses hôtes de sa voix profonde et sonore : il se voyait provisoirement contraint de renoncer aux réjouissances.

« J'espère que cela ne sera pas long ! Je ne vais qu'à moins d'une lieue et compte être revenu très vite. Continuez donc, je vous en prie, à faire ripaille et à vous divertir ! »

Furieuse, Matilda fit le tour de la table et saisit le bras de son mari qui déjà rejoignait Gwyn à la porte en compagnie de l'archidiacre.

« Où allez-vous ? siffla-t-elle. Vous ne pouvez me laisser ainsi devant nos hôtes !

— Je ne serai pas long, femme, grogna-t-il. C'est un cas de force majeure, je m'efforcerai d'être de retour au plus vite.

— Qu'est-ce qui peut être plus important le soir de la Nativité que de recevoir dignement les notables les plus en vue de la ville ?

— Peut-être la mort d'un chanoine dans une impasse du clos de la cathédrale, femme ! »

Puis, sans un mot de plus, il s'éclipsa.

Escorté par Wolfe et l'archidiacre, le géant de Cornouailles remonta Martin's Lane, la venelle qui menait de la Grand-Rue au clos de la cathédrale, au coin de laquelle se dressait l'église Saint-Martin à qui elle devait son nom. Plus loin, au nord du clos, une rangée de maisons en bois ou en pierre, dotées d'un toit d'ardoise ou de chaume, logeait la plupart des vingt-quatre chanoines de la cathédrale ainsi que certains de leurs vicaires, quelques prêtres et des domestiques – tous des hommes puisque nulle femme, officiellement, ne devait franchir le seuil de leurs demeures.

Tandis qu'ils avançaient d'un bon pas dans la nuit tranquille et glacée, le lieutenant du coroner en profita pour raconter le peu qu'il savait sur l'affaire.

« Il y a une heure, votre maudit clerc préféré est venu en courant me chercher chez ma belle-sœur dans Milk Street, où nous passions la nuit avec ma femme et les enfants en attendant le matin et la réouverture des portes », disait Gwyn, qui vivait à Saint-Sidwell, un faubourg situé à l'est, au-delà de l'enceinte de la ville.

— Et qu'est-ce que Thomas voulait vous apprendre ? » s'enquit Wolfe.

Courtaud et infirme, Thomas de Peyne, troisième membre de son équipe, était un ancien prêtre qui s'était vu défroquer pour avoir fait des avances à une jeune novice de Manchester.

« Il m'a dit qu'autour de la dixième heure, après avoir entendu grand bruit dans la maison du chanoine dont il est le voisin, quelqu'un était venu le quérir. En bonne petite fripouille fouineuse qu'il est, il s'est empressé d'aller voir ce qui se passait. »

Wolfe était habitué à la manière dont Gwyn faisait durer les histoires, mais John d'Alençon ne put cacher son impatience :

« Et alors, qu'a-t-il vu ? le coupa-t-il.

— L'intendant se trouvait sur le pas de la porte et criait que le chanoine était mort. Notre clerc est accouru à l'arrière avec quelques autres pour trouver le pauvre homme pendu dans les latrines. »

Sans ralentir le pas, le trio atteignit Canon's Row. À droite, luisant au clair de lune, la silhouette massive de la cathédrale se dressait au-dessus du désordre qui régnait dans l'impasse et ses chemins boueux, ses monceaux d'ordures et ses fosses communes ouvertes.

« Et il était bien mort, aucun doute ? demanda le coroner d'une voix bourrue.

— Raide mort aux dires de Thomas, répondit Gwyn en relevant la capuche de sa houppelande élimée pour se protéger du froid. Les autres ont écouté son cœur pour vérifier, puis il est venu en courant me chercher, laissant un domestique partir annoncer la nouvelle au palais de l'évêque. »

L'archidiacre, dont la longue cape noire balayait le sol, fit claquer sa langue d'exaspération.

« Et dire que l'évêque est parti à Gloucester en me laissant seul avec le plus vieux des clercs en ces instants tragiques ! »

À hauteur de la cinquième maison de l'allée, la petite silhouette de Thomas de Peyne se détacha de la foule agglutinée devant le passage menant à la cour. Le clerc s'avança vers eux en claudiquant. La Providence l'avait gratifié d'un cerveau bien fait, mais d'un corps contrefait. La phtisie avait déformé sa colonne vertébrale et son bassin, le laissant avec une bosse et une jambe plus courte que l'autre. Et comme si cela ne suffisait pas, le Tout-Puissant l'avait aussi doté d'un léger strabisme à l'œil gauche.

« Dieu merci, vous êtes là, Coroner ! couina-t-il en se signant nerveusement. Ces manants courent en tous sens comme des poulets à qui l'on vient de couper la tête !

— Où est le corps ? » grogna John en réponse.

Il n'était pas du genre à gaspiller sa salive en des circonlocutions inutiles. Thomas leur fraya un passage à travers la petite foule qui s'écarta avec déférence. Certains, domestiques ou petites gens, tombaient à genoux sur le passage de l'archidiacre. L'allée sombre et étroite longeait la haute maison en bois. Au fond se trouvait une cour sur laquelle donnaient des dépendances branlantes : cuisine, lavoir et étable à cochons. Plus loin, contre la clôture, une profonde fosse d'aisance avait été creusée au sommet de plusieurs marches en pierre dans une petite cabane qui servait de latrines à toute la maison.

« Là-dedans, Coroner », fit Thomas dont le mince nez pointu frémissait d'anticipation.

Éclairé par la lune et les lanternes de voisins qui les avaient suivis, Wolfe alla droit à la cabane. Il poussa la porte qui s'ouvrit en frottant sur les dalles irrégulières.

« Apportez plus de lumière », ordonna-t-il.

L'odeur à l'intérieur était pestilentielle, mais comme cela était le cas chez tout le monde, il n'y prêta pas la moindre attention.

Gwyn, l'archidiacre et le clerc se pressèrent derrière lui avec les chandelles de suif apportées par les domestiques. Dans l'éventualité où plus d'une personne à la fois serait prise d'un besoin pressant, on avait percé deux trous dans un banc de bois le long du mur sombre. Sous le banc, était creusée la fosse nauséabonde d'une profondeur de quatre coudées, curée une fois par semaine par un boueux qui passait avec sa carriole attelée à un âne.

Ils ne pouvaient détacher leurs regards du corps pendu devant le siège. Ses pieds ne touchaient plus le sol et se balançaient en tournoyant doucement dans le courant d'air qui remontait de la fosse. De par sa haute stature, Wolfe se trouva nez à nez avec le mort. Livré aux facéties de la corde, le cadavre, les yeux vides rivés aux siens et la langue pendante, ralentit son oscillation jusqu'à l'arrêt avant de reprendre en sens inverse sa contemplation absurde des murs des latrines.

Tous restèrent interdits sous le choc, mis à part un clerc qui se signait spasmodiquement.

« Pour l'amour de Dieu, coupez la corde de ce malheureux ! » grommela l'archidiacre.

Sortant une dague de sa ceinture, Gwyn s'avança. Mais le coroner le retint par le bras.

« Attendez que je regarde son cou », dit-il.

Se détachant du trio massé dans l'embrasure, Wolfe avança sa mince chandelle de suif. Le mort était un vieillard plutôt mince, à la tonsure bordée d'une couronne de cheveux blancs. Il portait la longue bure noire des moines. Sur son visage mince, violacé et congestionné, ses yeux bleus proéminents brillaient à la lueur vacillante des chandelles. Malgré la faible lumière, on distinguait des taches de sang qui en mouchetaient le blanc. John empoigna le cadavre par le bras pour l'immobiliser afin d'observer le cou.

« En quoi est faite cette corde, John ? » demanda-t-il à l'archidiacre.

D'Alençon, visiblement bouleversé mais qui tentait de maîtriser son émotion, saisit l'opportunité de chasser un instant les sombres pensées suscitées par la mort de l'un de ses frères. Il examina la corde qui enserrait le cou et se perdait plus haut dans l'obscurité : une tresse de lin brun et noir, épaisse comme le petit doigt.

« Cela ressemble à la corde que les moines portent à la taille, elle appartenait probablement à l'habit dont il est vêtu.

— Mais un chanoine n'est pas un moine », objecta Wolfe.

Malgré son peu d'intérêt pour la hiérarchie ecclésiastique, il savait que les chanoines, ou « prébendiers » comme on les appelait souvent, étaient des prêtres et qu'Exeter était une cathédrale séculière ne relevant d'aucune confrérie monastique.

Thomas, qui avait un avis sur tout, vint se mêler de la conversation :

« Il n'y a pas que les moines qui possèdent une telle robe. Moi-même, j'en ai une. Elles font d'excellentes robes de chambre pour sortir du lit ou aller se soulager le matin lors-qu'il fait froid. »

L'archidiacre hocha la tête :

« En dehors du fait que cela tient chaud, le pauvre Robert de Hane avait plus de raisons que quiconque de porter cette robe. Il fut frère augustin du couvent londonien de la Sainte-Trinité à Aldgate. Cet habit lui venait probablement de ce temps-là. »

Gwyn tournait de droite et de gauche sa grosse tête hirsute, scrutant les moindres recoins du lieu.

« Je suppose qu'il a pris appui sur le siège après avoir noué la corde à un chevron », fit-il.

Dans l'obscurité, on distinguait à peine le bardeau du toit de chaume d'où pendait la corde.

John d'Alençon secoua tristement la tête.

« Je n'arrive pas à y croire. Le suicide est un péché mortel. Comment un homme d'église, et particulièrement un chanoine âgé, pourrait-il se supprimer ? Et qui plus est la veille de l'anniversaire de Notre-Seigneur, dit-il en se frottant les yeux, sincèrement désespéré. Non, John, je ne parviens pas à l'accepter. »

Impassible, tout à son observation du cadavre, le coroner au profil d'épervier n'avait pas dit un mot.

« Nul besoin de l'accepter, mon ami », trancha-t-il finalement avant de se tourner vers son lieutenant. « Gwyn, viens donc voir ! »

Il désigna le cou du cadavre dans le faible rayon de lumière. La ceinture monacale avait entamé profondément la peau du côté gauche sous la mâchoire puis, sous le poids du corps, se décollait du cou en un V inversé qui se terminait par le nœud, près de l'oreille.

« Nous y verrons mieux lorsque nous aurons coupé la corde, mais regarde », fit-il en montrant la ligature.

Le nez presque collé au cadavre, Gwyn de Polruan constata : « Il porte une autre marque, plus bas sur le cou.

— Cela arrive parfois, commenta le coroner, la mine grave. Je me souviens avoir remarqué, lors de l'exécution d'un bon nombre de Maures par le roi Richard à Saint-Jean-d'Acre et à Ascalon, que certains pendus portaient cette double marque. Ce qui n'en reste pas moins plutôt exceptionnel. »

Le Cornique fouilla dans ses souvenirs. Il avait, trois ans auparavant, participé avec Wolfe à la troisième croisade. Lors de la capitulation d'Acre, des centaines de prisonniers sarrasins avaient été massacrées, le plus souvent à l'épée, à la lance ou à la masse – mais beaucoup, aussi, avaient été pendus.

« Il est vrai qu'il peut arriver que la corde entame la peau en bas du cou, puis qu'elle remonte en glissant sous le poids du corps, fit-il d'un ton peu convaincu.

— Mais cela, en revanche, n'est en aucun cas le fait d'une pendaison ! » rétorqua brusquement Wolfe, le doigt sur la nuque du cadavre.

L'archidiacre et Gwyn inclinèrent la tête pour mieux voir, laissant Thomas de Peyne presque contraint de sautiller derrière eux pour ne rien perdre de l'explication.

Sur la nuque, juste au-dessous du lien, l'entaille brunâtre formait comme une croix, encadrée par deux autres marques, plus courtes. Soudain plus curieux qu'horrifié, John d'Alençon interrogea Wolfe du regard.

« Il a été étranglé, grinça le coroner, on lui a passé une corde autour du cou, on a croisé puis on a serré. »

Il recula et se tourna vers Gwyn.

« Coupe la corde et décroche-le doucement », lui ordonna-t-il avant de s'écarter vers la porte, entraînant l'archidiacre avec lui.

Sans effort, Gwyn accueillit le cadavre du prêtre dans ses bras sous les yeux fascinés du clerc qui enchaînait les signes de croix.

« Porte-le à la lumière dans la maison », ordonna Wolfe avant d'ouvrir la marche à grandes enjambées.

Derrière lui, Gwyn tenait le mort à la tête pendante serré contre son torse comme un nouveau-né, laissant traîner la corde à ses côtés. L'archidiacre, Thomas, quelques prêtres plus jeunes et une poignée de serviteurs leur emboîtèrent le pas. L'intendant du chanoine, un gros homme d'un certain âge, se trouvait déjà dans la chambre meublée d'un simple lit et d'un crucifix. En proie à une grande détresse, il se tordait les mains, le visage baigné de larmes. Gwyn déposa avec précaution le corps sur le lit.

« Apporte-nous plus de lumière, Alfred », ordonna l'archi-diacre.

La gorge nouée, l'intendant s'empressa de quitter la pièce pour aller aboyer ses ordres aux autres domestiques.

Wolfe, qui s'était avancé jusqu'au lit, posa la main sur l'épaule de son ami pour le réconforter.

« Vous le connaissiez bien, John ? »

Le vieil ecclésiastique hocha la tête.

« Je le connaissais déjà avant d'arriver de Winchester il y a huit ans. Nous nous sommes rencontrés à Londres lorsqu'il était encore à Holy Trinity. C'était un homme bon, un fin lettré, très versé dans l'histoire de l'Église. »

En attendant plus de lumière, John le questionna encore.

« Quel était son rôle à la cathédrale ? demanda-t-il.

— C'était un simple chanoine qui recevait une prébende comme nous tous, mais il n'avait pas de fonction particulière. En dehors de la prière quotidienne, il passait le plus clair de son temps à la bibliothèque de la cathédrale. Je ne sais pas vraiment ce qu'il y faisait. Il faudrait poser la question au chanoine Jordan de Brent, l'archiviste. »

Le coroner caressa sa courte barbe.

« Avait-il une activité politique ? Je veux dire, dans la hiérarchie de l'Église ? Aurait-il pu s'y faire des ennemis ? »

Le visage mince de d'Alençon s'éclaira d'un sourire triste.

« Impossible. C'était quelqu'un de calme et de réservé, qui s'exprimait très peu pendant les chapitres. Un brave homme, qui n'était véritablement chez lui que dans les livres et les manuscrits. »

Il balaya la pièce d'un geste avant de poursuivre :

« On voit bien qu'il menait une vie spartiate, contrairement, hélas, à certains autres membres de notre Église. Trop de chanoines ont oublié la règle de saint Chrodegang[1] pour se complaire dans le confort, voire dans l'opulence. Mais pas lui, pas ce pauvre Robert de Hane. »

L'intendant et un domestique réapparurent avec un chandelier à trois branches et deux lampes à suif. Prenant le chandelier, Wolfe s'approcha du lit.

« Observons avec attention, dit-il à Gwyn qui l'avait suivi. Quelle longueur de corde as-tu laissé pendre de la poutre ?

Gwyn écarta les mains de deux petites coudées.

« À peu près ça, à quoi il faut ajouter les quelques pouces du double nœud autour du chevron. »

Wolfe souleva le bout de la corde resté au cou du chanoine.

« Si l'on ajoute une demi-coudée ici, avait-il à ton avis assez de longueur pour la suspendre en se tenant sur le siège des latrines ? » demanda-t-il.

---

1. Règle de vie en communauté très stricte élaborée par un évêque de Metz au VIIIe siècle. Adoptée en 1050 par l'évêque Leofric, fondateur de la cathédrale d'Exeter, elle ne survécu cependant pas à sa mort, après laquelle les chanoines ne tardèrent pas à opter pour une existence moins exigeante, voire somptueuse. (N.D.A.)

Sous sa longue moustache rousse luxuriante, le Cornique eut une moue dubitative.

« Il n'est pas très grand, mais peut-être en se mettant sur la pointe des pieds... »

Wolfe examina le nœud : c'était un nœud en deux demi-clefs et non un nœud coulant. Il tira sur la corde. Le nœud s'écarta largement de la peau.

« Pas de traces sur la peau à cet endroit-là, évidemment », murmura-t-il à part lui.

Sous le maxillaire droit en revanche, la torsion de la fibre avait creusé un sillon en spirale. Et un peu en dessous, se trouvait une trace identique plus floue mais qui faisait le tour complet du cou. Sur la nuque, comme il l'avait déjà fait remarquer dans les latrines, deux courtes marques partaient de la meurtrissure due à l'abrasion de la corde, à l'opposé l'une de l'autre.

« Ceci n'est pas une trace de pendaison, John, confirma-t-il à l'archidiacre en pointant son doigt osseux sur l'endroit. Quelqu'un qui se trouvait dans son dos lui a passé une corde au-dessus de la tête et a serré.

— Vous en êtes sûr ? » demanda l'ecclésiastique d'un air soucieux.

Plus perturbant encore que le décès d'un chanoine était le fait d'apprendre que celui-ci avait de surcroît été victime d'un assassinat.

« Aucun doute là-dessus : la marque laissée par la corde est presque horizontale et surtout continue ; une tension à la verticale aurait laissé indemne une partie du cou, comme dans le cas de l'autre marque qui a bien failli nous abuser. Les bords rouges et gonflés indiquent qu'à ce moment-là, le chanoine était en vie. Caractéristiques que l'on ne retrouve pas sur celle du dessus et qui est donc *post-mortem*. »

Fort désireux de prendre part à l'affaire, Thomas rôdait autour d'eux tel un bourdon, jetant des coups d'œil par-dessous les coudes des deux hommes qui le dépassaient de plusieurs têtes. Son strabisme n'handicapait en rien sa vision et, dans la lueur des chandelles, il venait de remarquer quelque chose.

« La bouche, Coroner ! C'est un bleu que je vois sur la lèvre supérieure, pas de doute. »

Gwyn l'écarta d'un petit coup de coude vigoureux.

« Hé ! Laisse passer les hommes, nabot », grogna-t-il, mi-sérieux, mi-farceur.

Wolfe, qui ne reculait généralement pas à s'associer aux plaisanteries de Gwyn sur le petit prêtre peu gâté par la nature, reconnaissait aussi à ce dernier des talents d'observateur. Il examina de plus près le visage bleui de Robert de Hane. Sous les narines, on distinguait en effet de petites taches plus sombres. Il retourna les lèvres pour découvrir les gencives, révélant des dents jaunies et cariées.

« Ah, le mystère s'épaissit ! » s'exclama-t-il.

En bas comme en haut, l'intérieur des lèvres était moucheté de petites marques plus rouges, et là où elle s'était trouvée comprimée contre une incisive en mauvais état, la chair était à vif. En haut, la petite membrane retenant la lèvre à la gencive était également déchirée et ensanglantée.

« Soit on l'a frappé, soit on lui a comprimé fortement la bouche, conclut Wolfe qui, après vingt ans passés sur les champs de bataille, pouvait se targuer d'avoir tout vu en matière de blessures.

— On lui aurait mis quelque chose sur la bouche pour l'empêcher de crier ? s'enhardit le clerc, encouragé par sa précédente contribution.

— Examinons le reste du corps, Gwyn », ordonna le coroner.

Sous son habit noir, le prébendier ne portait qu'une camisole de lin blanc et d'épais bas de laine. Avec le concours inefficace de Thomas, l'adjoint du coroner entreprit avec peine de lui ôter sa robe.

« La raideur arrive et le corps est glacé, sauf sous les aisselles », fit-il observer.

Wolfe hocha la tête. « J'ai remarqué que sa mâchoire était raide lorsque je lui ai retourné les lèvres. Cela fait plusieurs heures qu'il est mort. »

À présent, le prêtre gisait piteusement sur sa couche dans le plus simple appareil. Instinctivement, John d'Alençon s'avança et, par décence, étendit la camisole sur le bas-ventre et les cuisses.

Le torse avait la blancheur de la mort, mais les jambes à partir des genoux avaient pris une teinte violacée.

« Il est resté suspendu assez longtemps pour que le sang descende dans la partie inférieure du corps, remarqua le coroner.

— Et comme il lui reste encore un peu de chaleur, c'est qu'on l'a pendu peu après sa mort », risqua Gwyn.

Wolfe se tourna alors vers l'intendant qui, angoissé, se dandinait près de la porte :

« Quand a-t-on vu ton maître en vie pour la dernière fois ? demanda-t-il.

— À son retour des vêpres, Messire, à la cinquième cloche environ. Il a mangé son dîner au réfectoire, je l'ai moi-même servi.

— Paraissait-il dans son état normal ? intervint l'archi-diacre.

— Oui, Messire. Il lisait un petit livre en mangeant. »

Alfred s'essuya les yeux en reniflant avant de poursuivre :

« Ensuite, il est allé au lit. Comme c'était la Nativité, il aurait dû assister à l'office à minuit, deux heures plus tôt que les matines ordinaires.

— Moi qui dois conserver un relevé des absences, j'avais remarqué qu'il n'était pas venu », confirma John d'Alençon au coroner.

Comme à son habitude, Wolfe grommela.

« Et pour cause, à cette heure-là, il devait être déjà mort puisque son corps est presque raide maintenant. »

Sourcils froncés, il se tourna ensuite vers Alfred : « Quelqu'un lui a-t-il rendu visite ce soir-là ?

— Pas que je sache, Coroner. Lorsqu'il se retire dans sa chambre, je le laisse tranquille pour qu'il puisse dormir ou étudier. Son vicaire ou des acolytes en sauront peut-être davantage, mais j'en doute. »

Selon la hiérarchie de la communauté ecclésiastique, sous les vingt-quatre chanoines se trouvaient d'abord les vicaires de chœur, membres du clergé mineur âgés de plus de vingt-quatre ans chargés de représenter leurs aînés pour leur éviter d'être présents à tous les offices. Puis venaient les acolytes, jeunes gens de plus de dix-huit ans se destinant à la prêtrise, et enfin, les enfants de chœur, dont certains entreraient dans les ordres plus tard.

Le coroner revint vers le cadavre et se pencha pour l'étudier attentivement.

« Les bras ! Regardez ! » glapit Thomas.

Son maître le foudroya du regard.

« Je vois très bien, sottard ! » le coupa-t-il en faisant signe à Gwyn de soulever le bras gauche.

Sur la peau blanche, entre l'épaule et le coude, se détachait un chapelet d'ecchymoses bleues, grosses comme la moitié d'un penny.

« Il y en a sur l'autre bras aussi, fit remarquer Gwyn, et qui ont l'air récentes. »

— Examinons sa nuque à présent », fit Wolfe.

D'un geste, il demanda à son adjoint de retourner le corps.

Un profond sillon partait du milieu du cou et continuait sur le côté gauche. À droite, la marque imprimée par la corde remontait jusque vers l'oreille avant de disparaître. Plus bas, une autre marque faisait tout le tour du cou par la droite jusqu'au larynx et rejoignait le sillon principal, qui obliquait vers la gauche.

« Que pensez-vous de ces traces sur les bras, John ? » demanda l'archidiacre.

Le coroner recula pour laisser Gwyn remettre le chanoine sur le dos.

« Des marques laissées par les mains de l'assaillant. Les ecchymoses rondes ont été causées par la pression des doigts. »

Le visage mince d'Alençon se voila de tristesse.

« La frayeur et la souffrance ont dû être terribles ! C'était un homme si doux, si étranger à toute violence... et pour finir de la sorte ! Que doit-on faire, John ?

— Il faut rechercher ses meurtriers sans ménager nos peines, Messire archidiacre », lui répondit une autre voix depuis le seuil de la pièce.

C'était le shérif, l'élégant beau-frère du coroner. Une fois dans la pièce, il considéra, plus indigné que peiné, le cadavre du prêtre. « Dire que c'est arrivé le soir de la messe de la Nativité ! »

Presque à point nommé, la grosse cloche de la cathédrale se mit à sonner les matines qui avaient été retardées ce jour-là.

« Je dois vous quitter, dit alors l'archidiacre, même cette tragédie ne peut me faire manquer l'office. D'autant qu'il me faut à présent aller informer les autres chanoines de ce qui s'est produit. »

Avant de passer la porte, il se retourna vers le coroner et le shérif :

« Je ferai prévenir l'évêque dès que les portes de la ville seront ouvertes. Mais je sais déjà que même si tout ceci est arrivé dans la circonscription de la cathédrale, il voudra que ce soit vous, autorités séculières, qui vous occupiez de l'affaire. »

Dans l'enceinte de la ville, le clos de la cathédrale échappait à la juridiction des bourgeois d'Exeter, ce qui causait régulièrement des tensions. Un meurtre, néanmoins, était considéré comme une infraction à la paix royale, les chances étaient donc faibles qu'un évêque cherchât à exclure les officiers de loi.

« Je suggère que le corps reste ici jusqu'au matin, déclara Wolfe. Il serait absurde de provoquer un scandale au milieu de la nuit, alors qu'il est mort depuis plusieurs heures et que nous n'avons aucune piste. »

De sa main gantée, Richard de Revelle fit un geste vers l'archidiacre.

« Dites à l'évêque que le shérif ne s'épargnera aucun effort pour remettre ces criminels démoniaques entre les mains de la justice. Il les trouvera pendus à une potence à son retour de Gloucester. »

Le coroner croisa le regard de Gwyn et y lut sans peine ce que celui-ci pensait de l'arrogance du shérif. Comme d'Alençon partait, l'intendant et la plupart des résidents lui emboîtèrent le pas. Seuls restèrent de part et d'autre du lit les deux officiers de loi du Devon, flanqués de Gwyn et de Thomas de Peyne.

« Alors, qu'est-ce que tout cela, John ? » demanda Richard.

Il se tenait main sur la hanche, sa magnifique cape verte remontée sur l'épaule pour laisser apparaître une tunique de lin précieux richement brodée, la peau glabre de son étroit visage rosie à la fois par l'air frais et le bon vin de John.

Le coroner lui narra sobrement le peu que l'on savait. Malgré l'assurance avec laquelle il avait affirmé à l'archidiacre que les meurtriers seraient bientôt pris, Revelle ne cacha pas son scepticisme.

« Alors, vous trouvez un homme pendu par sa propre ceinture dans ses propres latrines et vous affirmez immédiatement qu'il a été assassiné ? » fit-il d'un ton réprobateur.

Une telle condescendance fit remonter en Wolfe cette envie qu'il avait souvent d'écraser son poing sur le nez acéré du shérif. Non sans effort, il parvint toutefois à se retenir.

« Il est peu vraisemblable qu'un vieux prêtre compromette ses chances d'entrer au paradis en reprenant la vie que Dieu lui a donnée, surtout le jour anniversaire de la naissance du Sauveur ! rétorqua-t-il. Sans compter que nous n'avons pas besoin du secours de la théologie pour le prouver. Regardez un peu cela. »

Il pointa le doigt vers le corps immobile sur le lit et demanda, sarcastique :

« Est-ce qu'un suicidé s'inflige à lui-même des ecchymoses sur les bras, se frappe à la bouche et s'étrangle par-derrière avant de se pendre ? »

Le shérif laissa échapper un petit reniflement affecté. Il n'avait cure du cadavre, seules l'intéressaient les retombées politiques de l'affaire. Il voulait en récolter les meilleurs bénéfices auprès de personnages influents comme l'évêque Henry, frère de Guillaume Le Maréchal, tout en évitant les ennuis.

« Pour l'amour de Dieu, couvrez ce pauvre diable ! » demanda-t-il à Gwyn d'un ton cassant, faisant claquer un gant en direction de la couverture rangée au pied du lit avant de tourner les talons et de se diriger vers la porte.

« J'enverrai quelqu'un au château mander Ralph Morin pour qu'il envoie des gens d'armes fouiller la ville. »

Morin était le connétable du château de Rougemont, bâtisse perchée sur les hauteurs au nord-est de la ville et qui tenait son nom de la couleur du grès de la région dont elle était bâtie.

« Que vont-ils pouvoir faire à minuit passé ? Molester tous les passants pour obtenir des aveux ? » s'indigna Wolfe, qui n'éprouvait que mépris pour ces vaines mesures.

Connaissant les méthodes de Revelle, il savait de surcroît que tout cela n'était pas qu'une vue de l'esprit.

Le shérif décocha à John un autre de ses regards compatissants, comme s'il cherchait à ménager un enfant attardé.

« Et comment s'y prendrait mon nouveau coroner ? » siffla-t-il.

Excédé, John s'apprêta à lui crier que c'était du roi et non de lui qu'il était le coroner mais ravala ses mots : ils s'étaient déjà suffisamment querellés sur ce point. Et même si, quatre mois auparavant, le shérif n'avait pas apprécié que soit créée la fonction de coroner, celui-ci ne se trouvait aucunement en position de défier les édits d'Hubert Gautier, archevêque de Canterbury et grand justicier de Richard Cœur de Lion.

« Savoir pourquoi Robert de Hane a été tué nous permettra de savoir qui l'a tué. S'agiter par les rues sans propos ne nous mènera nulle part », répondit-il simplement.

Le shérif ne releva pas. « Était-ce pour le voler ? esquiva-t-il. Certains prébendiers sont fortunés.

— Pas lui, remarqua Wolfe en balayant d'un geste la chambre spartiate. Tout le monde savait qu'il vivait en ascète. Il n'y a pas grand-chose à voler ici qui puisse pousser quelqu'un à tuer. »

Le shérif semblait se lasser du sujet.

« Cela attendra donc demain matin. Je dois retourner aux côtés de ma femme. »

Quand John s'étira le dos, sa tête frôla les poutres du plafond. « Je vais rentrer chez moi en votre compagnie », dit-il.

Revelle enfila ses gants. « Lady Eleanor est retournée à Rougemont. J'ai demandé avant de venir qu'une escorte la raccompagne. Vos invités sont partis, hélas », glissa-t-il avec une joie maligne.

Il savait sa sœur pleine d'amertume envers son mari, qu'elle blâmait déjà pour la faillite de la soirée mondaine à laquelle elle tenait tant. Quand John arriva chez lui, sur Martin's Lane, dix minutes plus tard, la salle était déserte. Chopes vides, cruches et restes de repas traînaient tristement sur la table. Brutus, toujours allongé devant le feu qui mourait, agita mollement sa queue touffue, le seul signe de bienvenue que John allait recevoir ce soir-là.

Il monta l'escalier de bois qui menait de la cour au solarium. Matilda, l'air lugubre, était assise sur l'unique chaise. Lucille, sa femme de chambre aux dents de lapin, ôtait les épingles de ses cheveux et l'aidait à enlever sa nouvelle robe de brocart, avant de préparer sa chemise de lit.

Après un silence de mauvais augure qui dura jusqu'à ce que l'horrible Française fût descendue se changer dans son cabinet sous l'escalier, l'orage éclata.

« Une fois de plus, mon mari, on dirait que vous prenez du plaisir à gâcher tous mes efforts pour améliorer votre position auprès des gens influents de cette ville ! rugit Matilda.

— Je me moque bien d'améliorer ma fichue position ! Je suis coroner du roi. Je n'ai pas besoin de lécher les bottes de quiconque – bourgeois ou évêque ! Que les mondanités vous manquent, très bien ! Mais ne prétendez pas m'aider dans ma carrière, je me trouve fort bien tel que je suis. »

N'étant pas du genre à renoncer à une scène, Matilda contre-attaqua avec un plaisir évident, son visage charnu aussi hargneux que celui d'un bouledogue.

« Vous êtes content de vous, n'est-ce pas ? Vous passez le plus clair de votre temps dans des tavernes ou dans le lit de catins. Vous vous servez de votre nouvelle fonction comme prétexte pour m'éviter. Vous désertez notre maison pendant des jours et des nuits, Dieu seul sait ce que vous fabriquez !

— Un vieux chanoine de la cathédrale a été assassiné, Matilda. Vous êtes assez intime avec le clergé de la ville pour comprendre le scandale qui se prépare. Auriez-vous aimé qu'à son retour, j'explique à l'évêque que je ne pouvais pas m'y intéresser parce que ma femme donnait un dîner ? »

Les scènes de ce genre étaient si communes sous leur toit que Wolfe n'y trouvait plus aucun intérêt. Matilda l'accusait toujours des mêmes choses, sans qu'il puisse objecter en bloc car tout n'était pas faux. Depuis leur mariage, il y avait seize ans, il avait tout fait pour passer le moins de temps possible avec elle, préférant de loin guerroyer en Angleterre et ailleurs. Désormais âgé de quarante ans, il servait dans l'armée depuis l'âge de dix-sept ans et maudissait ce jour où son père l'avait enjoint de se lier par le mariage à la riche famille Revelle.

« Si je m'absente souvent, c'est que ma charge de coroner l'exige, femme. C'est vous qui m'avez poussé à rechercher cette fonction. Vous n'avez eu de cesse d'intriguer pour moi auprès des bourgeois, des prêtres et de votre maudit frère. »

Elle ne savait pas à quel point, en réalité, ses efforts avaient été inutiles. Richard Cœur de Lion et Hubert Gautier étaient tous deux plus qu'enchantés de nommer à ce poste un chevalier croisé que l'un comme l'autre connaissaient bien. John de Wolfe avait fait partie de l'escorte royale lors du funeste voyage où Richard avait été fait prisonnier en Autriche. Mais Matilda, maintenant qu'elle s'était embarquée dans cette querelle, n'accepterait aucun argument de la part de son grincheux de mari. Rageusement, elle s'allongea sur le lit bas et se fourra sous la couverture en peau de mouton pour finir de s'y dévêtir et enfiler sa chemise de lit sans qu'il la vît nue. John avait depuis longtemps renoncé à exiger qu'elle se plie à son devoir conjugal et n'en éprouvait nul regret. Elle avait six ans de plus que lui et n'avait jamais été très portée sur la chair, raison pour laquelle, après toutes ces années, ils n'avaient toujours pas d'enfants.

« Votre charge de coroner ne vous oblige en rien à chevaucher en permanence votre étalon, rétorqua-t-elle avant d'ajouter d'une voix perfide : quand vous n'êtes pas en train de chevaucher une jument à deux pattes, bien sûr. »

Après avoir non sans mal réussi à revêtir sa chemise de lit, elle jeta ses vêtements sur une chaise et repartit à l'attaque. « Mon frère qui est shérif de tout le comté du Devon ne passe pas ses journées à le parcourir de long en large. Il laisse à ses hommes et à ses intendants le soin de transmettre ses ordres. Alors que vous, vous prétextez que l'on a besoin de vous en personne dans le seul but de ne pas être à la maison. »

Wolfe fronça les sourcils d'un air menaçant. « Je n'ai à ma disposition ni connétable, ni gens d'armes, ni château plein de domestiques qui m'obéissent au doigt et à l'œil comme en a votre maudit frère ! Je n'ai, moi, qu'un écuyer et un clerc. »

Elle éclata d'un rire méprisant. « Cette brute hirsute de Cornouailles et un petit prêtre vérolé ! C'est vous qui les avez choisis, Richard vous aurait volontiers proposé de meilleurs auxiliaires si vous les aviez acceptés.

— Gwyn m'a sauvé la vie plus d'une fois. Il n'est d'homme plus digne de confiance dans tout le royaume. Quant à Thomas, il n'a pas son pareil en ville pour les tâches d'écriture, et en outre, vous savez très bien que le prendre à mon service était une faveur à l'archidiacre, puisque John d'Alençon est son oncle. »

Assise à présent, l'épaisse toison de la couverture bien serrée contre les seins, Matilda le foudroyait du regard. La pièce de lin blanc qu'elle portait enroulée autour de la tête, rappelait à Wolfe le Maure avec lequel il s'était battu au corps à corps pendant la bataille d'Arsouf.

Exactement comme l'avait fait ce guerrier, elle lui jeta brusquement quelque chose à la tête. Non point une lance, cependant, mais une pomme déjà croquée qui traînait près du lit.

« Vous n'êtes qu'un misérable, allez au diable ! »

Sur ces mots, elle se rallongea dans le lit et remonta la peau de mouton jusqu'au-dessus de sa tête.

Wolfe ôta ses vêtements sans hâte, souffla la chandelle et se glissa de l'autre côté du grand lit. Ils dormaient allongés dos à dos, leurs corps distants de deux coudées à peine, mais leurs âmes à un mille l'une de l'autre.

L'oreille tendue vers sa respiration devenue régulière tandis qu'elle feignait de dormir, il marmonna avec un soupir amer : « Joyeuse Nativité à toi aussi ! »

2

Où Coroner John s'adresse aux chanoines

Lorsqu'il n'avait pas d'autres obligations, sir John de Wolfe avait l'habitude de déjeuner une seconde fois avec ses deux serviteurs autour de la neuvième heure, après que les cloches de la cathédrale avaient sonné les offices de tierce, sexte et none qui précédaient la grand-messe. Il avait déjà mangé à sept heures ce matin-là, seul dans la salle vide, humide et froide de Martin's Lane. Pour lutter contre le froid de l'hiver, Mary lui avait servi de la bouillie d'avoine chaude puis des tranches de bœuf salé et deux œufs de cane sur du pain d'orge. La jeune femme de vingt-cinq ans aux cheveux noirs et à la poitrine plantureuse était la fille d'une Saxonne et d'un soldat normand parti avant sa naissance.

Pendant qu'elle lui versait une autre chopine de bière, Wolfe caressa distraitement ses fesses rebondies, plus par réconfort que par désir. Il leur était arrivé plus d'une fois par le passé de coucher ensemble dans la cabane où elle vivait au fond de la cour. Mais depuis quelque temps, Mary, qui tenait à garder son travail, se refusait à lui, car elle se doutait que Lucille, son ennemie jurée, les soupçonnait.

« Je suis à nouveau en disgrâce, Mary », lui glissa-t-il à mi-voix tout en jetant des regards furtifs vers la haute fenêtre étroite du solarium.

— Elle avait très envie que la fête d'hier soir soit un grand moment, murmura la servante. Quand vous êtes parti avec l'archidiacre, et surtout lorsque son frère vous a suivi, la réception a perdu tout intérêt, et tout le monde s'est éclipsé. Elle ne va pas vous le pardonner si vite. »

Matilda mit un point d'honneur à ne pas apparaître à table. Après le petit déjeuner et un passage par les latrines, John se lava sommairement dans un seau d'eau froide en cuir qui se trouvait dans la cour. On était samedi, ses ablutions n'incluaient donc pas le rasage, qu'il pratiquait tous les trois jours. Mary avait étalé devant l'âtre les vêtements propres de la semaine. Lentement, il enfila un sous-vêtement en lin et une sobre tunique grise en serge qui lui arrivait en dessous du genou. Des chausses de laine épaisse lui couvraient les jambes – il ne portait ni braies, ni culotte, sauf s'il devait monter à cheval – et il avait aux pieds une paire de bottines pointues. Il boucla la large ceinture qui portait sa dague – on n'avait pas besoin d'épée pour aller en ville – et jeta sur ses épaules une pelisse cendrée en peau de loup avant de nouer sous son menton les oreillettes de sa toque en feutre noir. Après avoir crié au revoir à Mary, il se mit en route. À sa nomination, le shérif lui avait accordé de mauvaise grâce un bureau exigu tout en haut du corps de garde du château de Rougemont.

À son passage au pont-levis, la sentinelle en faction lui présenta ses respects en frappant le sol du manche de sa lance. Tous les soldats savaient qu'ils avaient affaire à un preux croisé et compagnon du grand Richard Cœur de Lion.

La haute tour du corps de garde au sommet de laquelle il avait son bureau avait été construite, comme le reste du château, peu après la conquête de Guillaume le Bâtard, sur les ruines de cinquante et une maisons saxonnes que celui-ci avait fait démolir. Simple grenier sous les toits, froid et plein de courants d'air, son bureau était doté pour toute porte d'un rideau en toile de jute. Il n'avait pas de cheminée et l'état misérable de la pièce reflétait le mépris dans lequel Richard de Revelle tenait la charge de coroner qui venait d'être créée et en laquelle il ne voyait qu'une atteinte à son privilège de maintien de l'ordre dans le comté. Opinion que partageaient d'ailleurs les autres shérifs d'Angleterre.

L'équipe du coroner s'y retrouvait tous les matins pour prendre connaissance des malheurs survenus depuis la veille ; et aujourd'hui – Noël ou pas – la mort du chanoine Robert de Hane arrivait en tête de liste.

Wolfe s'assit sur le banc. Juché sur un tabouret à l'extrémité de la rudimentaire table à tréteaux, Thomas recopiait consciencieusement sur un parchemin vierge une liste des exécutions de la semaine écoulée. Plié en deux sur sa feuille, la langue entre les dents tant il était concentré, il calligraphiait élégamment les mots latins. Le haut de sa plume effleurait presque son nez fin et pointu.

Gwyn de Polruan, qui tenait son nom du petit village de pêcheurs où il était né en Cornouailles, trônait quant à lui à sa place préférée, sur l'entablement en pierre de la petite fenêtre. Il regardait la rue étroite qui montait vers le pont-levis en se curant négligemment les ongles de la pointe de sa dague.

Les coudes sur la table, le coroner se prit le visage à deux mains. Lui qui avait commencé sur le tard l'apprentissage de la lecture et de l'écriture sous la férule d'un des vieux prêtres de la cathédrale passait d'ordinaire ses débuts de matinée à transpirer sur sa grammaire latine. Aujourd'hui, cependant, son esprit était absorbé par une tout autre affaire. Qui donc, se demandait-il, pouvait bien avoir intérêt à tuer un vieux prébendier érudit à priori si inoffensif ?

« Thomas, toi qui connais bien ce qui se passe dans le clos de la cathédrale, lança-t-il soudain de sa voix profonde, y a-t-il eu récemment des rumeurs ou des scandales ? »

Le clerc, qui jamais ne rechignait à étaler ses connaissances du monde ecclésiastique, posa sa plume. Levant ses yeux ronds et vifs sur le coroner, il pencha la tête de côté comme un oiseau. Toujours vêtu de noir ou de gris comme son maître mais plus pauvre encore que Job, il portait une longue tunique miteuse et usée.

« Je n'ai rien entendu dire à propos de Robert de Hane, Coroner, répondit-il. C'était un chanoine des plus discrets. Il n'avait pas, comme certains, de maîtresse, ni de famille secrète dans un lointain village.

— Pour autant que tu le saches en tout cas, crapaud, brailla Gwyn en retour. Moi, je ne ferais pas confiance à un prêtre, ni pour un demi-écu ni pour ma femme ! »

Wolfe, en plus de vingt ans, n'avait jamais compris pourquoi le Cornique détestait tant le clergé.

« N'y a-t-il rien qui titille les langues en ce moment autour de la cathédrale ? insista-t-il. Tout de même, avec tous ces domestiques, vicaires, acolytes et choristes, il ne peut manquer de se développer des jalousies et des intrigues ! »

Thomas se creusa les méninges : il aurait bien voulu pouvoir déterrer un scandale qui pût à la fois satisfaire son maître et faire honneur à sa réputation d'informateur bien renseigné. L'archidiacre, son oncle, avait intercédé en sa faveur afin qu'il puisse disposer gratuitement d'une paillasse dans une bicoque qu'il partageait avec des domestiques derrière la maison d'un chanoine. Il mangeait peu, souvent à des étals de rue ou bien ce qu'il cuisinait lui-même dans une cabane de la cour. Faute de pouvoir le rendre riche, les deux pence par jour que le coroner lui donnait de sa poche lui permettaient au moins de survivre. Un incontestable mieux après les deux années qu'il venait de passer à Winchester dans le dénuement le plus complet. Dernier fils d'un chevalier du Hampshire, il avait contracté enfant la maladie qui avait emporté sa mère et lui avait abîmé la moelle et la hanche. Grâce à ses capacités intellectuelles, il avait alors été orienté vers l'Église. Devenu clerc diocésain après son ordination, il s'était révélé un excellent latiniste et s'était mis à l'enseignement. Mais c'est hélas ce qui avait précipité son triste destin. Sa bosse sur le dos, sa claudication et sa coquetterie dans l'œil ne lui attiraient pas les faveurs des dames, dont il n'avait aucune expérience. Or, il comptait à l'époque parmi ses élèves de jeunes novices du couvent dont une, particulièrement précoce, lui avait, par jeu, fait des avances auxquelles il n'avait su résister. Mais quand il avait maladroitement voulu l'étreindre, le pauvre bougre s'était vu arrêter sur ordre du procureur de la cathédrale et inculper de tentative de viol. Il n'avait pu se soustraire à la justice du shérif et éviter une probable pendaison que grâce à sa condition de prêtre et parce que le délit avait été commis dans la juridiction des autorités ecclésiastiques. Défroqué par jugement de la cour du consistoire, il avait alors été privé de sa prébende et de son logement. Une année passée à louer ses services comme écrivain public à des marchands, et il avait fini affamé et en haillons.

Désespéré, il s'était alors rendu à pied jusqu'à Exeter pour en appeler à la miséricorde du frère de son père, l'archidiacre John d'Alençon. Lequel, après lui avoir fait don d'un peu d'argent pour sa survie immédiate, lui avait promis de lui trouver un emploi convenable. Lorsqu'en septembre, le coroner qui venait d'être nommé avait exprimé le besoin d'un clerc pour tenir ses registres, l'archidiacre avait persuadé son ami Wolfe de prendre à l'essai le prêtre déshonoré. Malgré le mépris largement assumé avec lequel les deux hommes traitaient le clerc malingre, l'association fonctionna bien. Les qualités d'écrivain de Thomas étaient indéniables et se doublaient d'incontestables talents d'enquêteur. D'une curiosité maladive, il avait le chic pour tirer les vers du nez aux gens et pour passer les commérages au crible, qualités ô combien précieuses pour un coroner qui officiait au sein de communautés aussi intriquées que celles du Devonshire.

Pourtant, Thomas eut beau essayer de se souvenir de rumeurs récentes qui pourraient avoir un rapport même éloigné avec le meurtre du chanoine, rien ne lui vint à l'esprit.

« Les seules bribes d'intrigue que j'ai pu entendre autour de la cathédrale concernaient des affaires qui lui étaient étrangères, beaucoup plus politiques que religieuses, marmonna-t-il tout à sa réflexion en se tapotant le menton avec le bout de sa plume.

— C'est un cadavre de chanoine que nous avons sur les bras, je ne vois pas ce que la politique aurait à faire là-dedans ! rétorqua Gwyn d'un ton sceptique et méprisant, tout en posant une cruche en pierre pleine de cidre sur l'entablement de la fenêtre.

— Écoutons-le néanmoins, le rabroua Wolfe. Puisque nous n'avons pas d'autre piste... »

Thomas fit une grimace au Cornique et poursuivit : « Ce n'est qu'une amorce de rumeur, mais je l'ai entendue plusieurs fois de différentes personnes. Tous restaient toujours sur leurs gardes et parlaient à mots couverts, mais j'ai cru comprendre que certains barons et bien sûr, certains hommes d'église de premier plan, n'appréciaient pas la façon dont le roi semble avoir abandonné l'Angleterre au profit de la Normandie, laissant les responsabilités au chancelier Guillaume Longchamp et au grand justicier Hubert Gautier. »

Wolfe était indigné. « Jamais le roi Richard n'abandonnerait son pays, pour l'amour du Christ ! Il doit combattre ce pleutre de Philippe Auguste pour garder intacte la Normandie après que Jean, son imbécile de frère, a failli la céder lorsqu'il était prisonnier en Allemagne. »

Depuis qu'il l'avait personnellement servi pendant la croisade, sa loyauté à Richard était presque sans bornes : il prenait toute critique envers le monarque comme un affront personnel.

Sur la défensive à présent, Thomas bredouilla : « Je ne fais que répéter la rumeur, Coroner. Tout le monde déteste Long-champ et bien que l'archevêque Walter... – il s'interrompit pour se signer – ... ne soit pas lui-même franchement impopulaire, les impôts accablants qu'il lève pour financer les campagnes du roi le sont à coup sûr. »

Se levant pour aller chercher la miche et le morceau de fromage rangés dans une cavité du mur de pierre, Gwyn en profita pour se joindre à la discussion.

« Le peuple se plaint toujours de ses dirigeants et des impôts, c'est dans l'ordre des choses, commenta-t-il tout en coupant des tranches de pain avec sa dague avant de partager le fromage en trois. En quoi tout ça pourrait-il être lié à la mort de notre chanoine ? »

Il distribua ce qu'il avait préparé.

« En rien, je suppose, couina Thomas. Je ne faisais que répéter ce qui se dit. »

Wolfe dévisagea son clerc avec méfiance. « Est-ce que ce ne sont vraiment que des racontars, Thomas ? Je te connais, et tu es bien trop malin pour avoir abordé le sujet sans en savoir plus. »

Le scribe frétilla sur son tabouret. « Ce n'est pas tant ce qui est dit que la façon dont les gens parlent à l'entour de la cathédrale, à mi-voix et en regardant par-dessus leur épaule. Et ils changent de sujet lorsqu'ils sentent que je tends l'oreille.

— Pas étonnant, tout le monde sait bien la sale petite fouine que tu es ! » grogna le Cornique, en versant du cidre dans les trois chopines sur la table.

De deux doigts, Thomas lui fit un signe grossier emprunté aux archers qui ont pu éviter qu'un ennemi leur tranche les phalanges dont ils se servent pour bander leurs arcs.

« En plus, Messire John, à la fête de la Saint-Justinien l'autre jour, j'ai entendu parler deux vicaires de chœur à qui le vin était monté à la tête. Il semblerait qu'après le chapitre, l'un d'eux ait surpris une conversation du grand chantre Thomas de Boterellis avec un autre chanoine à propos d'une rencontre imminente avec le comte de Mortain, à laquelle l'évêque Marshal devait assister. Ils se sont tus lorsqu'ils se sont aperçus qu'on les écoutait. »

Le coroner réfléchit à cette information. Le prince Jean était aussi comte de Mortain, un fief de Normandie. L'un des titres que le roi lui avait récemment restitués pour lui montrer qu'il lui pardonnait d'avoir comploté contre lui. Depuis la libération de Richard en mars dernier, le prince était resté la plupart du temps outre-Manche, mais on avait récemment signalé sa présence en Angleterre.

« Et quel mal y a-t-il à ce que l'évêque parle avec le frère de son souverain ? » objecta Gwyn qui, par principe, prenait toujours le contre-pied de ce que disait le clerc.

Pensif, Wolfe fit glisser le pain et le fromage avec une lampée de cidre aigre.

« Il faut malgré tout garder cela présent à l'esprit, dit-il. L'évêque Marshal et son chantre ont tous les deux soutenu la rébellion de Jean l'année dernière. Néanmoins, je ne vois pas le lien avec notre pauvre chanoine. Garde quand même tes oreilles ouvertes, Thomas. »

Après la collation matinale, le coroner accorda quelques laborieuses minutes à ses exercices de latin, articulant en silence les phrases élémentaires données par son professeur. Thomas l'observait à la dérobée, il aurait voulu mettre ses formidables talents de pédagogue au service de son maître, mais il savait Wolfe susceptible sur son analphabétisme. Assez vite, ce dernier perdit patience et lâcha le rouleau de vélin. Il se leva et, doigts sur la table, déclara : « Il est encore trop tôt pour descendre à la cathédrale, les prêtres sont à la grand-messe. Je vais aller échanger au moins deux mots avec notre shérif. Je veux comprendre quelles suites il a l'intention de donner à ce meurtre. »

Écartant le rideau en toile de jute, il descendit l'étroit escalier, la tête courbée pour éviter de se cogner au toit de pierre brute bâti par des maçons saxons sous les ordres des Normands. Rougemont avait été érigé par Guillaume en 1067, après sa prise d'Exeter au terme de dix-huit jours de siège. Le Conquérant en personne, disait-on, avait arpenté les fondations du donjon où se rendait Wolfe. Le château était situé sur une hauteur au nord-est d'Exeter, amputant d'un angle les remparts édifiés à l'origine par les Romains. Au-delà des fortifications et des douves s'étendait la basse-cour, elle-même protégée par un remblai de terre et une palissade de bois. C'est là que s'entassaient pêle-mêle baraques et cabanes où vivaient les soldats avec leurs familles et leurs animaux, si bien que l'endroit tenait autant du camp militaire que de la ferme.

À grandes enjambées, Wolfe traversa la haute cour ceinte de murs crénelés de grès rouge. Le sol boueux était gelé. Des chants filtraient de la petite chapelle St. Mary, sur sa droite, où le chapelain célébrait la messe de la Nativité. Sur sa gauche se trouvait la Shire Court, un espace carré dallé de pierre où le shérif réunissait le tribunal du comté et où les justiciers itinérants du roi tenaient parfois leur cour d'assises. Le donjon se trouvait à l'exact opposé, presque collé à la muraille le long de l'escarpement surplombant Northernhay. C'était une structure trapue de deux étages dotée d'un demi-sous-sol abritant la geôle. On y entrait par un large escalier de bois surélevé qui menait à une porte ouvrant sur le premier étage. En cas de siège, l'escalier pouvait être retiré pour se protéger des attaques, mais Rougemont n'avait pas connu de guerre depuis près de soixante ans.

Dans la cour, John était assailli de spectacles, de sons et d'odeurs qui lui étaient familiers. Le long des murailles, les cahutes en bois abritaient les cuisines, les lavoirs, les taudis des vieux soldats et des domestiques du château ainsi que les écuries d'où l'on entendait hennir les chevaux. Des poules, des cochons et des chèvres vagabondaient dans la boue parsemée de détritus. Nul brin d'herbe ne survivait dans cette fange. Que le jour de la Nativité fût chômé ne changeait apparemment rien à la routine chaotique des lieux. De la fumée s'élevait d'une vingtaine de braseros et des gens d'armes, leurs femmes et quelques enfants en haillons s'empressaient de tous côtés.

Un soldat vêtu d'un pourpoint en cuir épais et d'un casque rond doté d'un protège-nez montait la garde au bas de l'escalier du donjon. À l'approche de l'officier du roi, il se mit au garde-à-vous et salua de sa lance, comme l'avait fait le garde au pont-levis.

Dans la pièce du haut, quelques personnes, pour la plupart des domestiques du château, des clercs et des écuyers en moins grand nombre qu'en un jour ordinaire, se pressaient autour de la grande cheminée pour se protéger du froid vif et piquant. Sans leur prêter attention, Wolfe gagna l'autre extrémité de la salle, où se trouvait une petite porte elle aussi gardée par un soldat : Richard de Revelle aimait tant faire montre de son pouvoir qu'il exhibait pour monter sa garde et de façon presque entièrement inutile tout un contingent.

Après un vague salut à l'homme en faction, Wolfe poussa la lourde porte ornée de clous et pénétra dans le bureau du shérif. C'était la pièce que Revelle avait affectée à ses charges officielles, ses appartements privés se trouvaient à l'arrière. Il y passait la plupart de son temps et rentrait parfois chez lui retrouver lady Eleanor soit à Tavistock, soit à Revelstoke près de Plympton. Sa femme ne consentait que rarement à rester au lugubre château de Rougemont, mais elle y demeurait ces jours-ci à contrecœur pour les fêtes de la Nativité.

Lorsque le coroner entra, le shérif, assis derrière une grande table près de la cheminée, lisait un rouleau de parchemin. Un clerc penché sur son épaule lui parlait à l'oreille à mi-voix tout en désignant quelque chose sur le document. Ignorant l'arrivée de Wolfe, Richard prit une plume sur la table et raya rageusement un mot avant d'inscrire quelque chose dans la marge. Voyant son beau-frère si à l'aise dans l'écriture et la lecture, John sentit le coup de poignard de la jalousie. Enfant, à Wells, Revelle avait fréquenté l'école de la cathédrale. Le clerc prit le parchemin corrigé, salua et s'éclipsa en trottinant, laissant à son maître l'opportunité de s'intéresser enfin à la visite du coroner.

« Pas d'autres décès de prébendier, ce matin, John ? le taquina Revelle.

— Ce n'est pas quelque chose à prendre à la légère, Richard, répondit sèchement le coroner. Ce repaire d'ecclésiastiques est très puissant. »

Fusillant du regard son beau-frère, il tira un tabouret et s'assit en face de lui.

« Je vais descendre au clos mener mon enquête, quoique je doute que cela nous avance beaucoup », ajouta-t-il.

De sa main couverte de bagues, Revelle caressait sa barbiche en pointe. « Rien chez le défunt ne laisse penser qu'on ait pu vouloir l'assassiner. Êtes-vous sûr qu'il ne s'agit pas d'un *felo-de-se* ? »

Wolfe fulminait : le shérif refusait toujours d'abandonner la théorie du suicide.

« Il se serait donc d'abord étranglé lui-même, puis attrapé par les bras assez fort pour se faire des bleus avant de se pendre ? » rétorqua-t-il.

Le shérif ne répondit rien. Cet assassinat ne l'aurait intéressé que peu s'il n'avait pas été ami avec l'évêque Henry Marshal et Thomas de Boterellis, le grand chantre chargé de l'organisation des offices de la cathédrale. Lesquels n'allaient pas manquer d'exiger de lui une enquête approfondie.

« Savez-vous quelque chose sur cet homme, Richard ?

— Rien du tout. Pour autant que je me souvienne, je ne l'ai jamais rencontré de son vivant. Il fut, semble-t-il, un homme de Dieu très effacé, répondit Revelle, sans quitter des yeux le visage sombre et anguleux de Wolfe. Avez-vous une idée de la raison pour laquelle il pourrait avoir été tué ? Si, comme vous le prétendez, il n'est pas mort de son propre fait, bien sûr. »

Le coroner haussa les épaules. « Dieu seul le sait ! L'un de vos gardes ou l'un de vos gens d'armes aurait-il eu vent en cette période de réjouissances de la présence de personnes indésirables en ville ? »

Revelle éclata d'un rire ironique. « Des indésirables ? La moitié de cette fichue population d'Exeter est indésirable ! Faites le tour des tavernes ou promenez-vous un soir vers Bretaygne, si vous n'en êtes pas convaincu. »

Quartier le plus pauvre de la ville situé en bordure du fleuve, Bretaygne devait son nom aux Bretons qui y avaient habité des siècles durant avant l'invasion d'Exeter par les Saxons.

« Mais je vais demander à Ralph Morin s'il a eu des renseignements récemment », ajouta-t-il avant d'aboyer à son garde de venir.

Le connétable de Rougemont les rejoignit peu après. Grand, robuste, le teint hâlé, avec sa moustache et sa longue barbe grise à deux pointes, il ressemblait à un Viking. Tous trois s'entretinrent du meurtre quelques instants, sans que le connétable puisse apporter aucune suggestion.

« La populace habituelle est en ville, mais je ne vois personne susceptible d'étrangler un prêtre respectable. Rien n'a été volé, pour autant que vous sachiez ? » demanda-t-il.

Wolfe secoua la tête. « Il vivait modestement, contrairement à certains autres chanoines. Il n'y avait rien chez lui qui vaille la peine d'être volé. »

Revelle se leva et se dirigea nerveusement vers l'une des meurtrières qui faisaient office de fenêtre. Il laissa son regard se perdre dans la cour, où deux bœufs tiraient laborieusement dans la boue une charrette à grandes roues.

« Personnellement, je n'engagerais pas le moindre penny pour un vieux clerc oisif, mais l'évêque va me demander de lui rendre des comptes lorsqu'il reviendra de Gloucester dans quelques jours. »

Quand Morin s'éloigna de la cheminée à laquelle il s'était appuyé, la longue épée suspendue à son baudrier cogna contre un seau rempli de bûches.

« J'enverrai le sergent Gabriel et une petite escouade en ville tordre quelques bras, mais si rien n'a été dérobé, personne ne doit être en train de dépenser le butin dans les tavernes ou les bordels, les enquêtes habituelles seront donc inutiles. »

John se leva pour partir. « Je vais aller m'entretenir avec autant de religieux que cela me sera possible avant l'instruction. Et mon petit clerc malin garde l'oreille à l'affût de la moindre rumeur du côté de la cathédrale, il m'en a déjà d'ailleurs rapporté quelques-unes. »

Le coroner décocha un regard insistant au shérif, que Revelle lui rendit sans ciller.

Devant le portail principal de la cathédrale, Wolfe et ses deux comparses scrutaient la foule dense des fidèles qui sortaient de la grand-messe de la matinée. Matilda, quant à elle, était retournée à Saint-Olaf faire ses dévotions. Elle y passait tant de temps qu'il arrivait à John de se demander si elle n'était pas éprise du prêtre fat et mielleux qui y officiait.

Quand les fidèles se furent dispersés par les venelles boueuses, les ecclésiastiques sortirent à leur tour, impatients de passer à table. Enveloppés dans de grandes capes noires qui couvraient leurs habits sacerdotaux, ils marchaient en petits groupes pour rejoindre leurs domiciles respectifs. Certains se dirigeaient vers Canon's Row, d'autres vers des maisons sises un peu partout dans le quartier. La plupart des vicaires et des acolytes descendaient vers Priest Street[1] de l'autre côté de South Gate Street, non loin de *La Brousse*, le repaire de Wolfe tenu par sa maîtresse Nesta.

Le coroner attendait plusieurs clercs âgés afin de leur poser des questions sur les événements de la veille. L'archidiacre avait promis de réunir ceux parmi les chanoines qui avaient le mieux connu Robert de Hane pour les lui amener avant qu'ils ne fussent partis manger.

« Et pour l'instruction ? demanda Gwyn, qu'on avait chargé de rassembler tous ceux qui seraient susceptibles de détenir des informations sur la disparition prématurée du chanoine.

— Après le repas, de toute façon la moitié se sont envolés, répondit Wolfe. Coince-les avant les vêpres, puisque c'est le prochain office. »

1. Aujourd'hui Preston Street (N.D.A.)

Tout le personnel ecclésiastique de la cathédrale était censé assister quotidiennement à pas moins de sept offices, le premier étant celui de matines, à minuit. Dans la journée, la plus longue période sans dévotions se situait entre la fin de la matinée et la fin de l'après-midi.

« Le voilà, avec quelques chanoines sur ses talons », fit Thomas d'une voix flûtée en se signant.

Le clerc avait beau ne plus faire partie du clergé, il brûlait d'envie d'être vu comme l'un des leurs et ne manquait aucune occasion de partager leur compagnie ou de prendre part à leurs conversations.

L'archidiacre apparut sur le perron, enveloppé des pieds à la tête dans la grande cape qu'il portait sur son aube et sa chasuble en étoffe précieuse. Il s'approcha du coroner, suivi par trois hommes vêtus d'une cape identique. Le premier était le grand chantre, Thomas de Boterellis. L'accompagnaient deux chanoines en pleine conversation, dans lesquels Wolfe reconnut Jordan de Brent et Roger de Limesi. Tous habitaient la rangée de maisons où le corps avait été retrouvé la veille.

John d'Alençon et ses trois compagnons saluèrent le coroner d'un air grave.

« Allons dans la salle capitulaire pour notre discussion. Nous y serons entre nous », suggéra l'archidiacre.

Avant qu'ils ne pénètrent dans la cathédrale, Wolfe demanda à Gwyn de retourner à Canon's Row questionner autant de domestiques qu'il pourrait en trouver afin de préparer sa venue pour l'instruction. Qu'on l'attende, dit-il, pour deux heures après midi. Puis, faisant signe à Thomas qui fut ravi de l'accompagner, il emboîta le pas aux quatre ecclésiastiques. La congrégation avait quitté les lieux, la vaste nef dallée était vide de toute présence humaine, seuls quelques moineaux et corbeaux entrés par une fenêtre sans vitrage picoraient des miettes laissées par les centaines de fidèles qui avaient assisté à la messe de l'autre côté du jubé.

À grand pas, l'archidiacre gagna un déambulatoire qui menait au clocher sud. Là, une petite porte conduisait à un bâtiment en bois de deux étages, la maison du chapitre. On parlait de le reconstruire en pierre dès que l'archevêque aurait accepté d'abandonner une partie du jardin de son palais, qui jouxtait les lieux à l'est.

« Nous pouvons nous installer dans la bibliothèque, au-dessus, proposa d'Alençon. C'est calme et particulièrement approprié car le pauvre Hane y passait le plus clair de son temps. »

Tous lui emboîtèrent le pas entre les bancs alignés le long des murs nus de la salle où se tenait quotidiennement le chapitre. Dans un coin, un escalier de bois menait à l'étage faisant office de bibliothèque et de salle des archives pour le diocèse. L'endroit, meublé de plusieurs hauts pupitres dont chacun était équipé d'un siège, sentait le renfermé.

Désireux de se rendre utile, Thomas de Peyne s'empressa d'ouvrir deux des fenêtres à volets. La lumière et le froid glacial amené par le vent d'est s'engouffrèrent dans la pièce. Sol, pupitres, rayonnages... tout disparaissait sous les parchemins et les rouleaux de vélin. Solidement retenus par des chaînes fixées à des anneaux vissés dans le bois, les plus gros volumes à reliure de cuir faisaient ployer certaines étagères.

L'archidiacre eut un claquement de langue soucieux. « Il faudrait un peu mieux entretenir de cette pièce ! » murmura-t-il.

Jordan de Brent soupira. « L'endroit est trop petit, mon frère. Il est grand temps de le rebâtir et de l'agrandir. Nous avons eu l'année dernière un grand afflux de manuscrits anciens de différentes églises paroissiales qui souhaitaient les mettre en sécurité. C'est d'ailleurs ce sur quoi travaillait Robert de Hane. »

Roger de Limesi confirma d'un signe de tête. « Je l'aidais quand je le pouvais, mais c'était une tâche irréalisable sans espace de rangement convenable. »

Il balaya la pièce du revers de la main. D'une maigreur presque cadavérique, avec ses deux dents jaunes qui dépassaient comme des crocs de part et d'autre de sa lèvre supérieure, le malheureux avait presque l'air d'un animal.

« Prenez un siège, si vous en trouvez », les invita John d'Alençon en dégageant un tabouret pour lui-même.

Lorsqu'ils furent tous installés plus ou moins en cercle, Wolfe entama l'interrogatoire, son dévoué Thomas debout derrière lui. Il commença par l'archidiacre, par considération pour son rang.

« Il nous faut trouver les raisons de la mort de votre si aimable frère. Auriez-vous quelques lumières à nous apporter ? »

Malgré le froid aussi mordant dans la pièce non chauffée que dans le cloître en contrebas, d'Alençon rejeta sa cape en arrière d'un grand geste.

« Ces quelques heures de réflexion ne m'ont rien apporté de neuf, répondit-il. Demandons à ceux qui le connaissaient le mieux ce qu'ils en pensent. »

Il tourna alors son noble visage d'ascète vers Jordan de Brent. Tout en rondeurs avec sa tête ronde comme une pleine lune, son crâne luisant à la tonsure ronde bordée de cheveux gris et son rond visage en permanence illuminé d'un sourire bienveillant, Brent était l'exact opposé de Roger de Limesi.

« Il avait sans conteste une âme empreinte de douceur et toute dévouée à l'étude de son église bien-aimée, confirma-t-il d'une voix de stentor pour le moins surprenante avec un tel physique, en désignant la bibliothèque de sa main potelée.

Pendant toute une année, lorsqu'il n'assistait pas aux offices, il a passé ici l'essentiel de son temps, à classer et étudier de vieux manuscrits en provenance du Devon et de Cornouailles.

— Mais comment, alors, un tel homme a-t-il pu être la cible d'un crime aussi odieux ? demanda Wolfe en se tournant vers lui d'un air impatient.

— Dieu seul le sait, Coroner ! fit Jordan de Brent en haussant les épaules à la manière des Celtes. Tout ce que je peux ajouter, c'est que récemment, il avait quelque peu changé.

— Comment cela, frère Jordan ? s'enquit l'archidiacre en penchant vers lui son visage émacié.

— Depuis plusieurs semaines, il avait l'air, comment dire, exalté. Il était habituellement d'un tel calme qu'on pouvait le trouver renfermé, c'était un rêveur, un contemplatif qui ne s'intéressait qu'au passé.

— Vous avez une idée des raisons de ce changement ?

— Non, pas la moindre. Mais depuis, disons, le premier dimanche de l'avent, il travaillait plus d'arrache-pied encore que de coutume. Il était plus vif, il avait l'œil brillant et prenait parfois des airs mystérieux lorsque je passais près de son pupitre.

— Vous êtes le responsable de cet endroit ? demanda John en désignant les archives.

— Responsable est sans doute un peu exagéré. Mais il y a huit ans, faute de candidats, c'est à moi qu'a incombé la tâche de m'occuper des livres et des parchemins.

— Le frère Jordan est trop modeste, intervint l'archidiacre. L'évêque, ainsi que nous tous, le considérons comme l'archiviste de la cathédrale, en effet. Voilà bien une tâche ingrate – quoique nous n'attendions bien sûr nulle gratitude de ce côté-ci de la tombe.

— Avez-vous une idée de ce qui, dans ses recherches, aurait pu conduire à ce changement ? »

Brent leva la main comme pour lisser sur son crâne rouge et brillant une chevelure inexistante. « Je ne peux que supposer qu'il avait trouvé des éléments historiques intéressants dans les vieux rouleaux qu'il consultait. Il avait écrit quelques opuscules sur les anciennes églises à l'époque saxonne, je présume donc qu'il avait fait de nouvelles découvertes. »

À nouveau, Wolfe balaya du regard la pièce encombrée. « Vous n'avez aucune idée de ce sur quoi il travaillait et qui l'exaltait tant ? »

Brent lança un regard à Roger de Limesi.

« Vous pourriez fouiller dans ses parchemins, je suppose, suggéra le chanoine au visage émacié sans rien perdre de son flegme. Il était toujours assis là-bas. »

Il désigna un pupitre dans un coin, sur lequel s'empilaient des rouleaux de vélin et des feuilles éparses.

« Cela prendra un ou deux jours, fit observer le rubicond Brent. Il s'intéressait principalement aux anciennes paroisses normandes et à la façon dont les fonctionnaires saxons se les étaient appropriées. »

Brent lança un coup d'œil circonspect autour de lui, avant de se détendre quand il eut acquis la certitude que personne dans la pièce n'était saxon.

Le coroner fronça les sourcils : il ne progressait pas beaucoup. Thomas prit alors respectueusement la parole.

« Je veux bien examiner tous les documents pour voir s'ils nous ouvrent des pistes, ou aider les chanoines à le faire », proposa-t-il d'une traite, inquiet de s'être, dans son enthousiasme, exprimé avant son tour.

Avant même qu'ils aient eu le temps d'accepter ou de décliner son offre, le grand chantre parla pour la première fois, son visage rond au teint cireux piqué de deux petits yeux froids.

« Je dois ajouter une chose qui, peut-être, sera sans intérêt, fit-il. Comme elle est du domaine de la confession, je l'ai jusqu'ici gardée pour moi, mais le pauvre Hane étant mort, cela ne nuira sans doute plus à personne. »

Cinq paires d'yeux pivotèrent vers le tabouret où il se tenait à califourchon, sa chasuble tombant jusqu'à terre.

« Soyez prudent, mon frère, s'il s'agit d'un sujet sensible dans notre religion », le mit en garde l'archidiacre.

L'autre chanoine fit signe que non.

« Rien de tel. Et cela pourrait avoir un rapport, même mince, avec cette affaire. Il y a quelques semaines, je ne me souviens plus quand exactement, Robert de Hane est venu me trouver après le chapitre, puisque je suis, enfin... j'étais, son confesseur. »

John d'Alençon l'interrompit pour donner des explications au coroner. « Chacun de nous, même l'évêque, s'est vu désigner un autre prêtre, dont nous sommes le confesseur et qui est le nôtre. Souvent, nous nous retrouvons pour entendre les péchés de l'autre et nous donner mutuellement l'absolution. »

Un système bien pratique, se dit Wolfe tout en se félicitant de l'absence de ce mécréant de Gwyn, qui n'aurait pas manqué de manifester son mépris devant ces stratégies ecclésiastiques.

Le grand chantre poursuivit. « Comme d'habitude, nous étions allés nous agenouiller devant l'autel de saint Richard et de sainte Radegonde dans l'aile ouest de la cathédrale. Après m'avoir confessé quelques péchés mineurs qui ne concernent pas notre histoire, il a éprouvé le besoin de se décharger d'un souci plus spécifique.

— Thomas, réfléchissez à ce que vous faites », l'avertit encore l'archidiacre, très préoccupé par l'inviolabilité du secret de la confession.

Anticipant une terrible révélation, le clerc du coroner se signa une fois de plus compulsivement. Mais ce dont il fut question n'avait rien d'un abominable péché de chair.

« Hane m'a confessé qu'il s'était rendu coupable de cupidité et d'avidité, mais il avait compris son erreur à temps et m'a assuré qu'il n'agirait plus désormais que pour la gloire de Dieu sous la tutelle de son église d'Exeter. » Boterellis se tut. « Il n'en a pas dit davantage, mais venant d'un être aussi peu porté sur l'avarice que Hane, les mots "cupidité et avidité" m'ont paru particulièrement surprenants. »

Il y eut un moment de silence. « Et il n'a pas donné plus de précisions ? » demanda Wolfe.

« Non, il a refusé, ajoutant que tout se clarifierait avec le temps. Sous le coup de l'émotion, cependant, il se dit souvent des choses étranges dans les confessionnaux. »

L'archidiacre, qui n'avait pas cessé de contempler au plafond les toiles d'araignées sur les poutres, baissa ses yeux gris acier sur le coroner.

« Je me demande si un autre petit élément pourrait entrer dans le puzzle », dit-il d'un air songeur.

Ils attendaient tous, retenant leur souffle.

« La semaine dernière, je m'entretenais avec John d'Exeter de l'état de nos finances, afin de prévoir ce que seraient nos revenus pour l'année qui vient, et parmi d'autres choses, celui-ci m'a mentionné qu'un de nos chanoines lui avait fait la promesse assez vague d'un don substantiel. Je n'ai pas poussé la conversation jusqu'à demander son identité, parce que de tels gestes ne sont pas rares de la part des plus aisés de nos frères, mais cela pourrait avoir un lien avec la promesse faite par Hane à son confesseur. »

Toutes ces discussions sur l'argent des chanoines demeuraient pour Wolfe trop vagues pour être de quelque secours mais c'était jusqu'ici tout ce qu'il avait sur le passé du défunt.

« Pensez-vous donc que Robert de Hane avait de l'argent caché, malgré son style de vie apparemment modeste, et qu'on a pu l'assassiner dans l'espoir de le voler ? » suggéra-t-il.

Boterellis secoua la tête. « Bien que sa confession ait été très imprécise, j'ai eu l'impression qu'il parlait d'événements à venir et qu'il regrettait d'avoir eu envie de garder pour lui quelque chose qu'il s'apprêtait à recevoir et non quelque chose qu'il possédait déjà. »

Dans le cercle des hommes juchés sur leurs hauts tabourets, le silence se fit à nouveau pesant. La voix forte de Jordan de Brent vint cependant l'interrompre.

« Une chose insignifiante, sans doute, dit-il. Notre frère Robert quittait rarement le quartier. Il était soit à la cathédrale pour faire ses dévotions, soit chez lui, soit ici à la bibliothèque. Mais ces trois dernières semaines, il lui est arrivé à plusieurs reprises de partir à cheval toute une journée pour ne revenir qu'à la tombée du jour, les bottes toutes crottées de boue.

— Vous trouvez cela surprenant ? demanda Wolfe, qui passait la moitié de sa vie à cheval.

— Absolument car il était d'une nature très casanière. J'ignore où il pouvait bien aller ; j'étais seulement, en ces quelques occasions, prévenu qu'il ne viendrait pas à la bibliothèque. Son vicaire à la chorale et l'acolyte qui résidait chez lui ont dû le remplacer pour les offices. Peut-être qu'eux ou ses domestiques en savent plus sur l'endroit où il se rendait. »

Avec cette bribe supplémentaire d'information, il semblait qu'on eût fait le tour de ce que l'on pouvait savoir sur le pauvre chanoine. Quand Wolfe se fut mis d'accord avec Jordan de Brent sur la façon dont Thomas pourrait éplucher les manuscrits du défunt, les prêtres affamés se dispersèrent pour le déjeuner. Le coroner et son clerc s'en retournèrent sur les lieux du crime. La maison du chanoine se trouvait à mille lieues des réjouissances de la Nativité. Toujours sur le lit, le corps avait été tenu à la disposition de Wolfe pour les besoins de l'instruction. Il serait bientôt transporté devant le grand autel de la cathédrale pour la veillée funèbre.

Ils trouvèrent Gwyn dans la cuisine, un appentis donnant sur l'arrière-cour. Comme la plupart des logis des chanoines où la pierre avait remplacé le bois, la maison de Robert de Hane, longue et étroite, était dotée d'une pièce principale à l'entrée, de plusieurs petites chambres et d'un certain nombre de coins et de recoins destinés à accueillir les visiteurs et à loger l'acolyte qui résidait chez lui. Les quelques serviteurs dormaient soit dans des passages, soit dans des baraques de l'arrière-cour où se trouvaient aussi une étable, une buanderie et les latrines où l'on avait découvert le corps.

L'écuyer du coroner se trouvait en compagnie de deux domestiques du défunt chanoine, du jeune acolyte et du vicaire de chœur qui remplaçait fréquemment Robert de Hane pour les offices. Quand le coroner fit son apparition sur le pas de la porte, tous levèrent la tête d'un air gêné.

Gwyn extirpa sa grande carcasse du coin de la table où il était assis.

« On dirait bien que personne ici n'est en mesure d'éclairer notre lanterne, Coroner », bougonna-t-il en se grattant vigoureusement l'entrejambe, un tic qu'il partageait avec Thomas.

Wolfe, sourcils froncés, dévisagea un à un les présents. « J'ai entendu dire que le chanoine avait fait des promenades à cheval loin d'Exeter ces dernières semaines. L'un de vous l'a-t-il accompagné ? »

David, un valet, s'avança d'un pas, les muscles saillants dans les manches de sa tunique de jute. « J'ai préparé son cheval et je lui ai proposé de l'accompagner, mais le chanoine a absolument voulu partir seul, raconta le jeune homme.

— Cela vous a-t-il semblé étrange ? demanda Wolfe.

— Ce qui était étrange, c'est qu'il décide d'aller quelque part, Coroner », répondit David, visiblement très futé pour un simple garçon d'écurie.

Puis son collègue plus âgé, qui ne voulait pas être en reste, intervint. « Bien que nous ayons deux très bons chevaux et un plus petit à l'écurie, presque personne ne s'en sert. Ils vont si peu souvent sur les routes qu'il faut leur râper les pieds.

— Avez-vous une idée de sa destination ? demanda Wolfe.

— Ça ne pouvait pas être bien loin, car le chanoine, paix à son âme, n'était pas très bon cavalier. En général, avec lui, le canasson restait au pas, il ne passait que rarement au trot. Lorsqu'il partait, le chanoine ne quittait jamais le quartier avant la neuvième heure du matin et était de retour en ville à la tombée du jour, c'est-à-dire assez tôt à cette époque de l'année. »

John se tourna vers son garde du corps. « Gwyn, quelle distance peut parcourir un cheval au pas pendant ce laps de temps ? »

Le Cornique tira sur les pointes de sa moustache hirsute. « Pas grand-chose. Je dirais d'ici à Dartmoor, ou peut-être jusqu'à Exmouth et retour. Tout dépend du temps qu'il lui était nécessaire pour faire ce qu'il avait à faire. »

Le coroner se tourna de nouveau vers le robuste jeune homme. « Savez-vous dans quelle direction il partait ? »

David haussa les épaules. « Sur les trois fois où il est parti, je ne l'ai vu quitter la ville qu'une seule fois, Messire. J'achetais du poisson à Carfoix et je l'ai vu qui descendait la route menant à la porte ouest. »

Wolfe émit l'un de ses grognements habituels. « Il a pu aller n'importe où dans la moitié du Devon, fit-il. Vous n'avez aucune idée d'où cela pouvait être ni de ce qu'il faisait ? »

Interrogeant les autres du regard, il ne rencontra que mines désolées et hochements de tête.

« Il emportait toujours un rouleau de parchemin dans la sacoche à l'arçon de sa selle », risqua timidement le jeune homme. Et si le cheval était assez propre au retour, ce n'était certainement pas le cas des bottes, toutes crottées de boue rouge, qu'il me fallait nettoyer.

— Donc, il devait laisser son cheval et marcher un certain temps ! » s'exclama Thomas.

Une évidence que Gwyn accueillit d'un haussement de sourcils dédaigneux.

Comme lors de la rencontre avec les chanoines, les réponses qu'on fit à ses autres questions furent sans intérêt. Si bien que le coroner perdit patience. « Maintenant qu'il fait jour, retournons voir le lieu du crime », ordonna-t-il.

Wolfe en tête, le groupe traversa la cour encombrée, parmi les battements d'ailes des poules et des canards apeurés. Quoique la puanteur des latrines ne fût pas moindre en plein jour, Wolfe gravit les marches irrégulières et ouvrit la porte branlante. Un morceau de la corde pendait encore au bout d'un chevron noueux, l'extrémité effilochée se balançant doucement dans un courant d'air froid.

Le regard du coroner se posa sur le bord des planches qui formaient le banc des latrines, lissé par des générations de postérieurs de chanoines.

« Pas d'éraflures ni de traces de boue ici, Gwyn, fit-il observer. Pour se pendre lui-même et se laisser tomber dans l'éternité, il aurait dû se mettre debout et accrocher la corde là-haut. »

Il se retourna et fit passer Thomas devant lui. « Monte là-dessus et voyons si tu peux atteindre les poutres du toit », lui ordonna-t-il.

Tandis que le clerc boiteux s'efforçait tant bien que mal de grimper sur le siège, Gwyn lui attrapa la jambe et fit mine de le pousser dans l'un des deux trous ouvrant sur la fosse nauséabonde. Terrorisé, le clerc poussa des cris perçants et tenta de se rebiffer en lui envoyant son pied à la tête.

« Pour l'amour de Dieu, cessez de faire les imbéciles ! » rugit Wolfe.

— Cet avorton est trop petit pour y arriver, objecta Gwyn.

— Le chanoine mesurait à peine une main de plus que lui, donc soulève-le un peu », dit le coroner d'une voix brusque.

Avec un sourire forcé, l'écuyer s'exécuta. Prenant le clerc par la taille, il le souleva de quelques centimètres.

« À peu près comme ça ?

— Peux-tu atteindre le nœud ? » demanda Wolfe.

Thomas battait des bras au-dessus de lui sans pouvoir ne serait-ce qu'approcher le chevron qui soutenait le lattis sous le chaume du toit.

« Est-il assez haut ? » demanda Gwyn.

John recula vers la porte, pour voir si la position de Thomas équivalait à la taille du mort.

« Tout à fait, trancha-t-il. Il est donc complètement impossible qu'il ait réussi à nouer la corde lui-même. Ceci est l'œuvre de quelqu'un de beaucoup plus grand, qui s'est tenu debout sur le siège. »

Il fit signe à Gwyn de remettre Thomas par terre, Gwyn réprimant une fois encore son envie de le laisser choir dans la fosse aux excréments. Wolfe s'adressa ensuite aux quelques domestiques et religieux qui attendaient au bas de l'escalier des latrines.

« Nous n'avons plus rien à apprendre de cet endroit. Avez-vous vu quelque chose de suspect hier soir ? Des inconnus dans la cour ou dans la maison ? » demanda-t-il.

En chœur, ils répondirent que non. Puis le vieil intendant prit la parole : « La plupart des domestiques étaient rentrés chez eux ou fêtaient la Nativité dans des tavernes, dit-il. Les prêtres, eux, étaient soit à la cathédrale, soit invités chez d'autres ecclésiastiques.

— N'importe qui peut pénétrer dans cette cour en empruntant le passage sur le côté, ajouta un jeune homme pâle à la bouche en bec-de-lièvre, l'acolyte qui résidait chez Hane. Et de là, on peut entrer dans la maison par la porte de derrière. »

Wolfe arpentait la cour sans savoir comment poursuivre son investigation.

« Bien, nous nous retrouverons ici à la deuxième heure de l'après-midi. Soyez tous présents. »

Il prit par une venelle pour rentrer chez lui, se préparant en chemin à la confrontation avec sa femme. Mais lorsqu'il arriva à Martin's Lane, il ne trouva que Mary.

« La maîtresse est partie à Saint-Olaf, elle a prévenu qu'elle irait manger ensuite chez sa cousine dans Fore Street, l'informa celle-ci avec quelque malice en agitant un doigt accusateur vers lui. Elle a été si déçue du fiasco de la soirée d'hier que vous êtes toujours en disgrâce. »

Wolfe renifla pour exprimer son dégoût.

« Maudite femme ! La fête était presque terminée, de plus seul l'archidiacre et moi sommes partis.

— La maîtresse n'a pas besoin de grand-chose pour prendre ombrage, fit observer Mary avec sagesse. Et vous, maître John, voulez-vous que je vous prépare un repas ? »

Wolfe reprit sa cape.

« Non, chère Mary, je vais aller à *La Brousse* avant de mener mon instruction. Je mangerai un morceau là-bas. »

Il sortit, laissant l'accorte servante murmurer dans un souffle : « Toi, mon gaillard, si tu vas à *La Brousse*, c'est que tu as une autre sorte de morceau en tête ! »

Sa taverne favorite, tenue par sa maîtresse favorite, était un bâtiment carré en torchis couvert d'un toit de chaume, bâti entre deux terrains vagues qui avaient valu au petit bout de ruelle menant de Stepcote Hill à Priest Street, en contrebas, le nom de Idle Lane – la rue des Rôdeurs.

Wolfe poussa la porte et, en inclinant la tête pour ne pas se cogner dans le linteau, pénétra dans un brouillard gorgé de sons et d'odeurs. Un feu rougeoyait sur un large foyer de pierre que ne coiffait aucune cheminée, seules des aérations sous le chaume permettaient à la fumée de s'évacuer entre les poutres qui soutenaient le plancher de l'étage supérieur, une sorte de grenier. À la Nativité, l'endroit grouillait d'hommes et de quelques femmes venus profiter de la permission qui leur était exceptionnellement donnée de boire en plein jour.

La petite table à côté du feu à laquelle il s'asseyait habituellement était occupée. Mais à peine le vieux serveur l'eut-il aperçu de son œil valide qu'il poussa sans cérémonie deux jeunots hors du banc et fit signe à Wolfe de le rejoindre.

« Bonjour, Captain, je vais prévenir la maîtresse de votre arrivée. »

Edwin, le vieux soldat, avait perdu un œil et une bonne partie d'un pied en Irlande. Il s'adressait toujours à Wolfe par son titre militaire, saluant à sa manière sa réputation de preux chevalier.

Le coroner fit glisser sa cape en peau de loup et la suspendit derrière la table à une partition en bois fichée dans le sol pour protéger des courants d'air. Edwin fut vite de retour et fit claquer un quart de pot de bière sur la table.

« Elle arrive, Captain. Vous avez faim ?

— Oui, très, je pourrais manger ton vieux pied pourri, si tu l'avais encore ! »

Le vieil homme gloussa en faisant horriblement rouler son œil blanc dans son orbite avant de retourner en claudiquant vers les cuisines.

Tout en sirotant sa bière tiède avec gratitude, John observa la foule autour de lui. Il salua et échangea quelques mots avec certains, qui connaissaient tous sa relation avec la propriétaire de la taverne. La plupart étaient des artisans – du tanneur au fouleur de laine, du boucher à l'étameur. Il y avait aussi quelques gens d'armes du château en permission ainsi que quelques bourgeois, les plus riches marchands et commerçants d'Exeter. Les femmes présentes étaient soit leurs maîtresses, en tout cas jamais leurs épouses, soit des catins dont le commerce ne faisait pas de pause les jours de fête.

Il reconnut la voix aiguë de Nesta qui houspillait une servante et le cuisinier quelque part dans l'arrière-salle. Edwin tirait des bières et du cidre de tonneaux fixés au mur. Comme il y avait foule, on se contentait de laver symboliquement les chopes de terre dans une bassine d'eau sale avant de les replacer sous les robinets.

C'était la vie telle que l'affectionnait John, qui passait pourtant pour un homme grave et solitaire. Il aimait la compagnie des hommes, malgré son appétit pour les femmes. Après quelques bières, il se faisait plus bavard et se plaisait à narrer les histoires de ses campagnes d'autrefois et de ses voyages à l'étranger autant qu'à écouter les derniers ragots venus de Winchester ou de Londres. Être assis à côté d'un bon feu dans une taverne bondée, se fondre dans ce bouillonnement de vie et échanger des saluts avec des hommes qu'il connaissait de longue date le distrayait et le consolait des heures de silence stérile et de conversations guindées qu'il endurait chez lui, sur Martin's Lane. Venant brusquement et agréablement l'interrompre dans ses pensées, un corps chaud se faufila sur le banc et se colla contre lui et un bras se glissa amoureusement sous le sien.

« Comment va mon coroner préféré aujourd'hui ? On m'a dit que tu avais eu une nuit mouvementée du côté de la cathédrale. » La propriétaire de *La Brousse* était un service de renseignements à elle toute seule : en l'espace de quelques minutes, elle était au courant de tout ce qui se passait à Exeter et ne manquait jamais de donner son avis.

Heureux, John de Wolfe baissa les yeux sur la jolie Galloise de vingt-huit ans au visage en forme de cœur, au front haut et au nez retroussé. Il eut un sourire affectueux comme il en avait rarement. À peine un peu plus petite que la moyenne, Nesta, toute en courbes, avait une taille fine et une poitrine qui en faisait rêver plus d'un en ville. Il se fit charmeur.

« Tu es la plus belle chose que j'aie vue aujourd'hui, ma douce. »

La rouquine prit un air boudeur. « Venu de quelqu'un qui a passé son temps avec le cadavre d'un prêtre étranglé, voilà un bien piètre compliment, Messire. »

De sa grande main, il pressa la cuisse de la jeune femme.

« Puisque tu en sais tant, gente dame, peut-être pourrais-tu me donner le nom des coupables… »

Elle se pencha pour boire une gorgée au pot de John, frottant au passage sa poitrine contre lui.

« Si tu m'en dis davantage, je trouverai, John. Mais qu'as-tu d'autre à me raconter sur ces derniers jours ? »

Il prit Nesta par l'épaule et soupira. « Je suis tombé en disgrâce auprès de Matilda, une fois de plus. »

Le récit qu'il lui fit de ce qui s'était passé la veille ne réussit pas à attendrir sa maîtresse.

« Pauvre femme ! s'exclama-t-elle. Je la plains d'avoir un mari comme toi ! Si c'était moi qui avais donné la réception que tu as quittée, tu t'en serais tiré avec un œil au beurre noir et une interdiction d'approcher de ma couche un mois durant. »

Elle ne plaisantait qu'à moitié. Si elle ne portait pas particulièrement Matilda dans son cœur, Nesta savait que les torts étaient partagés. Cet homme pouvait se montrer aussi délicat et têtu qu'une mule.

John lui sourit. Une servante apporta son repas. « Si un mois durant elle venait à m'interdire sa couche, j'y perdrais seulement de ne plus souffrir ses ronflements, car je peux te jurer que plus rien d'autre ne se passe dans notre lit. »

Nesta, feignant l'outrage, lui planta un coude dans les côtes. « Balivernes ! Même si tu partageais la couche de Lucy la femme à barbe, tu ne saurais te retenir de relever ta chemise de lit. »

La Lucy en question, femme d'une laideur repoussante, vivait dans une cabane sur les berges du fleuve et on la disait sorcière. Intérieurement pourtant, Nesta était ravie d'entendre qu'elle était la seule à qui il rendait physiquement hommage.

« Mangez, Messire Coroner, et cessez de dire des bêtises ! » lança-t-elle avant de l'abandonner pour régler une querelle dans la cour entre le cuisinier et une servante.

Il baissa les yeux sur son assiette. On disait de *La Brousse* qu'elle était l'une des meilleures tables d'Exeter. Avec sa dague et ses doigts, il s'attaqua au repas posé devant lui à même la table : une épaisse tranche de jambon braisé et des oignons frits sur une large tranche de pain qui, imbibé de jus, serait ensuite mis de côté et donné aux pauvres du quartier de Bretaygne à la fin du service. Tandis qu'il mangeait sa viande et étalait du beurre jaune sur un morceau de pain de froment arraché à une miche, il sentit la paix et la satisfaction l'envahir. Les questions soulevées par la mort du chanoine continuaient cependant à lui trotter dans un coin de la tête.

À la dernière bouchée, Nesta réapparut, un nouveau pot de bière à la main.

« Raconte-moi ce qui est arrivé à ce pauvre homme de Canon's Row », lui dit-elle.

Même si elle était une source intarissable d'informations et de ragots, il savait qu'avec elle, ses secrets seraient bien gardés – si tant est que l'on pût garder un secret dans une petite ville où chacun considérait les affaires d'autrui comme la propriété de tous.

Il lui raconta le peu qu'il savait de la mort de Robert de Hane et le manque apparent de mobile au crime. Il s'exprimait en gallois, la langue de Nesta et celle que sa mère à lui parlait dans son enfance. Ils conversaient en gallois aussi lorsque Gwyn était là, car la langue – comme le breton, parlé par bon nombre de commerçants et de marins – était très proche du cornique.

« Pourquoi tuer un vieil homme inoffensif comme lui ? demanda Nesta qui prenait toujours le parti des malheureux. Tu dis qu'il n'avait ni richesses ni possessions ? »

Wolfe avala une grande lampée de bière. « On dit qu'il allait recevoir de l'argent dont il avait l'intention de faire don à l'Église, mais il n'y avait rien à voler sur lui ou dans sa maison. »

Nesta le scrutait de ses yeux noisette. John était un homme étrange. Avec son visage long et osseux, son nez busqué, il n'était pas beau ; mais grand et musclé, il dégageait indiscutablement quelque chose de très masculin. Généralement bourru et peu bavard, il savait aussi cependant se montrer tendre et affectueux. Et elle avait découvert pour son plein épanouissement qu'il était un amant hors pair et son corps longiligne une implacable machine à leur donner du plaisir.

Elle l'avait connu voilà six ans, date à laquelle son défunt mari Gruffydd avait abandonné l'armée pour acheter cette auberge. John et Gruffydd avaient guerroyé ensemble. Maître archer, le Gallois était originaire de Gwynllwyg[1], dans le sud du pays de Galles, ville où furent inventés les arcs droits. Mais deux ans plus tard, Gruffydd était mort d'une fièvre et Nesta s'était retrouvée seule avec l'auberge et des dettes conséquentes. Wolfe lui avait alors prêté de l'argent et payé le personnel de la taverne jusqu'à ce que par son travail, elle fasse de l'établissement une entreprise prospère. C'est à ce moment-là seulement que leur amitié s'était muée en passion. Elle avait toujours su néanmoins qu'elle ne pourrait pas espérer davantage : il était impensable qu'un chevalier normand quittât sa femme, une Revelle de surcroît, pour la tenancière d'une gargote. John avait dans le pays d'autres maîtresses cachées et Nesta le savait. Mais là encore, avec philosophie, elle avait fini par accepter de se contenter de son statut de favorite.

Elle resta si longtemps silencieuse qu'il finit par baisser les yeux vers elle pour lui adresser un sourire réconfortant.

« Gente Dame, toi qui connais presque tous les commérages de la ville. Quelles sont les rumeurs ? » demanda-t-il.

Elle fit mine de se vexer du manque de galanterie.

« Coroner John, ne suis-je donc plus qu'une espionne pour vous ? N'ai-je plus d'utilité pour réchauffer votre lit ? Quoique ce soit toujours le

1. Aujourd'hui Gwent (N.D.A.)

mien et non le vôtre que vous semblez prendre plaisir à ravager ! »

Passant la main sous la robe en laine verte qu'elle portait sous son tablier de lin blanc, il caressa sa cuisse tendre et rebondie.

« Je n'aurai pas le temps aujourd'hui de venir réchauffer ton lit et je le regrette, ma douce. Gwyn ne va pas tarder à venir me chercher. Je me demandais si ce petit nez si intuitif et charmant avait eu vent d'intrigues liées au meurtre. À leur façon d'essayer de camoufler leur crime en suicide, on peut penser que les assassins savaient très bien ce qu'ils faisaient. »

La jeune Galloise reprit son sérieux. « Je ne sais rien qui soit lié de près ou de loin à la mort de ce chanoine, John. Mais l'atmosphère est bizarre ces dernières semaines, peut-être même depuis un mois ou deux.

— Bizarre ? En quel sens ?

— Toutes sortes d'hommes viennent ici, certains de la ville, d'autres de plus loin vers l'est, de Cornouailles par exemple, où vers l'ouest, de Southampton ou de Londres, mais aussi des marins de Normandie et de Bretagne. J'entends tout ce qui se dit. J'ai vu plus d'un contrat se signer ici et pas moins de manigances.

— Qu'essaies-tu de me dire, femme ?

— Récemment, j'ai eu l'impression qu'il y avait davantage de conversations furtives, du genre de celles qui s'arrêtent dès que l'on passe devant la table. Et plus encore entre soldats, chevaliers, écuyers et mercenaires prêts à vendre les bons offices de leur épée pour quelques écus.

— Comment le sais-tu puisque tu n'as pu entendre ce qu'ils disaient ? »

Nesta joignit les mains comme pour une prière. « L'instinct féminin. Ou peut-être l'instinct d'aubergiste ! Cela ne concerne pas la classe des marchands ou des ouvriers, mais une classe plus riche parmi mes clients, ceux qui portent l'épée. Même le vieux Edwin m'a dit qu'il s'en était aperçu. Il n'y a pas plus fouineur que lui d'ici à Windsor. Il a essayé d'écouter discrètement ce qui se disait, mais on l'en a dissuadé plus d'une fois.

— Qui, par exemple ? insista le coroner.

— Il y a des mercenaires, des écuyers sans travail en transit par ici. Ils vont à Plymouth ou dans des ports de l'est se faire embaucher dans des guerres en France ou même par des barons de ce côté-ci de la Manche. Il y en a même un qui l'a menacé de lui couper les oreilles s'il continuait à rôder autour de sa table. »

Wolfe se fit pensif, fronçant les sourcils de concentration. « C'est intéressant, même si cela semble loin de la mort de notre chanoine. Ouvre bien tes oreilles, Nesta chérie, ça pourrait bien être le retour des vieilles querelles qui ont, il y a peu, perturbé l'Angleterre. »

3

Où Coroner John instruit l'affaire

Quelques minutes plus tard, Wolfe était de retour dans le clos de la cathédrale. Gwyn et Thomas l'attendaient devant la maison du chanoine défunt.

« Il y a tellement de gens à l'intérieur que j'ai installé le cadavre dans la cour, lui expliqua son lieutenant. Je l'ai étendu dans une bière que nous avons empruntée à la cathédrale. »

Ils traversèrent la maison et rejoignirent la porte de la cuisine. Gwyn avait installé une chaise du salon contre la clôture de bois. La bière se trouvait au centre de la cour. C'était un solide caisson de bois monté sur quatre pieds et équipé de poignées. La dépouille de Robert de Hane y reposait, respectueusement recouverte d'un drap de lin. Faisaient cercle autour de lui les domestiques de la maison, le vicaire de chœur, l'acolyte, deux choristes et des voisins.

John s'assit sur l'unique siège. Un groupe de religieux, leurs capes noires ondulant au vent, descendait de la cathédrale pour venir se joindre à la foule. On y reconnaissait l'archidiacre, le grand chantre, le trésorier et une demi-douzaine de chanoines, dont les deux qui étaient présents ce matin. Wolfe nota l'absence du shérif que, du point de vue strictement pénal, rien n'obligeait à venir.

Gwyn commença la procédure à la manière traditionnelle, savourant l'opportunité qui lui était donnée de crier sur une troupe de vieux ecclésiastiques.

« Que toutes les personnes mandées par le coroner du comté de Devon s'avancent et fassent acte de présence », lança-t-il.

Les conversations s'éteignirent et l'attention de tous se porta sur Wolfe.

« Nous ouvrons l'instruction sur la mort de Robert de Hane, ancien chanoine de cette cathédrale, commença cérémonieusement Wolfe, tranchant de sa voix puissante l'air glacé de cet après-midi d'hiver. Nous nous trouvons dans le périmètre de la cathédrale, qui relève en principe strictement de la juridiction de l'Église, aussi la procédure employée aujourd'hui n'est-elle pas la procédure classique. En cas de mort non naturelle dans l'enceinte de la cathédrale, en effet, Monseigneur l'évêque Henry Marshal a accepté de s'en remettre aux autorités séculières, représentées par le shérif du roi et moi-même. »

Il fit une pause et jeta un regard de biais à Thomas de Peyne, accroupi sur un tabouret avec un rouleau de parchemin sur une écritoire dotée d'une plume et d'encre. « Normalement, nous sommes censés convoquer pour former un jury toutes les personnes susceptibles d'avoir des informations sur le meurtre. À la campagne, on rassemblerait donc tous les hommes de plus de douze ans résidant dans le Hundred[1] ou dans les quatre bourgs les plus proches. Ce qui demeure souvent une tâche impossible. Ici, comme nous ne pouvons raisonnablement assigner la moitié de la population d'Exeter, je vais me limiter aux gens du voisi-

1. Unité territoriale anglaise, la division d'un comté sous contrôle d'un shérif. (N.D.T.)

nage qui seraient susceptibles de savoir quelque chose. »

Il fit une nouvelle pause pour permettre à Thomas de résumer par écrit ce qu'il venait de dire, puis continua.

« Lorsqu'on trouve un cadavre à la campagne, c'est aussi la coutume de démontrer qu'il est anglais[1], ce qui n'a aucun intérêt dans notre cas, puisque nous savons tous que le défunt, Robert de Hane, était normand. Et comme nous sommes dans un district relevant de la juridiction de l'Église, aucun Hundred n'est concerné par l'amende, je nous dispense donc de cette procédure. »

« Il ne reste plus grand-chose à dire », murmura Gwyn à part lui sous son épaisse moustache.

Sourcils froncés, le coroner balaya la foule du regard. « Que s'avance celui qui a découvert le corps le premier. »

Timidement, le domestique concerné approcha. Il raconta en quelques mots que deux heures avant minuit, en ouvrant la porte des latrines, il avait trouvé le chanoine pendu. Le premier choc passé, il avait couru à la maison et réveillé le vieil intendant. Tous deux s'étaient ensuite précipités dans les maisons voisines pour donner l'alarme. Un des domestiques s'était souvenu que Thomas de Peyne, le clerc du coroner, habitait non loin. Comme ils croyaient vaguement savoir qu'il fallait prévenir ce nouveau personnage officiel qu'était le coroner en cas de mort violente, ils étaient allés quérir Thomas. Lequel avait dès lors pris le contrôle des opérations.

Un par un, les domestiques de la maison vinrent faire leur déposition, mais comme John s'en doutait, ils n'avaient rien de nouveau à lui apprendre.

1. Mesure prise sous Guillaume le Conquérant : prouver qu'une victime de meurtre était anglaise permettait au Hundred de ne pas verser l'amende prévue en cas de meurtre d'un Normand. (N.D.T.)

« Il était dans sa chambre quand les cloches ont sonné la sixième heure, précisa Alfred, le vieil intendant, de sa voix chevrotante, les larmes aux yeux à la vue de son maître étendu sous un drap devant lui. Après cela, je ne l'ai jamais plus revu… vivant.

— Est-ce qu'il était dans ses habitudes de rester seul dans sa chambre toute une soirée ?

— Tout à fait, Messire. Il passait tout son temps à prier, à étudier ou parfois à écrire sur les vieilles églises. Et il se couchait tôt parce qu'en général, il se levait à minuit pour les matines. »

Les autres domestiques racontèrent tous la même histoire, de même que le vicaire de chœur de Robert de Hane et son acolyte. Wolfe évita de mentionner les recherches historiques et les excursions du chanoine à la campagne, ne pensant pas que cette instruction lui permettrait de creuser ces pistes. Lorsque tous ceux qui étaient susceptibles d'apporter des éléments nouveaux furent entendus, il se leva et s'avança vers la dépouille, accompagné par Gwyn.

« Vous, le jury, devez à présent examiner le mort pour ensuite fonder votre verdict sur ce que vous savez, ce que vous avez entendu et ce que vous aurez vu sur le corps. »

Il fit un signe de tête à Gwyn, qui abaissa le drap jusqu'à la taille. D'habitude, le Cornique retirait le linceul dans son intégralité, mais Wolfe lui avait demandé cette fois de se montrer plus cérémonieux, par respect pour les vieux chanoines de la cathédrale. Devant la peau blême du cadavre, un long soupir parcourut néanmoins la foule. D'un geste impatient, John leur fit signe d'approcher. Ce qu'ils firent à contrecœur.

Le coroner s'avança lui aussi et commença sa démons-tration.

« La victime avait une corde autour du cou, comme l'indique cette marque. »

Il fit glisser son doigt le long du profond sillon sur le côté gauche du menton tandis que Gwyn, tel un charlatan avant un nouveau tour, montrait le nœud au jury.

« Mais ce n'est pas ce qui l'a tué, ajouta Wolfe sèchement. Observez cette autre trace, un peu plus bas, qui ne va pas jusqu'à l'oreille ».

Gwyn souleva la tête et le coroner posa le doigt sur la nuque.

« Ici, vous voyez une marque en croix. On s'est donc servi d'une corde, vraisemblablement la même, pour l'étrangler ».

Gwyn reposa la tête et, sur un signe de son maître, souleva les bras.

« Les deux bras, entre les épaules et les coudes, portent des traces récentes de bleus, à l'endroit où on s'est saisi de lui, vous voyez ? »

Gwyn reposa les bras. Désignant la bouche du cadavre, le coroner retourna la lèvre inférieure pour exposer les ecchymoses.

« Il a reçu un coup là aussi », dit-il.

Sa démonstration terminée, Wolfe s'éloigna, laissant à Gwyn le soin de remonter le drap d'un geste théâtral.

« Bien. Maintenant qu'ils ont entendu et vu, je suggère que les membres du jury prennent un temps de réflexion avant de faire part de leur verdict. Ce n'est pas un cas d'intervention divine, comme lors d'une apoplexie. Pas plus que ça n'est un accident, personne ne meurt accidentellement étranglé dans des latrines. Quant au suicide, cela reste une hypothèse absurde : jamais un homme de Dieu qui désire ardemment le salut éternel de son âme n'en viendrait à ça, de surcroît un soir de Nativité. Comment, de toute façon, aurait-il pu s'attaquer, puis s'étrangler avant de se pendre ? »

Un membre du jury eut un petit rire étouffé qui lui attira les foudres des ecclésiastiques.

Wolfe scruta la petite assemblée avant de poser son regard sur un domestique de la maison voisine.

« Toi, tu seras le porte-parole du jury. Quel est le verdict ? »

Surpris, l'homme jeta un coup d'œil hâtif aux autres qui, pour montrer leur bonne volonté, acquiescèrent sans hésitation.

« Nous sommes convaincus qu'il s'agit d'un meurtre, Coroner . Quelqu'un l'a tué », annonça-t-il.

D'un bref signe de tête, John fit part de son approbation.

« Conséquemment, je déclare que le chanoine Robert de Hane a été la victime d'un meurtre dont les responsables demeurent pour l'instant inconnus. Il est exclu de mettre quiconque à l'amende. La personne qui a découvert le corps a semble-t-il convenablement fait son devoir en donnant l'alerte immédiatement. Les maisons voisines ont été prévenues, ainsi que l'exige la loi. Le coroner a été avisé sans retard et nul n'a soustrait le corps de quelque manière que ce soit. Tout a été conforme aux exigences de la loi. Ainsi que je viens de le dire, la question de l'amende ordinaire ne se pose pas, pas plus que ne s'applique l'amende royale, bien que le défunt ait été normand, puisque nous sommes sous la juridiction de l'Église ».

Il inclina la tête respectueusement à l'attention des chanoines qui se tenaient dans le fond et déclara l'instruction close.

Jury et public se dispersèrent. Le coroner rejoignit John d'Alençon qui se trouvait en compagnie du grand chantre Thomas de Boterellis et du trésorier John d'Exeter.

« Le corps est désormais à vous. La procédure légale est achevée », leur dit-il d'un air sombre.

L'archidiacre s'avança et posa la main sur le drap de lin, à hauteur de l'épaule du mort.

« Pauvre Robert, dit-il, nous allons le faire porter sur-le-champ à la cathédrale. Il y restera entouré de cierges jusqu'à sa mise en terre avec les honneurs qui lui sont dus. »

Scrutant John de ses petits yeux ronds, Thomas de Boterellis lui demanda ce qu'il avait l'intention de faire pour arrêter les assassins.

« Ceci est du ressort du shérif, répondit Wolfe, mais nous nous sentons l'un comme l'autre dans l'obligation de les rechercher. Même si nous avons quelques pistes, j'ai bien peur que cela ne soit assez long. »

Le trésorier de la cathédrale secoua tristement la tête. « Quelle terrible façon de célébrer la naissance de Notre-Seigneur. Un jour où nous devrions tous nous réjouir et non pleurer. »

Après quelques paroles de condoléances, le groupe s'éloigna. Wolfe demanda à l'intendant de faire rapporter le corps à l'intérieur et de l'habiller pour la veillée funèbre.

Pour le coroner, le reste de la journée fut extrêmement décevant. L'instruction bouclée, il regagna à contrecœur Martin's Lane et, à son arrivée, fut soulagé d'apprendre que Matilda n'était pas rentrée. Elle voulait délibérément l'éviter, en conclut-il, et il lui en était reconnaissant. De retour à *La Brousse*, il passa quelques heures à badiner avec Nesta, tout d'abord dans son lit à l'étage, puis en fin de journée devant un autre bon repas près de l'âtre du rez-de-chaussée.

Quand il se décida à rentrer chez lui, il tombait quelques flocons. Cette fois-ci, il trouva sa femme assise, l'air maussade, devant un petit feu dans la grande salle. Matilda répondit à ses tentatives de conversation en grommelant des monosyllabes. Renonçant à essayer de clore la brouille, il demeura assis en silence, caressant la tête de son chien, jusqu'au moment où Mary vint voir s'ils désiraient quelque chose à boire ou à manger. Boudeuse, Matilda secoua la tête sans un mot. John, pour noyer la rancœur qui le tenaillait, demanda un vin chaud.

Pendant ce temps, d'autres s'efforçaient de décrypter le mystère de la mort du chanoine : son clerc à la cathédrale et son écuyer dans une taverne.

Désireux comme jamais de prouver ses mérites à son maître, Thomas de Peyne avait déjà commencé ses recherches dans la bibliothèque de la cathédrale. Prenant l'archidiacre au mot, il s'était fait remettre la clé de la maison capitulaire par un procureur de la cathédrale. À la lumière de quelques vieux bouts de chandelle trouvés sur les autels des chapelles absidiales, il se concentrait sur les parchemins éparpillés sur et autour du bureau de Hane. Soit ce formidable désordre avait été créé par le chanoine au fur et à mesure de son travail, soit quelqu'un était venu fouiller dans les rouleaux et les feuillets. À la lumière vacillante des chandelles qui se consumaient, le petit clerc commença à trier les documents, s'efforçant de les organiser selon une certaine logique. C'était assez facile pour quelques longs rouleaux de vélin cousu sur lesquels n'était rédigé qu'un seul texte ; mais pour organiser les feuillets volants en revanche, il fallait avoir la patience de Job. Juché sur son haut tabouret, Thomas comparait les parchemins rédigés en latin, essayait d'en comprendre le sujet et lisait attentivement les dernières lignes afin d'identifier ensuite, lorsque cela était possible, le feuillet suivant. Certaines pages semblaient se suffire à elles-mêmes, mais d'autres étaient manifestement des fragments de récits. Beaucoup étaient très anciennes, desséchées et cassantes, souvent fanées et décolorées, au point d'être quasiment indéchiffrables. Certaines étaient si usées qu'elles étaient presque en lambeaux, parfois même déchirées.

Plus d'une était des palimpsestes, des feuillets qui avaient été réutilisés après qu'on eut effacé les écrits précédents et enduit la surface de craie. De tous ces parchemins en peau de mouton patiemment travaillée pour les rendre compatibles avec l'encre, la meilleure qualité était le vélin, fait à partir de la peau tendre des agneaux. Bien que pénible, la tâche qu'il accomplissait plaisait infiniment à Thomas : encre et parchemin avaient plus de valeur pour lui que le boire et le manger. Fouineur et fin lettré, à une époque où moins d'une personne sur plusieurs centaines savait lire, il était pour le coroner le clerc idéal.

En quelques heures, il avait mis autant d'ordre que possible dans ce qui traînait sur et autour du bureau et avait devant lui plusieurs piles bien nettes de documents. Il avait eu le loisir, tout en classant, de se faire une bonne idée d'ensemble du sujet qui intéressait Robert de Hane. Comme l'avait dit l'archiviste Jordan de Brent, il semblait bien que ce fût principalement l'histoire ancienne des églises paroissiales du Devon, particulièrement à l'époque de la transition entre Saxons et Normands, peu après la conquête.

Il était fréquemment fait référence au *Domesday*[1], le grand livre inventaire de 1086, et la plupart des parchemins semblaient avoir été écrits par des religieux et des chanoines dans les années qui suivirent sa parution. Ces derniers étaient de qualité inégale, tant dans l'écriture que dans l'expression. Certains étaient rédigés en une prose fluide et élégante, d'autres en vers de mirliton approximatifs, par des religieux de la campagne peu doués pour utiliser leur plume à autre chose qu'à l'enregistrement de faits bruts.

---

1. Dans le *Domesday* est consigné le grand inventaire (recensement) de l'Angleterre entrepris par Guillaume le Conquérant et qui s'est achevé en 1086. (N.D.T.)

Ce soir-là, Thomas passa de longues heures dans la salle des archives, glaciale et déserte, allumant un bout de chandelle après l'autre dès que vacillait la flamme sur la dernière goutte de cire. Il était fasciné par les histoires de cette époque à laquelle quelques milliers d'envahisseurs normands avaient soumis deux millions de Saxons, leur imposant une administration nouvelle, tant religieuse que séculière.

Sa mission, cependant, était de trouver dans ces registres des indices susceptibles d'éclairer la mort du chanoine. Il fit une pause pour tenter de faire le point sur ce qu'il venait de lire. La plupart des documents se contentaient de consigner les noms de prêtres saxons et de leurs successeurs normands, les changements de propriétaire des domaines seigneuriaux, les modifications dans les attributions de vicariats. On y trouvait aussi des listes de dons, dîmes et autres libéralités allouées par les nouveaux seigneurs normands qui avaient chassé les Saxons de leurs terres.

Mais lequel, se demandait anxieusement Thomas, allait pouvoir fournir un indice propre à éclaircir cette tragédie ? Le coroner semblait convaincu que la mort de Robert de Hane était liée à ses recherches dans les archives. Le petit homme avait beau passer mentalement en revue les parchemins qu'il venait de feuilleter, malgré toute son intelligence il ne parvenait pas à trouver quoi que ce fût qui eût un aspect financier, comme le suggérait la confession de Hane et sa vague promesse au trésorier de la cathédrale.

Le seul infime indice qu'il avait trouvé était une marque à la plume en forme de croix dans la marge d'un parchemin. Beaucoup de documents étaient si froissés et tachés qu'ils portaient de nombreuses marques, mais l'œil expert de Thomas avait remarqué que l'encre du dessin de ce petit crucifix était encore fraîche. La marque se trouvait sur un feuillet isolé, un parchemin ancien de quelques paragraphes, liste des premiers propriétaires des terres situées à l'ouest d'Exeter et des Normands qui les avaient acquises après la conquête. Thomas reconnut en ce parchemin l'un des nombreux documents qui, mis bout à bout, couvraient presque tout le comté. Malheureusement, la petite marque n'était pas en face d'une paroisse ou d'un hameau en particulier, mais au début d'une phrase en latin qui comportait le mot « Saewulf » – que le clerc reconnut. C'était le nom d'un comte saxon, un gros propriétaire terrien du comté qui apparaissait à de nombreuses reprises dans le *Domesday*. Thomas remarqua aussi que le nom revenait souvent dans les parchemins qu'il avait triés et que la croix se trouvait en face de la première mention. Il en déduisit que la personne qui avait apposé là cette croix portait un vif intérêt au seigneur mort de longue date. Le fait que la marque fût récente donnait à penser qu'elle était l'œuvre de Hane puisque, selon les autres chanoines, personne d'autre n'avait consulté ces archives poussiéreuses depuis longtemps.

Dans l'obscurité, bras croisés sur son tabouret, le clerc médita sur sa découverte. Elle n'avait pas l'air de mener très loin puisqu'elle ne donnait aucun indice géographique concernant l'endroit qui pouvait avoir intéressé Hane. En tournant les pages suivantes, il vit que le nom de Saewulf était associé à de nombreux manoirs et villages qu'il possédait avant 1067. Mais rien en marge – ni annotation ni croix – qui n'attirât l'attention sur l'une des propriétés en particulier. Et même après s'être abîmé les yeux encore une heure à la lueur vacillante des derniers bouts de chandelle, l'assistant du coroner ne découvrit rien de plus.

À vingt milles d'Exeter, on célébrait aussi ce soir-là la Nativité au château de Berry Pomeroy, donjon carré perché sur un piton escarpé à deux cents pieds au-dessus de la rivière Gatcombe. Le château était entouré sur les trois autres côtés par une basse-cour flanquée en son milieu d'une tour de garde et protégée par une palissade en bois dotée de portes épaisses. Henry de la Pomeroy avait invité les plus nobles seigneurs des environs à un festin qui finissait de se préparer dans les cuisines, à l'extérieur. Dans la salle qui occupait tout le premier étage du donjon, on avait déjà servi à boire à une soixantaine de personnes assises à de longues tables. Elles attendaient les plats en regardant des musiciens, des mimes et des jongleurs. Les murs étaient décorés de houx, de branches de sapin et de gui. Deux énormes feux flambaient dans les cheminées pour se préserver du vent froid qui gémissait dans la vallée en dessous.

À une table surélevée, devaient prendre place l'hôte et ses invités les plus prestigieux, mais les trois chaises centrales restèrent vides jusqu'au début du repas. Les absents se trouvaient à l'étage du dessus, qui comportait un solarium, une chapelle et des chambres pour les invités. Ils buvaient du vin autour d'un feu de cheminée. C'étaient les premières fêtes de la Nativité que leur hôte célébrait en tant que lord de Berry, titre dont il avait hérité à la mort brutale de son père au début de l'année, un incident que ses invités, bien sûr, prenaient soin de ne pas aborder.

Henry de la Pomeroy était un homme trapu, presque sans cou. Il avait dans les trente ans, mais paraissait plus vieux. Sa grosse moustache tombante était du même châtain terne que ses longs cheveux. Il ne portait pas de barbe. Il avait toujours sur le visage une expression contrariée, comme si la terre entière s'était liguée pour l'importuner. Il avait tant tracassé sa première femme qu'il l'avait poussée dans la tombe et se comportait déjà de même avec la deuxième.

« Cette vengeance que vous m'avez promise, Bernard, c'est bien pour demain ? » demanda-t-il en leva sa coupe de vin en direction de son cousin, Bernard Cheever, propriétaire de plusieurs manoirs le long du fleuve Dart.

Cheever, un homme élégant doté d'une nature plus placide que Pomeroy, sourit aimablement.

« N'ayez nulle crainte, Henry. Je vous ai dit il y a plusieurs jours que j'allais m'en occuper et je l'ai fait. Vous devriez vous soucier de choses plus importantes. »

Pomeroy, qui portait une tunique jaune et une cape rouge agrafée sur les épaules, ne sembla pas satisfait.

« C'était de la faute du bailli, j'aurais dû lui faire couper la main. Je lui avais dit de laisser quelques gens d'armes pour surveiller la bande de vilains, mais cet idiot les a congédiés après quelques jours sous prétexte qu'il ne se passait rien. »

Le troisième membre du groupe eut un sourire ironique. Henry de Nonant, lord de Totnes, portait le même prénom que son hôte. Sa jovialité rustre cachait un cœur dur et une intelligence tournée vers l'intrigue. « Vous paraissez en colère, mon ami, mais c'est pourtant vous qui avez volé les terres de cet homme ! Comment pouvez-vous être surpris qu'il ne soit pas d'accord ? »

Pomeroy jeta au feu la lie du vin qui couvrait le fond de son verre et se saisit d'une flasque pour remplir à nouveau les coupes. « Nul intérêt que de savoir si ces terres lui appartiennent ou m'appartiennent, Henry.

— Vous voulez dire que nous ne pouvons affirmer avec certitude laquelle de nos familles les a volées aux Saxons ? ironisa Cheever de sa voix traînante.

— En temps de conquête, on ne peut parler de vol, Bernard, dit sèchement Pomeroy qui n'avait aucun humour. Guillaume le Bâtard pouvait revendiquer l'Angleterre avec plus de légitimité qu'Harold et il a gagné. Par conséquent, ceux qui le suivent ont des droits sur toutes les terres, et Guillaume a donné cet honneur à notre aïeul Ralph.

— Les contrôleurs qui ont rédigé le *Domesday* n'ont point été précis sur les limites de ces terres, intervint Nonant.

— Eh bien, alors je suis là pour apporter ces précisions, avec le fil de mon épée si besoin était ! Il suffit d'examiner la façon dont ces terres se présentent pour comprendre que ces quelques arpents dans la vallée entre Afton et Loventor sont à coup sûr territoire d'Afton. Si l'on coupe la forêt, elles feront une parfaite continuité de terres à labourer.

— Mais ce n'est pas ce que pense William Fitzhamon. Pour lui, les quatre générations de sa famille ayant vécu sur ces terres légitiment ses prétentions, dit Cheever calmement.

— J'ai cinq générations derrière moi pour prouver qu'il a tort, qu'il aille au diable ! rétorqua Pomeroy. Il me faut quelques bras bien armés pour l'empêcher de recommencer à me gêner. Mon intendant m'a appris que Fitzhamon a payé des gueux hors la loi pour attaquer mes gens. Quelle importance si nous en tuons quelques-uns pour nous faire comprendre ? »

Henry de Nonant leva la main pour appeler à la prudence. « Méfiez-vous, ce n'est pas le moment d'engager une guerre locale, pas en cette délicate période.

— Et qui nous en empêcherait ? répondit Pomeroy avec dédain. C'est nous qui faisons la loi, ici. Le seul qui pourrait nous causer des problèmes est le shérif Richard de Revelle, mais il ne viendra pas nous chercher des noises, n'est-ce pas ?

— Et le nouveau coroner, cet ancien chevalier croisé ? s'enquit Bernard Cheever.

— John de Wolfe, de Stoke-in-Teignhead, précisa Nonant.

— Un coroner ? Mais qui, grand Dieu, s'intéresse à un coroner ? se moqua Pomeroy. Un coroner n'est guère plus qu'un collecteur de dîme à la solde de l'Échiquier à qui l'on a donné un titre ronflant. »

Cela ne suffit pas à convaincre Henry de Nonant.

« On dit que ce coroner a l'oreille d'Hubert Gautier, et même du roi.

— Ils doivent donc avoir de sacrément grandes oreilles, gloussa Cheever. De toute façon, je suis prêt à parier que Richard ne remettra plus jamais les pieds en Angleterre. »

Nonant, plus prudent, haussa les épaules. « Alors qu'il en soit ainsi. Mais faites attention à ne pas attirer l'attention sur nous pour seulement quelques hectares avant que tout ne soit en ordre. »

Pomeroy avala le reste de son vin et se dirigea vers la porte. « Allons ripailler et boire tout notre soûl. Bernard, j'espère que nous apprendrons demain que ces gens ont accompli leur besogne. Je voudrais que les arbres soient abattus et les souches arrachées avant la fin de janvier. »

Pendant que Thomas de Peyne se consacrait à ses travaux solitaires à la cathédrale, Gwyn de Polruan joignait l'utile à l'agréable dans les tavernes de la ville. Non loin de *La Brousse*, sur Stepcote Hill, se trouvait un autre établissement moins réputé appelé *Le Sarrasin*. Son propriétaire était un gros homme revêche connu sous le nom de Guillaume le Flamand. On y trouvait une clientèle moins raffinée, venue souvent du quartier de Bretaygne de l'autre côté de Westgate Street, ainsi que des étrangers peu recommandables qui entraient dans la ville par la porte ouest.

Guillaume, néanmoins, servait de la bonne bière et c'était l'endroit idéal pour glaner des ragots sur le monde interlope, si l'on parvenait à se réfréner d'aller attraper la petite vérole avec l'une des nombreuses catins qui en avaient fait leur lieu de travail.

En ce soir de la Nativité, le costaud de Cornouailles se trouvait attablé au *Sarrasin* devant un pot de la meilleure bière, discutant avec des connaissances et écoutant les conversations autour de lui. Il avait déjà mangé de bon appétit avec sa femme et ses deux enfants chez sa belle-sœur dans Milk Street. Ils avaient quitté leur petit logement de Saint-Sidwell, pour passer les fêtes avec elle qui était veuve. Gwyn, lassé des commérages des femmes dans la petite pièce où dormaient aussi dans un coin les enfants sur des matelas de paille, était sorti pour aller boire entre hommes. Il connaissait toutes les tavernes de la ville, à la fois comme client et comme assistant du coroner, car nombre d'auberges étaient le théâtre de bagarres, d'agressions et même de meurtres. Le mois précédent, au *Sarrasin*, avait eu lieu un vol avec mort d'homme pour lequel deux hommes avaient été pendus. Guillaume se plaignait encore de la perte d'une paillasse, irrémédiablement tachée du sang de l'une des victimes. Gwyn, assis sur un banc le long d'un mur, suçant la bière qui imprégnait son épaisse moustache, écoutait l'un de ses compagnons se plaindre du coût de la vie depuis que le roi avait repris la guerre contre Philippe Auguste.

« Maintenant qu'une paire de chaussures de travail coûte presque trois pence, comment joindre les deux bouts ? » se lamentait l'homme.

Mais l'attention de Gwyn fut soudain attirée ailleurs. Il fut frappé par un visage à l'autre bout de la pièce, qu'il reconnaissait pour l'avoir vu récemment sans être capable de se souvenir où. Il s'aperçut ensuite que les vêtements du jeune homme étaient différents de ceux qu'il portait dans l'après-midi. Sa tenue de prêtre était camouflée sous une cape sombre qui l'enveloppait de la tête jusqu'aux pieds. L'un des vicaires de Canon's Row qui était présent à l'instruction et qui rôdait aussi dans les parages la nuit où le cadavre avait été découvert. Gwyn ignorait son nom et de quel chanoine il dépendait. Il était sûr, cependant, que ce n'était pas de Robert de Hane, car le vicaire de ce dernier avait la mine pâlotte et un nez en trompette alors que celui-ci avait le teint mat et des marques d'acné sur les joues. Il parlait avec vivacité à un jeune homme grand, très blond et barbu qui portait une longue épée à la ceinture. Entre eux, était assise une très belle jeune femme, quoiqu'un peu ronde, d'à peu près vingt-cinq ans, dont les longs cheveux bruns tombaient en boucles sur les épaules.

Certains prêtres menaient une vie dissolue, buvant et fréquentant des femmes, mais ils le faisaient d'ordinaire avec discrétion et n'en faisaient pas publiquement étalage : en général, ils confinaient leurs maîtresses chez eux et ne buvaient qu'en privé. Il était étrange de voir ce vicaire, même en vêtements séculiers, dans une taverne minable comme *Le Sarrasin*, et de surcroît en compagnie d'une femme qui semblait bien être de mauvaise vie.

Gwyn les observa quelque temps, sans plus prêter attention à l'homme assis à côté de lui qui continuait à se plaindre. Il remarqua que le débit de parole du vicaire était rapide et que les deux hommes se tenaient presque tête contre tête comme pour se confier des secrets. Le vicaire agitait les mains fébrilement et lançait des regards inquiets autour de lui, comme s'il craignait des oreilles indiscrètes. L'adjoint du coroner baissa la tête et s'abrita sous ses épais sourcils roux pour espionner sans être reconnu. La pièce au plafond bas, envahie de fumée, était remplie de clients qui buvaient sec et parlaient fort et il n'y avait que peu de chances que le vicaire remarquât Gwyn : malgré sa stature de géant, il était caché par une foule dense.

L'interlocuteur blond écoutait attentivement le religieux, acquiesçant de temps à autre, et parlait peu. Le beau visage de la femme se tournait de l'un à l'autre, ses lèvres rouges retroussées comme en signe d'inquiétude. Gwyn se souvint l'avoir déjà vue en ville, il s'y connaissait en jolies femmes ; mais il ne savait pas comment elle s'appelait. Pour autant qu'il sache, ce n'était pas une prostituée ordinaire, mais quelque chose dans son attitude dégageait une sensualité facile.

Il interrompit son compagnon, un tanneur de Curre Street qui n'avait pas cessé ses jérémiades sur le coût de la vie. « Qui est cette jolie femme, Otelin ? » lui demanda-t-il.

L'homme posa son pot de bière et allongea le cou pour jeter un coup d'œil au fond de la pièce par-dessus la tête d'un client immobile.

« La femme plantureuse ? C'est Rosamunde de Rye, qui ne vaut pas plus qu'elle n'en a l'air. Mais comme tous les hommes d'Exeter, je ne déserterais pas mon lit si elle s'y trouvait, répondit-il en passa sa langue sur ses lèvres sous l'effet d'un désir utopique.

— Est-ce qu'elle est d'ici ? Et qui est avec elle ? demanda le lieutenant du coroner.

— À ce que j'ai entendu dire, elle fréquente volontiers les jeunes chevaliers et écuyers du pays. Les gens de notre condition n'ont aucune chance de lui glisser la main sous le corsage, elle ne s'intéresse qu'aux jeunes soldats, parfois aux plus âgés, aussi. Nul doute que ce blondin en soit un, à voir comment il exhibe son épée. »

De nouveau, Otelin scruta le fond de l'auberge. Le jeune homme blond menait à présent la conversation, le religieux et la femme aux cheveux de jais l'écoutaient avec attention.

« Je ne connais pas son nom, dit-il, mais je l'ai vu avec d'autres comme lui. Je pense qu'il est l'écuyer d'un des mercenaires de Totnes. »

Un groupe de buveurs vint leur boucher la vue. Lorsqu'ils purent à nouveau voir le fond de la pièce, le prêtre avait bougé et rejoint une autre fille au visage pâlot, vêtue d'une robe de couleur criarde. Ils se retirèrent dans un coin derrière une échelle qui, comme à *La Brousse* et dans nombre d'autres auberges, menait vers des chambres rudimentaires de l'étage du dessus.

L'écuyer blond et Rosamunde de Rye, main dans la main, se frayèrent un chemin vers la sortie et disparurent. Gwyn de Polruan resta une heure de plus à boire en se demandant si ce dont il avait été le témoin pouvait avoir quelque lien avec le meurtre du chanoine.

4

Où Coroner John apprend quelques faits historiques

Le lendemain matin, dans la froide lumière de l'aube, Matilda était suffisamment adoucie pour daigner apparaître et se joindre à son mari devant le petit déjeuner préparé par Mary dans la grande salle nue. Assis en silence de part et d'autre de la longue table couverte de pain chaud, de viandes froides et de bière chaude, ils évitaient soigneusement de se faire part de leurs pensées. Sa femme pouvait bouder pendant des jours et des jours, ce qui pour Wolfe était pire qu'une scène retentissante, laquelle fournissait un meilleur prétexte à un départ précipité vers *La Brousse*, où il pouvait espérer de plus agréables moments avec sa maîtresse. Tandis que lorsque Matilda se contentait de bouder, il se sentait contraint par sa bonne conscience d'essayer de rétablir au moins la neutralité. Même dans les meilleurs moments de cette union sans amour, John n'avait jamais aimé sa compagnie ; mais les querelles, les chamailleries ou même l'apathie silencieuse lui faisaient l'effet de plaies suppurantes.

Les obligations sociales dues à son statut de chevalier normand et d'officier du roi lui rendaient une séparation impossible. Il n'avait d'autre choix que d'accepter le *statu quo* avec toute la bonne grâce dont il pouvait être capable. L'éventail d'occasions qui s'offraient à lui pour soulager ses besoins sensuels, avec Nesta en particulier mais aussi avec quelques autres dames du pays, ne faisaient qu'atténuer la pesanteur qu'il ressentait à vivre à Martin's Lane au côté d'une femme obsédée par sa position sociale dans le comté.

Malgré les instructions données par Hubert Gautier de nommer trois chevaliers et un clerc par comté, Wolfe était l'unique coroner du Devon. On n'en avait trouvé qu'un autre, Robert Fitzrogo, qui voulût bien accepter la charge non rémunérée ; mais une chute de cheval l'avait tué dès les premiers jours de son mandat. Wolfe s'était alors retrouvé seul responsable d'un immense territoire qui s'étendait de Barnstaple, sur le fleuve Severn, jusqu'à la côte sud, incluant les villes d'Exmoor et de Dartmoor – une zone qu'on ne pouvait espérer couvrir en moins de trois jours de cheval.

Tout en mastiquant la couenne de sa viande de porc et en croquant dans son pain croustillant, il repensait aux années qui s'étaient écoulées depuis son engagement dans l'armée à l'âge de dix-sept ans. Il en avait désormais quarante et avait quitté les champs de bataille, tout au moins en ce qui concernait les campagnes à l'étranger. Il aurait volontiers accompagné son très cher Richard Cœur de Lion en France, mais une vieille blessure à la hanche gauche et un coup de lance reçu en Palestine l'avaient contraint à renoncer aux longues campagnes ponctuées de nuits sous la tente ou dans des baraquements crasseux. Il était aussi las des tueries sans fin. Et les massacres de la troisième croisade dont il était revenu deux ans auparavant l'avaient dégoûté de se lancer dans une nouvelle guerre. Jeune, il avait participé aux campagnes d'Irlande et de Normandie, mais en Terre sainte, ç'avait été une tout autre expérience. De plus, même s'il avait peine à se l'avouer et bien qu'il n'ait à l'époque commis aucune faute, il se sentait toujours coupable de la capture du roi en Autriche. Lors de la tentative de traversée du continent après le naufrage en mer Adriatique, Gwyn et Wolfe faisaient partie de la garde rapprochée de Richard – capturé alors que lui et Gwyn avaient pu s'échapper. Le roi avait passé presque deux ans entre les griffes du duc Léopold V de Babenberg et de l'empereur Henri VI du Saint Empire. La lourde rançon que l'Angleterre avait dû verser – cent cinquante mille marks d'argent – avait contribué à appauvrir le pays et conduit Hubert Gautier à lever le moindre penny en impôts, mettant la population sous pression. Et bien sûr, la création de la nouvelle fonction de coroner visait elle aussi à soutirer autant d'argent que possible tant aux riches qu'aux pauvres.

Wolfe, malgré tout, appréciait la charge : elle lui donnait l'occasion de se déplacer à cheval, parfois de prendre part à une bagarre si les choses s'envenimaient, et surtout de bons prétextes pour fuir le domicile conjugal et sa femme pour des durées indéterminées. Matilda avait pensé que cette fonction de coroner la gratifierait facilement d'un plus grand prestige dans le comté, elle avait cru que le coroner officierait seulement dans des cours locales, qu'il serait dans les meilleurs termes avec les justiciers du roi lorsqu'ils viendraient et qu'il se contenterait des formalités lors des instructions. Mais à son grand dam, elle avait vite appris que cela justifiait au contraire que son mari passât la plupart de son temps loin de chez lui, à chevaucher son vieil étalon, Bran, en compagnie de ce rouquin cornique barbare et du méchant petit gnome – un pervers sexuel et un prêtre défroqué.

Entre Wolfe et sa femme régnait une hostilité faite de constantes récriminations, alimentées principalement par ce qu'elle qualifiait d'obstination têtue à honorer sa charge, et lui, de dévouement loyal au roi. Qu'elle fût au courant de ses infidélités était une autre source de friction, même si le fait qu'à peu près tous les Normands dans le comté avaient une ou deux maîtresses en faisait un moindre mal. Matilda elle-même s'était laissée aller à quelques amourettes dans le passé, lorsque John était parti en guerre, mais plus par dépit et par ennui que par désir passionné. Car à la vérité, l'aspect sordide de ces histoires l'avait tant gênée qu'elle y avait à présent renoncé.

Bien qu'elle ait condescendu ce matin-là à être assise à la même table que son mari, il régnait dans la pièce un silence si épais que Wolfe aurait presque pu le découper de sa dague. Le peu d'efforts qu'il fit pour engager la conversation ne rencontra qu'indifférence et entêtement. Aussi abandonna-t-il vite, avec le sentiment amer de se trouver dans une situation par trop familière.

Dès qu'il eut fini de manger, il jeta sa cape sur ses épaules et descendit dans la cour. Il siffla son vieux chien Brutus, qu'il avait décidé de prendre avec lui au château. Il s'était arrêté de neiger pendant la nuit et la neige fondue qui recouvrait la terre de la ruelle et de la Grand-Rue était souillée de restes de fricot. Brutus, mécontent d'avoir été arraché à la chaleur de la cuisine de Mary, se traînait fidèlement derrière son maître dans les rues glaciales, reniflant à chaque coin de rue des odeurs différentes et levant la patte çà et là. Arrivé aux portes du château avant Wolfe, il grimpa en vitesse l'escalier de pierre, alléché d'avance par le morceau de fromage que Gwyn, grand ami des chiens, ne manquerait pas de lui donner.

Dans la pièce spartiate, assis à sa place habituelle, Thomas de Peyne recopiait des rouleaux pour les justiciers attendus en janvier pour tenir leurs assises. Juché sur le bord de la fenêtre, Gwyn mâchait des restes de pain. À ses pieds, Brutus le regardait d'un air implorant.

Quand Wolfe s'installa à la table, Thomas posa sa plume et attendit. Avant même qu'il ait pu raconter ses recherches dans les archives, Gwyn se lança dans le récit de sa visite de la veille au *Sarrasin*.

« As-tu appris le nom de cet homme ? » demanda le coroner en se penchant au-dessus de la table.

Le Cornique acquiesça. « Je n'ai pas voulu partir sans interroger ce vaurien de Guillaume le Flamand. Il m'a appris que l'homme blond s'appelait Giles Fulford et qu'il était l'écuyer d'un jeune chevalier des marches galloises, qui habite en ce moment dans le comté.

— Sais-tu aussi son nom ?

— Oui. Le Flamand m'a dit à contrecœur qu'il s'appelait Jocelin de Braose. Son père est le seigneur d'une marche quelque part du côté de Monmouth. »

John de Wolfe se mordit les lèvres, fouillant dans ses souvenirs. « J'ai entendu parler de cette famille quand nous avons accompagné l'archevêque Baldwin au pays de Galles lors du recrutement pour la croisade en 1188. Ils avaient, semble-t-il, mauvaise réputation. Les Gallois crachaient par terre simplement en entendant ce nom. »

Thomas ne put s'empêcher d'étaler ses vastes connaissances de l'histoire récente. « William de Braose est l'homme qui fit poignarder une douzaine de chefs gallois après les avoir invités à un festin en son château d'Abergavenny. »

Gwyn émit un grognement signifiant qu'il considérait cette attitude typiquement normande, mais s'en tint là : son maître avait beau être à moitié gallois, il restait officier normand.

Wolfe revint au présent. « Et ce Giles ? Pour quelles raisons était-il en train de jaser avec un prêtre de la cathédrale dans une taverne de mauvais aloi, une courtisane à son bras ? »

Son lieutenant haussa les épaules. « Seul le diable le sait. Guillaume prétend que lui et ce Jocelin dont il est le serviteur sont tous deux mercenaires et louent leurs forces à qui veut bien les payer. »

Le coroner fronça les sourcils. « Des mercenaires ? On m'en a fait mention pas plus tard qu'hier. Il paraît qu'ils sont à Exeter en grand nombre ces temps-ci. Sont-ils d'anciens croisés, comme nous ? »

Gwyn fit une grimace. « J'en doute fort. Ce Fulford était trop pâle pour être jamais allé Outremer[1]. Il n'a dû guerroyer qu'en France. »

Il lança en l'air un morceau de fromage dur comme de la pierre. Brutus l'attrapa sans effort et n'en fit qu'une bouchée.

« Et cette ribaude aux cheveux noirs qui a l'air de t'avoir impressionné ? Crois-tu que le vicaire la met dans son lit ? »

— Je ne crois pas. Ce n'est pas le genre qui se contenterait de ce type d'individu. Elle était dans les bras de Giles. Le vicaire est monté dans le grenier du *Sarrasin* avec une ribaude de son niveau.

— Cette Rosamunde n'est pas une prostituée ordinaire ?

— Pas selon Otelin, le tanneur. J'ai compris qu'elle suivait les troupes de mercenaires, c'est un échelon au-dessus. »

John défit le lien d'un rouleau de parchemin et regarda, l'air absent, ce que Thomas y avait inscrit. Ses connaissances balbutiantes de la lecture lui permettaient à peine de déchiffrer le nom du défunt dont il était question, un homme tombé d'un toit la semaine précédente. Mais son esprit était ailleurs.

« Est-ce que tout ceci pourrait avoir un rapport avec la mort de notre chanoine ? Seule la présence

1. Les quatre royaumes chrétiens du Levant au temps des croisades et en particulier le royaume de Jérusalem. (N.D.A.)

de ce vicaire pourrait le suggérer, dit-il entre ses dents.

— C'est le bras droit de Roger de Limesi, lui fit remarquer l'astucieux Thomas. Cela vient peut-être un tantinet renforcer la coïncidence. Après tout, les vingt et un autres chanoines n'ont rien à voir avec les archives. »

Maintenant qu'il avait réussi à s'immiscer dans la conversation des deux géants, Thomas continua en racontant sa découverte de la croix tracée de frais en face du nom de Saewulf sur les parchemins de Robert de Hane. La nouvelle fut accueillie par un lourd silence. Confus, il murmura alors : « Je ne sais rien de ce Saxon, mais je trouverai, cela nous mènera peut-être à quelque chose. D'autant que cette marque a été tracée dans une encre de même couleur que celle de l'encrier du pupitre du chanoine, aux archives. »

Gwyn renifla si fort que Brutus recula. « Une marque sur un rouleau de vélin ! C'est tout ce que tu nous rapportes de ta nuit de labeur, nabot ? »

Wolfe leva la main pour éviter la prise de bec entre ses assistants.

« Là n'est pas la question ! Notre tâche maintenant est d'obtenir des informations de ce vicaire, mais d'abord je veux apprendre tout ce qu'on peut savoir sur Jocelin de Braose et son écuyer. »

Confiant Brutus à son assistant, le coroner partit ensuite au bureau du shérif. En arrivant, il tomba cette fois-ci sur lady Eleanor. Laquelle était en tenue de voyage, sa vieille femme de chambre sur ses talons. Richard de Revelle, l'air épuisé, aboyait des ordres à un domestique et au sergent Gabriel, chargé avec quelques hommes d'escorter sa femme jusqu'à Revelstoke.

Au coroner qui la salua avec courtoisie, elle répondit froidement et de mauvaise grâce. Wolfe se retira dans un coin de la pièce pour laisser son beau-frère raccompagner les voyageurs à la porte et les regarda s'éloigner du donjon de Rougemont pour rejoindre leur principale résidence de campagne près de Plympton.

Lorsqu'il revint, Richard était presque cordial, soulagé de ne plus avoir à supporter sa femme pendant une semaine ou plus.

« Il est bon que les épouses restent à leur place, dit-il gaiement, surtout si cette place est à bonne distance de leurs maris. »

Il s'assit derrière la table en chêne massif qui lui servait de bureau. « John, en quoi puis-je vous être utile ? »

Le coroner alla droit au but : « Que savez-vous d'un nommé Jocelin de Braose ? Et de son écuyer ? »

Revelle regarda son beau-frère avec prudence. « Pas grand-chose, pourquoi ?

— Répondez, c'est tout. Vous ne savez rien du tout ? »

Le shérif, vêtu de la tête aux pieds en vert pâle, sa couleur favorite, caressait nerveusement sa barbe. « Je connais son nom et, bien sûr, je vois qui est sa famille. Mais, je vous le redemande, que voulez-vous savoir ? »

Il évitait de répondre, voire même mentait, cela se voyait. Wolfe aurait aimé savoir pourquoi.

« Il est peut-être impliqué dans la mort de notre vieux chanoine, dit-il. C'est seulement une possibilité très mince pour l'instant, mais la moindre lueur susceptible de venir apporter quelque lumière à cette obscure énigme sera la bienvenue. »

Il raconta l'histoire de Gwyn, la rencontre avec le vicaire du chanoine de Limesi, tout en se disant que le lien avec Robert de Hane était ténu.

Apparemment son beau-frère partageait son avis : il tourna l'idée en ridicule. « Pour l'amour de Dieu, John, il est difficile de fonder la thèse du complot avec si peu d'éléments ! Ce maudit prêtre voulait probablement s'offrir une nuit de débauche avec la femme qui accompagnait l'écuyer. Vous savez bien comment sont certains religieux, leur célibat n'est qu'une farce. »

Wolfe dut admettre qu'il avait probablement raison, mais comme un chien qui a flairé un os, il avait du mal à renoncer.

« Ce Jocelin a la réputation de vendre son épée au plus offrant.

— Il n'est pas le seul, John. Voyez tous vos anciens compagnons croisés qui, à leur retour, n'ont rien trouvé à faire pour remplir leur bourse. Ils ne peuvent pas tous aller sur les champs de bataille en France.

— Donc, cet homme est un mercenaire, continua le coroner. On me dit qu'ils ont même formé une sorte de confédération dans les comtés du sud-ouest. »

Le shérif accueillit la remarque avec circonspection. « Je ne suis pas au courant de cela. Tout baron ou seigneur peut légitimement employer des gens à son service, que ce soit des gens d'armes ou des commis de cuisine. Il en a toujours été ainsi. »

Revelle ne voulait pas en dire plus, si bien que John réorienta légèrement la conversation. « Parlons de la dame Rosamunde ? Savez-vous quelque chose ? » fit-il.

Une expression grivoise parcourut le visage mince de Revelle. « J'ai assurément entendu parler d'elle. Elle passe pour la catin la plus douée, de Penzance à Douvres, dit-il, non pas que j'aie pu moi-même apprécier ses talents ! »

La hâte avec laquelle il ajouta cette précision fit se dire à Wolfe qu'il mentait. Un peu plus d'un mois auparavant, il avait, dans la pièce attenante, trouvé son beau-frère au lit avec une prostituée.

« C'est donc une putain ? »

Le shérif prit un ton moralisateur. « J'ai entendu dire qu'elle a commencé comme telle. C'est la raison pour laquelle elle a été chassée de sa ville natale de Rye. Elle a ensuite travaillé dans des ports du Kent, jusqu'à ce que ses appâts attirent quelques nobles qui traversaient la Manche. Elle choisit semble-t-il désormais à qui elle vend ses faveurs… En général, de beaux militaires à la bourse bien garnie. »

Richard, remarqua le coroner, prenait autant de plaisir à parler de cette femme qu'il avait rechigné à parler de Jocelin de Braose. Comment donc le shérif connaissait-il aussi bien son histoire alors qu'il prétendait ne jamais l'avoir rencontrée ? Il essaya de relancer la conversation sur le jeune chevalier : en tant que représentant du roi pour le comté, le shérif devait être le meilleur expert de la haute société normande dans le Devonshire.

« Jocelin de Braose vient des marches galloises, me dit-on ?

— Il semblerait que oui, répondit Revelle en se pinçant les lèvres, contrarié d'être ramené sur ce terrain désagréable. La famille tente de soumettre ces maudits Gallois depuis plus d'un siècle.

— Pourquoi, alors, le fils est-il dans les comtés du sud-ouest en ce moment ?

— Comment diable le saurais-je ? lui répondit brutalement le shérif. Je suppose qu'il a loué les services de son épée. Il est le plus jeune fils de la famille, il n'a peut-être pas de perspectives d'avenir chez lui, particulièrement s'il est allé à la guerre pendant quelques années.

— À qui vend-il donc son épée en ce moment ? » insista John.

Revelle fronça les sourcils, mais il ne pouvait feindre d'ignorer ce qui se passait dans son comté. « Je crois avoir entendu dire qu'on l'avait vu en compagnie de Henry de la Pomeroy ou de son parent, Bernard Cheever, mais je ne pourrais dire si c'est toujours le cas. »

Wolfe savait que le baron en question possédait de grandes étendues de terre dans le centre et l'ouest du Devon, ainsi que plusieurs manoirs dans le Somerset et le Dorset. Il en savait également long sur le père de Pomeroy.

« Cela ne vous inquiète pas, Richard, que ces hommes se soient liés avec une famille réputée pour sa félonie ? » lança-t-il.

Le shérif lui jeta un regard noir. « En quoi cela pourrait-il me concerner ? Le père d'Henry est mort, et tout cela est enterré avec lui.

— Nous savons tous comment et pourquoi il est mort, shérif ! » rétorqua Wolfe, sarcastique.

Le scandale qui avait secoué le Devon datait du début de l'année. Le père de Pomeroy, également prénommé Henry, avait été un fervent partisan de la révolte du prince Jean. Après son retour de captivité et l'écrasement de la rébellion, Richard Cœur de Lion avait envoyé un messager au château de Berry Pomeroy, officiellement pour le féliciter. Une fois entré cependant, le héraut avait annoncé qu'il avait mandat d'arrêter Pomeroy pour trahison, et Henry l'avait poignardé. Par crainte de représailles, ce dernier avait ensuite abandonné son château et conduit ses troupes au St-Michael's mount, l'île-rocher au large de la Cornouailles, qu'il avait déjà prise au nom du prince Jean en déguisant ses soldats en moines. En apprenant la nouvelle de la libération du roi et de son retour d'Allemagne, son représentant sur place avait succombé d'effroi. Acculé par l'archevêque Hubert Gautier et par le shérif de Cornouailles, Henry de la Pomeroy avait fini par se taillader les veines. Wolfe rappela narquoisement à son beau-frère cette édifiante histoire de trahison, mais comme visiblement il n'obtiendrait rien de plus de Revelle, il s'écarta de la table contre laquelle il s'était appuyé pour prendre congé.

« Je pense aller échanger quelques mots bien sentis avec ce vicaire, fit-il. Peut-être sa langue se déliera-t-elle lorsqu'il apprendra qu'il a été vu dans cette taverne en compagnie de femmes de petite vertu. »

Bien que ravi que la conversation ne portât plus sur Jocelin de Braose, Revelle craignait à présent que le coroner ne contrariât l'évêque en révélant publiquement qu'un des prêtres de la cathédrale était un débauché. En tant que proche du chef de l'Église d'Exeter, voir son beau-frère à l'origine d'un nouveau scandale dans sa circonscription était la dernière chose qu'il souhaitait. Depuis sa nomination de coroner quelques mois plus tôt, le mari de sa sœur était devenu un vrai fléau, un obstacle manifeste au monopole tranquille que le shérif détenait sur les intrigues dans le comté.

« Je désire que vous vous démettiez de l'affaire du chanoine, John. Il a manifestement été tué par hasard, l'œuvre d'un voleur opportuniste, s'il s'avère qu'ainsi que vous l'affirmez, il ne s'est pas supprimé lui-même. Pourquoi en faire un tel mystère ? Si vous avez besoin d'un dénouement, accusez l'un des domestiques. Je le ferai pendre pour vous et tout sera oublié. »

L'attitude immorale du shérif envers la justice n'inspirait à Wolfe que mépris, si bien qu'après quelques mots acides, il s'en retourna au poste de garde en maugréant dans sa barbe des propos visant l'indignité de son beau-frère à représenter le roi. Wolfe vouait à Richard Cœur de Lion un véritable culte. Il était cependant prêt à admettre si on l'en pressait qu'en ce qui concernait l'Angleterre, les actes du roi laissaient fort à désirer : Richard avait à peine passé quelques mois de son règne dans le pays et, à présent qu'il guerroyait en France, rien ne laissait penser qu'il avait l'intention de revenir bientôt. Il n'avait pas même pris la peine d'apprendre le moindre mot d'anglais, et la reine,

Bérangère de Navarre, n'avait jamais mis les pieds sur l'île, pas même lors du second couronnement de Richard un peu plus tôt cette année-là, auquel elle n'avait d'ailleurs pas été conviée ! C'était la Normandie que le roi voyait comme son pays, l'Angleterre n'étant à ses yeux qu'une mine au sein de laquelle ses ministres, et en tout premier lieu Hubert Gautier, devaient prélever tout l'argent et les biens qu'ils pouvaient pour entretenir ses armées.

Mais alors qu'il traversait la haute cour, le vent sifflant entre ses jambes, John ne ressentait pour le monarque que de la loyauté née de la camaraderie qui s'était développée entre eux lors des pénibles campagnes en Terre sainte et des épreuves qu'ils avaient traversées dans leur pérégrination entre l'Adriatique et Vienne. Voir son beau-frère détourner sans cesse sa mission royale à son propre avantage rendait le coroner encore plus déterminé à confondre Revelle en poursuivant ses investigations aussi loin et aussi honnêtement que possible.

Il gravit à pas lourds les marches qui menaient à son bureau, tout en haut de la tour de garde et s'empressa de donner ses ordres.

« Gwyn, retourne à la taverne de Stepcote Hill et trouve tout ce que tu pourras sur cet écuyer et son maître, ainsi que sur la femme de Rye. Menace Guillaume le Flamand, si besoin est, menace-le de le faire conduire dans une geôle de Rougemont pendant quelques jours pour qu'il subisse la peine forte et dure[1] s'il ne nous donne pas tous les renseignements que nous souhaitons. »

Wolfe bluffait, mais la menace finirait par délier la langue du revêche tenancier.

1. En français dans le texte, peine de droit anglais qui consistait en l'écrassement sous des poids. Le terme était cependant souvent employé comme un synonyme de « torture ». (N.D.A.)

« Quant à toi, Thomas, enchaîna-t-il, viens avec moi dans le clos de la cathédrale. Nous devons interroger ce jeune prêtre qui semble avoir quelque mal à observer à la lettre son vœu de chasteté. »

Le clerc pencha la tête de côté comme un moineau.

« Vous devez assister à deux pendaisons à midi », rappela-t-il à son maître.

Wolfe se renfrogna. Il avait oublié que, fêtes de la Nativité ou pas, les exécutions avaient lieu deux fois par semaine sur un arbre de Magdalen Street, un peu à l'écart de la ville. Il devait y assister pour enregistrer l'événement et confisquer, s'ils en possédaient, les propriétés des félons exécutés.

« Si nous descendons vers la cathédrale immédiatement, nous en aurons fini avant », dit-il.

Thomas, cependant, avait une autre objection. « Les religieux suivent les offices du matin jusqu'à la onzième heure », rappela-t-il à son maître.

« Eh bien, nous le tirerons de ses prières pour bavarder. Le salut de son âme ne pâtira pas trop de ne pas avoir chanté les louanges de Dieu pendant une heure. »

On avait donné aux hommes d'Alward des haches neuves. Leurs ecchymoses commençaient à s'estomper. Ils avaient repris le déboisement entre Afton et Loventor. Pendant quelques jours, nul ne vint les inquiéter. Avec la fumée des troncs calcinés qui s'élevait plus haut que les cimes des arbres et les coups de haches qui résonnaient dans l'air glacé de l'hiver, il devait se savoir au village de Fitzhamon qu'ils avaient recommencé.

L'équipe d'Afton était équipée d'un nouvel outil : un cor, qui pendait à la ceinture d'Alward. Avec lui, le premier magistrat pouvait en soufflant de tous ses poumons sonner jusqu'au plus profond de la forêt qu'ils étaient en train d'abattre. Et c'est au matin du lendemain de la Nativité, au début de la journée de travail, que se produisit l'attaque attendue. Une nouvelle fois, une douzaine d'hommes en guenilles chargèrent depuis le bois et se mirent à rouer de coups tant les vilains que les hommes libres d'Afton qui, cette fois-ci cependant, s'enfuirent plus vite.

Dès que les assaillants se montrèrent, Alward souffla dans le cor. Ce qui eut pour effet de ralentir dans leur élan les canailles interdites. Quelques secondes après, on entendit approcher un tonnerre de sabots, puis de la clairière surgirent à cent toises une demi-douzaine de cavaliers qui fondirent sur les combattants. Bien que moitié moins nombreux, ces derniers entrèrent dans la mêlée comme un couteau dans une motte de beurre, semant la panique parmi les hommes à pied.

Cette fois-ci, on n'essaya pas d'éviter le carnage. Les cavaliers faisaient tournoyer lestement leurs épées et deux hommes de Loventor, mortellement atteints, tombèrent très vite à terre pour s'y vider de leur sang. Chevauchant leurs immenses montures, les six hommes se lancèrent à la poursuite des agresseurs. D'un coup d'épée dans le dos ils en firent tomber un à terre et infligèrent des blessures moins graves à deux autres. Ils prirent même l'un des travailleurs d'Afton pour un assaillant. Lequel reçut un coup d'épée qui lui entailla la tête, sans heureusement lui être fatal.

Après ce deuxième assaut, tous les hommes prirent pathétiquement la fuite vers les bois, entremêlés à tel point qu'on ne pouvait plus distinguer ceux de Loventor de ceux d'Afton. Le chef des cavaliers, un jeune homme trapu dont les cheveux roux dépassaient du casque métallique, leva son épée et cria à ses compagnons de le suivre. Les vengeurs firent prestement demi-tour sur leurs coursiers, partirent au galop le long du bois et disparurent. Alors, lentement, les hommes de Loventor sortirent en rampant des buissons pour aller ramasser leurs morts et leurs blessés sous les yeux des paysans silencieux à qui ils avaient donné l'assaut.

Thomas de Peyne avait reçu l'ordre de se rendre à la cathédrale pour en ramener le vicaire Éric Langton. L'ancien prêtre considérait qu'interrompre un office religieux tenait du blasphème, mais sa tâche s'avéra heureusement plus simple qu'il ne le craignait car Roger de Limesi était lui-même présent à la cérémonie, ce qui dispensait son suppléant d'assister à l'office. Thomas put donc se faufiler derrière les stalles où se trouvaient les religieux les plus jeunes et tirer sur le pan de la robe de Langton sans déranger le cours de la cérémonie.

Surpris, le vicaire se laissa entraîner dans l'ombre, sous les arches situées entre le chœur et l'aile sud, où le clerc lui siffla à l'oreille qu'on l'attendait sans délai chez Robert de Hane.

Éric Langton se souvenait avoir déjà vu Thomas, qui habitait lui aussi Canon's Row – un prêtre sans doute, il ne l'avait en tout cas jamais démenti – si bien qu'il le suivit sans protester, plutôt soulagé d'échapper à une autre heure de prières fastidieuses.

Le coroner l'attendait assis sur un banc devant la longue table en chêne de la salle principale. Demandant à Langton d'approcher sans lui proposer de s'asseoir, il engagea son interrogatoire.

« Que faisiez-vous à la taverne du *Sarrasin* hier soir, en compagnie d'un aventurier mercenaire et d'une prostituée peinturlurée ? » demanda-t-il avec un regard noir à l'attention du jeune vicaire.

Les descriptions des deux compagnons d'Éric étaient certes un peu excessives, mais le coroner croyait en l'efficacité de l'exagération pour confondre un témoin.

D'ordinaire déjà pâles, les joues de Langton perdirent en un instant le peu de sang qui les irriguait. Son visage émacié, pris entre des cheveux sombres et la cape noire qu'il avait jetée sur ses vêtements religieux, était à présent blanc comme la mort, ses lèvres tremblantes et muettes. D'un ton sec, Wolfe répéta sa question et parvint à lui faire balbutier toute l'histoire à contrecœur.

« Le chanoine Roger m'a envoyé transmettre un message à Giles Fulford, raconta-t-il à mi-voix, en évitant de croiser le regard de John. C'était urgent et j'ai dû le chercher dans les tavernes qu'il a l'habitude de fréquenter.

— Et que vous fréquentez assidûment vous-même, l'interrompit le coroner. Vous êtes monté à l'étage avec une femme, vous devez donc bien connaître *Le Sarrasin*. »

Le visage du vicaire vira à l'écarlate. « Je dois avouer que j'ai une... connaissance que je rencontre quelquefois là-bas... oui. »

Wolfe eut un geste impatient, les sourcils froncés de mépris. « Je me moque de votre morale, vicaire, votre archidiacre et votre évêque auront sûrement quelques mots à vous dire à ce sujet. Je veux savoir quelle relation entretiennent votre maître et le sieur Fulford. »

Le vicaire était effondré, pitoyable, les traits tordus par l'angoisse, le regard fixe. « J'en connais mal les raisons, Coroner, je le jure. Il y a quelques semaines, le chanoine m'a pris à part et m'a demandé si je connaissais un homme intrépide qui n'hésiterait pas à l'aider dans une entreprise hasardeuse d'ordre privé qui nécessitait force et détermination. J'ai cru comprendre qu'il s'agissait d'une affaire inconvenante pour un homme d'église. » Il baissa les yeux vers le bout pointu de ses chaussures. « Le chanoine Roger sait que j'ai quelques faiblesses, c'est un homme tolérant qui a couvert par le passé mes écarts de conduite. »

Le coroner n'accordait que peu d'intérêt à l'exploration des « faiblesses » de Langton. Ce n'était pas le prêtre débauché qui lui importait mais ce qui se tramait derrière son histoire.

« Et ensuite ? demanda-t-il.

— J'ai donc cette connaissance en ville. Je lui ai demandé si elle avait une idée de quelqu'un qui pourrait aider le chanoine Roger. Un soir, elle m'a fait rencontrer Rosamunde de Rye.

— Une belle bande de catins ! s'exclama John ironi-quement.

— Laquelle m'a présenté à son tour Giles Fulford, reprit Langton. Et j'ai arrangé une rencontre avec mon maître. »

Cette version aseptisée des activités nocturnes du vicaire dans les rues les plus mal famées d'Exeter arracha un grognement à Wolfe. « Quand se sont-ils vus et de quoi ont-ils parlé ?

— Giles est venu un jour à la cathédrale, après les offices du matin. Ils ont parlé dans la nef à l'abri des oreilles indiscrètes, une fois tout le monde parti. Je ne saurais dire de quoi. J'avais ordre de me tenir à l'écart.

— Votre chanoine l'a-t-il rencontré à d'autres occasions ? En présence d'autres personnes ? » grinça le coroner.

Langton secoua vigoureusement la tête. « Je n'en sais rien. Je n'en ai plus entendu parler à partir de ce moment-là.

— Et qu'en disait votre courtisane ? Vous avez sûrement discuté tous les deux de cet événement singulier, entre deux accès de luxure, demanda John avec cynisme.

— J'en ai effectivement parlé avec elle, car j'étais curieux, bien sûr. Mais la fille m'a dit que Rosamunde lui avait conseillé de ne pas se mêler de l'affaire si elle voulait éviter que les choses tournent mal pour elle. »

Les réponses semblaient sincères. « Et hier soir, que s'est-il passé ? demanda le coroner.

— Le chanoine m'a de nouveau pris à part après

votre instruction officielle, répondit le vicaire, l'air plus sournois et démoralisé encore. Il m'a dit de retrouver Fulford au plus vite et de lui dire que tout entre eux était terminé, je ne sais pas quel sens il fallait donner à cette expression. Le message était qu'il ne voulait plus le voir, ni entendre parler de lui et que la mort du chanoine Hane venait annuler tous leurs projets.

— Et vous prétendez ne pas en savoir plus ? C'est un peu difficile à croire ! »

Accablé, le vicaire prit un air servile. « C'est pure vérité, Coroner, je le jure par Dieu, la Vierge Marie et tous les saints du calendrier ! Je n'ai été qu'un messager, je ne sais rien de l'histoire. Vous devez vous adresser au chanoine. Quant à moi, je suis fini. Tout ce qui peut m'arriver m'est égal. »

Thomas posa la main sur son bras dans un élan de compassion, le vicaire avait touché sa corde sensible. Wolfe en revanche ne partageait pas sa pitié : il avait beau croire l'histoire de Langton, il était à présent déterminé à découvrir toute la vérité, et Langton venait de lui suggérer comment.

« En effet, le chanoine de Limesi va devoir répondre à mes questions et sans attendre ! Quant à vous, disparaissez de ma vue. Vous pouvez remercier le ciel de faire partie du clergé car sans cela, vous auriez fini dans une cellule à Rougemont. Mais sans doute votre archidiacre et l'évêque voudront-ils régler quelques comptes avec vous sous peu. »

Une fois le vicaire parti la tête basse, le coroner se tourna vers son clerc. « Que peut-on tirer de cette histoire, mon bon Thomas ? » demanda-t-il dans un élan de familiarité dont il était peu coutumier.

Le petit homme ne savait que dire. Au comble de la joie devant l'honneur exceptionnel que lui faisait son maître de solliciter ainsi son avis, il était cependant peiné de voir un frère de son église bien-aimée surpris à fréquenter des femmes dans des tavernes. Il éluda la question.

« Nous ne savons pas encore si la mort du chanoine Hane a un rapport avec Roger de Limesi. Pour étonnante que soit cette histoire, il se peut qu'elle ait une explication honnête », dit-il simplement.

Wolfe eut un claquement de lèvres peu élégant. « Pour l'amour de Dieu, Thomas, tu devrais être capable d'y voir clair, malgré ton œil qui tournicote ! Limesi a commandité une canaille et le jour où l'un de ses frères, qu'il côtoie aux archives quotidiennement, est assassiné, il fait prévenir ladite canaille qu'il décommande ce qui avait été prévu ! »

Ainsi formulée, la situation ne pouvait que convaincre même le sceptique Thomas que Limesi leur devait quelque explication.

« Dès que les religieux sortiront de leur interminable office ce matin, je veux que l'on m'amène Roger de Limesi ici pour un interrogatoire. Va donc l'attendre sur les marches de la cathédrale et attrape-le avant qu'il ne s'éclipse pour se remplir la panse.

— Et s'il refuse de me suivre ? Je ne suis rien par rapport à un chanoine de la cathédrale.

— Arrête de te considérer comme un prêtre déchu, Thomas. Tu es à mon service, l'adjoint d'un officier royal. Tu te dois d'être ferme. Si Roger de Limesi refuse, va trouver ton oncle l'archidiacre et dis-lui qu'il est de la plus grande urgence que Limesi vienne me voir. Et préviens John d'Alençon qu'il peut être présent s'il le désire pour vérifier l'absence d'irrégularité. »

À contrecœur, le clerc partit accomplir sa fâcheuse mission et attendit devant la porte ouest de la grande église que ne s'achèvent les dévotions du matin. Ces services religieux, quoique ouverts à quiconque acceptait de se tenir à distance respectable dans la nef, étaient en réalité bien plus destinés aux personnels de la cathédrale qu'à des fidèles ordinaires, qui pouvaient rendre grâce à Dieu dans l'une des dix-sept églises paroissiales de la petite ville. L'office ayant été suivi principalement par les chanoines, vicaires, acolytes et autres choristes réunis dans le chœur juste sous le jubé, il n'y eut pas de grand mouvement de foule à la sortie.

Mais l'histoire prit un tour nouveau et inattendu lorsqu'un jeune acolyte fit son apparition bien avant les autres et dévala les marches pour rejoindre Peyne, qu'il avait reconnu comme l'assistant du coroner, son voisin.

« Quel heureux hasard, Thomas ! On m'envoyait justement quérir votre maître. L'archidiacre veut s'entretenir au plus vite avec le coroner, dont il attend sans délai la présence dans la salle capitulaire.

— Mais le coroner m'a envoyé ici pour demander à Roger de Limesi de venir le rejoindre, répliqua le clerc.

— Je pense que c'est en relation avec le fameux décès du chanoine », insista le jeune prêtre en se tapotant l'aile du nez pour signaler qu'il flairait que quelque chose de sérieux se tramait.

Ne sachant trop que faire, Thomas repartit trouver Wolfe aussi vite que sa patte folle le lui permettait. Il arriva au moment où Gwyn de Polruan rentrait tout juste du *Sarrasin*.

Quelques minutes plus tard, tous trois furent dans la salle capitulaire, située dans l'aile sud de la cathédrale. John d'Alençon les y attendait assis sur l'un des bancs, en compagnie de Jordan de Brent et de Roger de Limesi, lequel se tenait à quelque distance, l'air très affecté.

Deux rangées de bancs occupaient trois côtés de la pièce austère. Sur le quatrième, se trouvaient un lutrin destiné à la lecture des Saintes Écritures et une chaire pour l'évêque, dont la présence au chapitre demeurait cependant rare.

Le coroner s'avança au centre de la pièce et considéra les trois ecclésiastiques. « J'allais justement mander le chanoine Roger pour lui poser quelques questions très directes », prévint-il gravement.

Faisant signe à Wolfe de s'asseoir, John d'Alençon s'avança jusqu'à un banc au premier rang en face du coroner et de ses adjoints.

« John, nous avons là une affaire délicate et d'ordre privé », dit l'archidiacre d'un ton calme, en jetant à Thomas et à Gwyn un regard qui en disait long.

— C'est également une affaire placée sous la juridiction royale, comme l'a expressément voulu votre évêque, rétorqua le coroner. L'affaire risque même de se révéler si sérieuse que la protection de ses membres par l'Église pourrait bien ne pas suffire. »

Devinant l'archidiacre réticent à parler devant des domestiques, il ajouta : « Tôt ou tard, mon clerc devra consigner tout ce qui sera établi, il a donc besoin d'entendre ce qui va se dire. Quant à mon adjoint, il m'accompagne toujours partout, au même titre que mon bras ou ma jambe. »

Ses deux assistants se rengorgèrent intérieurement de cette marque de confiance et leur dévotion pour leur maître ne fit que croître.

John d'Alençon acquiesça et commença son explication.

« Roger de Limesi est venu me narrer une histoire fort étrange et bien dérangeante. Il voulait la confesser, au sens religieux du terme, pour obtenir mon absolution, puisque je suis son confesseur attitré. Mais, au vu des circonstances, j'ai dû le lui refuser, car l'inviolabilité du secret de la confession m'aurait ensuite rendu impossible la divulgation de ce qui va suivre. »

Il régnait dans la pièce un silence impressionnant. Il n'y avait pas le moindre souffle, tout était comme en suspension. L'équipe du coroner attendait.

« Je lui ai donc conseillé de venir vous raconter cette histoire, coroner, poursuivit l'archidiacre, parce que le sujet est d'une gravité considérable sur le plan séculier. De plus, ainsi que vous l'avez rappelé vous-même, l'évêque Henry vous a délégué les prérogatives de l'Église en cette affaire. »

Son visage maigre était serein. Il se tourna vers Limesi, qui lui, en revanche, paraissait contrarié. « J'entendrai votre confession au sens religieux plus tard, mais cela ne concerne pas John de Wolfe. Vous pouvez soulager votre conscience à présent, et dire ce que vous avez à dire. »

Toujours vêtu de la cape noire qu'il avait passée sur son aube et sa chasuble des offices du matin, le chanoine releva lentement la tête.

« J'ai plus honte que je ne peux le supporter, bien que mes motivations n'aient pas été mauvaises, Coroner. Qu'elles aient pu contribuer à la mort de mon frère chanoine leur confère un caractère amer qui me fait craindre pour le salut de mon âme.

— Nous parlerons du salut de votre âme plus tard, Roger, l'interrompit l'archidiacre sans la moindre ironie. Entendons à présent votre histoire. »

Limesi poussa un long soupir et se lança. « Tout a commencé ici, en haut, dans la bibliothèque. J'étais intrigué par l'acharnement au travail et l'enthousiasme dont Robert de Hane faisait preuve, depuis le mois dernier à peu près. Je le connais de longue date, paix à son âme, et ce brutal accès d'énergie, les longues heures qu'il passait ici comme ses mystérieuses excursions à la campagne ont piqué ma curiosité. »

De sa voix grave, Jordan de Brent l'interrompit. « C'est exactement ce que je vous disais. Limesi a raison, notre défunt frère s'était métamorphosé.

— Un jour, je lui ai demandé sur quoi il travaillait, reprit Limesi. Il est resté évasif, ce qui m'a intrigué d'autant plus. J'ai donc, que Dieu me pardonne, profité de son absence pour me faire remplacer par mon vicaire à l'office de prime et aller fouiller dans les parchemins sur son bureau. Il était évident qu'il s'intéressait à de vieux rapports sur les vieilles églises du Devon. J'ai fini par tomber sur une double page en vélin ancien qu'il avait cachée sous une liasse de palimpsestes, loin des autres documents. »

Il fit une pause et porta la main à son front, comme pris d'un soudain accès de migraine. « C'était du mauvais latin, écrit dans une méchante écriture par un prêtre de village, un Saxon. D'après le contexte, elle datait du début de l'an 1069, quelques années après que nous, les Normands, nous soyons installés en ces contrées. »

Le coroner prit la parole. « De quel village s'agissait-il ?

— De Dunsford, un petit hameau à une huitaine de milles à l'ouest d'Exeter. »

Thomas, dans tous ses états, se pencha vers son maître. « C'est l'une des propriétés de Saewulf, dont le nom portait la croix à l'encre dont je vous ai parlé », lui murmura-t-il à l'oreille.

Presque aussitôt, son commentaire fut confirmé par Limesi. « Ce prêtre avait écrit ce que lui avait confié son seigneur saxon, Saewulf, qui possédait beaucoup de terres dans le Devon avant la conquête. Saewulf avait peur, et à juste titre, que ses terres fussent confisquées et que ce qu'il possédait lui fût soustrait par nos troupes. Il ne pouvait rien faire pour ses terres, mais il était au moins résolu à essayer de sauver une partie de sa fortune. Peu après l'arrivée des conquérants du Wessex, il a caché une grande quantité d'or et d'argent, des pièces de monnaie et des objets précieux, près de Dunsford, qu'il espérait pouvoir récupérer après la rébellion saxonne sur laquelle il comptait. »

L'archidiacre hocha doctement la tête en signe d'approbation. « Ces rébellions ont eu lieu, effectivement, nous le savons. En 1068, le siège de Guillaume a duré dix-huit jours avant que ses habitants ne se rendent à la raison. »

Thomas ne résista pas à l'envie d'étaler à son tour sa culture historique. « Et plus tard, la même année, renchérit-il, les trois bâtards du roi Harold essayèrent de prendre Bristol avant d'arriver dans le Somerset, où ils eurent le dessus sur les milices normandes. »

Le coroner était plus intéressé par les trésors que par la leçon d'histoire. « Qu'advint-il de l'or et de l'argent ? » demanda-t-il à Limesi.

« Il apparaît que Saewulf a fait grande confiance au prêtre de ce village, dont le nom s'est perdu. Il lui a fait connaître où se trouvait le trésor. Le prêtre était chargé de le remettre à la famille du seigneur si celui-ci venait à être tué ou capturé au combat. Ou, si cela se révélait impossible, d'en faire don à l'Église. »

Il y eut un instant de silence, durant lequel on entendit presque les cerveaux du clergé et des autorités séculières soupeser les prétentions des uns et des autres sur le tas d'or et d'argent qu'on venait de mentionner.

« Qu'avez-vous fait ensuite ? grinça Wolfe.

— J'ai lu le manuscrit dans son intégralité, il abordait d'autres points concernant l'église et la paroisse sans relation avec celui-ci. J'avais enfin compris ce qui avait tant enflammé Robert de Hane.

— Où se trouvait exactement ce trésor ? Est-ce que le parchemin l'expliquait ? demanda l'archidiacre, parvenant à peine à masquer la fébrilité dans sa voix.

— Non, il n'y avait aucune indication là-dessus. Le texte suggérait simplement l'existence d'un autre document. Après l'avoir lu, je l'ai soigneusement replacé où je l'avais trouvé.

— Qu'avez-vous fait ensuite ? grogna Wolfe.

— J'étais intrigué, bien évidemment. Les histoires de trésors cachés nous fascinent tous, non ? Je voulais en savoir plus, mais je pouvais difficilement en parler à Robert, qui se montrait très secret sur le sujet.

— Qu'avez-vous pensé de l'éventualité de retrouver une telle quantité de métal précieux ? demanda l'archidiacre.

— J'ai pensé que ce serait un grand honneur de pouvoir remettre à l'Église pareil cadeau, répondit vertueusement Limesi. C'est ce que voulait Saewulf, si le prêtre ne parvenait pas à en faire bénéficier sa famille.

— Et vous avez donc recruté en secret un mercenaire pour aller le récupérer à votre place, fit observer le coroner d'un ton sarcastique. Pourquoi n'êtes-vous pas allé trouver l'archidiacre ou même l'évêque pour vous assurer l'aide puissante de l'Église ? »

Le chanoine rougit. Honte ou colère ? Wolfe ne sut trancher. « C'est là mon péché. Je voulais obtenir les louanges du chapitre et de l'évêque. J'ai voulu, par arrogance et par orgueil, doubler le pauvre Robert de Hane dans la course au trésor. Je suis coupable du péché de vanité, mais pas de celui de cupidité. »

Pour le croire, se dit John, il eût fallu être soit un saint, soit un idiot. Mais il garda son sentiment pour lui.

« Pourquoi donc acheter les services d'un aventurier, si vous ne saviez pas où le trésor était caché ? lui demanda John d'Alençon.

— Je l'ai fait après avoir découvert les indications. Le lendemain du jour où j'ai lu l'histoire de Saewulf, je me suis arrangé pour être dans la bibliothèque lorsque Hane s'est absenté pour ses dévotions. J'ai fouillé de fond en comble, mais je n'ai rien trouvé. Plus tard, lorsqu'il est revenu, je me suis rendu chez lui sous un prétexte futile et, là-bas aussi, j'ai fouillé. Les chanoines vont souvent les uns chez les autres, aussi les domestiques ne s'étonnent-ils pas de voir un autre prêtre dans la maison. Mais, là encore, je n'ai rien trouvé. Vu l'intérieur spartiate qui était le sien, il y avait bien peu de cachettes possibles.

— Venez-en aux faits, s'il vous plaît ! l'interpella sèchement le coroner, lassé par la lenteur de son récit.

— J'ai finalement trouvé les indications, soigneusement cachées dans son pupitre, aux archives. Il avait cousu ensemble deux vieux parchemins, ne laissant qu'un côté ouvert. Cela formait comme une enveloppe qui contenait une page de vieux vélin sur laquelle était clairement indiqué où Saewulf avait caché sa fortune. J'ai tout recopié et remis l'original dans sa cachette.

— Où se trouve cette copie ?

— Je l'ai détruite, et l'original a disparu aussi, je l'ai cherché hier. Hane a dû le prendre avant sa mort. »

À cette nouvelle, tous poussèrent un soupir.

Wolfe revint à la charge. « Vous feriez mieux de vous expliquer. »

Limesi se tortillait sur son banc. « Les indications menaient à un endroit précis dans le cimetière de Dunsford. Nul doute que c'est là que se rendait Hane lors de ses excursions à cheval, pour repérer les lieux. J'y suis allé moi aussi au début du mois. Les indications étaient précises, mais en regardant par-dessus la haie du cimetière, à l'endroit indiqué – au croisement du nombre de pas spécifié depuis l'église et du nombre de pas depuis les vieux ifs – de nombreux arbustes et buissons avaient poussé. J'ai compris que Robert ne pourrait pas déterrer le trésor tout seul, pas plus que je ne le pouvais. Il me fallait de l'aide pour creuser, j'ai donc demandé à mon vicaire de me trouver la personne idoine. »

L'archidiacre dévisagea son frère chanoine d'un air désapprobateur. « Oui ! Éric Langton ! Il devra répondre de cet acte devant le tribunal du Consistoire. Mais cela nous éloigne de notre sujet. Que s'est-il passé ensuite ?

— Giles Fulford est venu secrètement me trouver. C'est un parent éloigné de la famille Fulford des environs de Dunsford, mais cela n'est qu'une coïncidence. Nous sommes tombés d'accord sur le fait qu'il recevrait un dixième du trésor récupéré. Cela me semblait correct si le trésor devait revenir à l'Église, puisque c'est la proportion que nous percevons au titre de la dîme. »

Un silence glacial accueillit cette nouvelle déclaration de sa vertu. De toute évidence, son auditoire était sceptique.

« Vous ne pouviez pas être assez naïf pour croire qu'un mercenaire recruté dans une taverne jouerait franc jeu avec vous ? » s'exclama Wolfe qui ne croyait pas un instant à la sincérité de Limesi. Qu'est-ce qui aurait pu empêcher Fulford de partir avec le trésor après l'avoir trouvé ?

— Je lui ai juré de le faire excommunier et je l'ai menacé de la damnation éternelle s'il trahissait l'Église », répondit gravement Roger.

John éclata d'un rire ironique. « Vous devez être plus sot encore que scélérat, Messire, si vous croyez qu'un tel homme se soucie du salut de son âme plus que de l'argent. Mais continuez votre invraisemblable récit. »

Limesi se montra soudain défiant. « Vous avez

tort, Coroner ! J'avais l'intention de l'accompagner, pour être sûr qu'il tienne ses promesses.

— Et je suppose que vous l'auriez convaincu en lui arrachant son épée avec votre bâton de marche ! »

L'archidiacre leva la main pour apaiser la querelle. « Écoutons la suite de l'histoire.

— Il y a deux semaines, nous nous sommes retrouvés à l'extérieur de la ville pour nous rendre ensemble à Dunsford. Si nous avions croisé le prêtre de la paroisse, j'aurais pu prétexter que je m'intéressais à l'histoire des églises. J'avais suffisamment lu les travaux de Robert de Hane pour donner le change. Mais ce n'est pas ce qui s'est passé. Nous n'avons vu personne, mis à part bien sûr quelques manants sans intérêt. »

Son attitude méprisante vis-à-vis des moins biens lotis de ses ouailles n'échappa à personne.

« Nous avons prospecté dans le cimetière, ainsi que dans le champ et les bois attenants. Les indications nous menaient à une parcelle à l'abandon derrière la haie. Fulford décréta que c'était tâche impossible pour un seul homme, à cause de la végétation qui y avait poussé. Saewulf a enfoui son trésor il y a plus d'un siècle, aussi le lieu a-t-il changé. »

Le chanoine s'essuya le visage avant de continuer. « Fulford m'a dit qu'il aurait besoin de deux hommes costauds pour l'aider, ce qui risquait de nuire à la discrétion dans laquelle l'opération devait se dérouler. Il a donc exigé un quart du butin au lieu du dixième et j'ai dû accepter. »

L'archidiacre le dévisagea froidement. « Vous auriez pu le remercier et venir chercher l'aide du chapitre, nous avons ici, parmi les domestiques, plus de bras qu'il n'en faut pour ce genre de chose. »

Wolfe eut moins de retenue. « Vous êtes un imbécile ! s'exclama-t-il. Il aurait tout aussi bien pu vous dire qu'il allait le faire gratuitement puisqu'il n'avait pas l'intention de vous donner quoi que soit, sauf peut-être quelques coups d'épée.

— Laissez-le parler, John ! recommanda d'Alençon.

— Fulford m'a ensuite interdit de l'accompagner à sa prochaine visite, pour que je ne connaisse pas ses complices. Il s'est engagé à rapporter chez moi, une fois la nuit tombée, tout ce qu'il trouverait.

— Et le prêtre de la paroisse de Dunsford ? Et le seigneur du manoir ? Comment comptait-il éviter d'attirer leur attention ?

— Il n'avait pas l'air de s'en inquiéter. Quand j'ai mentionné pour la première fois que l'endroit se trouvait à Dunsford, il a ri et m'a dit que ce ne serait pas un problème. Peut-être parce qu'il prétendait être de la famille des Fulford de la région.

— Est-il revenu rapporter les sacs d'or à votre domicile ? demanda John, sarcastique.

— D'une certaine façon, oui. Une nuit, la semaine dernière, il est discrètement venu à Canon's Row m'apporter une jarre en terre cuite. »

Surpris, Wolfe fronça les sourcils, avant de retrouver rapidement son cynisme.

« Il était très en colère, parce qu'après s'être donné beaucoup de mal, c'était tout ce que lui et ses hommes avaient déterré. Il l'avait ouverte et ce n'était absolument pas le trésor espéré.

— Que contenait-elle ? » s'exclama Jordan de Brent, incapable de retenir sa curiosité.

— Seulement une broche, incontestablement très belle – de l'artisanat saxon, en or serti de gemmes précieuses. Elle était d'une grande valeur, mais ce n'était pas le trésor attendu.

— Rien d'autre ? insista l'archidiacre.

— Une bande de parchemin très fanée et couverte de moisissures, bien que la jarre ait été bien fermée et scellée à la cire. N'étant pas parvenu à la déchiffrer, Fulford me l'avait également apportée. Je l'ai dépliée et, effectivement, on pouvait à peine la lire. C'était un bref message disant qu'on avait "omis d'inclure la broche" quand le trésor avait été caché, ce qui expliquait qu'elle ne se trouvait pas à l'endroit décrit dans l'autre document. »

John d'Alençon souffla doucement. « Donc, il doit y avoir un autre parchemin donnant des indications pour trouver le trésor principal… »

Limesi hocha piteusement la tête. « Sans aucun doute ! Mais j'ai cherché toute la semaine dernière sans pouvoir en trouver trace.

— Où se trouve la broche maintenant ? l'interrogea Wolfe, Et le parchemin ? »

Le chanoine chercha à tâtons sous sa cape et en sortit une bourse de cuir souple. « Fulford a gardé la broche malgré mes protestations. Il ne m'a d'ailleurs pas même laissé la toucher. Je n'ai pu la regarder que dans la paume de sa main. Mais il m'a laissé le parchemin. »

Il ouvrit la bourse et en tira un morceau de vélin fané qu'il déplia avant de le tendre au coroner, lequel le transmit aussitôt à Thomas.

« Il est couvert de moisissures circulaires vert-de-gris, fit observer le clerc avec dégoût. L'écriture est pâle, mais reste lisible. »

Il fit une pause, plissant les yeux pour mieux voir. « C'est conforme à ce qu'a dit le chanoine, la broche a été enterrée plus tard et dans un endroit différent de celui mentionné dans le premier message.

— Êtes-vous sûr que cet homme n'avait pas découvert la cachette principale et qu'il n'était pas en train de vous duper ? » suggéra Wolfe agressivement.

Limesi joignit les mains d'un air suppliant. « Le message dit la vérité, je vous le jure. Il n'y avait que la broche. Fulford était réellement très en colère et il m'accusait de lui avoir fait perdre son temps. Il a exigé que je fouille partout pour trouver l'autre parchemin, mais je n'ai rien trouvé. Il m'a dit qu'il allait garder la broche et la vendre pour rentrer dans ses frais. Il m'a donné quarante-huit heures pour retrouver le parchemin perdu. Quelques jours avant la Nativité, j'ai dû lui faire savoir qu'il me fallait plus de temps. Je voulais essayer de convaincre Robert de Hane de me dire s'il avait la première carte, et peut-être de partager les bénéfices avec lui. »

« Qu'est-ce donc que cette histoire de bénéfices ? le coupa John d'Alençon. J'avais cru comprendre que vous deviez remettre ce trésor à la cathédrale d'Exeter, pour la plus grande gloire de Dieu.

— Bien sûr, mon frère, je voulais parler de partager l'honneur de le présenter à l'évêque, bredouilla Limesi, peu convaincant.

— Et après ? risqua Brent.

— Il y a trois jours, Robert de Hane est sorti à cheval pour la dernière fois, visiblement pour se rendre à nouveau à Dunsford. Il en est revenu assez tôt. Nous nous sommes vus dans la bibliothèque, il était très agité. J'ai essayé de lui parler, je désirais qu'il me raconte toute l'histoire et j'espérais que l'autre document était en sa possession. Mais il a refusé de me dire ce qui le troublait. Il m'a seulement demandé à de nombreuses reprises quand l'évêque Marshal avait prévu de revenir de Gloucester parce qu'il avait des choses urgentes à lui dire.

— Que pensez-vous donc qu'il se soit passé ? » demanda d'Alençon.

Les petits yeux de Limesi passèrent du vieux prêtre au coroner avant de se poser de nouveau sur le prêtre. « En voyant la terre retournée au milieu des arbres et des buissons à l'endroit décrit par le parchemin, il a dû comprendre immédiatement que quelqu'un avait découvert son secret. »

John réfléchit un instant. « Donc, nous ne savons toujours pas si Hane savait où trouver le trésor principal. »

Tous les regards interrogateurs se tournèrent ensemble vers Limesi, qui se contenta de hausser les épaules. « Comment pourrais-je dire ce qu'il savait ? En revanche, j'ai fait prévenir Fulford par Éric que Robert de Hane savait maintenant que l'emplacement de son trésor avait été pillé. Je me suis dit qu'il était impatient d'en parler à l'évêque afin de soulager son âme et pour voir débuter des recherches officielles, soit en vue de retrouver la broche que Fulford venait de voler, soit en vue de creuser pour trouver le trésor principal, s'il savait quelque chose à ce sujet.

— C'est ce message qui a vraisemblablement causé sa mort ! gronda Wolfe. Cet homme et ses complices se devaient de réduire Hane au silence avant qu'il ne puisse raconter son secret aux autorités de la cathédrale ; et ils ont fait d'une pierre deux coups, en forçant le pauvre chanoine à leur dire s'il avait ou non le parchemin original conduisant au trésor principal.

— Ce qui explique les ecchymoses sur son visage et ses bras ! » s'exclama Thomas.

Limesi enfouit son visage dans ses mains. « Que la sainte Trinité me pardonne ! J'ai essayé de me convaincre qu'il était mort de sa propre main parce qu'il se sentait honteux d'avoir tenté de cacher sa découverte au chapitre, ou que c'était une coïncidence, un vol et un meurtre qui n'avaient rien à voir avec l'affaire. Mais je comprends maintenant à quel point je me suis voilé la face.

— John, que doit-on faire ? demanda l'archidiacre. Faut-il demander tout de suite au shérif de mettre la main sur le jeune scélérat ? »

Wolfe réfléchit un instant. « Nous n'avons aucune preuve qu'il existe un lien entre Fulford et le cadavre trouvé dans les latrines. En fait, la seule chose de quelque substance que nous ayons dans cette affaire est le témoignage de ce religieux repentant. Je sais cependant que Richard de Revelle, qui s'intéresse moins que la plupart d'entre nous à ce que justice soit faite, serait ravi de faire pendre Fulford sans autre forme de procès. Mais si ce dernier a réussi à extorquer le parchemin au défunt chanoine, alors la ruse sera le moyen le plus sûr de gagner sur les deux tableaux. »

Il était tard dans l'après-midi. Trois cavaliers galopaient sur la route qui menait du village au château de Berry Pomeroy qui se dressait, isolé, sur sa falaise au-dessus des étangs poissonneux et des moulins. Pour se rendre du village à la forteresse, il fallait traverser une épaisse forêt, mais une large bande de terre avait été déboisée tout autour du château pour en faciliter la défense et les cavaliers chevauchèrent à découvert bien avant d'atteindre les douves asséchées. Ces temps derniers, on gardait le pont-levis descendu ; ils pénétrèrent dans la cour au petit galop, ne bridant leurs rênes que devant l'entrée du donjon. Tous demeurèrent en selle et leur chef, un homme droit et mince entre deux âges, appela d'une voix impérieuse un domestique penché au-dessus de la rampe en haut de l'escalier de bois.

« Dis à ton maître que William Fitzhamon veut lui parler sur-le-champ ! »

Effarouché, l'homme se précipita à l'intérieur. Le seigneur de Dartington, propriétaire de Loventor et de plusieurs autres manoirs dans le Devon et le Somerset, attendit son retour juché sur la selle de son magnifique étalon. Son long menton et son nez aquilin lui donnaient un air hautain que ne démentaient pas ses manières. Des cheveux ondulés, prématurément blancs, dépassaient du bord de son casque de cuir épais. Un pourpoint taillé dans un cuir tout aussi solide et sur lequel flottait une volumineuse cape brune lui protégeait le torse. Il était accompagné de son fils Robert, son sosie, âgé de treize ans, et de son écuyer, un homme robuste des Somerset Levels.

Peu de temps après, le domestique réapparut en compagnie du bailli d'Henry de la Pomeroy, un homme mûr qui avait été au service de son père pendant de longues années et servait à présent d'intendant général et de commis à son fils. Depuis la défaite des hommes de Loventor ce matin-là, il s'était préparé à la visite de Fitzhamon et commença donc par inviter son voisin furieux à entrer boire une coupe de vin, dans l'espoir de le calmer. Fitzhamon, cependant, n'était pas d'humeur pour de telles mondanités. « Dites à Henry de la Pomeroy que c'est à lui que je veux parler, s'énerva-t-il. Vous savez fort bien ce qui m'amène. »

Rien, en effet, n'échappait au vieux bailli, qui s'occupait de presque toutes les affaires de Pomeroy. Ce qui ne l'empêcha pas de feindre l'ignorance. « Je suis désolé, sir William, mais je ne sais pas de quoi vous voulez parler. Mon maître est absent. Il est parti à Exeter ce matin puis devait se rendre à Tiverton. »

Mensonge éhonté. Henry avait profité de l'absence de sa femme, partie chez sa sœur à Okehampton, pour s'occuper dans sa chambre avec une servante. Fitzhamon, qui n'avait aucun moyen cependant de mettre la parole du bailli en doute, dut se contenter de lui faire transmettre un message menaçant.

« Lorsqu'il reviendra, dites-lui que c'en est assez de ses manières de gredin. S'il touche encore une fois à la moindre brindille de mes forêts, j'irai à Winchester ou à Londres s'il le faut demander au grand justicier du roi que justice soit faite. Vous m'avez bien compris ? »

Le bailli jouait les innocents avec affabilité. « Je ne sais pas à quoi vous faites allusion, Messire, mais je ne manquerai pas de transmettre vos paroles à mon seigneur. »

À bout de patience, Fitzhamon tourna bride vers la sortie avant de se lancer dans une tirade à l'intention du bras droit de Pomeroy.

« Vous pouvez également lui dire que le meurtre, aujourd'hui, de deux de mes hommes par ses mercenaires sera soumis à l'investigation de John de Wolfe, le coroner du roi, à qui j'ai déjà envoyé un messager. Lui aussi aura quelques mots à dire à Hubert Gautier sur la façon dont ils ont trouvé la mort ! »

Tirant un peu plus sur le mors de son étalon, il ajouta : « Et dites à Pomeroy que j'ai un certain nombre d'autres nouvelles de lui et des félons qui l'entourent à donner au justicier ! »

Sur ce, éperonnant sa monture, il traversa la cour au galop, suivi de près par ses silencieux compagnons.

Quand ils eurent franchi le pont-levis et disparu dans l'obscurité des bois, le vieil intendant lissa sa barbe mince d'un air pensif, les coudes sur la rambarde. La menace était on ne peut plus claire. Un danger certain pour bon nombre de seigneurs dans cette partie de l'Angleterre.

5

Où Coroner John rend visite à une dame

En fin d'après-midi, ce lendemain du jour de la Nativité, un cavalier solitaire passa la porte ouest et prit vers Rougemont. Il ne venait à Exeter que pour la deuxième fois et connaissait mal la ville. Comme il n'était pas sûr de savoir qui était le destinataire de son message, il mit pied à terre au pont-levis et demanda à rencontrer quelqu'un d'important. Gabriel, le sergent de la garde du château apparut à la porte du poste de garde.

« Je m'appelle Ulf, je suis le bailli de sir William Fitzhamon de Dartington, près de Totnes, et je viens signaler le décès de deux individus à Loventor, lui expliqua l'homme. À qui dois-je en référer ? »

Trop heureux d'avoir là un prétexte pour rejoindre ses amis au dernier étage, Gabriel, un vieux vétéran au visage buriné, conduisit le bailli par l'étroit escalier jusqu'à la petite pièce au sommet de la tour. John de Wolfe articulait silencieusement des phrases en latin que son professeur lui avait demandé d'étudier pour le lendemain. Gwyn, accroupi sur l'entablement de la fenêtre, pelait une pomme avec sa dague tout en regrettant de ne pas pouvoir chercher des noises à Thomas, resté dans la salle capitulaire pour tenter de retrouver le parchemin manquant.

Gabriel présenta Ulf avant de s'affaisser sur le tabouret vide de Thomas pour profiter des dernières nouvelles. Le bailli raconta l'histoire de l'attaque surprise des justiciers sur les habitants de Loventor qui tentaient de repousser les défricheurs.

« Ces hommes étaient des soldats de profession, Coroner . Ils étaient bien armés et ils ont passé par l'épée deux de nos hommes sans sommation. Nous voulions donner une leçon aux hommes de Pomeroy, mais nous avions l'intention de ne leur causer que quelques bleus, tandis que ces hommes ont assassiné deux d'entre nous comme on écrase une mouche.

— Quand cela s'est-il produit et qu'avez-vous fait des corps ? s'enquit Wolfe.

— Cela s'est passé ce matin même, Messire, répondit Ulf de sa voix rauque à l'accent saxon. L'intendant de sir William savait que nous devions désormais signaler les morts violentes au coroner, aussi m'a-t-il envoyé au plus vite jusqu'à vous.

— Vous ne les avez pas enterrés au moins ? grogna Gwyn qui savait les paysans toujours très prompts à se débarrasser des cadavres.

— Bien sûr que non ! répliqua vivement Ulf. Nous les avons simplement entourés de claies pour les protéger des chiens, qui raffolent de l'odeur du sang.

— Vous savez qui a attaqué vos hommes ? demanda Wolfe.

— Je n'y étais pas moi-même, mais deux individus auxquels on peut faire confiance qui commandaient aux hors-la-loi dont nous avions loué les services ont dit qu'un des hommes était Giles Fulford et que leur chef était un homme aux cheveux roux un peu plus foncés que ceux de votre écuyer. Ils ne connaissaient pas son nom. »

Le coroner interrogea Gwyn du regard avant de se retourner vers le bailli. « Est-ce que le nom Jocelin de Braose vous dit quelque chose ? »

Le visage d'Ulf demeura sans expression. « Non, je n'ai jamais entendu parler de lui. Nos hommes peut-être, mais pas moi. »

Après quelques autres questions, John convint de retrouver Ulf le lendemain matin pour se rendre avec lui jusqu'à Loventor. Gabriel le raccompagna dehors et, pour le gîte et le couvert, lui conseilla *La Brousse*, la meilleure auberge de la ville.

La brusque réapparition de Fulford laissait le coroner perplexe. Quel lien cela avait-il avec la mort du chanoine ?

« Ce chef aux cheveux roux, Gwyn, il faut que nous sachions ou non si c'est Jocelin de Braose. Qui pourrait nous dire si sa tignasse est de cette teinte ? »

— Des roux, il y en a partout ! répondit le Cornique en passant la main dans sa tignasse pleine de nœuds. Mais je vais aller au *Sarrasin* ce soir pour voir si quelqu'un le connaît. Après tout, son écuyer a l'air d'être un habitué. »

Il se faisait tard. Une fois de plus, John rentra à reculons chez lui pour passer avec sa femme une soirée maussade et silencieuse que seule viendrait adoucir le vin chaud bu en somnolant devant la cheminée, en attendant le moment de tituber jusqu'au lit.

Le lendemain, dans la lumière grise de l'aube, le coroner enfourcha Bran, son étalon, et descendit Fore Street jusqu'à la porte ouest, talonné par Gwyn sur sa grande jument alezane. Le même vent froid que d'habitude soufflait de l'est, mais il n'était pas tombé de neige pendant la nuit.

Les deux hommes portaicnt d'épaisses cottes de laine leur tombant à mi-mollet et fendues sur le devant et le dos pour leur permettre de s'asseoir sur une selle. Wolfe était coiffé d'un chaperon de cuir, pointu vers l'arrière, qui descendait jusqu'au col de sa longue cape, tandis que Gwyn s'était fait un couvre-chef en toile de jute enroulée autour de sa tête et dont il avait rentré les bouts sous le col élimé de sa houppelande de cuir épais.

On venait tout juste d'ouvrir la porte pour la journée et déjà Ulf de Dartington les y attendait. Sauf en quelques rares cas d'urgence décrétés par le shérif, si une porte de la ville venait à rester ouverte entre le crépuscule et l'aube, les gardes risquaient la pendaison.

Les trois cavaliers passèrent la porte à contre-courant de la foule dense qui arrivait en ville. Des paysans, pour la plupart, chargés de paniers pleins de légumes, d'œufs et de poulets ou poussant des charrettes surchargées. Ils venaient en ville faire commerce de leurs produits frais, soit en les vendant directement dans les rues, soit en les cédant à des marchands.

Une fois la porte passée, les cavaliers prirent en direction d'Exe Island, d'anciens marécages gagnés sur la rivière où avaient été bâtis de méchantes bicoques et des moulins à foulon dans lesquels on lavait et traitait la laine. Wolfe les fit traverser à gué dans les eaux peu profondes et glacées de l'Exe, de l'autre côté de l'île. Il y avait bien un pont en bois, mais il était si instable que seuls les voyageurs à pied pouvaient l'emprunter, et le pont de pierre n'était toujours pas terminé. Walter Gervase, qui l'avait commencé, était à nouveau à court d'argent.

En arrivant sur l'autre rive, ils prirent la grand-route vers l'ouest, en direction de Plymouth et de la Cornouailles. Le sol de tourbe, généralement mou et boueux avait durci avec le gel, aussi pouvaient-ils aller bon train. À Chudleigh, moins de deux heures plus tard, ils bifurquèrent vers Totnes, au sud, sur la rivière Dart.

Environ une heure après, ils étaient aux portes du village d'Ipplepen et s'enfoncèrent dans le dense sous-bois par un chemin qui reliait les deux villages. John connaissait bien les environs. Né à Stoke-in-Teignhead, manoir sis au fond d'une vallée au sud de l'estuaire de la Teign, il avait passé là-bas toute son enfance. Comme sa mère, son frère et sa sœur s'y trouvaient toujours, il projeta d'y faire une halte sur le chemin du retour. Une fois à Loventor, Ulf les conduisit jusqu'à une grange jouxtant la petite église en bois. Quelques villageois curieux s'attroupèrent pour les regarder mettre pied à terre et attacher leurs montures à un arbre. Un treillage branlant en rameaux de noisetier coiffé d'un toit de chaume avait été dressé contre le mur de la grange autour d'un carré de terre battue.

« Nous les avons mis à l'abri ici, Coroner », dit fièrement Ulf en repoussant du pied un chien famélique qui reniflait la clôture.

Le bailli écarta un rameau pour permettre à Wolfe et à son écuyer d'entrer. Deux corps étaient étendus sur le sol, côte à côte, leurs vêtements presque des haillons.

« C'étaient des hors-la-loi ? fit le coroner, plus comme une affirmation que comme une question.

— Oui, des vagabonds, nous leur avons donné à manger et quelques pence pour infliger une leçon à ces bûcherons. Ils rôdent toujours aux abords des villages entre marais et forêt à la recherche de quelque larcin ou de quelque besogne pour gagner leur pitance. »

Même si l'on était supposé leur faire la chasse comme à de la vermine, Wolfe savait que les hors-la-loi aspiraient en réalité souvent à réintégrer la société. Soit ils acceptaient des travaux occasionnels, soit ils s'installaient définitivement quelque part et trouvaient une place honnête. Officiellement, cependant, ils étaient des parias – prisonniers évadés, suspects en fuite ou pauvres hères ayant juré de déserter le royaume sans jamais parvenir pour autant à s'embarquer dans un port pour aller chercher asile ailleurs. Tranchée, chaque « tête de loup », comme les surnommait la loi, donnait lieu à une récompense de cinq shillings versée par le shérif ou par le coroner.

« Tous ceux qui ont attaqué les défricheurs étaient des gueux ? demanda Wolfe d'un ton brusque.

— Tous, sauf deux habitants du village, dont le premier magistrat. C'est sir William qui avait demandé à ce dernier de recruter les hommes. »

Wolfe se pencha sur les cadavres. On avait retrouvé le bras sanguinolent de l'un, tranché au niveau de l'épaule, dans l'herbe à côté de lui. L'autre présentait une énorme entaille au niveau du cou. Sans hésitation, le coroner mit ses doigts dans la plaie pour juger de sa profondeur. Il se tourna ensuite vers Gwyn.

« Les vertèbres du cou ont été coupées par une lame. Il a failli avoir la tête emportée », constata-t-il d'un ton neutre.

Après de si nombreuses années sur les champs de bataille, il se considérait comme une autorité sur les différentes façons de tuer et de mutiler. Il essuya ses doigts sur une touffe d'herbe gelée et se releva. « Je pense que nous allons devoir procéder à une instruction, Gwyn. »

L'écuyer hirsute considéra, dubitatif, les deux corps raides sur le sol. « À quoi bon ? grogna-t-il. Si ce sont des hors-la-loi, ils n'existent pas. Nul besoin de faire quoi que ce soit ! »

Le coroner caressa sa courte barbe. Sa séance de rasage était prévue pour le lendemain. « Je me pose en effet la question et je ne crois pas que quelqu'un soit en mesure d'y répondre. Les recommandations que nous, coroners, recevons sur ce point sont loin d'être claires. »

Ils n'avaient pour tout mandat qu'un édit émanant des justiciers du roi dont les assises s'étaient tenues dans le Kent en septembre dernier, lesquelles notifiaient sans plus de précision que désormais, dans chaque comté, trois chevaliers et un coroner seraient désignés pour « défendre les intérêts de la Couronne ». Cela signifiait, en d'autres termes, qu'ils devaient enregistrer toutes les affaires judiciaires du comté afin de pouvoir les présenter aux juges lors de leurs rares venues en ville. Cette « défense des intérêts de la Couronne » mise à part, le coroner devait enquêter sur tout ce qui avait trait aux morts violentes, attaques, viols, découvertes de trésor, accidents, pêches frauduleuses de poissons royaux – baleines et esturgeons notamment – et peut-être même également sur les vols. Il était de surcroît tenu d'assister à toute pendaison, mutilation ou ordalie[1], ainsi qu'à toute autre affaire légale qui pourrait se présenter dans sa juridiction. Les recommandations quant à la manière de les traiter, en revanche, demeuraient des plus vagues. Wolfe savait qu'obtenir des éclaircissements auprès de la cour royale quant au bien-fondé d'une enquête sur des meurtres de hors-la-loi prendrait au mieux des mois, si les justiciers du roi se donnaient la peine d'y réfléchir.

« Faisons-le tout de même, pour nous couvrir sur tous les plans, dit-il à voix basse à son adjoint. Il est possible qu'on découvre que cette affaire a des implications politiques. Deux morts pour une simple histoire de défrichage, cela cache sans doute une querelle entre Henry de la Pomeroy et William Fitzhamon – un litige foncier. »

---

1. Bien que parfois utilisée en vue d'obtenir des aveux, l'ordalie était un rituel par lequel les suspects étaient soumis à des épreuves judiciaires par les éléments naturels, douloureuses et souvent mortelles, comme de marcher pieds nus sur neuf socs de charrue brûlants, sortir une pierre de l'eau bouillante ou lécher du fer rouge. Ceux qui s'en sortaient indemnes étaient jugés innocents. (N.D.A.)

Le ciel l'avait peut-être entendu car Gwyn, relevant la tête comme s'il flairait quelque chose, s'exclama : « Des hommes à cheval viennent par ici, ils sont au moins trois. »

Il fallut une bonne minute à l'oreille de Wolfe, moins sensible, pour entendre résonner les sabots. Mais bientôt, en effet, des chevaux apparurent au fond du chemin, traversant le village au petit galop. Quatre cavaliers s'arrêtèrent devant la grange. « C'est sir William Fitzhamon », dit Ulf en s'empressant de sortir de l'enclos pour aller au-devant de son maître.

John avait déjà croisé cet homme mince et à l'allure fière, mais sans avoir jamais l'occasion de faire sa connaissance. Fitzhamon mit pied à terre et s'avança vers le coroner qu'il salua brièvement sans accorder le moindre regard aux cadavres sanglants qui gisaient sur le sol.

« Voici mon fils Robert », dit-il en désignant le jeune homme du menton, qui sauta à terre à son tour. Les deux écuyers restèrent à cheval pour monter la garde.

« J'avais pensé à juste titre que vous viendriez ce matin, en réponse au message que vous a transmis mon bailli, continua Fitzhamon avec une pointe d'arrogance qui déplut à John. Ces deux gueux ne comptent certes pour rien mais je voulais que fût reconnu officiellement le tort et l'insulte que Pomeroy a faits à mon domaine. »

Wolfe, plus grand que Fitzhamon d'une demi-tête, lui lança un regard noir. « Il me semble comprendre que tout ceci vient d'un conflit foncier ? dit-il.

— Il n'y a pas de conflit, sir John. Cette terre m'appartient, elle est propriété de notre famille depuis des générations. Il s'agit purement et simplement d'un vol. Pomeroy essaie de rogner plusieurs arpents sur mes terres en défrichant et en coupant mes bois là où ils jouxtent les siennes, entre ce village et Afton. Et ce n'est pas la première fois », conclut-il en s'infligeant sur la cuisse un coup de cravache rageur.

Il prit le coroner à l'écart par le coude. Timidement, son fils lui emboîta le pas. « J'ai de nombreux autres manoirs dans les comtés du sud-ouest, je ne peux pas être partout en même temps. Mais il est allé trop loin. Je l'ai menacé d'aller requérir une audience auprès du roi s'il ne cesse pas de couper mes arbres et ne se retire pas en deçà des limites de ses terres.

— Il ne sera pas si facile d'obtenir une audience, le roi ces temps-ci est toujours outre-Manche, fit observer Wolfe d'un ton neutre, sans chercher à émettre la moindre critique sur l'indifférence avec laquelle Richard Cœur de Lion traitait l'Angleterre.

— Je le sais et je me résigne mal à l'idée de ne pas le voir en personne, répondit Fitzhamon. J'aimerais être encore assez jeune et vaillant pour me battre à ses côtés contre cette horrible chiffe molle de Philippe. »

Fitzhamon, finalement, malgré une entrée en matière qui avait été glaciale, commençait à plaire à Wolfe. Quiconque défendait aussi ardemment le roi ne pouvait être à ses yeux que digne d'admiration.

« Je peux aller – et j'irai – trouver le justicier à ce propos, poursuivit Fitzhamon. Je regrette d'avoir manqué l'occasion de le rencontrer le mois dernier lorsqu'il est venu à Exeter, mais j'ai été pris de dysenterie une semaine durant, incapable de quitter mon lit pour autre chose que pour me rendre aux latrines.

– Hubert Gautier est un homme de bien et il écoutera votre requête avec attention », l'encouragea Wolfe.

Fitzhamon jeta un rapide coup d'œil par-dessus son épaule. « Si j'osais, j'aurais bien d'autres choses à lui dire, en dehors de mes problèmes de litige foncier. Des choses dont il pourrait fort bien vouloir aviser notre souverain. »

Intrigué, John voulut lui faire préciser sa pensée, mais jugeant qu'il en avait déjà trop dit, Fitzhamon s'en tint là. De retour devant la grange, le seigneur prit son cheval par la bride.

« Coroner, je voulais que vous ayez officiellement connaissance de ces morts pour qu'il ne fasse aucun doute pour Henry de la Pomeroy qu'il a eu tort d'envoyer sa meute de coquins maltraiter les gens qui défendent ma terre. »

Il se remit en selle. Wolfe s'approcha de lui. « Votre bailli dit qu'un nommé Giles Fulford se trouvait parmi les assaillants et que le chef de la bande était un homme roux. Savez-vous qui ce dernier peut être ? »

Fitzhamon secoua la tête. « Je n'ai pas de rapports avec les mercenaires de ce comté, Messire. Je sais que beaucoup de jeunes têtes brûlées se mettent à la disposition de quiconque a besoin de bras et d'épées pour soutenir ses ambitions. On m'a même proposé d'en faire partie, mais c'eut été une parfaite infamie ! Quant à vous donner des noms, je ne peux point. Que mes domestiques s'en chargent ! »

Il fit pivoter son cheval et, sur cette arrogante saillie, partit au petit galop, son fils silencieux et ses écuyers derrière lui. Le coroner les regarda disparaître dans une courbe du chemin. À quoi Fitzhamon avait-il bien pu faire allusion ?

L'instruction fut rondement menée. Gwyn embarqua les deux hommes de Loventor qui avaient accompagné les hors-la-loi lors de l'attaque des bûcherons. Quant aux survivants parmi ces derniers, ils s'étaient tous évaporés : pas un n'aurait pris le risque de se trouver dans les parages à l'arrivée du coroner du roi, à moins de souhaiter se voir décapiter.

En l'absence de Thomas pour transcrire les interrogatoires, Wolfe dut faire l'effort de retenir les quelques détails importants jusqu'à leur retour à Exeter. Devant le jury composé d'une poignée de villageois, il résuma en quelques mots les circonstances du drame. Il était évidemment impossible de s'assurer que la paire de hors-la-loi sans identité fut anglaise, mais pour y renoncer sans avoir l'impression de trahir sa charge, et n'ayant aucune envie d'infliger une amende au village, Wolfe décida que comme les deux hommes n'avaient aucune existence légale, leur race importait peu.

En moins de dix minutes, et sans avoir compris grand-chose au déroulement des opérations, le petit cercle de villageois fut appelé à donner son verdict puis autorisé à se disperser. Chacun retourna à contrecœur à sa pénible besogne, déçu de voir si vite s'achever la distraction inattendue venue tirer le village de sa routine de corvées sans fin.

« Je pensais pouvoir inclure Giles Fulford dans les assassins, confia John à son lieutenant, mais comme nous n'avons aucune preuve, sinon les assertions d'un villageois, cela ne nous mènerait de toute façon pas à grand-chose. Il nous faudra cependant garder un œil sur maître Fulford à notre retour à Exeter. »

Ils quittèrent Loventor peu après midi, assez tôt pour regagner la ville avant la fermeture des portes au couvre-feu, mais Wolfe préféra aller rendre visite à sa famille. La campagne était déserte et les chemins étroits, parfaits pour des embuscades, mais les deux vieux camarades avaient connu trop de champs de bataille pour s'inquiéter de la présence éventuelle de bandits de grand chemin. À son imposante monture, on voyait tout de suite que John était un guerrier. Bran, son destrier aux paturons cerclés de longs poils, était l'un de ces immenses chevaux de guerre habitués au poids d'une armure. Gwyn, en revanche, impressionnait plus que sa jument. Dans sa cuirasse en peau, les épaules protégées de plaques de métal, le géant velu avait un air féroce qui ne laissait aucun doute sur le fait qu'il n'hésiterait pas, le cas échéant, à faire usage de l'énorme épée ou de la hache se balançant de part et d'autre de sa selle.

En une heure et demie, ils avaient traversé Kinkerswell et parcouru les neuf milles qui séparait Loventor de Stoke-in-Teignhead, petit village tranquille niché dans une vallée verdoyante à un mille environ de la côte. Le manoir qui s'y trouvait était une robuste bâtisse en pierre, l'une des dernières entreprises de son père, Simon de Wolfe, mort peu après sur un champ de bataille irlandais. Au fil des longues années de paix, la maison avait pu baisser un peu sa garde et bien que la cour fût toujours ceinte d'une palissade de bois, John n'avait jamais connu le pont-levis que baissé. En entendant claquer les sabots de leurs chevaux, les domestiques vinrent les accueillir joyeusement. Certains parmi eux connaissaient John depuis qu'il était enfant. Ils appréciaient aussi beaucoup Gwyn, qui était déjà venu maintes fois. Sa bonne humeur communicative aux antipodes de son physique bourru plaisait autant aux servantes qu'aux hommes. Laissant Wolfe en famille, ce dernier partit vers les cuisines pincer les fesses des filles et se gaver jusqu'à plus faim.

L'intendant, un vieux Saxon baptisé Alsi, vint accueillir John en haut des marches. « Votre frère est à Holcombe aujourd'hui, maître John, mais vous trouverez votre mère et votre sœur dans le solarium », dit-il avec un grand sourire.

Le reste de la journée fut occupé à manger, boire et bavarder autour du feu qu'on avait allumé dans la grande salle. La mère de John, Enyd Wolfe, petite femme alerte et menue de soixante-trois ans à la chevelure auburn à peine grisonnante, était encore belle. Sa vivacité lui attirait les faveurs de tous, du dernier de ses domestiques à ses trois enfants. L'aîné, William, était parti pour la journée à Holcombe, près de Dawlish, où se trouvait leur autre manoir, quelques milles plus au nord le long de la côte. Il avait deux ans de plus que John ; grand, mince et très brun, il ressemblait autant que lui à leur père. Son caractère, en revanche, était fort différent : il ne trouvait aucun intérêt aux voyages, pas plus qu'aux guerres lointaines et préférait de loin se consacrer à l'agriculture, à l'élevage de moutons et à l'administration des deux manoirs. À la mort de leur père, il avait hérité du domaine mais devait en partager le produit avec sa mère, et ses frères et sœurs. Petite femme aimable et bavarde de trente-quatre ans, Evelyn était le bébé. Elle qui rêvait de couvent avait dû, au décès de leur père et face à la volonté de sa mère de la voir rester au manoir pour tenir le foyer, se résoudre à ne pas prendre le voile.

En cette froide soirée, les deux femmes se plaisaient à faire grand cas de John, lui soutirant toutes les nouvelles et les ragots d'Exeter qu'elles pouvaient obtenir – y compris au sujet de Matilda, pour qui elles éprouvaient une antipathie que celle-ci leur rendait bien. Enyd avait toujours regretté que son fils eût épousé une Revelle sur l'insistance de son père, qui y voyait une chance d'avancement social susceptible d'assurer à John sa place parmi les notables. Ce que Simon n'avait pas prévu, cependant, c'était sa mort prématurée. Pas plus d'ailleurs qu'il n'avait prévu que John passerait deux décennies sur les champs de bataille étrangers, principalement pour échapper au caractère acariâtre de sa femme. Celle-ci, prompte à mettre tous ceux qui n'étaient pas de pure race normande au même niveau que le règne animal, avait d'ailleurs vécu comme un anathème le fait d'épouser un homme dont la mère était celte – de mère galloise et de père cornique.

Étourdi par trop de nourriture, de vin et de bavardage, Wolfe finit par s'écrouler sur un matelas garni de plumes d'oie que l'on avait installé pour lui près de l'âtre et s'endormit aussi profondément que Gwyn sur sa couverture posée à même le foin dans la tiédeur des cuisines.

Au petit matin, le vingt-huitième jour de décembre, après un copieux petit déjeuner, ils quittèrent Stoke pour gagner tranquillement l'embouchure de la Teign. Quand la marée fut basse, ils traversèrent à gué l'étroite rivière à l'endroit où elle franchissait le banc de sable pour rejoindre la mer. John ouvrait la marche. Une fois sur l'autre rive, ils prirent le chemin côtier avant de s'enfoncer un peu dans les terres vers le village de Holcombe. À son arrivée, John trouva son frère occupé à surveiller la construction d'une grange dont une partie devait servir à entreposer la laine d'un troupeau florissant qui procurait à Wolfe une jolie rente.

William emprunta une échelle rudimentaire pour descendre à la rencontre de son frère, et les deux hommes s'étreignirent chaleureusement. « Mon cher frère, je ne pouvais pas passer dans les environs sans venir t'apporter mes meilleurs vœux de prospérité pour la nouvelle année ! s'exclama John. D'autant que ma prospérité à moi aussi dépend grandement de tes efforts. »

Ils discutèrent quelques instants du manoir et du commerce de la laine, qui tenait la première place dans l'économie anglaise. Resté poliment à l'écart, Gwyn les regardait, toujours aussi impressionné par cette ressemblance physique qui n'avait pour pendant que leur dissemblance de caractère. Une fois le sujet de la famille épuisé, William s'intéressa à la charge de coroner de son frère, qui paraissait le fasciner. John lui fit part de ses soucis les plus récents et voulut savoir s'il savait quelque chose sur Giles Fulford et Jocelin de Braose. Mais jamais William n'avait entendu leur nom.

Gwyn attendit patiemment une demi-heure que les deux hommes eussent terminé. Puis, après une accolade à son frère, Wolfe grimpa en selle et tous deux repartirent vers Dawlish, quelques milles plus au nord par le chemin côtier. Ça n'était pas encore le milieu de la matinée, ce qui permettait théoriquement d'atteindre Exeter en début d'après-midi, mais d'expérience Gwyn savait qu'ils arriveraient à peine avant la fermeture des portes au coucher du soleil.

Les bicoques de pêcheurs le long de la plage leur indiquèrent qu'ils avaient atteint Dawlish, bien que le centre du bourg se trouvât un peu plus dans les terres, au fond d'une anse bordée de bateaux. John mit Bran au pas et s'engagea dans le sentier le long de la petite rivière. Il semblait particulièrement intéressé par les embarcations, comme s'il en cherchait une en particulier. Il lança soudain l'étalon au trot pour rejoindre une grappe de maisons de bois et de pierre, le cœur du hameau, et s'arrêta devant une bâtisse neuve de pierre grise à la façade en arcades abritant une galerie couverte de style breton. Toujours en selle, il se tourna vers son second : « Gwyn, je dois faire transmettre un message, alors trouve la taverne et va t'y faire servir à boire et à manger. À plus tard. »

Sous sa moustache épaisse, le Cornique esquissa un sourire : son intuition ne l'avait pas trompé. Tandis qu'il s'éloignait d'un pas lourd, Wolfe mit pied à terre et attacha la bride à une rampe sur le côté de la maison. Il y avait une entrée en façade, sous les arcades, mais il fit le tour de la bâtisse à la recherche d'une porte donnant sur l'arrière-cour.

« Seriez-vous un gredin cherchant à pénétrer chez moi sans se faire voir ? » fit une voix derrière lui.

Il pivota, un sourire de pur plaisir vint illuminer son visage morose. Une séduisante femme s'était glissée dehors par la porte d'entrée et l'avait rejoint à son insu. « Hilda ! Par Dieu, tu es chaque fois plus belle encore que la précédente. » La sincérité dans sa voix fit rougir la dame, qui vint lui déposer un baiser sur les lèvres. Deux grands yeux bleus et une bouche charnue d'un rouge éclatant illuminaient son visage ovale, mais son plus bel attrait était sans conteste la cascade de cheveux blonds qui lui retombaient jusque sur les épaules. Vêtue d'une simple robe de lin crème à l'étroite encolure brodée de fil bleu, la poitrine ornée d'une chaîne en or à larges maillons et la taille soulignée par une longue corde bleue dont les glands tombaient à ses chevilles, elle ne portait ni coiffe de lin blanc, ni guimpe autour du cou.

Elle lui prit le bras et l'entraîna jusqu'au portail de l'arrière-cour. « Puisque vous vous montrez si peu enclin à entrer chez moi par la grande porte, autant que vous passiez par l'entrée des domestiques, le taquina-t-elle.

— Je n'ai pas reconnu le bateau de Thorgil sur la rivière, mais il aurait pu en avoir changé », se justifia-t-il d'un air penaud.

Elle lui confirma que son mari était parti. « Je ne le vois qu'une fois tous les vingt jours, comme d'habitude. Il est allé livrer de la laine au port de Saint-Malo et ne sera de retour que la semaine prochaine. »

« Une partie de la laine est sans doute la mienne », songea Wolfe qui, en plus du commerce qu'il en faisait avec son frère, avait aussi une affaire avec Hugh de Regala, l'un des magistrats portuaires d'Exeter.

Le rez-de-chaussée de la maison, spacieux pour la région, servait de réserve à Thorgil. Au milieu des balles de laine, des caisses et des barils, une fille semblait chercher quelque chose. Quand John et sa maîtresse s'engagèrent dans l'escalier qui menait au premier, elle les gratifia d'un large sourire. Hilda lui donna une petite tape sur l'oreille et lui ordonna d'aller chercher pour son hôte un repas à la cuisine. Le sourire plus large encore, la jeune fille s'empressa d'aller rapporter le dernier ragot aux autres domestiques.

À l'étage supérieur se trouvait l'habitation. Meublée d'une table, de chaises et d'une large paillasse couverte de peaux de moutons dans la chambre à coucher, elle était chauffée par un feu qui rougeoyait dans la cheminée de pierre. Non sans effort, Hilda débarrassa John de sa grande cape et de son capuchon. L'épée heurta bruyamment le sol quand il détacha son lourd fourreau. Soulagé, il se laissa choir sur le bord de la paillasse et regarda Hilda qui attrapait la carafe en pierre pour leur servir du vin dans deux grands pots.

Tandis qu'ils buvaient, la jeune servante effrontée fit une apparition prudente en haut du raide escalier, portant une planche garnie de pain, de viande et de poisson qu'elle posa avant de s'éclipser. John, tout en échangeant des nouvelles, se mit à manger.

Hilda était la fille de l'ancien intendant d'Holcombe et Wolfe la connaissait depuis qu'elle était enfant. Quoique de huit ans son aîné, il avait déjà, avant son départ pour la guerre à l'âge de dix-sept ans, remarqué sa beauté balbutiante. Depuis, chacune de ses visites était devenue pour eux l'occasion de se faire la cour. Et, quand elle eut quinze ans, ils devinrent amants. Comme Hilda était issue d'une modeste famille saxonne au service du seigneur normand du manoir et de la famille dont Wolfe faisait partie, ils savaient ne pouvoir rien attendre de plus de leur relation que de joyeuses cabrioles dans le foin. Un jour, à son retour de France, John apprit qu'Hilda avait épousé quelqu'un de bien plus âgé qu'elle, le marin

Thorgil, de Dawlish, le village voisin. Elle ne s'en trouvait d'ailleurs pas malheureuse : Thorgil était un brave homme aux affaires florissantes, apte à subvenir à la plupart des besoins de son existence – cette nouvelle maison étant une preuve de sa prospérité. Wolfe songea que jadis, peut-être, il avait aimé Hilda d'un amour véritable, mais les longues séparations et ce mariage l'avaient peu à peu transformé en profonde affection doublée d'un sain désir charnel. Il soupçonnait Thorgil de se savoir cocu – et peut-être par d'autres aussi – mais rien n'avait jamais été dit. Peut-être le marin avait-il, à soixante ans passés, accepté les risques qu'il y avait à laisser à terre une épouse séduisante de moitié sa cadette.

Hilda leur resservit du vin et s'installa à ses côtés sur le lit. Il lui parla des affaires qui l'occupaient et des soucis que lui causaient le chanoine mort et le conflit foncier de Loventor. Quand il mentionna Giles Fulford, les traits d'Hilda s'assombrirent. « Cet homme et son maître ne sont que deux porcs lubriques ! » s'exclama-t-elle.

Wolfe la dévisagea avec surprise. « Tu les connais ?

— À peine, mais ils se sont présentés ici il y a quelques semaines pour attendre l'arrivée du bateau de Thorgil en provenance de Caen. Les vents contraires l'avaient retardé de deux jours, si bien qu'ils se sont installés au village. Ils ont tous les deux cherché à me séduire – pour tuer le temps, semblait-il, pourtant ils avaient leurs putains.

— À quoi ressemblait son maître ? Connais-tu son nom ?

— Bien sûr. Jocelin de Braose. Ils avaient d'ailleurs plus l'air de deux frères que d'un seigneur et son écuyer. Ils avaient tout l'air de se prêter leurs femmes. L'une d'elles était une ribaude brune qu'ils appelaient Rosamunde de Rye.

— Ce Jocelin, de quoi avait-il l'air ? »

Hilda se pencha vers lui et le dévisagea d'un air interrogateur : « Pourquoi t'intéressent-ils autant, John ? Aurais-tu en tête de les provoquer en duel pour les punir d'avoir voulu coucher avec moi ?

— Nous savons ce Giles impliqué dans plusieurs entreprises douteuses, Braose en revanche est plus insaisissable. À quoi ressemble-t-il ?

— Il est beau, il faut l'admettre, sans pour autant avoir comme toi le charme de la maturité, John. »

Wolfe lui donna une tape sur les fesses en guise de réprimande. « Ce n'est pas ce que je te demande, je veux simplement savoir à quoi il ressemble !

— Des cheveux roux assez foncés et bouclés. Plutôt du genre à plaire aux dames, à condition que l'on aime ce genre de visage fin.

— Quoi qu'il en soit, il manie bien l'épée. J'ai mené hier une instruction sur les corps de deux hommes tombés sous sa lame, dit Wolfe en avalant d'un trait le reste de son vin. Et pourquoi diable voulaient-ils voir Thorgil ? »

D'un élégant mouvement de tête, Hilda renvoya ses cheveux vers l'arrière. « Il ramenait de France une demi-douzaine d'hommes. Ils sont venus pour eux.

— Quel genre d'hommes ?

— Des soldats, j'en suis certaine. Non pas des mercenaires ordinaires, mais des chevaliers, bien habillés et bien armés. Des Normands – des hommes de Normandie, je veux dire, qui n'ont pas prononcé entre eux un seul mot en anglais.

— Était-ce la première fois ?

— Non, Thorgil et quelques autres marins le long de la côte ont plusieurs fois fait traverser des hommes comme eux ces derniers mois. Puis quelqu'un leur amène des chevaux et ils disparaissent au galop quelque part dans la campagne, mais je ne sais pas où ils vont. »

Elle posa sa chope de vin et s'approcha de Wolfe. « Laisse donc tomber les cargaisons de mon mari, sujet clos. Tu ne serais pas venu, quand même, que pour m'espionner et me soutirer tous les secrets de Dawlish ? »

Il lui sourit à nouveau comme il le faisait rarement et la prit par les épaules pour mieux contempler son joli visage. Peut-être un puriste aurait-il jugé son nez trop long, mais à trente-deux ans, elle était aussi proche de la perfection qu'un homme pût le souhaiter.

Il se pencha vers elle et ils s'embrassèrent encore, avant de lentement se laisser tomber sur les peaux de mouton.

Comme Gwyn l'avait prédit, ils arrivèrent à Exeter peu avant que les portes de la ville se referment en grinçant. Tandis que Gwyn poursuivait son chemin à l'extérieur des remparts pour rejoindre sa bicoque sur Saint-Sidwell, le coroner emmena sa monture épuisée jusqu'aux écuries de Martin's Lane. Après s'être assuré que Bran recevait bien sa ration de fourrage et d'eau, il traversa la rue et se glissa prudemment chez lui. Faute de Mary pour lui dire si la querelle couvait toujours, il s'avança vers l'âtre, où deux pieds dépassaient devant l'un des fauteuils.

« Ainsi, vous avez enfin daigné vous montrer ici ? lança Matilda d'une voix perçante, blottie dans un châle de laine pour se protéger des courants d'air. Vous disparaissez deux jours et une nuit entière sans me faire parvenir le moindre message. Comment suis-je censée savoir où vous vous trouvez et quand vous comptez rentrez ?

— Cela importe-t-il vraiment ? grogna-t-il. Je ne peux de toute façon pas compter sur vous pour me préparer un repas. Sans Mary sous ce malheureux toit, je crèverais de faim.

— C'est à cela que servent les bonnes, imbécile.

À moins, peut-être, que vous ne leur trouviez d'autres usages, y compris à cette Saxonne ! »

John crut un instant qu'il s'agissait d'Hilda dont il espérait encore que sa femme ignorait l'existence – puis il comprit que la remarque s'adressait à Mary, qui avait une mère autochtone.

« Depuis la dernière fois que je vous ai vu, vous avez, j'imagine, hanté toutes les tavernes du Devon. »

Wolfe, qui n'avait pas mis le pied dans la moindre auberge depuis le soir de la Nativité, ne digéra pas la remarque. « Je suis allé examiner deux cadavres de hors-la-loi, j'ai rendu visite à ma famille, mené mon instruction, puis je suis rentré ! » s'exclama-t-il. Intervertir son passage à Stoke et l'épisode de l'instruction lui permettait de justifier plus aisément son absence de la journée. Mais Matilda allait sans doute y trouver quand même quelque chose à redire.

Elle grommela encore quelques minutes, s'arrangeant pour glisser dans son monologue des remarques méprisantes à l'égard des Wolfe avant d'ajouter à contrecœur : « Je crois que votre infâme petit assistant vous attend dans la cuisine. Il s'est présenté ici il y a deux heures et nous a harcelés pour savoir où vous étiez. Il dit avoir un message urgent à votre intention – quoique je ne voie pas très bien ce qu'il peut bien y avoir d'urgent dans votre métier. »

Aussi pressé de la fuir que d'entendre ce que Thomas de Peyne avait à dire, Wolfe disparut dans le vestibule et prit le couloir en terre battue qui conduisait à l'arrière-cour. Il pénétra dans la cabane en appentis sur la gauche, qui faisait à la fois office de cuisine et de logement pour Mary. Perché sur un tabouret près du feu, son clerc bossu s'y régalait de nourriture que la bonne, toujours très maternelle, s'était empressée de lui servir, le devinant à moitié mort de faim.

Thomas, à la vue de son maître, avala une dernière bouchée avant de sauter à terre. « Coroner, j'ai des nouvelles en provenance de la cathédrale. Langton, le vicaire de Roger de Limesi est venu me trouver dans l'après-midi au nom de son maître. Le chanoine a reçu la visite du dénommé Fulford, lequel exige qu'il lui remette le parchemin menant au trésor principal. Faute de quoi il menace de le tuer. Le chanoine ne sait que faire puisque le document, comme nous le savons tous, n'est pas en sa possession. »

Le coroner se tut un instant pour digérer l'information. « L'archidiacre est-il au courant ? »

Thomas fit signe que oui. « Craignant pour sa vie, le chanoine s'est immédiatement rendu chez lui. Je crois que l'archidiacre attend votre retour pour envisager les mesures à prendre. »

D'un air songeur, Wolfe se frotta la barbe, désormais longue de beaucoup plus que trois jours. « Va à la cathédrale, fais en sorte que Roger de Limesi et son vicaire se trouvent chez John d'Aleçon à la septième heure, puis va trouver l'archidiacre et fais-lui savoir que nous serons tous là-bas à l'heure dite. »

Prenant un air important, le petit clerc s'éclipsa sans attendre. Le coroner se tourna alors vers Mary qui avait écouté l'échange en silence.

« Je vais manger ici, ma belle. Dans la maison, l'atmosphère est plus glaciale encore qu'une rafale venue de l'est. »

Après sa halte à Dawlish, il préférait ne pas aller à *La Brousse,* pour éviter de croiser le regard de la patronne.

Comme bon nombre des prébendiers, l'archidiacre habitait sur Canons'Row. Même ceux des vingt-quatre ecclésiastiques qui occupaient des postes particuliers ne pouvaient prétendre à un quelconque traitement de faveur. Les archidiacres étaient au nombre de quatre – John d'Alençon pour Exeter et trois autres pour la Cornouaille, Totnes et Barnstaple. Et tous, comme le grand chantre et le trésorier, partageaient le même mode de vie et le même genre de logis, dans le clos de la cathédrale ou en ville.

D'Alençon, qui devait son nom à la ville normande éponyme, son berceau familial, résidait dans la deuxième maison après l'église Saint-Martin, à un jet de pierre de la résidence du coroner. Une fois terminé le repas chaud prestement concocté par Mary, Wolfe passa dans la grande salle pour informer Matilda que son devoir lui commandait d'aller retrouver sur-le-champ plusieurs membres de son très cher clergé.

Thomas l'attendait devant chez l'archidiacre, tremblant de froid sous sa cape trop légère. Quand ils entrèrent, Roger de Limesi et son vicaire Éric Langton étaient déjà là, l'un comme l'autre mal à l'aise et la mine sombre. Avec le meurtre de Hane, puis les menaces de Giles Fulford, le chanoine avait en effet de quoi craindre pour sa vie.

La pièce dans laquelle ils se trouvaient rappelait par son austérité la chambre à coucher de Hane, quelques maisons plus bas. John d'Alençon comptait lui aussi parmi ces prêtres qui suivaient à la lettre la règle de saint Chrodegang. Ils prirent place sur des bancs raboteux autour d'une table nue que seules éclairaient trois chandelles de suif accrochées au mur non loin d'un crucifix.

« Nous pourrions faire arrêter le gredin par le shérif, j'en suis certain, commença d'Alençon. Richard de Revelle serait heureux de l'inculper sur la base des témoignages que Langton et le chanoine ici présents ont faits sous serment. Menacer un serviteur de Dieu – ou qui que ce soit d'ailleurs – conduit droit à la potence. »

Wolfe, qui n'avait pas oublié l'attitude étrange de son beau-frère à la mention de Fulford, n'en était pas si sûr. Mais il préféra tenir sa langue. « Peut-être, dit-il, mais qu'y gagnerions-nous ? Même si tout semble concorder, nous n'avons pas la moindre preuve de son implication dans la mort de Robert de Hane.

— Revelle n'a jamais manifesté une grande affection pour les preuves, remarqua non sans ironie l'archidiacre.

— Certes, mais il serait beaucoup mieux de prendre l'homme sur le fait, ce qui nous permettrait peut-être de piéger avec lui ses éventuels complices. Son maître est un chevalier du nom de Jocelin de Braose et j'ai de bonnes raisons de les croire tous deux impliqués dans une autre affaire sanglante. Il est possible que ce Braose soit lui-même mêlé à cette chasse au trésor.

— Alors que faire, John ? demanda d'Alençon. Nous n'avons ni carte ni indication à lui fournir. »

John jeta un regard à son scribe. « Certes, mais nous pourrions en fabriquer une. Comment pourrait-il voir la différence ? »

Les petits yeux de Limesi disparaissaient presque derrière le gras de ses joues. « Il n'aurait aucun mal à distinguer un parchemin ancien d'un récent, non ? s'offusqua-t-il. S'il venait à se rendre compte de quelque chose, je risquerais ma peau.

— Je pourrais me servir de l'un des nombreux vieux parchemins vierges de la salle des archives, suggéra Thomas. En réduisant la quantité d'encre, mon écriture sera suffisamment pâle pour passer pour vieille. Et rappelez-vous qu'il ne sait pas lire.

— Alors s'il est incapable de lire les indications, comment espère-t-il trouver le trésor ? fit remarquer fort raisonnablement l'archidiacre.

— Ce vicaire devra les lui traduire. N'est-ce pas ainsi que cela s'est passé la dernière fois ? »

Éric Langton confirma d'un signe. « Il retenait ce que je lui disais. Cela n'était pas difficile – à peine un nombre de pas et un point de repère ou deux. »

Le coroner lui lança un regard dur. « Cette fois, vous devrez l'accompagner pour interpréter sur place les indications. »

Le vicaire pâlit. « Mais quand ils comprendront qu'il n'y a aucun magot, ils deviendront assurément mauvais, balbutia-t-il.

— Cela peut faire partie de votre pénitence, mon frère, fit sèchement remarquer d'Alençon, quoique ça ne régle la chose qu'en partie seulement, étant donné le mal que vous avez causé. »

Wolfe avait des préoccupations plus prosaïques. « Mon clerc se chargera de préparer le faux parchemin. Thomas, les indications devront être suffisamment complexes pour que Langton se sente contraint d'emmener Fulford avec lui pour les traduire. Sans quoi nous n'aurons aucun moyen de savoir quand ils tenteront leur chance. »

Il se tourna ensuite vers John d'Alençon. « Nous devons leur tendre une embuscade et les cueillir sur le fait. Je ne tiens pas, pour plusieurs raisons, à impliquer le shérif à ce stade. Il devra cependant mettre les responsables sous les verrous le temps venu.

— Qu'insinuez-vous, John ? demanda l'archidiacre.

— Nous ne savons pas combien d'aventuriers et de coquins Fulford a l'intention de convier à l'affaire. Je n'ai de mon côté qu'un seul combattant pour m'épauler, nous aurons donc besoin de quelques paires de bras pour capturer ceux qui chercheront à déterrer ce trésor. Pouvez-vous m'aider ? »

Les deux chanoines parlementèrent quelques instants et il fut décidé que plusieurs jeunes domestiques de la cathédrale seraient mobilisés, parmi lesquels David, le valet de Hane. Thomas se rendrait quant à lui sans tarder à la bibliothèque de la maison du chapitre afin d'y rédiger le compte rendu fictif censé mener tout droit au magot principal, quelque part à l'entour de l'église de Dunsford. Éric Langton apporterait ensuite le document au *Sarrasin* tard dans la soirée ; et si Fulford n'était pas là, il essaierait à nouveau le lendemain matin, en prenant soin d'insister pour être présent le jour de la fouille afin que les indications ne soient pas mal interprétées.

La réunion s'acheva pour permettre aux prêtres d'aller préparer leurs services de la soirée. L'appréhension de Roger de Limesi et de son vicaire était palpable. Wolfe, quant à lui, était libre de retourner devant son âtre, dans le climat glacial de son foyer.

6

Où l'on trouve Coroner John tapi derrière une haie

Lorsque l'Angleterre n'était secouée par aucune guerre, révolte ou insurrection, la noblesse se trouvait d'autres façons de passer le temps et de libérer son agressivité. D'ordinaire, le meilleur substitut aux conflits armés était la chasse, par laquelle un homme passait sur les animaux son besoin de tuer et de mutiler autrui. Dans le Devon, loups, sangliers, renards et, par-dessus tout, cerfs faisaient les frais de ce passe-temps qui, pour certains Normands, relevait presque de l'activité à temps complet. Les forêts, territoires sacrés, étaient réservées soit au seigneur, soit au roi. Y braconner pouvait conduire à la peine capitale et, pour protéger la chasse, un système complexe avait été mis en place qui reposait sur des gardes forestiers royaux et des tribunaux spéciaux chargés du châtiment des contrevenants.

Mais la veille du premier de l'an, la chasse le long de la rivière Dart n'était perturbée par aucun braconnier : une vingtaine de membres de l'aristocratie locale ratissaient la vallée densément boisée à la recherche de gibier. Henry de Nonant, lord de Totnes, avait invité plusieurs de ses amis et voisins à venir chasser sur ses terres, dans la forêt appartenant à Bernard Cheever ainsi que sur les domaines attenants.

Pour ouvrir les festivités, Nonant avait servi au château de Totnes un copieux petit déjeuner à l'intention de tous les participants. La forteresse était remarquable à tous points de vue : bâtie par Juhäel peu après la conquête, elle avait mobilisé les forces de centaines d'hommes, d'abord pour élever la motte puis pour y dresser une palissade circulaire. Elle était flanquée d'un côté par une grande basse-cour elle-même protégée par un fossé profond. L'ensemble de l'édifice dominait la bourgade fortifiée qui s'étirait jusqu'à la Dart. À sa grande surprise, car il ne faisait pas partie des gens que l'on invitait souvent, sir William Fitzhamon avait été convié à la partie de chasse, mais sans son fils. Aimant autant chasser le cerf que n'importe qui, il avait accepté l'invitation que les baillis de Nonant, chargés de parcourir le district pour informer les invités, lui avaient transmise la veille seulement.

Les chasseurs s'étaient rassemblés dès le petit jour. Aucun n'avait dû parcourir plus d'une douzaine de milles pour arriver jusqu'à Totnes. Un grand nombre de participants s'étant fait accompagner de leur écuyer, le groupe dépassait les trente hommes et, après avoir bu et mangé, la foule déjà bruyante quitta la cour du château pour s'enfoncer dans les bois qui couvraient les deux versants de la vallée. Aucun itinéraire n'avait été prévu par avance : les chasseurs se dispersaient à leur guise dans les bois et les maquis, certains par petits groupes, d'autres par deux, et d'autres encore chassaient seuls avec leur écuyer. Tous avaient leurs chiens, qui furetaient çà et là à la recherche de l'odeur d'un chevreuil ou d'un sanglier. La plupart des chasseurs étaient équipés de grands arcs et de flèches, quoique quelques-uns s'en tinssent aux lances.

En quelques minutes, le calme régnait de nouveau aux alentours du château, mais de temps à autre les gardes du pont-levis pouvaient encore entendre le son d'un cor dans le lointain ou les aboiements d'un chien sur les hauteurs des collines. Le temps s'était légèrement amélioré et le vent n'était pas aussi vif dans les profondeurs de la vallée que sur la motte, même si le gel durcissait encore suffisamment le sol pour éviter la boue.

En l'absence de son fils, lord Fitzhamon s'était fait accompagner par l'un de ses intendants, un homme du nom d'Ansgot, connu pour être un fin archer. Son seigneur le suspectait aussi d'être un braconnier accompli, mais tant qu'il n'exerçait ses talents qu'à l'extérieur de ses terres, Fitzhamon n'avait pas l'intention de l'inquiéter. Si le bougre tenait à risquer ailleurs la potence, c'était son affaire.

Le Saxon à sa suite, Fitzhamon s'éloigna du château au petit galop avec le reste du groupe, mais tous se dispersèrent peu à peu et quand ils gagnèrent le cœur de la forêt, ils étaient seuls. Deux gros chiens de chasse s'affairaient de part et d'autre d'Ansgot sans avoir jusqu'ici flairé de proie.

Longeant d'abord la Dart par l'est, Fitzhamon s'élança dans l'eau avec de grands éclaboussements avant de se mettre à gravir le versant opposé de la vallée. Il connaissait plus de la moitié des autres chasseurs – relations ou voisins – mais se tenait délibérément à distance du tumulte de la troupe, préférant chasser seul. Bientôt, l'un des chiens s'élança vers la droite et, truffe au sol, disparut dans le sous-bois.

« Il a flairé quelque chose, maître », cria Ansgot. Durant les cinq minutes qui suivirent, les deux hommes se frayèrent un chemin dans la végétation de plus en plus dense pour ne pas perdre les deux animaux de vue – car l'autre chien s'était empressé de rejoindre le premier. Puis l'intendant cria de nouveau. D'un geste impatient, Fitzhamon tira sur la bride de sa monture et jeta un coup d'œil par-dessus son épaule. Ansgot s'était arrêté et mettait pied à terre pour examiner la jambe postérieure de son cheval.

Avec un juron, le seigneur revint au petit trot jusqu'à son domestique pour voir ce qui n'allait pas.

« Il est boiteux, Messire. Il me semblait bien depuis un petit moment que quelque chose clochait. » Saisissant le sabot du cheval, il le coinça entre ses cuisses, la meilleure position pour examiner la partie basse de la jambe. « Il y a une coupure ici, au niveau du boulet, s'exclama-t-il. Quel fumier ferait-il ça à une belle jument ? »

Son maître, pressé de suivre les chiens, lui jeta un regard impatient sans descendre de selle. « Était-elle en forme quand tu es parti ce matin ? » demanda-t-il.

— Oui, Messire. Cette blessure est fraîche. Sans doute infligée au château pendant que nous mangions. Pendant que vous étiez dans la grande salle, nous, les serviteurs, nous étions nourris dans les cuisines. Les chevaux sont restés attachés dans la cour. »

Fitzhamon laissa échapper un soupir d'exaspération. « Alors tu vas devoir la ramener à pied. Je te retrouverai au château à la fin de la chasse. »

Sur ce, il fit demi-tour et partit au galop rattraper les chiens, qui gémissaient en bordure d'une petite clairière, pressés de suivre leur piste. Ansgot entama en pestant son long trajet de retour, tirant par la bride sa jument boiteuse derrière lui.

Tandis que les seigneurs du sud du Devon se ruaient entre les arbres à la recherche de leur proie, on se réunissait de nouveau chez l'archidiacre, à Exeter. Une fois encore, le repas que le clergé avait l'habitude de prendre en fin de matinée avait été retardé par l'urgence qu'il y avait à échafauder un plan d'action.

« J'ai confié les faux documents de Thomas à Giles Fulford tard dans la soirée d'hier, bredouilla Éric Langton. Il voulait savoir d'où je les tenais, aussi lui ai-je dit que je les avais trouvés parmi les papiers de Hane dans la salle des archives.

— Pensez-vous qu'il vous a cru ? demanda Wolfe.

— Je suis certain que oui. Il avait l'air si plein de cupidité qu'il n'avait certainement pas la tête à douter. »

Thomas ne put retenir un petit sourire satisfait. Il était fier de ses talents de faussaire, mis à rude épreuve toute la soirée de la veille. À l'aide d'une vieille encre dénichée dans une flasque en pierre de la bibliothèque, il avait rédigé, sur une feuille de vélin arrachée à un vieux livre de cantiques de longues et tortueuses indications conduisant à un site imaginaire où le trésor se trouvait prétendument enterré. Il avait éclairci l'encre avec de l'eau sale de la cour puis fait rapidement sécher la feuille à la bougie, avant de la gratter et de la froisser pour qu'elle eût l'air authentiquement vieille.

« Et vous dites que Fulford se rendra demain à Dunsford pour entreprendre ses recherches ? » se fit confirmer le coroner.

Le vicaire au visage abîmé acquiesça d'un air sombre. « Il y sera à l'heure de midi, dit-il. Il devait se rendre quelque part aujourd'hui à l'aube, mais il sera demain de retour à Dunsford.

— Et il a consenti à ce que vous fussiez également présent ? » demanda John d'Alençon.

Le vicaire soupira. « Oui, Messire, au risque de ma vie. Il m'a, en fait, rendu le parchemin, me disant que si je n'étais pas là pour le déchiffrer, il ne lui était d'aucune utilité. Je dois aller le retrouver demain à la mi-journée aux abords du village.

— Vous a-t-il dit qui l'accompagnerait ? demanda le coroner.

— J'ai tenté de le découvrir, Coroner, mais il m'a enjoint de m'occuper de mes affaires. Il n'est pas homme à se laisser interroger longtemps. »

John se tourna vers son officier. « Nous arriverons sur place avant lui afin de pouvoir nous dissimuler quelque part où nous aurons tout le loisir d'observer ce qui se trame. Nous n'aurons pas besoin de Thomas. Il peut continuer à chercher le véritable document. »

Le clerc, qui ne cachait pas sa couardise, ne se le fit pas redire, trop heureux de se soustraire à l'éventualité d'une bagarre. Bien qu'il eût aimé être là – mais à bonne distance de préférence – quand l'affaire atteindrait son paroxysme.

« Archidiacre, pouvons-nous disposer du renfort des deux hommes dont vous avez parlé ? » demanda Wolfe.

John l'ecclésiastique confirma d'un signe de tête, mais il paraissait inquiet. « J'espère qu'il ne leur arrivera rien. En tant que domestiques de la cathédrale, ils ne s'attendent pas à agir en guerriers.

— Voyez-le comme leur contribution à la protection des chanoines, John, répondit Wolfe. Car tout cela découle du meurtre de l'un de vos frères. »

La conscience de John d'Alençon en fut apaisée. Il darda un regard dur à Éric Langton. « Si vous vous comportez convenablement dans toute cette affaire, cela jouera en votre faveur lorsque vous serez jugé par l'évêque. Celui-ci, de retour demain soir, devra être informé sur-le-champ de la succession d'événements malheureux arrivés pendant son absence. »

Ses yeux gris s'arrêtèrent ensuite sur Roger de Limesi, qui s'efforçait de paraître aussi vertueux que contrit.

« Combien de temps vous a-t-il fallu pour gagner Dunsford à cheval ? demanda le coroner d'un ton sec.

— Ma pauvre rosse est moulue à cause du vent et elle ne peut avancer guère mieux qu'au pas. Mais vos coursiers devraient vous permettre d'atteindre le village en à peine un peu plus d'une heure – il n'est qu'à sept milles d'ici. »

Le coroner chargea Gwyn de trouver de bonnes montures et des armes aux domestiques, puis de les lui amener à trois heures avant midi le lendemain matin. Il les attendrait au gué de l'autre côté de la porte ouest avec son officier. Une fois la réunion achevée, tandis que les autres quittaient la salle, l'archidiacre prit John à part.

« Pourquoi évitez-vous d'associer le shérif à tout cela ? demanda-t-il.

— Il se passe quelque chose que je ne comprends pas encore, répondit Wolfe à voix basse pour ne pas être entendu. Cet homme, Fulford – comme son maître Braose sans doute – ne cesse de surgir à divers endroits, pourtant Revelle donne l'impression de ne pas tenir à les questionner. Voilà pourquoi j'espère en prendre au moins l'un des deux la main dans le sac demain. Si nous y parvenons, le shérif aura quelque peine à refuser de s'y intéresser. »

Les deux John se regardèrent, animés d'un même sentiment. « Les vieux ennuis qui ressurgissent ? » demanda le prêtre, énigmatique.

Le coroner soupira. « J'ai la sensation, sans toutefois en avoir la preuve, qu'il se trame quelque chose. Mon vieil ami, nous n'avons plus qu'à attendre. »

Malgré le somptueux petit déjeuner qu'Henry de Nonant leur avait servi sans lésiner sur les quantités, en quelques heures à peine, les robustes chasseurs eurent de nouveau faim. Même à cheval, parcourir la campagne exigeait de l'énergie – et mettre pied à terre pour continuer à avancer, arc en joue, lorsque la proie n'était pas loin, mettait en nage et ouvrait l'appétit. À midi déjà, ils revenaient vers Totnes, la gorge sèche d'avoir trop crié et soufflé dans les cors, un creux dans l'estomac. Petit à petit, la trentaine d'hommes fut de retour dans la cour du château, certains des écuyers avaient un chevreuil attaché à la selle et un ou deux d'entre eux un renard mort. La matinée avait été décevante – la plupart des animaux du haut de la vallée de la Dart avaient été assez malins pour se tenir à distance des chasseurs et de leur meute.

De nouveau, le seigneur du lieu avait servi plats et boissons en quantité et bientôt, la salle de réception résonna de tonitruants éclats de voix, de rires gras, de bruits de repas et de rots. Nonant jouait son rôle d'hôte à la perfection : passant de groupe en groupe, il donnait l'accolade, plaisantait et écoutait sans faillir les exagérations interminables des chasseurs sur la bête qui était parvenue à échapper à la traque.

À l'extérieur, cependant, un homme se tenait à l'écart de la joyeuse société, de plus en plus inquiet. Parmi la douzaine de gens sans terre et d'écuyers, souvent bien meilleurs chasseurs que leurs maîtres, qu'on nourrissait dans les cuisines, se trouvait Ansgot, les yeux rivés au pont-levis dans l'espoir d'y voir apparaître la silhouette de sir William Fitzhamon. Ne voyant rien venir, il se mit à interroger ses compagnons pour essayer de savoir si quelqu'un avait aperçu son maître après que lui-même l'eut quitté pour rentrer au château avec sa jument blessée. Mais il n'obtint pour toute réponse que des hochements de tête et des regards vides – certains, d'ailleurs, auraient été incapables de reconnaître Fitzhamon. Ansgot finit par abandonner son repas et grimpa la volée de marches qui menait à la salle de réception. Glissant la tête par l'embrasure, il parcourut du regard l'assistance à la recherche de l'intendant et, au terme de quelques instants, parvint à attirer son attention –

le vieil homme dirigeait les domestiques servant nourriture, bière et vins aux chasseurs.

« Mon maître, sir William Fitzhamon, est-il là ? » demanda-t-il, espérant sans trop y croire que celui-ci était arrivé sans qu'il le vît.

L'intendant secoua la tête. « Il n'est pas là, frère. Je ne l'ai pas vu depuis le petit déjeuner. »

L'inquiétude d'Ansgot monta d'un cran. Malgré son austérité et son intransigeance, son seigneur n'était ni craint ni haï par personne. Il était toujours équitable avec ses gens, qu'ils fussent serfs ou hommes libres. Son épouse était elle aussi une honnête femme, qui faisait de son mieux pour venir en aide aux plus infortunés des villageois et aux enfants malades en particulier. Il n'avait aucune envie de retrouver Fitzhamon gisant dans la forêt, écharpé par un sanglier en furie. Ansgot repartit vers les cuisines pour s'entretenir avec les quelques hommes qu'il connaissait, intendants et fauconniers des villages voisins. Laissant leur bière et leur cidre, deux d'entre eux lui offrirent leur aide. Ansgot emprunta alors une monture saine et tous trois passèrent le pont-levis au pas, pour traverser le bourg et s'enfoncer dans la forêt. Le Saxon ouvrait la marche sur le sentier qu'il avait emprunté le matin, avant que son cheval ne se blesse. Il partit vers la rivière, dans la direction que Fitzhamon lui avait dit vouloir prendre. Une fois franchi le petit gué, les trois hommes se séparèrent, empruntant des chemins parallèles, à quelques centaines de pas les uns des autres.

Seul à présent, Ansgot parcourut près d'un mille avant d'entendre soudain le son insistant d'un cor sur sa droite, suivi des gémissements plaintifs de chiens. Son compagnon qui avançait à sa gauche arriva au galop dans le sous-bois et tous deux s'empressèrent de rejoindre leur camarade. Voyant approcher la silhouette familière de l'intendant, les deux chiens de Fitzhamon se mirent à bondir en tous sens.

Le fauconnier qui les attendait rangea son cor à l'épaule et se laissa glisser à terre. Entre les arbres, sous une touffe de fougères flétrie par le givre, on distinguait vaguement quelque chose.

« C'est Fitzhamon, Ansgot. Il est mort. »

Ce jour-là, Matilda n'était « ni de bonne ni de mauvaise humeur », comme John allait le confier à Nesta plus tard dans la soirée. Sans se déchaîner contre lui, ni lui jeter des chaussures au visage comme elle savait parfois le faire, elle demeura distante et renfrognée, ne répondant à ses efforts pour lui faire la conversation que par un dédain poli, sans prendre la peine de prononcer deux mots là où un seul pouvait suffire. Heureusement, elle parla tout de même assez pour lui dire qu'elle se rendait à l'une de ses interminables messes à la petite église de Saint-Olaf, en haut de Fore Street.

Ils avaient déjà dîné, de la panse de porc bouillie accompagnée de chou et d'oignons. La morosité et la tension du repas seulement ponctuée par les grands clins d'œil de soutien que Mary adressait à Wolfe chaque fois qu'elle passait dans le dos de Matilda. Dès que Mary eut enlevé les miettes du tranchoir à pain et récuré les planches de la table où de la sauce avait coulé, John alla s'installer devant l'âtre avec une autre chope de cidre tandis que sa femme remontait au solarium se faire apprêter pour la messe par Lucille. Cette dernière était une réfugiée originaire du Vexin, région du nord-ouest de la France perdue par le roi Philippe quand Richard Cœur de Lion se trouvait en prison en Allemagne.

La maîtresse et sa bonne à peine parties pour Saint-Olaf, le coroner prit Mary dans ses bras pour lui donner un baiser reconnaissant, avant de filer à *La Brousse*.

Il y avait là-bas moins de monde qu'à sa dernière visite. Son banc habituel était libre et, après avoir échangé deux ou trois mots avec quelques connaissances, il s'installa et attendit qu'Edwin vienne lui apporter sa cruche de bière. Ce dernier, en la posant sur la table, au lieu de saluer Wolfe comme à son habitude, lui fit signe du coin de son œil valide de jeter un regard vers le fond de la salle, tout en lui décochant une grimace que Wolfe interpréta comme un avertissement. Perplexe, le coroner avala quelques gorgées en attendant l'apparition de Nesta. Cinq minutes plus tard, cependant, il n'y avait toujours pas le moindre signe d'elle. Jetant un coup d'œil par-dessus son épaule, il vit alors la Galloise qui l'observait depuis la porte des cuisines. Mais dès que leurs regards se croisèrent, elle fit volte-face et disparut.

Edwin passa devant lui pour débarrasser les tables. « Captain, vous êtes dans la merde. Va falloir garder profil bas un moment », chuchota-t-il d'un air comploteur.

John eut tôt fait de comprendre ce qui s'était passé. « Comment diable a-t-elle appris ? demanda-t-il à mi-voix.

— Un charretier de Dawlish est venu ce matin. L'idiot s'est mis à causer destriers et a fini par lâcher qu'hier il y avait vu Bran, attaché devant chez Thorgil le marin. Maîtresse Nesta n'a pas trouvé ça drôle ! »

N'étant pas du genre à se dérober, John se leva. Il se fraya un passage entre les tabourets et les bancs jusqu'au fond de la salle, sous les regards complices et les coups de coude de clients qui pour la plupart semblaient tout à fait au courant de ce qui se passait.

Baissant la tête pour ne pas se cogner au chambranle, il sortit dans la froideur nocturne de l'arrière-cour. Outre les écuries, les lieux d'aisance et la laverie, deux cabanes y abritaient les cuisines dans lesquelles rougeoyaient des braseros. La silhouette fine et immobile de Nesta se détachait dans l'encadrement d'une porte. S'avançant à grandes enjambées, il la saisit par la taille et l'attira dans l'obscurité.

Elle recula vivement sans se dégager complètement, levant les yeux vers son visage éclairé par la lumière vacillante des bougies. « Salaud ! » hurla-t-elle. Dans la faible lumière, il vit scintiller une larme au coin de son œil.

Avec un soupir, il la ramena contre lui. Une fois de plus, elle tenta de résister mais sans parvenir à se dégager, il avait trop de force dans les bras. Elle s'abandonna donc à son étreinte. « Je regrette, John, c'est plus fort que moi. »

Il la berçait sans prêter attention aux servantes curieuses qui se pressaient à la porte. « C'est à moi de m'excuser, mon amour, répondit-il d'une voix contrite. Mais tu connais mon caractère, tu le connais depuis le début. »

La rouquine renifla et essuya ses larmes contre la tunique de John. « De temps en temps, je deviens jalouse. C'est idiot, tu ne m'appartiens pas, John. »

Il déposa un baiser sur la coiffe qui recouvrait ses boucles auburn. « Tu es ma préférée, Nesta, lui dit-il en gallois. Celle vers qui je reviens toujours, ma maîtresse mais aussi ma meilleure amie. »

Elle passa le bras derrière le dos de John sans répondre. « Les autres ne sont que des passades, Nesta, continua-t-il. Des aventures auxquelles je ne sais pas résister lorsqu'elles se présentent. Hilda est une fille que je connaissais dans ma jeunesse, je l'admets, et je l'aime beaucoup mais elle sait que je suis comme une feuille apportée par le vent, qui de temps à autre franchit le seuil de sa porte avant de repartir aussitôt. Avec toi, ça n'est pas comme ça. »

Elle leva la tête et parvint à sourire. « John le Noir, tu n'es qu'un vieux chien lubrique », répondit-elle en utilisant le nom qu'on lui donnait sur les champs de bataille et qu'elle avait appris par Edwin, fier de la réputation militaire de Wolfe.

Elle recula et le prit par la main pour le ramener sur le seuil éclairé de l'auberge. « Tu devrais avoir honte, John, mais je n'ai d'autre choix que de t'accepter comme tu es, j'imagine. J'irai demain chez le forgeron te commander une ceinture de chasteté !

— Qu'il amasse de bonnes quantités de métal alors, pour m'en faire une qui puisse m'aller ! »

Tout sourire à présent, ils regagnèrent ensemble la salle de l'auberge. Un instant, John craignit que les clients, qui avaient tous gardé l'œil rivé à la porte de derrière, ne les accueillissent par une volée d'applaudissements. Après une nouvelle chope de bière et une tranche de bœuf sur du pain avalée devant le feu de cheminée, la paire réconciliée gagna le coin de la pièce pour gravir la large échelle menant à l'étage. Ils passèrent une heure dans le lit de Nesta, séparé par une cloison de la salle commune dans lesquelles on avait installé des paillasses pour les clients de passage.

Aux alentours de minuit, le coroner du Devon regagna discrètement le solarium de sa maison de Martin's Lane pour se glisser sous les couvertures et les fourrures, bercé par les ronflements de Matilda à l'autre extrémité du lit.

Le lendemain, les participants à l'embuscade quittèrent Exeter au petit matin. Éric Langton fit de même. Sa rosse, cependant, ne lui permettrait d'atteindre Dunsford que bien après les autres. Pour avoir le temps de trouver le poste d'observation idéal, Wolfe tenait à être là-bas avant l'arrivée de Giles Fulford.

Dunsford se trouvait presque exactement à l'ouest d'Exeter, sur la route menant à la ville minière de Chagford, d'où l'on extrayait l'étain, sous le plateau de Dartmoor, au cœur de terres cultivables vallonnées et fertiles, où bois et forêts délimitaient les propriétés des nombreux manoirs et villages alentour. Le coroner était accompagné de Gwyn et des deux domestiques de Canon's Row, David, le jeune valet râblé et un autre solide Saxon du nom de Wichin. John d'Alençon avait fait sélectionner pour eux deux montures correctes dans les écuries de la cathédrale et Gwyn leur avait dégoté bâtons et dagues. Les deux seules épées, celle de John et la sienne, cliquetaient contre la selle de leurs chevaux tandis qu'ils avançaient. Le coroner avait enfilé un casque rond en métal doté d'un protège-nez sur une cagoule en cotte de maille qui descendait jusqu'à la cuirasse en peau qu'il portait sous sa cape. La protection d'un haubert lui avait semblé un peu exagérée pour l'arrestation de quelques aventuriers.

Le froid était piquant ce matin-là, mais le vent était tombé, et ils avançaient au petit trot sous les nuages légers qui striaient le ciel bleu pâle. Comme l'avait prévu le vicaire, ils gagnèrent les abords de Dunsford en une heure et demie environ. De loin déjà, on distinguait l'église, construite au bas d'une crête dominant la vallée. Gwyn se demandait comment éviter d'attirer l'attention et ne pas risquer de faire fuir leurs proies. Tout aussi préoccupé, Wolfe serra la bride en bordure du chemin avant d'atteindre le village. « Séparons-nous ici, pour être plus discrets », dit-il. Intérieurement, cependant, il n'était pas certain de l'utilité de sa décision : la plupart des hameaux étaient si isolés et vivaient dans une telle autarcie que l'apparition d'un étranger solitaire, et encore plus de quatre, susciterait très vite une grande curiosité de la part des habitants.

Les deux domestiques, plus habitués à la vie d'un village que le coroner, risquèrent une suggestion. « Nous pouvons nous prétendre mineurs en route pour Chagford, dit Wichin. « Nous pourrions nous arrêter pour une bière et un quignon de pain – il y a sans doute ici une bonne dame qui en vend. Cela nous permettrait d'attendre leur arrivée sans trop attirer les soupçons.

— Et nous ? demanda Gwyn à son maître.

— Nous pouvons soit partir vers les bois et attendre à l'extérieur du bourg quelque temps, soit prendre le taureau par les cornes et pénétrer dans l'église, en nous faisant passer pour des officiels.

— C'est justement ce que nous sommes ! lui fit remarquer son second. Mais peut-être aurions-nous dû emmener avec nous cet avorton de Thomas qui sait si bien y faire avec les ecclésiastiques. »

Optant pour l'option la plus hardie des deux, Wolfe envoya les deux domestiques jouer leur rôle de mineurs d'étain. Gwyn et lui attendirent à couvert dans le sous-bois une demi-heure de plus, puis pénétrèrent tranquillement à leur tour dans le village aux constructions disséminées à flanc de coteau. L'église, simple nef dotée d'un clocher trapu en bois, n'avait de toute évidence pas changé depuis le temps de Saewulf. L'habituelle grange aux dîmes se trouvait sur un terrain adjacent, symbole coutumier de l'assujettissement du peuple au pouvoir de l'Église et aux seigneurs.

Le sol étant gelé, il y avait peu à faire dans les jardins qui longeaient la route, mais au loin, le coroner aperçut des hommes entretenant les fossés et réparant les clôtures qui tenaient le bétail à distance des terres arables. Sur le versant opposé de la vallée, de la fumée s'échappait en volutes d'une clairière. Comme à Loventor, on défrichait pour augmenter aux dépens des arbres la surface de terres cultivables.

Ils mirent pied à terre à hauteur de l'église et attachèrent leurs chevaux à la clôture de la cour. Quelques curieux avaient déjà fait leur apparition et plusieurs femmes avec leurs enfants les dévisageaient comme s'ils avaient été des visiteurs venus de la lune. Personne, cependant, n'approcha. Dans aucun hameau, la présence de deux hommes lourdement armés, dont l'un portait un casque normand, n'était une bonne nouvelle, mieux valait donc se tenir à distance.

Gwyn était mal à l'aise. « Nous ne pouvons pas laisser les chevaux ici. S'il trouve deux destriers à l'endroit où il compte dérober quelque chose, ce Fulford ne manquera pas de flairer le traquenard. »

Wolfe se mordit la lèvre. Comme toujours, son lieutenant avait raison. « Thomas a rédigé les instructions menant prétendument au trésor de façon à ce que la fouille ait lieu dans ce taillis-là, au-dessus, entre l'église et le pré, dit-il en pointant le doigt vers un bouquet d'arbres à une cinquantaine de toises du clocher. Si nous conduisons les chevaux à l'intérieur de la cour de l'église pour les laisser derrière le chœur, ils demeureront à l'abri des regards. »

Les villageois eurent alors droit à une scène inhabituelle : deux immenses chevaux quittèrent le bord de la route et passèrent le portail de l'église pour gravir ensuite une pente raide qui menait à l'arrière où, à l'aide d'une longue corde, Gwyn les attacha à une branche de frêne suffisamment basse pour leur permettre de brouter.

Puis le coroner et son lieutenant entrèrent se cacher dans l'église. Le sol de la grande salle était en terre battue. Il n'y avait dans la nef rien où s'asseoir, hormis deux bancs tout au fond, installés perpendiculairement à l'autel, simple table recouverte d'un drap de lin sur laquelle on avait disposé une grande croix en étain flanquée d'une paire de cierges.

« Ça n'a pas l'air bien riche, par ici, marmonna Gwyn en s'asseyant sur le rebord d'une fenêtre à proximité de la porte. Ça fait cent ans que ce Saewulf a caché toutes leurs richesses et on dirait qu'ils ne s'en sont toujours pas remis. »

Incapable de tenir en place, Wolfe inspectait nerveusement le moindre recoin du bâtiment. Celui-ci était doté de deux ouvertures de part et d'autre de la nef, qui faute de vitres étaient fermées par des volets. La petite pièce carrée à la base du clocher, qui servait semble-t-il à entreposer les modestes vêtements liturgiques du prêtre de la paroisse, était quant à elle éclairée par une seule fenêtre étroite et verticale percée à hauteur d'yeux par laquelle on voyait parfaitement le taillis où le trésor se trouvait prétendument enterré. L'endroit était pour John le point d'observation idéal.

Gwyn entrouvrit le volet de la fenêtre la plus proche et jeta un coup d'œil vers la route qui traversait le village en contrebas. « Ces deux gars de la cathédrale sont mieux placés que nous, gémit-il, envieux. Ils sont assis en face devant une bicoque, chacun avec une chope de bière et un bon morceau de pain. »

Une heure passa, les quatre hommes attendaient toujours. John pria pour que Fulford n'eût pas changé d'avis et jugé trop risqué de creuser en plein jour. La monotonie fut seulement rompue par l'arrivée du prêtre de la paroisse, un petit homme d'un certain âge sans doute prévenu par un villageois de l'incursion d'étrangers dans son église. Non sans appréhension, il s'approcha pour leur demander la raison de leur présence.

La vérité, au moins partielle, est sans doute une meilleure option que la fiction, songea John. Il prit donc le parti d'expliquer qu'ils attendaient de pouvoir appréhender deux mécréants qui cherchaient à s'emparer de biens appartenant peut-être au diocèse du Devon et des Cornouailles. La présence d'agents de l'évêque, ainsi qu'il présenta les deux hommes assis en face, suffit à apaiser les craintes du curé.

« Ceci explique, j'imagine, la venue de ces hommes la semaine dernière, qui ont entrepris de creuser dans la haie derrière mon église, dit-il, soulagé. En réponse à mes protestations, ils m'ont promis de me fendre le crâne si je ne consentais pas à partir. Je les ai donc observés de loin, sans être en mesure de voir s'ils avaient trouvé quelque chose. »

Le coroner lui ayant conseillé de rentrer promptement se mettre à l'abri chez lui avant que les choses ne s'enveniment, il obéit sans se faire prier.

« J'espère que ces fumiers finiront par se montrer, grommela Gwyn en se blottissant dans son pourpoint pour se protéger de l'humidité glaciale de la vieille bâtisse. J'aimerais mieux être à *La Brousse* ou au *Sarrasin* devant un quart de cidre que dans cette fichue église suintante ! »

Comme en réponse à sa prière, Wichin lui fit un signe de la main avant de pointer le doigt vers la route, au-dessus du village. Puis lui et son compagnon disparurent à l'intérieur de la bicoque pour se mettre à l'abri des regards.

« Quelqu'un approche, voyons qui c'est », lança le Cornique, satisfait de sentir l'affrontement imminent.

Le coroner le rejoignit. Quatre hommes à cheval passèrent au petit trot devant l'église avant de quitter la route pour se diriger vers le taillis.

« Le deuxième, c'est Éric, le vicaire, et le troisième, Giles Fulford, je le reconnais du *Sarrasin*. »

Wolfe se hâta de nouveau jusqu'à la fente dans le mur du clocher et regarda dehors. « Et celui qui est en tête, un rouquin aux cheveux bouclés… c'est Jocelin de Braose ! Enfin nous le tenons ! »

Il suivit des yeux le jeune homme. La carrure large, vêtu d'une grande cape rouge, celui-ci était coiffé d'un long tissu vert noué comme un turban et dont une extrémité lui retombait élégamment sur l'épaule. On apercevait dessous des boucles d'un brun roux proche de celui des cheveux de Nesta. Un collier de barbe de la même couleur courait le long de sa mâchoire, rejoint par une fine moustache. Le bosquet dans lequel ils avaient pénétré était cerné d'arbustes et de broussailles, mais l'absence de feuilles aux branches permit à John d'y distinguer du mouvement.

« Approchons-nous pour voir ce qu'ils font », ordonna le coroner. Quand ils furent sortis de l'église, Gwyn fit signe aux deux hommes dissimulés en face de les rejoindre.

Grâce à l'épaisse haie de ronces et de jeunes frênes qui délimitait le jardin de l'église, John et ses compagnons purent avancer dans l'herbe gelée sans se faire remarquer. Ils gagnèrent une trouée dans le coin le plus éloigné de la haie et coulèrent un regard prudent entre les ronces sèches.

Au loin, entre arbres et buissons, ils apercevaient de temps à autre des silhouettes en mouvement. Des bribes de conversations fendant l'air immobile et glacé leur parvenaient sans qu'ils pussent comprendre ce qui se disait. Wolfe reconnut cependant le timbre aiguë de la voix du vicaire. Puis on entendit le sifflement d'une faucille s'abattant dans les broussailles. Le coroner se pencha vers l'oreille de Gwyn. « Nous allons attendre jusqu'à ce qu'ils commencent à creuser, chuchota-t-il. Il sera plus facile alors de prouver qu'ils cherchaient vraiment un trésor. »

L'initiative fut payante. On entendit peu après le bruit d'une lourde houe et d'une pioche, le claquement sec du métal contre les cailloux et même un cri étouffé suggérant que l'un des hommes s'était blessé le pied.

Gwyn rongeait son frein, il voulait passer à l'action tout de suite. Mais Wolfe posa la main sur son bras pour le retenir. « Nous avons le temps, ils ne vont pas abandonner de si tôt. Et je me demande bien qui est le troisième larron, murmura-t-il.

— Un paysan ou un hors-la-loi des environs recruté pour faire le sale boulot, j'imagine, marmonna son second. Creuser serait indigne d'un chevalier. »

D'après le bruit, songea John, ils sont deux à piocher : cet homme et l'écuyer Fulford, sans doute. Le vicaire est trop gringalet pour leur être d'une véritable utilité. Si deux d'entre eux ont les mains occupées par des bêches ou des houes, il leur faudra un instant pour se saisir de leurs armes en cas d'attaque. Il décida donc d'offrir à Gwyn l'action qu'il attendait. Ôtant lentement son épée de son fourreau en prenant bien garde de ne pas la cogner pour éviter tout bruit qui pourrait les faire repérer, il pencha à nouveau la tête dans la trouée et s'accroupit pour ouvrir la marche. Ils enjambèrent sans difficulté les ronces mortes, beaucoup plus basses à ce niveau de la haie. Le choc du fer contre le sol caillouteux couvrait aisément les légers craquements sous leurs pas et bientôt ils purent ramper entre les arbres.

Wolfe fit signe à Gwyn de prendre par la gauche avec Wichin, cependant que lui et David contourneraient par l'autre côté de manière à mieux les piéger.

Il se trouvait à moins de dix toises des buissons derrière lesquels on creusait quand une tête se leva soudain et une paire d'yeux rencontra les siens. Il s'agissait d'Eric Langton et, l'espace d'un bref instant, John se tendit, craignant que l'imbécile ne pousse un cri de surprise. Le doigt devant ses lèvres pour lui intimer de se taire, il fit de l'autre main signe au vicaire de s'éloigner du reste du groupe.

« Où diable crois-tu aller, curé ? lança cependant une voix de derrière les buissons.

— Me soulager, rien de plus, répondit le vicaire, des trémolos dans la voix.

— Eh bien, fais-le ici, on n'est pas des princes. Et jette de nouveau un coup d'œil sur ton fichu parchemin. On n'a toujours rien et on a déjà creusé au moins deux coudées. »

Tandis que Wolfe avançait encore, les bruits d'excavation reprirent, suivis peu après par un grand choc métallique et un nouveau juron.

« Mordiable, voilà un sacrément gros caillou ! Aide-moi à le sortir de là, veux-tu ? »

Le coroner entendit les outils tomber au sol et les hommes se débattre avec un bloc de roche coincé dans la terre rouge. Le moment était idéal pour les prendre par surprise. John se redressa, cria à Gwyn de faire de même et contourna d'un bond les buissons qui les séparaient du groupe.

Les quatre hommes ne bougèrent d'abord pas, figés par la surprise, deux d'entre eux enfoncés dans le trou jusqu'aux genoux. Puis ce fut la pagaille. Braose fut le premier à reprendre ses esprits. De l'autre côté du trou, il dégaina son épée, la brandit à deux mains et avança sur Wolfe avec un rugissement de défi.

Le coroner lui fit face. Dans la seconde, leurs lames s'entrechoquèrent avec force. Mais avant d'avoir pu reculer pour frapper de nouveau, Wolfe sentit un coup violent lui engourdir la jambe gauche. Il perdit l'équilibre. L'un des hommes qui se trouvaient dans le trou, probablement Fulford, venait de s'emparer de la pelle abandonnée pour l'envoyer contre le tibia du coroner, profitant de l'occasion pour s'extirper du trou et se jeter à son tour dans la rixe.

Quand la large épée de leur rouquin de chef arriva sur lui à pleine puissance pour lui trancher la gorge, Wolfe vit la mort de près. Mais David, le valet, s'interposa à temps, brandissant son gros bâton pour dévier la trajectoire de la lame. Le bois vola en éclats mais l'épée manqua Wolfe, toujours en équilibre instable, une main posée sur le sol.

La végétation plus épaisse de leur côté avait contraint Gwyn et Wichin à un détour de quelques mètres qui leur fit perdre plusieurs secondes. Voyant son maître en mauvaise posture, le Cornique se jeta sauvagement dans la mêlée avec des hurlements féroces. Braose, pendant ce temps, furieux d'avoir été mis en échec, avait pivoté vers David et brandi à nouveau son épée. Par chance, celle-ci heurta à plat le côté de la tête du valet qui, presque assommé et mis hors d'état de se battre, se laissa choir et ne bougea plus.

Fulford n'était pas encore sorti du trou que John fut de nouveau sur pieds et prêt à se mesurer à Braose. Mais ils étaient désormais deux face à lui – chevalier et écuyer. Et le troisième larron, qu'ils avaient pris à tort pour un simple manant, se révéla un combattant éprouvé. Plutôt que de saisir sa houe, il attrapa dans l'herbe une longue lance qu'il jeta vers Gwyn avant même d'avoir mis les deux pieds hors du trou. Le géant velu se tenait en garde mais son épée était trop courte pour répondre à une lance. Il s'écarta alors d'un bond et en frappa le manche pour éviter d'être embroché. Éric Langton, quant à lui, avait pris ses jambes à son cou et demeurait invisible. L'affrontement, cependant, ne dura pas bien longtemps.

Voyant Fulford et Braose avancer sur Wolfe, Gwyn s'approcha pour lui prêter main-forte, esquivant au passage une série de petits coups de lance. À présent menacé par une épée et une bêche à long manche, le coroner faisait lentement tourner son arme devant lui.

Il y eut quelques secondes indécises, puis Wichin, jusque-là dissimulé par Gwyn, bâton au-dessus de la tête, abattit son arme sur le manche de la lance qui tomba au sol. Mais avant d'avoir eu le temps de la brandir à nouveau, il sentit la pointe triangulaire de la lance s'enfoncer profondément dans le muscle de son épaule, maculant immédiatement de sang son pourpoint en cuir. Laissant échapper un cri, il lâcha le bâton et, quand la lance se retira, tomba à genoux, choqué et perclus de douleur.

Son intervention avait cependant offert sa chance à Gwyn. Faisant demi-tour, il brandit son épée qui décrivit en sifflant un arc de cercle horizontal et heurta sur le côté du cou celui qui portait la lance. Lequel, pris de convulsions, s'effondra dans un flot de sang.

Avec à peine un regard pour l'homme qu'il venait d'abattre, Gwyn retourna d'un bond au côté de son maître. En moins de deux minutes, trois des combattants avaient été éliminés. Ils n'étaient à présent plus que deux contre deux, tous des guerriers chevronnés. Le coroner et son lieutenant, cependant, avaient passé deux fois plus de temps que les autres sur les champs de bataille et Fulford n'était armé que d'une pelle – son épée demeurait par terre, toujours dans son fourreau, à l'endroit où il l'avait laissée pour se mettre à creuser.

« Rendez-vous, tous les deux ! cria Wolfe. Nous ne voulons pas vous tuer ! »

En guise de réponse, Jocelin de Braose, capuchon rabattu dans le dos, se mit à agiter son épée devant lui pour les tenir à distance et fit quelques pas vers le coroner. Lequel, brandissant de biais son imposante lame, manche à hauteur de taille, la jeta soudain dans la trajectoire de Braose. Il y eut le fracas du métal contre le métal, puis Wolfe lança de nouveau son épée vers l'avant, forçant Braose à baisser son arme. Ce dernier, en reculant d'un pas, parvint cependant à la libérer avant que John ait eu le temps de le frapper.

Pendant ce temps, Giles Fulford tentait avec la pelle de blesser Gwyn au bras pour lui faire lâcher l'épée. Il parvint à le toucher une fois mais lui arracha à peine un grognement. Impassible, le lieutenant du coroner attendait le moment de frapper.

Quand l'outil revint vers lui, il fit un pas de côté et abattit son épée sur le manche, juste sous le métal en forme de cœur. L'outil était trop solide pour céder si vite mais une profonde entaille apparut dans le bois qui se fendit sur quelques pouces. Gwyn, rugissant, s'offrit alors délibérément à un autre coup de pelle, qui vint claquer contre le cuir qui lui bardait les côtes. Comme il l'avait escompté, cela suffit à faire céder définitivement le manche et la pelle en métal heurta le sol.

« Je l'ai eue, la canaille ! », hurla-t-il en se jetant sur Fulford, conscient que le coroner préférait avoir ces deux-là plus vifs que morts. Tandis que Jocelin et Wolfe se remettaient à croiser le fer, dans un accès de confiance Gwyn pensa l'écuyer terrassé. Il jeta son épée derrière lui pour saisir Fulford à bras-le-corps. Mais celui-ci tenait toujours la moitié du manche de la pelle et frappa violemment son assaillant à la tempe. Sonné, le Cornique chancela un instant, la main contre le front. Fulford, glissant les doigts dans sa ceinture, tira de derrière son dos une dague de huit pouces de long. L'éclat de la lame attira l'attention Wolfe. Lequel, d'un geste désespéré, rabattit son arme vers Braose si violemment que la garde de l'épée de celui-ci se tordit avant qu'il ne la lâche. Avant même que l'arme eût touché terre, John brandit de nouveau la sienne en direction de Fulford, visant la dague. D'un bond de côté, l'homme esquiva le coup ; mais Gwyn avait eu le temps de reprendre suffisamment ses esprits pour se saisir du bras de son adversaire. Il voulut lui arracher le poignard mais l'autre résistait, la lame à quelques pouces de la cage thoracique de Gwyn. Wolfe s'efforçait de ne perdre aucun des deux adversaires de vue, à la fois inquiet à l'idée que Fulford pût poignarder son second et que Braose, son épée retrouvée, profitât du fait que son attention était divisée pour revenir à la charge.

Ses réflexes de vieux soldat et une bonne dose

de chance leur sauvèrent cependant la mise. Tandis qu'il fondait sur Fulford, pointe de l'épée en avant, Wolfe sentit quelque chose sous son pied. En plantant sa lame dans le haut du bras de son adversaire, il avait marché sur la traverse de l'arme de Braose. Conçues pour trancher et non pour croiser le fer, les immenses épées à deux mains avaient une lame large dont l'extrémité transperça le cuir épais du pourpoint de Wolfe, lui arrachant un cri.

Quand Wolfe sentit, quelques secondes plus tard, Braose essayer de dégager l'arme, il pivota brusquement et lui décocha un coup de pied sous le menton. Hoquetant, Braose trébucha vers l'arrière et le coroner s'empara de l'arme abandonnée pour la lancer vers les ronces.

Gwyn, pendant ce temps, avait saisi Fulford par les bras et s'efforçait de le maîtriser, mais privé de la moitié de ses forces par le coup qu'il avait reçu sur le crâne et presque aveuglé par le sang qui coulait d'une plaie à l'arcade sourcilière droite, il ne parvenait pas à lui faire lâcher sa dague. Pourtant, le bras de Fulford saignait abondamment.

Craignant que Fulford ne parvienne à planter son couteau entre les côtes de Gwyn, John le saisit par-derrière et, d'un bras ferme autour de son cou, tenta d'écraser sa pomme d'Adam. Tournant ainsi le dos à Braose, il se savait à la merci de la dague que celui-ci avait, comme tous les hommes, à sa ceinture. Il jeta un rapide coup d'œil derrière lui mais, à sa grande surprise, Jocelin s'était volatilisé.

Ne voulant pas relâcher Fulford avant que Gwyn ait recouvré ses esprits, il se vit dans l'impossibilité de poursuivre le chef de bande. Agrippés l'un à l'autre, les trois hommes chancelèrent encore une trentaine de secondes. Le visage de Fulford virait peu à peu au bleu. Ayant regagné assez de force pour envoyer un violent coup de genou dans l'entrejambe de Fulford, Gwyn finit par mettre un terme à la situation. Étranglé par Wolfe, Fulford ne put crier. Ses yeux se révulsèrent et son corps s'affaissa. Craignant quelque ruse, John ne le lâcha pas tout de suite. Puis, presque de concert, Gwyn et lui libérèrent leur adversaire et reculèrent d'un pas. Fulford s'écroula comme une masse, le souffle coupé.

Wolfe ramassa la dague et se tourna vers Gwyn qui, lentement, se laissa choir à côté de Fulford en essuyant son visage ensanglanté du bout de ses doigts, l'autre main sur le crâne.

« Est-ce que ça va ? » s'enquit le coroner.

Tous les deux en avaient vu d'autres mais la blessure dont Gwyn souffrait à la tête l'inquiétait.

Gwyn s'ébroua tel un chien sorti de l'eau. « Visiblement, mon sort n'était pas de mourir assassiné lors d'une misérable chasse au trésor. Mais c'est un vilain coup qu'il m'a infligé avec son manche de pelle. »

Il jeta un coup d'œil autour de lui, clignant des paupières pour se débarrasser du reste de sang.

« Où est passé Braose ? » demanda-t-il.

Le claquement des sabots contre la terre du chemin lui fut une réponse suffisante.

« Il a préféré la fuite à l'héroïsme, quitte à abandonner son écuyer entre nos mains, observa le coroner. Il savait pourtant manier l'épée, il faut bien l'admettre. »

Gwyn se remit laborieusement debout et baissa les yeux vers Fulford. « Celui-ci vivra jusqu'à la potence, mais les autres ? »

Ils balayèrent du regard la confusion qui régnait à l'entour. Le valet de la cathédrale était en train de se rasseoir, la tête dans les mains, un bleu grossissait autour de son oreille gauche. « Donnez-moi quelques minutes et ça ira, marmonna-t-il. Mais où est Wichin ? »

L'autre serviteur, blessé au bras, fut trouvé allongé sur le flanc derrière le buisson le plus proche. Il avait perdu une bonne quantité de sang mais en déchirant son pourpoint, Wolfe constata qu'une croûte s'était déjà formée, stoppant l'hémorragie.

« Je vais aller quérir le prêtre de la paroisse », fit alors une voix timide.

Wolfe tourna la tête. Éric Langton, qui s'était tenu à l'écart de l'action, était de retour. Il partit sur-le-champ trouver de l'aide et Wichin fut transporté dans une maison du village pour les premiers soins. David se proposa de rester à ses côtés jusqu'à ce que l'archidiacre puisse le faire transporter à l'infirmerie de la cathédrale.

« Que fait-on de celui-là ? » demanda Gwyn.

Le lieutenant avait la tête si dure qu'il avait déjà presque oublié le coup.

Ils baissèrent le regard vers Fulford. Le blanc de ses yeux était moucheté de rouge et son visage encore légèrement bleu et bouffi. Sur son séant, une main sur la petite entaille à son bras, l'autre sur ses testicules meurtris, il avait à nouveau dans le regard une étincelle de défi.

« Au nom de Satan, qui êtes-vous ? croassa-t-il. Et de quel droit nous agressez-vous ? C'est Messire Jocelin de Braose en personne que vous avez attaqué et mis en fuite, ne le savez-vous donc pas ? »

Wolfe, tout de noir et de gris vêtu, se tenait penché au-dessus de lui tel un grand corbeau. « Vous nous demandez cela à nous, Fulford ? Je suis Messire John de Wolfe, s'il s'agit de discuter de titres. Selon toute apparence, vous ne savez pas reconnaître le coroner du roi lorsque vous l'avez devant vous – ni son adjoint. »

À mesure que s'apaisait la douleur à son entrejambe, l'homme semblait gagner en assurance.

« Coroner ? Et où donc voyez-vous des cadavres, à part ceux que vous laissez vous-mêmes ? » lança-t-il en pointant le doigt vers le corps ensanglanté de l'autre côté du trou.

Gwyn lui décocha un violent coup de pied. « Assez parlé, mon gars. C'est le coroner qui pose les questions. »

Wolfe fit signe à son adjoint de remettre l'homme debout. « Vous êtes à présent notre prisonnier. Vous serez reconduit à Rougemont et enfermé dans la geôle.

— Pour quel motif ? Vous allez le regretter, Coroner, vous êtes en train de fourrer le nez dans des histoires qui vous dépassent. »

Wolfe lui frappa l'oreille du plat de la main. « Diable impertinent ! Vous oubliez votre rang, jeune homme. Que devrais-je me soucier de l'écuyer de quelque mercenaire servile ? Quant aux cadavres, vous devriez savoir que les coroners sont également chargés d'assurer au nom du roi la sécurité de ses trésors, afin de les empêcher de tomber entre les mains de gredins tels que vous. »

Giles Fulford ne répondit rien. Gwyn le conduisit de force aux chevaux attachés un peu plus loin, à la lisière du petit bois.

David, qui s'était presque entièrement remis de son coup à la tête, l'aida à attacher les mains du prisonnier au pommeau de la selle.

« Et le cadavre ? Un autre hors-la-loi engagé pour l'occasion si l'on se fie à ses vêtements... », fit Gwyn.

D'un air renfrogné, l'écuyer confirma. La manière dont le mort avait combattu laissait cependant imaginer qu'il avait un temps été soldat.

« Laissons les villageois l'enterrer ici, décida Wolfe. Cette fois, je vais accepter les règles selon lesquelles les hors-la-loi ne sont pas du ressort du coroner, nous nous passerons d'instruction.

— Et le trésor ? murmura Fulford. Vous n'allez tout de même pas laisser ce trou à moitié creusé pour que les villageois puissent aller voler ce qui s'y cache ? »

Avec un sourire pervers, Wolfe brandit sous le nez du prisonnier le parchemin qu'Eric Langton venait de lui rendre. Il le déchira d'abord en deux, puis en quatre.

« Écrit par mon clerc l'autre soir, spécialement pour vous. Il n'y a pas de trésor, mon ami – en tout cas, pas dans ce trou ! »

Rageant de dépit et fort inquiet de ce que le proche avenir lui réservait, Fulford fut conduit à côté de la jument de Gwyn, puis la cavalcade reprit le chemin d'Exeter.

7

Où Coroner John se rend dans la forêt

Ils arrivèrent à Rougemont en fin d'après-midi et remirent leur prisonnier entre les mains de Stigand, le geôlier répugnant et obèse qui régnait sur les profondeurs du donjon. Malgré la véhémence de ses protestations et ses promesses de récompenses en haut lieu si on le libérait, Giles Fulford fut jeté dans un cachot sordide logé le long d'un couloir, au bas d'une volée de marches, derrière une lourde porte de fer.

On accédait au sous-sol du donjon par la haute cour. Divisé en son milieu par un mur de pierre humide et couvert de moisissures, l'endroit abritait d'un côté les geôles et de l'autre une grande pièce ouverte qui servait à la fois de remise et de salle de tortures. C'est là qu'avaient lieu ordalies, mutilations et peines fortes et dures. Au centre du mur se trouvait une porte à barreaux rouillée derrière laquelle s'alignaient une douzaine de petites cellules ainsi qu'une cage plus grande.

Wolfe ne dit rien à Stigand des raisons pour lesquelles Fulford devait ainsi profiter de l'hospitalité du shérif et le geôlier ne posa pas de questions. Il se contenta de pousser dans le cachot avec le nouveau prisonnier un pichet d'eau, la moitié d'une miche de pain et un seau en cuir en guise de latrines. Lorsque Giles exigea un apothicaire pour la blessure qu'il avait au bras, Stigand y jeta à peine un regard, avant de hausser les épaules et de disparaître.

À peine rentré, Wolfe avait appris que Richard de Revelle ne serait pas en ville avant le lendemain. À son grand dam, discuter de l'arrestation de Fulford et de la fuite de Braose allait donc devoir attendre. Épuisé par sa journée de cheval et par les efforts fournis pendant la lutte, il opta pour un repas copieux arrosé de bière et une bonne nuit de repos. Tandis qu'ils traversaient ensemble la cour du château, il conseilla à Gwyn de faire de même pour récupérer de ses blessures et soigner la migraine que lui avait causée le choc à la tête.

« Où vas-tu dormir, ce soir ? » s'inquiéta-t-il.

Les portes de la ville étant déjà fermées, il était impossible au Cornique de rentrer à Saint-Sidwell.

« Gabriel va me trouver une place à la caserne. J'y dors souvent quand je suis coincé en ville, répondit Gwyn. Je vais aller manger à *La Brousse*. Après l'épisode d'aujourd'hui, *Le Sarrasin* ne me tente pas. »

Wolfe avait lui aussi très envie de se rendre à la taverne sur Idle Lane, surtout pour sceller sa réconciliation avec Nesta, mais il s'imposa d'abord de repasser chez lui pour voir dans quel état d'esprit se trouvait sa femme. Gwyn et lui furent cependant à nouveau retardés. Au pied de l'escalier de bois du donjon, un serviteur les attendait.

« Sir John, le connétable m'a demandé de vous trouver. Il a un message important à vous transmettre. »

Le shérif demeurait le représentant du roi dans le comté, mais le château appartenant à la Couronne depuis sa construction par le Conquérant, un connétable y avait également été nommé par le roi. Ceci pour éviter que l'endroit pût servir de base à la révolte des barons, propriétaires de la plupart des châteaux environnants. Wolfe et son bras droit gravirent les marches et pénétrèrent dans le donjon à la recherche de Ralph Morin. Dans le brouhaha de la grande salle, des gens reprenaient des forces devant un bon repas après une dure journée de labeur.

Morin, dès qu'il les vit, se leva de table et vint à leur rencontre. C'était un homme de haute stature, au visage massif surmonté de cheveux gris crépus. Sa longue barbe grise à double pointe lui donnait l'air d'un Viking, l'ancêtre de son peuple normand. Vieil ami de Wolfe, il éprouvait pour Revelle la même antipathie, quoiqu'il dût la dissimuler davantage puisque le shérif demeurait son supérieur direct.

Le connétable les invita à se joindre à lui pour une bière. « Je vous ai vu ramener un homme attaché à sa selle il y a peu, commença-t-il. L'avez-vous confié en bas à ce vieux porc pouilleux ? »

Wolfe lui narra leur embuscade de la journée à Dunsford et lui expliqua en quoi ceci était lié au décès de Hane. « Cela va causer du souci à Revelle, qui côtoie assidûment plusieurs amis que Braose a dans le comté », siffla Morin entre ses dents.

Le coroner le dévisagea. « Se tramerait-il quelque chose dont je ne serais pas au courant, Ralph ? » demanda-t-il.

Prétextant qu'il n'avait entendu que des rumeurs, le connétable refusa d'en dire davantage et changea de sujet.

« Tandis que vous vous livriez à cette joute en pleine campagne aujourd'hui, un messager mandé par Henry de Nonant à Totnes est venu nous annoncer un autre décès de premier ordre. Lors d'une partie de chasse qui se tenait hier, sir William Fitzhamon a fait une chute de cheval mortelle. »

Le coroner le dévisagea de nouveau. « Bonté divine, Ralph, que se passe-t-il donc ? Il y a trois jours à peine, Fitzhamon est venu me trouver pour faire état d'une dispute foncière avec Henry de la Pomeroy – et voilà qu'il est mort ! »

Le connétable haussa les épaules. « La chasse est un passe-temps dangereux, John. Les hommes tombent souvent de cheval et se cassent la jambe ou le cou. »

Le coroner fit la grimace, peu convaincu. « Par la Vierge, toutes ces coïncidences dépassent les bornes à présent, s'exclama-t-il en terminant sa bière d'un trait avant de se lever. Il faut, j'imagine, que je me rende là-bas dès demain matin pour régler cette histoire – tous ces corps de par le Devon vont me mettre le derrière en compote. »

Morin se leva à son tour. « Au moins, il n'y a aucune raison de penser que vos coupables préférés, Fulford et Braose, sont mêlés à cette mort-ci.

— N'en soyez pas si sûr, Ralph. J'ai entendu dire – et vous venez vous-même d'en faire mention – que Jocelin de Braose est au service de certains de ces barons du Devon profond. Je me garderai donc bien de tirer des conclusions trop hâtives.

— Eh bien, c'en sera plus que Revelle en fera », murmura énigmatiquement le connétable en le raccompagnant à la porte.

Tout le long du chemin jusqu'à Martin's Lane, Wolfe ne put s'empêcher de ressasser ces dernières paroles.

« Presque une routine que de quitter la ville au petit matin par la porte ouest », songea Wolfe en s'enfonçant au petit trot dans l'aube grise du premier matin du nouvel an. Le coroner et ses hommes étaient seuls cette fois, pas de messager pour les accompagner, car celui-ci était reparti pour Totnes la veille dans l'après-midi, faisant sans doute halte pour la nuit dans quelque village sur le chemin.

Tandis qu'ils avançaient le long du chemin, John se mit à penser aux différences de tempérament entre les femmes. La nuit dernière, Matilda n'avait pas dérogé à son habitude. Elle s'était montrée d'humeur toujours aussi maussade, lui jetant des regards noirs chaque fois qu'il avait essayé de lui faire la conversation pour combler la brèche qui s'était creusée entre eux. Même sa fascination habituelle pour les récits ayant trait à l'aristocratie du comté, qui ne manquait généralement pas de satisfaire son snobisme, semblait s'être évaporée : ni la mort de Fitzhamon ni la manière invraisemblable dont Jocelin de Braose avait essayé d'attenter à la vie de son mari ce jour-là n'étaient parvenues à la tirer de sa bouderie. Nesta par contraste, qu'il avait fini par rejoindre après avoir abandonné tout effort pour dérider sa femme, s'était montrée des plus affectueuses, déjà guérie de son bref accès de jalousie. De fait, elle s'était même permis de le taquiner sur ses infidélités, plaisantant sur son endurance sexuelle et espérant pour son propre bien qu'il ne ferait pas un usage inconsidéré de son aptitude pour le rut.

Alors que les longues jambes de Bran avalaient les miles qui les séparaient de Totnes, John eut un sourire triste. Il était coincé avec Matilda, il n'avait d'autre choix que de l'accepter, mais il était hors de question cependant qu'il passât le reste de son existence à se ronger les sangs et à endurer des décennies de torture domestique alors que des femmes comme Nesta ou Hilda pouvaient lui offrir ailleurs une si aimable compagnie et tant de si délicieuse passion.

Gwyn avançait en silence à ses côtés, conscient après vingt ans passés en sa compagnie que souvent cet homme insondable avait besoin de tranquillité quand quelque chose le taraudait. Ce que c'était, il n'en savait rien et n'en avait guère cure : il se satisfaisait de faire ce que son maître lui demandait, même lorsqu'il s'agissait de le suivre jusqu'aux confins de l'enfer. Gwyn menait une existence simple : il avait une femme agréable, qui le nourrissait, lui faisait l'amour et lui avait donné deux enfants tapageurs, sans jamais s'inquiéter de savoir où il allait, que ce soit Dartmoor ou Damas.

Cette fois, c'était au château de Totnes qu'ils se rendaient, à vingt miles d'Exeter – une chevauchée de trois heures. Là-bas, ils furent accueillis dans la basse-cour sous la grande palissade par Henry de Nonant, qui confia Gwyn à son intendant et conduisit Wolfe dans la grande salle d'un bâtiment de bonne taille construit au pied de la motte. Le seigneur de Totnes le conduisit près de l'âtre, où on lui servit un repas accompagné de vin.

« La dépouille du seigneur malchanceux se trouve à côté, dans la chambre, dit-il. Son fils est ici, il attend l'autorisation de ramener le corps jusqu'à Dartington pour l'enterrement, mais je sais que les nouvelles lois imposées aux coroners exigent au préalable que soient remplies certaines formalités. »

Le ton de sa voix rappela à Wolfe l'attitude méprisante de Revelle à l'égard des coroners. « Que lui est-il arrivé ? demanda-t-il sèchement.

— Comme il n'est pas rentré de la chasse avec les autres, son intendant est parti à sa recherche et l'a trouvé mort dans la forêt. Son cheval et ses chiens erraient à proximité.

— Des blessures ?

— Une à la tête, bien visible, et on m'a dit qu'il s'était vraisemblablement brisé le cou. Avec le gel, comme vous le savez, le sol est dur comme du silex.

— Autre chose ?

— Des chasseurs partis cherchés le corps ont remarqué des traces de sang sur une branche à quelques toises de l'endroit où il a chuté. Il aura vraisemblablement mal évalué sa hauteur et s'y sera heurté. Naturellement, pour la chasse, il ne portait pas de casque, juste un couvre-chef. »

Wolfe poussa un grognement, une manière de répondre qu'il avait empruntée à Gwyn et qu'il affectionnait. Les cavaliers chevronnés étaient dotés d'un sixième sens en la matière et il était peu probable qu'un vieux chasseur de la trempe de Fitzhamon se fût montré si imprudent – mais le coroner dut cependant admettre que cela avait fort bien pu se passer ainsi.

Une fois repu, Wolfe fit signe à Gwyn, et tous deux suivirent Nonant dans une petite pièce contiguë à la grande salle. Une silhouette immobile gisait recouverte d'un drap de lin sur une paillasse à même le sol. Un jeune homme se tenait debout à ses côtés, visiblement ébranlé. À leur arrivée, il releva la tête.

« Voici Robert, le fils unique de Fitzhamon, expliqua Nonant. Nous partageons tous sa peine en ce moment de deuil. »

Wolfe murmura avoir eu l'occasion de le rencontrer récemment et lui exprima à son tour ses condoléances, brèves mais sincères. L'héritier répondit par un signe de tête sans prononcer un mot.

Tandis que Gwyn tirait sur le drap pour découvrir le corps jusqu'au torse, John s'approcha du lit. Mort, Fitzhamon n'était pas bien différent de l'homme qu'il avait vu vivant, si ce n'était pour ses yeux, dont les paupières étaient baissées. Il semblait assoupi. Il avait le front enveloppé d'un linge, que Wolfe retira pour révéler du sang séché dans les cheveux blancs au sommet de la tête. Le coroner et son adjoint qui se tenaient de part et d'autre du corps se baissèrent pour mieux voir. Wolfe écarta les cheveux du bout des doigts. « Une profonde déchirure dans le cuir chevelu, allant de l'arrière vers l'avant, et des contusions tout autour », commenta-t-il à haute voix avant de faire signe à Gwyn de soulever le cadavre.

Robert Fitzhamon détourna le regard vers l'étroite fenêtre. Son père, en position assise, avait l'air presque vivant. Mais quand Wolfe retira sa main de derrière la tête, le corps tomba mollement de côté dans une posture très peu naturelle, arrachant un grognement à Gwyn. Plaçant ses mains au niveau des oreilles du mort, Wolfe fit pivoter sa tête de gauche à droite.

« Cassé, comme vous l'aviez suggéré », conclut-il en levant les yeux vers Nonant.

Le baron prit un air avisé. « Se voir traîner par un destrier après s'être assommé contre une branche suffit à vous briser le cou. »

Wolfe tira sur le drap pour examiner le reste du corps, bras, jambes, tronc. Il releva la camisole pour inspecter le ventre et le torse. « Pas d'autre trace », murmura-t-il. Pendant ce temps, Gwyn, tout en soutenant le cadavre d'une main, examinait du bout des doigts la plaie au crâne. « Rallonge-le. Nous pouvons à présent le recouvrir et le laisser en paix », ordonna le coroner en se redressant. Puis il se tourna vers le garçon. « Vous souhaitez ramener le corps chez vous pour les funérailles, je présume. Je vais d'abord devoir organiser une instruction rapide, pour la forme, mais je peux l'avoir fait dans l'heure. » Il s'adressa ensuite à Nonant. « Qu'est-il advenu des hommes qui ont trouvé le corps ? Nous allons avoir besoin d'eux, comme de tous ceux qui sont au courant de cette affairc. »

Nonant eut l'air dubitatif. « Son intendant qui l'accompagnait lors de la chasse est toujours ici, tout comme l'un des hommes partis avec lui à sa recherche. Le second est retourné dans son village avec son maître, je ne parviens pas à me souvenir de qui il s'agissait. Quant aux autres, ce sont ceux qui ont pris part à la chasse, mais ils ne pourront rien vous dire sur l'accident. De plus, Bernard

Cheever et moi-même sommes les deux seuls encore présents. »

Wolfe soupira. Les justiciers du roi qui avaient édicté les règles de l'instruction n'avaient décidément aucune idée de leurs difficultés d'application. Dans un village, qu'aucun des habitants ne quittait jamais, il n'était pas difficile de rassembler tous les témoins potentiels, mais dès qu'il s'agissait de barons et de chevaliers comme de leur personnel tout aussi nomade, il apparaissait impossible de respecter les textes à la lettre.

« Eh bien, rassemblez au plus vite dans la cour tous ceux qui seraient susceptibles d'avoir ne serait-ce qu'une connaissance très lointaine des faits. Nous allons devoir y installer le corps. Quant à vous, Robert, vous pouvez prévoir une civière pour le ramener ensuite sur vos terres. »

Le jeune Fitzhamon s'anima soudain. « Est-il nécessaire de parader la dépouille de mon père dans la cour, Coroner ? Ne peut-on pas le laisser reposer dignement jusqu'à ce que nous ayons réglé la question du transport ? »

Wolfe secoua la tête. « Je suis navré, le jury doit pouvoir inspecter le corps et se rendre compte par lui-même des blessures avant de donner son verdict. Ce sera l'affaire de quelques minutes », lui répondit-il d'une voix douce avant de se tourner vers Nonant. « Je dois voir où cela s'est passé. Quelqu'un peut-il nous y conduire ? »

Ansgot, l'intendant du mort, était le mieux placé pour le faire. Quelques minutes plus tard, il ouvrait de nouveau la marche sur la route empruntée l'avant-veille, Wolfe, Robert Fitzhamon et Gwyn derrière lui. Tous les quatre traversèrent la rivière et parvinrent à l'endroit où le corps avait été découvert. Ansgot désigna un carré d'herbe gelée lourdement piétiné, derrière des fougères sèches. « Il se trouvait là, Coroner, à même le sol, face contre terre, menton dans le cou. »

Wolfe examina l'endroit sans rien découvrir d'important.

« Et l'arbre alors ? » demanda-t-il d'un ton sec. Ansgot revint un instant sur ses pas et désigna un vieux chêne au tronc noueux et aux branches tordues le long du chemin qu'ils venaient d'emprunter. « Celui-ci, là. Il y a du sang à l'endroit où l'écorce est manquante. »

Gwyn, qui était le plus grand, fit avancer sa jument jusqu'à l'arbre pour jauger de la hauteur de la branche. « Exact, elle m'arrive au visage. Fitzhamon était plus petit que moi, il a très bien pu s'y cogner le haut du crâne. »

Robert détourna le regard. Être à l'endroit où son père avait si récemment trouvé la mort était pour lui un déchirement. Il aimait et respectait cet homme malgré sa sévérité et la distance qu'il y avait toujours eue entre eux. Wolfe s'approcha de Gwyn et leva les yeux vers la branche incriminée. « Il y a en effet une légère trace de sang – et un éclat d'écorce a été arraché au même endroit », concéda-t-il.

Gwyn ne disait rien. Wolfe lui lança un regard insistant. Après toutes ces années passées en sa compagnie, il savait décrypter les silences du Cornique : cette version des faits ne le satisfaisait pas. « Eh bien, quel est le problème ? » lui demanda-t-il à mi-voix.

Haussant ses sourcils broussailleux, Gwyn tourna la tête vers Robert. « Je veux revoir le corps, murmura-t-il sous sa moustache. Regardez dans quelle direction pointe la branche : en travers du chemin et non dans l'axe. »

Comprenant où il voulait en venir, Wolfe décida de rentrer immédiatement au château. La mine sombre, le jeune Robert leur emboîta le pas.

Le cadavre de Fitzhamon avait été descendu dans la cour, encore recouvert du linceul blanc et installé sur deux planches en travers de tréteaux empruntés dans la grande salle. Une douzaine d'hommes attendaient en cercle autour de la bière pour l'instruction. Le jeune Fitzhamon, Nonant, Bernard Cheever et Ansgot vinrent se joindre à eux. Avant de commencer, Gwyn et le coroner s'approchèrent du corps, soulevèrent le drap et conversèrent quelques minutes à mi-voix. Les jurés les plus proches virent Gwyn poser à nouveau le pouce et un autre doigt dans la plaie avant de montrer à Wolfe un minuscule objet. Ils examinèrent ensuite attentivement les deux côtés de la tête, la tournant et la retournant sur le cou qui semblait désossé. Puis l'adjoint recula d'un pas et demanda le silence au nom du coroner du roi, qui déclara l'instruction ouverte.

« Tout le monde ici connaît le défunt sous le nom de William Fitzhamon mais je vais cependant, pour les formalités, me le faire confirmer par son fils et héritier. Robert Fitzhamon, est-ce le corps de votre père ? »

Dans un murmure, Robert acquiesça. Wolfe poursuivit. « Nous pouvons également nous dispenser de démontrer que la victime est anglaise, puisqu'il est de notoriété publique que Fitzhamon est de sang normand. »

Henry de Nonant l'interrompit alors d'un ton impatient pour signifier son ennui. « Une telle parodie de justice est-elle vraiment nécessaire, Coroner ? Nous savons tous fort bien que cette procédure visait à décourager les traîtres autochtones d'assassiner nos aïeux normands. Non seulement tout ceci n'a-t-il plus de sens aujourd'hui mais ça n'en a de surcroît jamais eu dans le cadre d'accidents de chasse entre Normands. »

Wolfe le regarda d'un air mauvais. « Sans doute votre interprétation de l'histoire est-elle correcte en ce sens que les dissensions entre Saxons et Normands ont bel et bien disparu – mais le meurtre, en revanche, est toujours parmi nous. Et j'ai de bonnes raisons de croire que William Fitzhamon en est une victime. »

Ce soir-là, dans le donjon du château de Rougemont, il s'efforça d'expliquer son point de vue à Richard de Revelle, mais sans grand succès car nul n'est aussi sourd que celui qui ne veut point entendre. « C'est un meurtre, qu'on a pris grand soin à faire passer pour un accident », insistait-il.

Appuyé contre le dossier de sa chaise derrière son bureau couvert de documents, le shérif le regardait d'un air narquois. « John, vous voyez la duperie et la conspiration partout ! Je ne suis d'ailleurs toujours pas convaincu que la mort de ce chanoine soit autre chose qu'un suicide, malgré vos protestations. Et voilà que vous arrivez à présent avec cette extravagante histoire de meurtre, alors qu'il ne fait absolument aucun doute que ce maudit individu est tombé de cheval ! »

Le coroner faisait les cent pas dans la pièce pour éviter de perdre son sang-froid. « Pour la dernière fois, voulez-vous bien m'écouter ? D'abord, quelqu'un a délibérément entaillé le boulet de la jument de l'intendant pour que Fitzhamon reste seul. Puis, on l'a retrouvé mort, une blessure à la tête et la nuque brisée. »

Revelle perdit patience. « Dans quel état vous attendez-vous à trouver un homme qui se cogne à un arbre, est désarçonné et chute sur un sol gelé ?

— Mordieu ! Je viens de vous le dire, il ne s'est pas cogné à cet arbre. La blessure va de l'arrière vers l'avant, alors que la branche, commodément tâchée de sang, est en travers du chemin, tout cela ne colle pas ! »

Ces déductions arrachèrent à Revelle un grognement de mépris, mais John continua à creuser son sillon. « L'arbre, qui plus est, était un chêne ; or, mon adjoint a retiré de la plaie un bout d'écorce de hêtre. L'écorce de hêtre pousse-t-elle sur les chênes ? »

Le shérif grogna de nouveau d'un air dédaigneux. « Détails ! Qui a jamais considéré qu'un éclat de bois pouvait être une preuve ? Il y avait bien du sang sur cet arbre, oui ou non ?

— Très certainement laissé là par quelqu'un qui aura trempé son doigt dans le sang de Fitzhamon avant d'aller le frotter sur la branche dont il venait d'ôter un bout d'écorce – d'écorce de chêne !

— Vous divaguez, John, vous divaguez ! J'ai fait, je crois, une erreur en vous recommandant pour le poste de coroner, vous avez trop d'imagination pour servir sobrement la loi. »

Wolfe s'enflamma comme jamais. « Recommandé ? Vous m'avez recommandé, dites-vous ? Ce poste m'a été confié par le justicier du roi – et ce, avec l'assentiment de Richard lui-même. Je n'ai eu aucunement besoin de votre aide, shérif. Dois-je vous rappeler que vous avez été quant à vous démis plusieurs mois de vos fonctions pour des raisons que je n'évoquerai pas ? Vous êtes d'ailleurs toujours en sursis, s'il s'agit de parler de loyauté. »

Revelle, qui bouillait de rage, se leva d'un bond. « Je ne vous autorise pas à vous adresser à un shérif sur ce ton, maudit personnage ! Vous vous mêlez de choses qui vous dépassent. Fitzhamon a trouvé la mort dans un accident de chasse, c'est compris ? Tenez-vous en à cela.

— Il a été frappé à la tête avec une branche de hêtre, beau-frère. Comment expliquez-vous ça ?

— Il a également eu la nuque brisée. Et ça alors, comment l'expliquez-vous ? »

Wolfe se pencha au-dessus de la table et planta les yeux dans ceux de son beau-frère. « Quelqu'un a pris sa tête alors qu'il était inconscient et lui a tordu le cou jusqu'à ce qu'il cède !

— Bah ! Divagations, de nouveau ! s'écria Revelle.

— Non, il y a des marques de chaque côté de sa tête ! À notre retour au château, il s'était écoulé suffisamment de temps pour qu'apparaissent les contusions à son cou, derrière les oreilles et sur les tempes, où des doigts solides ont fortement comprimé la peau. Heurter un arbre laisse-t-il des traces de doigts identiques de chaque côté ? »

Bien qu'il n'eût pas d'explication rationnelle à fournir, Revelle continua de s'en prendre à la santé mentale du coroner. Tirade qui laissa John de marbre. « Alors, qu'allez-vous faire concernant ce meurtre ? insista le coroner.

— Faire ? Je ne vais rien faire. Il n'y a pas eu meurtre, fieffé sottard ! »

Voyant que discuter ne menait nulle part, Wolfe s'en tint à une menace à demi-mot. « Eh bien, Robert Fitzhamon, son fils, sait désormais que son père a été assassiné – et tout aussi jeune qu'il soit, il a déjà une bonne idée du mobile. Dès qu'il aura un suspect, il formera un pourvoi et vous n'aurez d'autre choix que de faire quelque chose. Dans le cas contraire, j'accompagnerai le jeune Fitzhamon devant les justiciers du roi et Hubert Gautier en personne. Si nécessaire, nous irons jusqu'en France pour implorer le roi de nous venir en aide. Certains aspects de cette affaire pourraient bien le ramener en toute hâte en Angleterre. »

Le shérif darda à Wolfe un regard plein de colère, mais voilé cependant par une inquiétude proche de la crainte. « Vous vous mêlez de choses ne relevant pas de votre compétence, siffla-t-il d'une voix tremblante. Méfiez-vous, John.

— C'est à vous de prendre garde où vous mettez les pieds et à qui vous accordez votre confiance, Richard », risqua le coroner sans savoir véritablement à quelles obscures intrigues il avait à faire.

Pour mieux prendre le contre-pied, il changea soudain de sujet. « Tiens, tant que nous parlons de morts violentes, que comptez-vous faire concernant l'incident d'hier ? Le suspect numéro un s'est enfui, malheureusement, mais je vous ai ramené un coquin qui se trouve à présent en bas, dans l'une de vos geôles. »

Revelle se calma et afficha un rictus triomphant. « Je crains qu'il n'y soit plus, John. »

Le coroner lui lança un regard à la fois méfiant et furieux. « Qu'entendez-vous par là ? J'ai moi-même remis Fulford entre les mains de Stigand.

— Et je l'ai – moi-même – libéré aujourd'hui ! Vous n'aviez aucun droit ni aucune raison de l'appréhender. Vous lui êtes tombé dessus par surprise, vous avez tué son serviteur et contraint son maître, désarmé, à fuir. »

Ce fut cette fois au tour du coroner d'exploser.

« Désarmé ! Seulement parce que j'avais le pied sur son épée ! Et qu'est-ce qui vous a pris de libérer Fulford ? Lui ou son maître ont tué le chanoine – à moins qu'ils ne l'aient fait tous les deux. »

Toute discussion intelligible entre les deux hommes devenait impossible. Debout de part et d'autre de la table, presque littéralement nez à nez, shérif et coroner ne cessaient de se hurler des reproches. Craignant un meurtre, l'homme d'armes en faction à l'entrée du bureau du shérif glissa la tête par l'embrasure de la porte ; mais face au tonitruant tableau, il s'empressa de reprendre son poste, jugeant la discrétion pilier numéro un de la bravoure.

Au terme de quelques instants de vociférations futiles, Wolfe décida qu'il perdait son temps et, sans un mot de plus, quitta la pièce d'un air furieux sous les insultes incessantes de Revelle.

L'étape suivante de Wolfe fut sa propre demeure. Parcourir d'un bon pas les rues glaciales qui séparaient Rougemont de Martin's Lane suffit à calmer la colère qu'avait suscitée en lui l'intransigeance du shérif. Bonté divine, songea-t-il, qu'est-ce qui se trame donc dans le Devon en cette nouvelle année ? Tout ceci fleurait bon l'intrigue politique, les menaces insinuées par les uns et les autres ne laissaient point de doute sans qu'il soit pour autant facile de distinguer ses amis de ses ennemis.

Lors de l'entretien privé qu'il avait eu avec Robert Fitzhamon après l'instruction, le jeune homme lui avait paru peu surpris d'apprendre que son père avait été tué délibérément. Wolfe avait appris à cette occasion que le défunt avait menacé Henry de la Pomeroy d'aller quérir le grand justicier si l'incursion sur ses terres ne cessait pas. « Je ne connais pas tous les détails de l'affaire, mais au cours des derniers mois, j'ai cru comprendre que les barons et les chevaliers possédant des terres avaient invité mon père à se joindre à quelque machination douteuse. Ce qu'il avait décliné. Comme il en parlait de la même manière que de sa loyauté au roi Richard, je crains qu'il ne se soit agi d'une conjuration qu'il refusait d'appuyer. »

« Peut-être un mobile pour le meurtre, même si cela semble un peu extrême », songea Wolfe en ouvrant sa porte. Brutus, qui l'avait entendu entrer, apparut la queue battante dans le couloir qui menait à la cour, suivi de près par Mary qui l'accueillit tout sourire. Après avoir aidé le coroner à ôter ses bottes, elle alla suspendre l'épée dans son fourreau au crochet du vestibule. Elle désigna du pouce la grande salle d'un air désabusé. « Ce soir, vous trouverez bien peu de joie sous ce toit, maître Coroner, murmura-t-elle, mais je vais vous préparer un bon repas qui vous aidera au moins à tuer le temps. » Sur ce, elle s'éclipsa dans sa cuisine tandis qu'avec un soupir de résignation, John ouvrait la porte qui menait à la salle.

Comme à son habitude, Matilda se trouvait assise au coin du feu, cousant à la lueur de deux lampes à suif posées sur une tablette à côté de son fauteuil. Aussi peu communicative qu'à l'accoutumée, elle se contentait en réponse aux efforts de conversation de John d'un ou deux mots prononcés d'un ton cassant.

Mary apporta bientôt une grande soupière de terre cuite pleine de ragout de mouton aux légumes racines, accompagnée d'une miche de pain chaud. Matilda gagna la table en silence et tandis qu'ils mangeaient, Wolfe fit un nouvel effort pour la dérider, lui narrant une fois encore le meurtre de William Fitzhamon. Ce qui finit par susciter chez elle une étincelle. Presque à contrecœur, elle lui récita ce qu'elle savait de la famille du défunt : qui était sa femme, à combien d'enfants elle avait donné naissance et d'autres choses encore, tirées de sa connaissance rudimentaire de cette noblesse du Devon à laquelle elle brûlait d'appartenir.

Wolfe la crut un bref instant sur le point de sourire, mais quand elle demanda si quelqu'un avait été arrêté pour le crime, la réponse qu'il fit lui fut fatale. « Non, et votre frère refuse de reconnaître qu'il s'agit d'un meurtre, dit-il. Il prétend que ça n'est rien d'autre qu'un accident de chasse. »

Dès lors, ce fut la dégringolade : Matilda, qui vénérait son frère, ne pouvait admettre qu'il eût tort. Pas plus qu'elle ne pouvait encore aujourd'hui reconnaître qu'il avait soutenu la rébellion du prince Jean qui s'était si ignominieusement terminée l'an passé – ou assumer l'épisode, pourtant révélateur, durant lequel il avait été démis de ses fonctions de shérif plusieurs mois peu après sa nomination.

« Si Richard dit que c'était un accident, pourquoi le refuser ? s'emporta-t-elle de tout son coffre à nouveau.

— Parce que j'y étais, et parce que j'ai examiné le corps, riposta Wolfe qui, piqué au vif par l'iniquité du raisonnement de sa femme, se montra plus imprudent encore. Il a, de surcroît, relâché sans aucune explication ce Fulford que j'avais arrêté hier.

— Le shérif sait mieux que vous ce qui se passe au sein de son comté », déclara Matilda d'un ton contrarié.

Elle se leva alors et retourna s'asseoir devant la cheminée, lui tournant sciemment le dos et refusant de lui répondre lorsqu'il essaya une fois de plus de la calmer.

Debout dos contre le feu pour se réchauffer, Wolfe endura sa bouderie quelques minutes encore, mais comme elle persistait à refuser ne serait-ce que de lever le regard vers lui quand il parlait, il se dirigea à grands pas vers la sortie, enfila ses bottes et sa cape et partit en claquant la porte. Il avait de toute façon prévu de sortir. Au lieu de *La Brousse* cependant, il se dirigea vers la demeure de l'archidiacre dans le clos de la cathédrale.

Il trouva John d'Alençon dans sa chambre spartiate, plongé dans un petit livre à reliure de cuir, profitant des heures creuses avant les matines. À la lueur des trois chandelles qui brûlaient sur la table, la soutane grise que portait l'ecclésiastique donnait à son visage mince un air grave. « L'évêque, qui est de retour, s'est montré très préoccupé par le comportement de Roger de Limesi et de son vicaire. Il exige d'Eric Langton qu'il soit présenté devant une cour du consistoire la semaine prochaine et réfléchit en ce moment même à l'opportunité de poursuivre mon frère chanoine. »

Wolfe défendit comme il put le jeune prêtre. « Il a fait tout ce qui avait été exigé de lui lorsque nous avons voulu piéger Giles Fulford – ce qui nous a également permis de démasquer Jocelin de Braose. Mais ce sottard de shérif a libéré Fulford, lequel se trouve désormais quelque part en ville, sans doute hébergé par ses amis. »

Il raconta ensuite à d'Alençon les événements des derniers jours et la mort de Fitzhamon. « Il y a au dehors comme des relents de trahison, John, je le sens. Auriez-vous eu vent de rumeurs en ce sens ? »

L'archidiacre réfléchit un instant. « Rumeur est le terme exact, mon ami. Rien de tangible, de simples chuchotements et allusions ici et là – mais qui vont bon train depuis l'échec de la dernière conspiration. »

Mal à l'aise, le coroner changea de position sur le tabouret qu'il avait approché de la table. « Y a-t-il quelque chose que nous dussions faire – ou plutôt que nous puissions faire – en l'absence de preuve ? »

L'archidiacre secoua lentement la tête. « Garder les yeux et les oreilles aux aguets, voilà pour l'instant la meilleure ligne de conduite. Soyez prudent, John, votre loyauté envers le roi n'est un secret pour personne et ce n'est sans doute pas du goût de tout le monde.

— Et vous alors ? Vous n'êtes pas moins loyal que moi, objecta Wolfe.

— Je jouis pour ma part de la protection de l'Église, tandis que vous, vous êtes livré au monde.

— L'Église n'a pas été d'une grande aide à Thomas Becket lorsqu'il fut confronté au pouvoir séculier », ironisa John.

D'Alençon sourit tristement. « C'était il y a longtemps, les choses ont changé. Mais il serait souhaitable d'essayer de savoir qui est de notre côté et qui ne l'est pas.

— Votre évêque lui-même était bien disposé envers les rebelles la dernière fois. Où se situe-t-il à présent ? Je me demande. »

L'archidiacre haussa les épaules. « Je pense qu'il attendra de voir dans quel sens va tourner le vent. Lors de la dernière trahison, Hugh de Nonant, l'évêque de Conventry, menait les choses pour le prince Jean, mais je doute que notre évêque Henry cherche à suivre son exemple, dit-il avec un soupir avant de refermer son livre. Je trouve étrange qu'il ait penché de la sorte la dernière fois, alors qu'il est le frère de Guillaume le Maréchal, qui n'est rien moins que le bras droit du roi.

— Et les barons et les chevaliers ? De quels côtés vont-ils pencher ? Je sais en tout cas que mon cher beau-frère se joindrait à eux s'il osait, même s'il s'y est brûlé les doigts la dernière fois.

— Sans doute Ferrars et Courcy demeureront-ils loyaux. Henry de la Pomeroy, en revanche, est un suspect de premier ordre, d'autant que son père a trouvé la mort en soutenant le prince. Sur ce terrain, Gerald de Claville et Bernard Cheever sont également de douteux personnages. Fitzhamon était un serviteur du roi – et voyez ce qu'il lui est arrivé. »

Ils gardèrent le silence quelques instants, tous deux plongés dans leurs pensées.

« Pensez-vous sincèrement que le prince Jean retentera sa chance à nouveau d'ici peu ? demanda le prêtre. L'année dernière était particulière, puisque personne ne s'attendait à revoir Cœur de Lion rentrer vivant d'Allemagne.

— En restant ainsi loin d'Angleterre, le roi ne sert pas sa cause, reconnut Wolfe. Il a laissé Hubert Gautier en bien délicate posture. Bien qu'apprécié, ce dernier est contraint d'avoir recours à des mesures d'extorsion pour financer les campagnes de Richard contre Philippe Auguste, d'autant que le pays ne s'est pas encore remis du paiement de la rançon. »

John d'Alençon acquiesça. « Sans compter qu'il a insisté pour rétablir ce fichu Guillaume de Longchamps dans son rôle de chancelier, un homme que tout le monde réprouve – heureusement, Dieu merci, il demeure loin d'Angleterre avec le roi. Tout ceci cependant alimente le mécontentement. Hormis sur le champ de bataille, notre Richard a le cœur trop bon. Voyez la manière dont il a pardonné à son frère malgré tout le mal que celui-ci a fait. D'autres rois à sa place auraient exigé sa tête et ses yeux pour de bien moindres trahisons. »

Ils se turent à nouveau. « Et rien de tout cela ne nous aide à résoudre les problèmes que nous avons ici, soupira l'archidiacre. Qui donc a pu tuer ces malheureux Robert de Hane et William Fitzhamon ? Peut-être ces deux morts n'ont-elles aucun lien, cependant.

— Et nous n'avons pas non plus la moindre piste qui nous conduirait à ce trésor, si tant est qu'il existe, observa Wolfe avec morosité. Thomas de Peyne n'a pas trouvé trace de ce second parchemin dans les archives.

— Les trésors m'intéressent peu – l'Église d'Exeter ne manque pas de pécune, quoiqu'il devienne de plus en plus ardu de résister aux demandes de dons de la part du roi. »

Le coroner se leva, prêt à partir. « Face à la réticence du shérif à appliquer la loi pour des raisons qui lui sont siennes, j'ai bien envie d'appliquer ma propre conception de la justice », dit-il, sibyllin, avant de quitter la pièce, laissant l'archidiacre retourner à sa lecture.

De nouveau, au lieu de gagner la taverne de Nesta, il s'enfonça davantage dans le clos de la cathédrale vers la maison du chanoine, où logeait pauvrement Thomas. Longeant la bicoque, il arriva dans l'arrière-cour et ordonna à un domestique surpris qui préparait le repas sur le feu de cuisine d'aller quérir son clerc.

Un Thomas échevelé apparut peu après, groggy de sommeil. « Jette sur tes épaules une cape et va-t'en chercher Gwyn à Rougemont. Tu le trouveras sans doute en train de boire avec Gabriel au quartier des soldats. Conduis-le à *La Brousse*, je vous y attendrai. »

Wolfe tourna les talons avant d'ajouter par-dessus son épaule : « Et qu'il n'oublie pas son épée surtout ! »

Il était une heure après minuit quand l'équipe du coroner arriva devant *Le Sarrasin*, sur Stepcote Hill. L'auberge était à deux pas de *La Brousse*, dans une côte raide menant jusqu'au rempart ouest de la ville. Le toit de chaume du bâtiment descendait à hauteur d'homme et par les volets des fenêtres et la porte basse, filtrait un brouhaha émaillé de rires et d'occasionnels éclats de voix.

Le trio conférait sous la tête de Maure grossièrement peinte au-dessus de la porte en guise d'enseigne.

« Il ne sait pas à quoi tu ressembles Thomas, alors entre jeter un coup d'œil », ordonna Wolfe.

Le coroner portait un chapeau noir de pèlerin à large bord et tenait sa grande cape sombre bien serrée autour de son cou, mais sa grande taille et son dos voûté étaient trop connus en ville pour que ce déguisement de pure forme fût de quelque utilité. Gwyn poussa le clerc par la porte entrouverte. « Vas-y et comporte-toi en héros, pour une fois ! »

Peyne disparu, les deux autres partirent se mettre à l'abri des regards sur le côté du bâtiment. Moins d'une minute plus tard, Thomas était de retour. « Il est dedans à rire et à boire, malgré son bras en écharpe. La femme aux cheveux noirs est avec lui. »

Wolfe fut satisfait. Son intuition avait été la bonne. Profitant de la réticence du shérif à le garder derrière les barreaux, il avait pris le risque de s'afficher en public avant la réouverture des portes le lendemain matin. « Thomas, tu sais ce que tu as à dire, dit-il. Nous venons d'en parler à *La Brousse*. » Le clerc, partagé entre peur et gloire, se glissa de nouveau dans la taverne et, jouant des coudes, gagna le centre de la grande salle enfumée où, dans un groupe d'hommes se pressant autour de Rosamunde de Rye, l'écuyer de Braose pérorait, un bras en écharpe. Thomas lui-même, en voyant la jeune femme, l'imagina dans son lit et se lécha furtivement les babines. Son physique disgracieux, comparé à celui de la dame, lui laissait cependant à peu près autant de chances de voir se concrétiser ce rêve que celui de devenir pape. Impudemment vêtue de soie bleue, ses brillants cheveux noirs ondulant jusque dans son dos, Rosamunde de Rye se tenait entre Fulford, dont le bras valide lui entourait fermement les épaules, et un autre homme qui s'efforçait de se presser contre elle.

À contrecœur, Thomas détourna le regard. Il avait à faire. Se frayant un chemin jusqu'à l'écuyer, il lui donna un petit coup de coude. Fulford baissa les yeux d'un air contrarié.

« Si vous êtes Giles Fulford, un homme dehors m'a demandé de vous transmettre un message.

— Quel homme, quel message ? » s'énerva Fulford, qui préférait visiblement tripoter le sein gauche de la dame.

Thomas, qui commençait à apprécier la comédie qu'il jouait, haussa les épaules. « Je ne sais pas. On aurait dit un prêtre, mais il était tout emmitouflé. Il m'a donné un demi-penny pour vous faire savoir que même s'il ne tient pas à être vu ici, vous serez peut-être intéressé par un parchemin égaré. »

Giles s'écarta de la femme. « S'il s'agit de Langton, je vais le tuer, ce bâtard de traître qui m'a conduit dans la gueule du loup, gronda-t-il. Où est-il ?

— Juste au coin de la rue, à droite », répondit Thomas.

Tandis que Fulford se dirigeait à grands pas vers la porte d'un air furieux, Thomas se fondit dans la foule et gagna le fond de la salle où se trouvait une autre issue utilisée par les clients qui sortaient se soulager dans l'arrière-cour.

Il contourna l'auberge en vitesse et arriva juste à temps pour assister de loin à l'échauffourée qui avait débuté dans la pénombre, éclairée de temps à autre par la lune entre les nuages et par la faible lumière qui filtrait dans les fentes des volets. Il s'approcha timidement et vit Fulford coincé contre un volet, la lame de l'épée de Gwyn en travers de la gorge.

Le coroner avait agrippé d'une main ferme le poignet valide de l'écuyer et brandissait de l'autre une dague confisquée à sa ceinture.

« Mon ami, tu ne te déferas pas de nous aussi aisément que du shérif », grinça-t-il.

Après quoi Gwyn retourna Fulford et passa le bras autour de son cou pour le soulever avec autant de facilité qu'un sac de navets.

Incapable d'émettre un son, Fulford fut alors traîné vers le haut de la colline. Comme il tentait de donner des coups de pieds au Cornique, Wolfe sortit de sous sa cape une courte corde de chanvre empruntée à Edwin à *La Brousse*. Il la passa prestement autour des tibias et noua, puis attrapa ce qui dépassait pour porter le prisonnier par les jambes.

Ils furent rapidement en haut de la côte et prirent à droite, dans Idle Lane. À la lisière du terrain vague couvert de chiendent, derrière *La Brousse*, se trouvait un abreuvoir en pierre pour les chevaux et, dans la diagonale, une écurie fermée pour la nuit, faiblement éclairée par la flamme d'une chandelle de poix vacillant au mur. Gwyn lâcha son fardeau et lui colla la pointe de son épée sous la gorge. Un bras immobilisé dans de la toile de jute et une corde autour des jambes, l'écuyer ne pouvait guère plus se défendre qu'un poulet ligoté.

« Tu peux crier autant que tu veux, lui dit Wolfe. À *La Brousse*, les clients ont été prévenus de ne pas y prêter attention.

— Vous êtes un fou ! croassa l'écuyer, les cheveux blonds ébouriffés et la tunique froissée par la bagarre. Le shérif vous fera pendre – et s'il ne le fait pas, une bonne douzaine d'autres le feront à sa place. »

Dans la faible lumière, le coroner le dévisagea calmement. « Tu vaux bien peu de chose, Fulford. Tu n'es qu'un écuyer, tout juste le domestique d'un chevalier sans envergure. Qui se soucierait de toi ? T'avoir hors de sa vue, voilà tout ce que le shérif souhaite. Que tu vives ou que tu meures, il n'en a cure, tant que ça n'est pas sous son nez.

— Qu'attendez-vous de moi ? »

Une demi-lune apparut de derrière les nuages, baignant la scène de sa lumière pâle. Thomas frissonna, cela lui faisait penser à une pièce de théâtre mettant en scène les anges déchus planant sur un pécheur.

« Qui a tué le chanoine Hane ? Qui a tué William Fitzhamon ? Pour qui travaille ton maître Jocelin de Braose ? Commençons déjà par cela. »

Il eut droit en réponse à un flot de jurons et d'insultes, que Gwyn interrompit d'un coup de pied dans les côtes. « Je croyais qu'il s'agissait d'une chasse au trésor », s'étrangla l'écuyer.

— La mort d'un vieux prêtre inoffensif a tout à voir avec le trésor, s'énerva Wolfe. À présent, parle ou subis-en les conséquences. »

À nouveau, dénégations, blasphèmes et menaces lui arrivèrent en tirade. Wolfe s'avança vers l'abreuvoir et considéra la surface de l'eau durcie par le froid. « Thomas, trouve une pierre et casse-moi ça », ordonna-t-il.

En l'espace de quelques secondes, une eau noire parsemée d'anguleux glaçons se mit à luire dans l'abreuvoir.

Devançant les ordres, Gwyn lâcha son épée et d'une main grosse comme un jambon, s'empara de Fulford par le col tandis que l'autre saisissait la corde qui lui ligotait les jambes. Il souleva la victime et la plongea dans l'eau crasseuse. Les cris et les jurons de Fulford, le visage encore hors de l'eau, déchirèrent la nuit, mais ses bourreaux restaient de marbre.

« As-tu assassiné le chanoine ? » rugit le coroner.

Les jurons ne cessèrent pas, si bien que sur un signe de son maître, Gwyn enfonça la tête de Fulford dans l'eau. Il se débattait, en remontant à la surface l'air formait des bulles qui éclataient au-dessus de sa tête. Puis Gwyn le laissa respirer, le temps que cessent toux et crachats.

« Qui a assassiné Robert de Hane et Fitzhamon ? » demandait Wolfe inlassablement.

Non qu'il fût sadique, mais l'image du vieux chanoine se balançant au bout de sa corde dans ses propres latrines, tout comme le souvenir récent du fils de Fitzhamon penché sur le corps de son père, avaient rendu le coroner insensible.

Il fallut plonger Fulford encore deux fois dans l'eau avant qu'il ne craque, à demi-inconscient après toute l'eau et tout le foin détrempé qu'il avait avalés.

Il tremblait à tel point de froid que Gwyn eut peur qu'il ne succombe avant d'être passé aux aveux, mais il était assez jeune et robuste pour survivre. Quand Fulford fut à nouveau suffisamment d'aplomb pour s'exprimer, Wolfe fit signe à Thomas d'approcher pour servir de troisième témoin et mémoriser ce qui serait dit afin de le retranscrire ensuite sur ses rouleaux de parchemin.

Par bribes, Fulford hoqueta des aveux puis se tut. Wolfe se redressa alors. « Il ne nous sert plus à rien à présent. Redescendez au *Sarrasin* et jetez-le dans la salle. Ses amis le réchaufferont, je ne laisserai pas *La Brousse* être souillée par un individu tel que lui. »

8

Où l'on voit Coroner John menacer le shérif

Minuit était déjà loin quand Wolfe et Gwyn gravirent la pente raide qui menait au pont-levis de Rougemont. Les nuages s'étaient dissipés, la lune croissante brillait désormais sans entrave et l'arche arrondie du corps de garde luisait contre le bâtiment sombre.

« Gwyn, retourne à ta paillasse. Il n'est pas nécessaire que nous perdions tous les deux davantage de sommeil », grogna le coroner.

Il traversa la cour jusqu'au donjon, laissant son adjoint gagner d'un pas traînant l'une des tours de gué construites dans la muraille, dont le premier étage servait de dortoir à une demi-douzaine d'hommes d'armes.

L'arrivée de John réveilla en sursaut le garde en faction à l'entrée du donjon, qui ne manqua pas de se demander ce qui pouvait bien amener le coroner à déranger le shérif en pleine nuit.

Une douzaine de serviteurs et pensionnaires de passage étaient endormis dans la grande salle, enroulés dans leurs couvertures autour des braises qui couvaient dans l'âtre. Assis à une table, un homme seul mangeait et buvait à la lueur d'une chandelle de suif.

Sans lui prêter attention, Wolfe gravit les marches qui menaient au bureau du shérif. Le commis de Revelle ronflait bruyamment sur un matelas posé dans un coin de la pièce. On accédait à la chambre à coucher du shérif par une deuxième porte que Wolfe ouvrit sans prendre la peine de réveiller le serviteur ni de frapper. Sans se soucier de ce qu'il risquait de trouver derrière, il entra. La dernière fois, il avait surpris son beau-frère en compagnie d'une prostituée, mais aujourd'hui Revelle était seul.

John donna un coup de pied dans l'angle du lit bas. Les ronflements se muèrent en grognements étranglés et le shérif se redressa sur un coude, l'œil hagard. « Qui est là ? Mon commis ? demanda-t-il.

— Non, shérif, le coroner du roi », répondit Wolfe en insistant délibérément sur le mot « roi ».

Richard se mit sur son séant, sa camisole découvrant une épaule.

« Par le diable, John, que me voulez-vous au milieu de la nuit ? Auriez-vous finalement perdu la tête pour de bon ? »

Un bout de chandelle brûlait encore sur une table de chevet. Wolfe s'en approcha et utilisa la flamme pour en allumer une deuxième.

« Je viens tout juste d'avoir une conversation avec votre ami Giles Fulford, dit-il. Il m'a confié quelques petites choses intéressantes, devant deux témoins, dont l'un est en ce moment même en train d'en coucher l'intégralité par écrit. »

À la lueur des chandelles, les yeux du shérif brillaient comme deux perles. « Fulford ? Serait-ce devenu chez vous une idée fixe ? Je le pensais déjà retourné chez son maître.

— Pas tant que les portes sont closes, Richard. Vous auriez dû y songer avant de le libérer. Bref, il m'a aimablement appris qu'il se trouvait là quand Jocelin de Braose a étranglé le chanoine Robert de Hane. Il dit même avoir aidé à suspendre le pauvre homme au toit de ses latrines. »

Revelle avait suffisamment repris ses esprits pour laisser éclater sa colère. « Et c'est donc pour me débiter pareilles sornettes que vous m'avez réveillé ? Pourquoi vous aurait-il fait ces aveux ?

— Parce que Gwyn de Polruan lui a infligé la peine forte et dure dans un abreuvoir d'Idle Lane. Méthode qui donne notoirement d'excellents résultats quand il s'agit d'obtenir la vérité – et que vous employez souvent vous-même, si je ne m'abuse. »

À présent complètement réveillé, le shérif s'exclama : « De la torture ! Vous attendez-vous à me voir accepter des aveux obtenus de la sorte ?

— Cela vous convenait fort bien il y a quelques semaines, quand vous avez pressé cet orfèvre à admettre un viol. Que reprochez-vous à la méthode maintenant que vous la récusez ? »

Revelle se mit tant bien que mal debout et tira une couverture sur ses épaules. « John, vous avez complètement perdu l'esprit ! Je vous relève immédiatement de vos fonctions de coroner. Rentrez chez vous et soignez votre cerveau enfiévré. »

Calmement, Wolfe s'installa sur une chaise à l'assise et au dossier de cuir qui se trouvait au centre de la pièce. « Ne soyez pas stupide, Richard. L'ordonnance me nommant coroner a été confirmée par le grand justicier et par le chancelier. Vous n'avez aucun pouvoir en la matière. Mordieu, Messire, nous avons même été nommés en partie pour vous surveiller, vous shérifs. Vous n'avez pas le moindre pouvoir sur nous. »

Comme Revelle s'apprêtait à se lancer dans une nouvelle tirade, il leva la main pour le faire taire. « Fulford m'a également appris que Braose se trouvait à Totnes le jour où Fitzhamon a été tué. Je le soupçonne d'avoir aussi trempé là-dedans, mais c'est ce qu'il m'a dit de vous qui m'a véritablement intéressé. »

Revelle, qui s'apprêtait à répondre, se mordit d'abord les lèvres, avant de se mettre à parler, presque calmement. « Qu'a-t-il dit de moi ? Je ne sais rien de la mort de ce vieux prêtre à la cathédrale. »

Étrangement, Wolfe le crut ; mais il y avait d'autres points qu'il voulait éclaircir. « Il m'a appris qu'aux châteaux de Totnes et de Berry Pomeroy, vous comptiez parmi les visiteurs réguliers et que les seigneurs de cette région et vous-mêmes étiez pour le moins très proches. Comme vous l'êtes aussi de notre grand chantre et même de l'évêque.

Revelle darda au mari de sa sœur un regard mauvais. « Que signifie tout cela ? s'offusqua-t-il. Étant shérif de ce comté, je suis tenu de me rendre dans ses moindres recoins et suis donc bien connu de tous ses barons, seigneurs et chevaliers !

— De tous ceux qui soutiennent le prince Jean, on dirait, répliqua Wolfe. Je n'ai jamais entendu parler d'aucune visite aux Ferrars, aux Courcy, aux Courtney, aux Ralegh, aux Ingham... ni à aucun autre soutien du roi.

— Ceci est ridicule. Dans quoi essayez-vous de m'im-pliquer ? »

Wolfe leva un long doigt accusateur vers son beau-frère. « Il y a de la rébellion dans l'air, Richard. Je le sais, vous le savez, et bon nombre d'autres le savent. Il s'agit de trahison et beaucoup seront pendus pour cela, si nous ne l'empêchons pas. Souhaitez-vous figurer parmi eux, Richard ? »

D'un geste hautain, le shérif se drapa dans sa couverture tel un empereur romain. « Vous êtes fou, John, et dangereux. Vous n'avez nulle preuve d'aucune trahison. Votre imagination s'emballe. Votre précieux Fulford vous a-t-il aussi parlé d'une révolte ?

— Il nous a dit que Braose rassemblait et entraînait des hommes d'armes d'Angleterre et de France. Certains ayant débarqué discrètement dans les ports de la Manche – dont le port de Dawlish, je le sais.

— Tout baron a le droit d'avoir sa garnison. Laissez-moi vous réitérer ma question : Fulford vous a-t-il oui ou non parlé d'une rébellion imminente ?

— Pas en ces termes, mais il m'a donné assez d'éléments pour me permettre d'en avoir bientôt la confirmation – une tâche qui d'ailleurs vous revient, si vous êtes loyal envers le roi que vous représentez sur ces terres anglaises.

— Vous n'avez aucune leçon à me donner en matière de loyauté, s'énerva le shérif. Il serait préférable que le roi revienne et s'intéresse un peu à son royaume plutôt que de le saigner ainsi. Il vend les privilèges, les honneurs et les chartes comme des pommes sur un marché – il s'est même dit prêt à vendre Londres s'il pouvait en tirer un bon prix. »

Wolfe sentit sa colère monter d'un cran. « Quelle belle attitude vis-à-vis d'un maître dont vous êtes le lieutenant aux yeux de plusieurs milliers de ses sujets ! Chaque fois que vous ouvrez la bouche, vous donnez davantage de crédit aux paroles de Fulford ! »

Revelle s'avança vers le coroner, l'air mauvais, mais John se leva d'un bond et se dressa devant lui. « Vous avez relâché Fulford, lequel a avoué depuis avoir pris part à l'assassinat de ce prébendier – et, je le soupçonne, à celui de William Fitzhamon. Il a été pris sur le fait alors qu'il tentait de dérober un trésor qui fait légalement partie du Trésor royal – et malgré cela, vous, le garant de la paix du roi en ce comté, refusez de l'incarcérer. »

Réveillé par les cris, le vieux commis passa craintivement la tête par la porte entrouverte, mais son maître lui hurla de sortir. Puis il hurla à Wolfe : « Vous n'avez pas la moindre preuve de la culpabilité de cet homme. Vous lui arrachez sous la torture de faux aveux alors que tout ce dont il s'est rendu coupable est de creuser un trou dans les bois à l'entour de quelque misérable village. Est-ce donc vraiment un crime si odieux ? »

Il renversa pour l'écraser d'un coup de pied la chaise sur laquelle Wolfe s'était assis. « Je ne mettrai pas cet homme dans mes geôles ! S'il survit à ce que vous lui avez infligé, il est libre de quitter la ville au matin, pour se mettre à l'abri de vos agissements démentiels. »

Wolfe se dirigea vers la porte. « Très bien. J'avais jugé bon de vous offrir une dernière chance, Richard. Dès que j'aurai rassemblé un petit peu plus de preuves, je me rendrai à Winchester ou à Londres pour rapporter ce que je sais aux justiciers et à Hubert Gautier. C'est là ce que Fitzhamon souhaitait faire, je le dois désormais à sa mémoire – et à son jeune fils – afin d'achever ce que la malveillance de certains l'a empêché d'achever lui-même.

Tandis que John ouvrait la porte, le shérif à l'allure de Néron lui cracha un dernier avertissement : « Prenez garde, John ! Pour l'amour de ma sœur – et Dieu sait qu'elle a déjà assez souffert à vos côtés – je dois vous prévenir que le chemin sur lequel vous vous engagez pourrait bien vous conduire à la potence. »

Avant de sortir, le coroner se retourna pour fusiller son beau-frère du regard. « Alors peut-être nos corps se balanceront-ils côte à côte sur le même gibet, Richard », lança-t-il. Et il claqua la porte derrière lui.

Le lendemain matin, deuxième jour de l'an 1195, on se rassemblait avec empressement dans plusieurs endroits du Devon, la plupart du temps pour des conversations à voix basses ponctuées de regards prudents jetés par-dessus les épaules.

Bien avant l'aube, on vit des silhouettes se glisser dans le palais de l'évêque, derrière la cathédrale.

Un observateur avisé aurait peut-être pu reconnaître le chanoine Thomas de Boterellis et Richard de Revelle, venus trouver l'évêque Henry Marshal, récemment rentré de Gloucester. Peu après la levée du jour, on avait pu voir les deux premiers quitter Exeter au galop et prendre vers l'ouest, escortés par deux hommes d'armes.

À peine un peu plus tôt, le coroner avait donné rendez-vous à l'archidiacre dans la pièce carrée à la base du clocher nord de la cathédrale. Pendant ce temps, dans la chapelle de la Vierge située au clocher sud, un groupe de prêtres et de choristes célébrait la première messe de la Vierge. La cloche n'ayant pas encore commencé à sonner prime, John d'Alençon avait un peu de temps pour s'entretenir avec Wolfe et Hugh de Regala, qui l'avait accompagné. Hugh était un homme affable et corpulent, amateur de tenues criardes. Marchand de laine habile et aux poches pleines, il était l'un des deux magistrats portuaires, les chefs de l'administration civile élus par leurs pairs bourgeois. Contrairement à Henry Rifford, son alter ego, Hugh était un ardent partisan du roi et faisait partie, avec Wolfe, l'archidiacre et John d'Exeter, trésorier de la cathédrale, du noyau solide sur lequel Richard Cœur de Lion pouvait compter dans un environnement où bien des loyautés demeuraient suspectes. Tous les trois se tenaient en petit cercle dans la salle déserte, éclairée par la lumière pâle de l'aube qui se glissait à travers les fenêtres du clocher pour se mêler à la lueur des chandelles posées sur les deux petits autels de saint Paul et de la sainte Croix derrière eux. Le coroner leur fit un résumé rapide des événements de la nuit passée.

« Nous avons fait parler Giles Fulford qui nous a dit ce qui était arrivé au pauvre Robert de Hane. Si Fulford était bien celui avec qui Limesi et son vicaire étaient en contact, c'est son maître, Jocelin de Braose, qui tirait les ficelles. Même si je l'ai perdu lors de notre embuscade à Dunsford, c'est sa présence là-bas qui m'a permis de suspecter qu'il était le cerveau de cette chasse au trésor de Saewulf. »

Regala ne cacha pas son léger étonnement : il n'avait pas été mis au courant de l'épisode, si bien que Wolfe dut lui en faire un résumé rapide.

« Voilà pour le contexte, termina-t-il. Mais hier soir, j'ai compris que la libération de Fulford par ce satané shérif risquait, si Fulford quittait la ville ce matin, de nous priver de notre dernier espoir. Gwyn l'a donc persuadé de nous dire la vérité.

— Et quelle fut-elle, exactement ? s'enquit l'archidiacre.

— Cette broche saxonne sur laquelle Braose et Fulford sont tombés en creusant a fini de les convaincre de l'existence du trésor principal. Et la quête par Limesi d'un second parchemin s'étant révélée vaine, ils ont décidé d'arracher l'information à Robert de Hane. Qu'ils ont rossé, avant d'essayer de l'étrangler lentement pour qu'il craque – mais il a soudain rendu l'âme, pauvre homme. Pour s'éviter des problèmes inutiles, ils l'ont alors pendu afin que l'on croie à un suicide. »

Tandis que le coroner parlait, Regala se blottit un peu plus dans sa cape pour se protéger de l'air glacé de la tour. Il avait été tiré de son lit trop tôt pour soigner sa mise autant qu'à son habitude, mais l'éclat de sa tenue contrastait malgré tout avec les vêtements sombres du coroner et des prêtres.

« En quoi tout ceci est-il en lien avec le refus de Richard de Revelle d'arrêter ce Fulford ? demanda-t-il.

— Braose et son écuyer Fulford étant à la tête de la bande de mercenaires engagée par les rebelles du comté, j'imagine qu'il se sent obligé de les protéger. »

La perspective arracha un gémissement à Regala. « Je ne pensais pas entendre à nouveau parler de trahison après ce qui s'est passé l'hiver dernier. Je veux bien admettre qu'en quittant si rapidement le pays et en comptant sur le justicier pour maintenir le couvercle sur le mécontentement indubitable né de la lourdeur de l'impôt, Richard Cœur de Lion n'a pas de pire ennemi que lui-même.

— Voilà une bonne excuse pour ces nobles en passe de devenir des traîtres, grommela l'archidiacre. Alors que tout ce qu'ils veulent en réalité, c'est davantage de pouvoir, qu'ils pensent plus facile à obtenir par le comte de Mortain, s'ils parviennent pour lui à s'emparer du trône. »

Le magistrat portuaire eut tôt fait de comprendre la situation. « Mais sans doute Hubert Gautier est-il tout à fait au courant de ce qui se trame... Il a ses espions partout dans le pays.

— L'Angleterre est vaste, il ne peut être partout à la fois, répliqua le coroner d'un ton bourru. Je pense en effet qu'il s'attend à des tentatives, mais savoir où et quand serait pour lui un véritable atout. »

Hugh hocha tristement la tête. « J'ai du mal à croire que des gens que nous connaissons bien seraient déjà en train de changer à nouveau d'allégeance. De plus, si Revelle n'a pas caché son soutien au prince la dernière fois, il ne s'est pas battu pour lui. C'est pourquoi le poste de shérif a fini par lui revenir, le soutien dont il a bénéficié de la part d'Henry Rifford et de l'évêque n'enlevant rien à la chose.

— Ceci vaut également pour Henry Marshal et Thomas de Boterellis, remarqua d'Alençon. Nous savons tous qu'ils ont toujours vogué dans le sens du vent, mais sans jamais aller chanter quoi que ce soit sur les toits. À la différence de l'évêque de Conventry, le véritable chef de la révolte.

— Hugh de Nonant ! grinça Wolfe. Un parent du seigneur de Totnes, Henry de Nonant – qui, j'en suis sûr, trempe lui aussi jusqu'au cou dans tout cela. C'est lors de sa partie de chasse que William Fitzhamon a été assassiné. Je commence à croire d'ailleurs que l'événement n'a été organisé que pour servir de couverture au meurtre. Ce qui nous ramène à Braose et Fulford.

— Pensez-vous que Nonant est le pilier principal de cette trahison dans le Devon ? » demanda d'Alençon.

Le coroner lui jeta un regard triste. « Qui peut le dire ? Henry de la Pomeroy est celui qui possède le plus de terres, mais j'ai le pressentiment que tous agissent de concert.

— Nous n'avons pour l'instant aucune preuve contre personne, fit remarquer l'archidiacre. Vous dites, à raison j'en suis sûr, que notre chanoine et Fitzhamon ont été victimes de meurtre, mais vous n'avez qu'un aveu arraché sous la torture, concernant Hane, ce qui n'a rien à voir avec une rébellion.

— Il y a aussi l'étrange attitude de Revelle à l'égard de Fulford, vraisemblablement parce qu'il est l'instrument des rebelles, objecta Regala.

— Davantage de preuves ne nous feraient pas de mal, c'est certain, concéda Wolfe. Mais je me sens déjà prêt à partir pour Winchester parler à Hubert Gautier.

— Attendez encore quelques jours, des preuves plus tangibles apparaîtront peut-être, recommanda le magistrat portuaire. D'ici là, John, évitez les coupe-gorge. Et que l'énergique géant que vous êtes ne se sépare plus ni de son épée ni de ses poings ! »

Quand John de Wolfe quitta la cathédrale il faisait beau mais le froid était toujours aussi âpre. Dans le cimetière, les mottes de terre à côté des tombes fraîchement creusées avaient gelé pour former des tas semblables à des rochers bloquant certaines allées. Et les ordures, le vieux bois de construction et les étals des marchands installés dans le clos de la cathédrale faisaient du trajet jusqu'à Martin's Lane une véritable course d'obstacles. Malgré la bière chaude et le pain servis par Mary avant qu'il ne partît réveiller Hugh de Regala, Wolfe ne résista pas à l'envie de rentrer chez lui profiter d'un petit déjeuner plus copieux. Il trouva Matilda à table, blottie dans une lourde cape qu'elle avait jetée par-dessus sa chemise de lit, les cheveux décoiffés enveloppés dans un linge à la manière d'un turban – la sorcellerie de Lucille n'était pas encore passée par là. Elle mangeait un porridge épais servi dans un bol en bois, et une grosse miche de pain accompagnée de beurre et de fromage était posée sur la table devant elle.

C'est tout juste si elle s'interrompit pour lui marmonner un bonjour plein de rancune. Rien ne pouvait jamais lui gâcher l'appétit en revanche, d'où les traits épais de son visage, les poches sous ses yeux et sa robuste charpente.

Wolfe n'avait pas eu l'occasion, au petit matin, de lui narrer les événements de la nuit et quelque chose lui indiqua qu'il valait mieux ne rien dire des soupçons qui pesaient sur son frère. Mary lui apporta son porridge chaud, du lait frais et une nouvelle bière fumante, la seule boisson chaude que l'on pût trouver en une aussi glaciale journée – on ne pouvait guère, en effet, servir du vin chaud au petit déjeuner.

« Thomas est passé durant votre absence, messire John, lui apprit-elle, en prenant soin de s'adresser à lui avec respect en présence de la maîtresse. Il avait un message, mais je lui ai dit que vous vous rendriez très certainement au château après avoir mangé, il est donc reparti.

— Sais-tu ce qu'il voulait ? »

Mary haussa les épaules. « Il a mentionné le poisson royal, je ne sais pas ce que cela veut dire.

— L'infâme petit pervers a perdu la raison », marmonna Matilda, que l'opportunité de critiquer le clerc avait fait sortir de son silence.

John ne répondit rien. Même s'il avait compris à quoi Thomas faisait référence, tout ceci l'étonnait. Son repas avalé, il monta à Rougemont. Dimanche ou pas, l'effervescence au marché semblait être la même, les étals de viande, de poisson, de pain, de produits laitiers et de légumes de saison bordaient la Grand-Rue sur toute sa longueur. Au cœur de l'hiver, le choix était plus maigre qu'au printemps, mais les marchands de rue et les commerçants des petites échoppes nichées dans les venelles sous les étages en encorbellement faisaient bruyamment la promotion de tout ce qui pouvait être cuit ou conservé. Les marchands ambulants eux aussi venaient tenter leur chance, leurs produits sur des plateaux ou dans des boîtes, une volaille ou un canard coincé sous l'aisselle, dans l'attente du chaland potentiel avec qui il faudrait inévitablement marchander.

John le Noir traversa la foule à grandes enjambées comme sans la voir, préoccupé par la situation politique inquiétante et la perspective d'un retour de la rébellion avortée du prince Jean. Si de telles affaires ne tombaient officiellement pas sous la responsabilité d'un coroner, la profonde loyauté qu'il vouait au roi l'emportait sur le reste. Il n'était plus question de se contenter de cadavres, de trésors et de chercheurs d'asile. Au mois de mars, il avait pris part aux sièges de Tickhill, dans le Yorkshire, et de Nottingham, derniers bastions de la rébellion du prince. Gwyn et lui s'étaient portés volontaires, avides de participer à leur reconquête. Le roi lui-même avait rejoint Nottingham quelques jours après avoir accosté à Sandwich, dans le Kent, après son emprisonnement.

Wolfe se rappelait que son souverain avait fait installer une potence à l'extérieur des remparts du château pour y pendre quelques prisonniers, poussant rapidement la garnison à la capitulation. En montant vers Rougemont, il se demandait si l'on allait être bientôt contraint de recourir à pareilles tactiques aux châteaux de Totnes et de Berry Pomeroy.

Arrivé en haut de l'escalier du corps de garde, il écarta le rideau et trouva Thomas installé à la table à tréteaux, comme d'habitude occupé à écrire, tandis que Gwyn, perché sur l'entablement de la fenêtre, était en train de boire et de manger. Le petit clerc au nez rougi par le froid brandit un parchemin.

« J'ai consigné tout ce que Fulford a dit hier soir, Coroner. C'est inscrit ici même, selon vos ordres. J'ai même demandé au sauvage ici présent de laisser sa marque à l'endroit où j'ai inscrit son nom. Si vous voulez l'apporter au justicier, vous n'avez qu'à signer ici. »

Il tendit sa plume à Wolfe qui, non sans fierté, inscrivit son prénom et son nom avec application au bas du document, les deux seuls mots qu'il était capable d'écrire.

« Qu'est-ce donc que cette histoire de poisson, Thomas ? lança-t-il ensuite en jetant la plume avec une désinvolture calculée.

— Un esturgeon, Coroner, et un gros ! Coincé dans un bassin à marée basse près du prieuré de Saint-James, là où se trouvent les pièges à saumons. Le prieur a fait porter le message tôt dans la matinée par l'un des marchands de poisson. »

Wolfe était intrigué : jamais jusque-là on ne l'avait appelé pour une tâche aussi étrange. En tant que coroner, il était également chargé d'enquêter lorsque étaient pêchés ces poissons que l'on appelait « poissons royaux » – les esturgeons et les baleines. Attrapés en eaux anglaises, ceux-ci devenaient en effet propriété de la Couronne. Les deux espèces très prisées avaient une grande valeur, l'esturgeon pour sa chair et ses œufs, et la baleine principalement pour l'huile dont on se servait pour les lampes, et pour sa chair lorsqu'elle était suffisamment fraîche.

Gwyn leva les yeux de sa miche de pain et de son fromage. « Très étrange qu'un esturgeon ait remonté la rivière en hiver. C'est au printemps qu'ils viennent pondre, d'habitude. »

Le Cornique était originaire de Polruan, où son père était pêcheur, si bien qu'il se considérait une autorité en tout ce qui avait des voiles, un gouvernail ou des nageoires.

« Peut-être ce poisson est-il un ignare, comme toi qui ne sait pas distinguer janvier de mars », suggéra Thomas, toujours prompt à insulter son camarade.

Wolfe leva la main pour apaiser la querelle.

« Assez ! Allons là-bas voir la bête. Nous risquons d'être trop occupés plus tard. »

Tandis qu'ils sortaient, il murmura à son écuyer : « Gwyn, sois vigilant et ne lâche pas ton épée. Après notre rencontre avec Fulford la nuit dernière, notre mort ferait des heureux. »

9

Où l'on trouve Coroner John occupé par un poisson et une roue à eau

Il ne fallait pas bien longtemps pour rejoindre les rives de l'Exe, rivière où l'esturgeon se trouvait prisonnier. Entre la ville d'Exeter et le port de Topsham, se dressait le petit prieuré dédié à saint James, fondé une cinquantaine d'années plus tôt par Earl Baldwin de Redvers, shérif du Devon. Celui qui, trois mois durant, avait défendu Rougemont lors du siège de la ville par le roi Stephen. Sans l'avoir jamais connu, Wolfe ne tenait pas Baldwin en très haute estime, vraisemblablement parce que celui-ci avait tenu tête à son roi et défendu les intérêts de l'impératrice Matilda, un homonyme de la femme de John. Le coroner et ses comparses descendirent au trot jusqu'au prieuré par le chemin de Topsham qui longeait la rivière. Seuls un prieur et quatre moines occupaient la petite bâtisse. À côté, se trouvaient l'écluse d'un moulin à eau et une rangée de palis plantés dans la rivière pour piéger les saumons.

À leur arrivée, ils trouvèrent deux moines et leur prieur qui les attendaient sur le pas de la porte. Ce dernier était un gros homme sympathique à la tonsure et au visage rubiconds. Saint-James appartenant à l'ordre de Cluny, les moines y portaient l'habit noir des Bénédictins. Même un jour de sabbat, ils accueillaient avec plaisir la découverte d'un esturgeon venue les tirer de leur routine. Ils escortèrent Wolfe jusqu'à une grande flaque boueuse le long du piège à saumons, dans laquelle pataugeaient trois pêcheurs.

Le prieur leur fournit l'explication la plus évidente. « Il a été surpris par la marée descendante et pourra s'échapper à la prochaine inondation. »

Les trois pêcheurs, qui en voulaient au moine pour son ingérence, lui jetèrent un regard noir. L'honnêteté dont le religieux avait fait preuve en appelant le coroner les avait dépossédés d'une belle prise. Fils de pêcheur, Gwyn prenait généralement leur parti contre l'Église. Il les rejoignit dans la boue où, pieds nus, leurs sarraus en toile rêche remontés jusqu'aux genoux, ils débattaient de l'étrange phénomène qui avait poussé un esturgeon à vouloir remonter la rivière hors saison.

Le poisson faisait bien six pieds de long, son museau effilé s'élançant devant lui tel une épée. Dans le bassin, qui n'était déjà pas très grand, l'animal était acculé à décrire des huit dans l'eau qui fuyait avec la marée.

« Que doit-on faire, Coroner ? » demanda l'un des pêcheurs.

John soupesa la question avec bienveillance. Il était tout à fait conscient que, surtout en cette période de l'année, les temps étaient durs pour les pêcheurs, qui parvenaient à peine à tirer suffisamment d'argent de la vente de leur poisson pour se procurer du pain. Mais la loi, cependant, était claire : ces poissons appartenaient au roi.

« Qui l'a trouvé ? » s'enquit-il.

L'un d'eux assura l'avoir découvert en venant lever les pièges au jusant. C'était un homme maladif d'une cinquantaine d'années, maigre et mal nourri. Et tout ce que la bête rapporterait, Wolfe le savait, finirait dans les caisses du Trésor royal, sans doute pour être ensuite affecté à l'acquisition de destriers, d'armures et de flèches nécessaires aux batailles que l'on livrait en France. Sa décision prise, il se tourna vers le prieur.

« Bien que la loi exige que tous les gains tirés du poisson soient reversés au roi, je suis conscient que le hissage, l'étripage, le découpage et la vente de la bête méritent dédommagement. Je décrète donc que le poisson sera remis à ces trois pêcheurs afin qu'ils en tirent le meilleur prix. Ceux-ci diviseront ensuite le bénéfice en deux et pourront conserver la moitié des profits avant de reverser le reste à la Couronne. »

Il se tourna vers les trois hommes qui rayonnaient de joie. Ils s'attendaient si peu à pareille bienveillance qu'ils s'empressèrent d'accepter. Wolfe leur ordonna de confier la moitié des revenus de la vente au prieur, qui la conserverait jusqu'au prochain passage des justiciers à Exeter pour être apportée ensuite à la malle au Trésor royal de Winchester ou au Trésor du nouvel Échiquier à Westminster.

Ravi comme les autres de la générosité de Wolfe, Gwyn les aida à hisser hors de l'eau le majestueux poisson qui se débattait contre une mort imminente. Le coroner accepta l'invitation du prieur de venir partager à Saint-James avec les moines une coupe de vin, réunion à laquelle Thomas, pour son plus grand bonheur, fut convié.

L'air était engourdi par le froid quand les quatre cavaliers arrivèrent au château de Berry Pomeroy. Il était aux alentours de midi et la fumée des feux de cuisine s'élevait tout droit dans le bleu pâle du ciel pommelé. En emmenant les chevaux dans l'écurie de la basse-cour, les deux soldats tentaient de se rassurer l'un l'autre : aucune chute de neige ne les empêcherait d'être de retour à Exeter à la tombée du jour.

Richard de Revelle et le chanoine Boterellis furent reçus à la porte du donjon par Henry de la Pomeroy puis conduits dans ses appartements privés jouxtant la grande salle. Transis par le froid, ils se réchauffèrent d'abord devant l'âtre et reprirent des forces avec un repas et du vin chaud. La visite du shérif était prévue depuis plusieurs jours, mais la tournure qu'avaient prise les événements la nuit passée avait conduit le grand chantre à décider dans l'urgence de l'accompagner. Henry de Nonant et Bernard Cheever étaient là eux aussi, comme convenu, pour s'entretenir avec Revelle. Une fois les voyageurs remis de leur trajet, les cinq hommes s'installèrent autour du feu.

« Je me suis fait accompagner de Boterellis qui pourra vous narrer ce que l'évêque Henry a appris à Gloucester et Coventry la semaine passée, commença le shérif. Mais ce qui est arrivé hier est de prime importance pour nous – et pour tous ceux qui soutiennent notre juste cause, si mon satané beau-frère s'en va geindre aux oreilles d'Hubert Gautier. »

Nonant, le seigneur de Totnes à la solide charpente, fit un geste en direction de la cour. « Nous savons ce qui s'est passé. Giles Fulford, parti d'Exeter dès l'ouverture des portes, est arrivé ici quelques instants avant vous. L'eau croupie de l'abreuvoir lui a laissé la respiration sifflante. »

Il cracha bruyamment dans le feu, en guise de commentaire, sans doute, sur l'incapacité de Fulford à éviter les ennuis.

Revelle, qui se sentait pointé du doigt pour n'avoir pas su contrôler la partie de la conspiration qui se jouait à Exeter, se montrait sur la défensive. « Comment diable aurais-je pu deviner qu'à peine sorti de sa geôle, cet imbécile d'écuyer foncerait tout droit à sa taverne favorite ? Il aurait dû rester caché jusqu'au moment de quitter la ville, au lieu de s'offrir ainsi au rapt. Mais nulle âme, à part l'esprit retors de mon beau-frère, n'aurait pu imaginer pareille ruse ! »

Le revêche Pomeroy le toisa avec une grimace de ses lèvres flasques qui fit plier vers le bas sa longue moustache. « Par Jésus-Christ, Revelle, ne pouvez-vous pas tenir cet homme ? Vous êtes le shérif ! Enfermez-le ou bien pendez-le ! »

Bernard Cheever, toujours prompt à apaiser les esprits, vint au secours de Revelle. « Henry, je vous en prie, Wolfe est le coroner du roi – et marié, de surcroît, à la sœur de Richard ! Cela exige de la subtilité. »

Sans prendre de gants, le seigneur de Totnes les ramena au cœur du sujet. « Le mal est fait – rien ne sert de se lamenter sur les pots cassés. John de Wolfe a deviné qu'une nouvelle rébellion couvait, impliquant certains d'entre nous. Il n'en a aucune preuve, à moins que le shérif ici présent n'ait avoué quelque chose, aussi devons-nous nous assurer que le coroner ne trouve rien qui pourrait le conforter dans ses présomptions et qu'il n'ira parler de tout cela ni au justicier ni au roi.

— Ayant combattu à leur côté en Palestine, il a leur faveur à tous les deux, malheureusement, murmura Richard. Quand Hubert Gautier était ici, le mois dernier, on les a beaucoup vus ensemble – mais Dieu merci, il n'avait alors pas encore eu vent de nos projets. »

Henry de Nonant se tourna vers le prêtre, qui n'avait encore rien dit. « Quelles nouvelles l'évêque a-t-il apportées de Gloucester, grand chantre ? »

Thomas de Boterellis réfléchit longuement avant de répondre, scrutant l'assistance de ses petits yeux sombres et perçants presque dissimulés dans les plis de son gros visage. « Les choses se précisent, mais lentement. Votre parent, Hugh de Nonant, privé de son archevêché de Coventry, a reçu du roi l'autorisation d'acquérir son pardon pour la somme de deux mille marks. »

Pomeroy éclata d'un rire cynique. « Cœur de Lion vendrait sa grand-mère pour le prix d'un carquois de flèches.

— Mais pas sa mère, en revanche ! » renchérit Cheever, sarcastique.

Tous approuvèrent amèrement. La vieille reine Aliénor d'Aquitaine était la seule à avoir quelque ascendant sur ses fils indociles. C'était d'ailleurs en grande partie grâce à son retour rapide en Angleterre, après l'enlèvement de Richard en Allemagne, qu'avait été déjouée la tentative par le prince de s'emparer du trône de son frère.

Le grand chantre continua. « Hugh de Nonant pense qu'il est, pour l'heure, politiquement de bon aloi de demeurer en Normandie, si bien qu'un meneur d'hommes nous fait pour l'instant défaut.

— Pourquoi pas un autre évêque ? suggéra Cheever. Henry Marshal, d'Exeter, par exemple. »

Boterellis secoua la tête. « Trop timoré. Si notre projet tombe à plat, il ne voudra pas suivre l'évêque de Coventry. Et être le frère de William, un fidèle soutien du roi – quel qu'il soit –, le place dans une position inconfortable.

Pomeroy balaya le regard sur ses interlocuteurs. « Alors, où en sommes-nous à présent ? Cette rébellion va-t-elle se faire ou pas ?

— Un certain nombre de barons en Angleterre sont de nouveau bien disposés envers le prince, répondit le prêtre replet. Et le groupe le plus solide se trouve sans doute ici, dans le sud-ouest. Mais tout cela arrive si tôt après le fiasco de l'hiver dernier que nombre d'entre eux s'engagent sur la pointe des pieds. Je suis certain qu'à la fin, ils seront assez nombreux à rallier le comte de Mortain, mais il est pour l'instant trop tôt pour les déclarations publiques. »

Nonant les ramena au plus pressé. « Voilà d'autant plus de raisons de ne pas laisser ce coroner indisciplinable révéler le pot aux roses. Comment nous y prendre ? »

Le seigneur de Berry Pomeroy prit l'initiative. « Il doit être réduit au silence, par la menace ou par la violence. Pourquoi nous poser tant de questions pour un misérable ancien croisé en retraite ? »

Richard de Revelle se montra plus posé. « Malgré l'animosité que m'inspire ce fichu personnage, je dois admettre qu'il est plutôt capable – tenace, têtu et rusé ! Et avec ce Cornique sauvage et couvert de poils comme garde du corps, il peut vaincre n'importe quelle paire de soldats de ma connaissance.

— Alors nous lui en enverrons cinq, s'énerva Pomeroy. S'il représente un danger, débarrassons-nous de lui.

— Le chantage n'est-il pas une option ? suggéra Bernard Cheever, moins sanguinaire. Assassiner un coroner, qui plus est un ami personnel de l'archevêque de Canterbury et du roi, serait le moyen le plus sûr d'attirer l'attention sur nous. »

Inquiet à l'idée d'être impliqué dans le meurtre de l'époux de Matilda, le shérif ne se fit pas prier pour acquiescer. « Je suis d'accord – et il y a peut-être un moyen de le faire taire. Il a un talon d'Achille : son penchant pour les femmes. Je viens d'avoir une idée qui pourrait bien marcher ! Et que je vais mettre en œuvre dès mon retour à Exeter, ce soir. »

L'assurance de Revelle n'inspira que mépris à Nonant. « Ce Wolfe semble trop dur à cuire pour céder si aisément. Si vous voulons le réduire au silence, notre stratagème doit être absolument infaillible. Qu'en est-il de ces deux aventuriers que nous avons engagés pour recruter et entraîner nos mercenaires ? Si son écuyer nous a fait faux bond, Braose en revanche a fait du bon travail avec Fitzhamon. »

Pomeroy se leva pour resservir du vin à tout le monde. « Ils aiment trop agir d'eux-mêmes à mon goût. C'est à cause de leur ridicule chasse au trésor que votre chanoine est mort, Boterellis, et que par ricochet Wolfe a plongé Fulford dans un abreuvoir pour le faire parler. Sans tout cela, nous n'aurions pas tous les problèmes que nous avons à présent. »

Cheever qui, malgré sa silhouette plus menue, faisait penser à Regala avec sa cape et sa tunique colorées, joua de nouveau les médiateurs. « Si ce sont eux qui nous ont causé ces ennuis, voyons quelles suggestions ils ont à nous faire pour réparer leur démérite. »

On envoya un serviteur quérir les deux hommes dans la grande salle. La cape vert sombre que Braose portait sur sa tunique de laine marron faisait ressortir ses boucles auburn. Thomas de Boterellis, qui était au courant de tous les détails de la chasse au trésor, remarqua l'élégante broche en or de fabrication saxonne qui tenait le vêtement fermé à l'épaule.

Derrière lui, Giles Fulford, plus mince et plus clair de peau que son maître, était vêtu de hauts-de-chausses en serge et d'un pourpoint en cuir semblable à ceux que portaient les hommes d'armes. Les joues en feu, il devait sans cesse retenir une toux d'irritation remontant du tréfonds de sa poitrine.

Henry de la Pomeroy était celui qui avait recruté Braose avec pour mission de lever une petite armée de mercenaires en vue de la révolte, mais il ne l'avait plus vu depuis quelque temps. Instigateur de l'assassinat de Fitzhamon afin d'empêcher ce dernier de parler au justicier, le seigneur s'était tout naturellement tenu à l'écart de la partie de chasse à Totnes. Et il était à présent curieux d'en connaître tous les détails. Braose ne se fit pas prier.

« Nous avons d'abord dû nous débarrasser de l'archer de Fitzhamon. Giles, ici présent, a donc abîmé le tendon de sa jument au niveau du boulet avant leur départ de Totnes, si bien que l'intendant s'est vu contraint de la reconduire au château, laissant son maître chasser tout seul. Nous l'avons alors pisté puis dépassé.

— Comment l'avez-vous désarçonné ? demanda Pomeroy.

— Giles s'est couché à plat ventre en travers de son chemin, une flèche coincée sous son aisselle comme s'il avait été blessé. En arrivant à sa hauteur, Fitzhamon a mis pied à terre. Quand il s'est penché sur le prétendu cadavre, je l'ai assommé par-derrière avec une branche. Nous avons alors profité du fait qu'il était inconscient pour lui tordre le cou. »

Entre deux quintes de toux, Giles Fulford narra d'une voix rauque la fin de cette peu ragoûtante histoire. « Nous l'avons transporté et laissé près d'un arbre qui avait une branche basse. Puis je suis remonté sur ma selle pour ôter un bout d'écorce afin de donner l'impression que sa tête avait heurté la branche, avant de badigeonner l'endroit avec un peu de sang de sa blessure. »

La fierté que leur inspirait leur ingéniosité fit ricaner Revelle. « Et vous avez tout gâché, fieffés sottards, en choisissant un chêne après l'avoir frappé avec une massue en bois de hêtre ! Sans parler des bleus dans son cou ! »

Braose s'empourpra. « Qui donc aurait pu penser que ce maudit coroner allait le remarquer ? Jamais je n'ai entendu pareille chose et je suis certain que vous non plus ! »

Le shérif parcourut du regard les visages de ses interlocuteurs, espérant presque y trouver de l'admiration pour Wolfe. « Un fieffé coquin, et rusé avec ça, je vous l'avais dit ! » se lamenta-t-il.

Nonant les ramena de nouveau à la conversation. « Nous devons empêcher Wolfe de courir à Winchester ou Londres raconter ce qu'il sait. Le shérif renâcle apparemment à lui trancher la gorge, nous devons donc trouver une approche moins extrême. Quelqu'un parmi vous, jeunes gens, aurait-il une suggestion ? »

Tandis que le vin circulait, on échangea quelques idées avec force hochements de tête. Puis tous finirent par prendre congé. Braose et son écuyer partirent les premiers, ce dernier avec la même toux sifflante qu'un vieux canasson.

Bientôt, le grand chantre et le shérif, qui voulaient être de retour à Exeter avant la nuit, leur emboîtèrent le pas. Avant de sortir, Richard de Revelle lança, mal à l'aise : « Je n'aime pas ça, mais si ma proposition venait à échouer, ce sera peut-être indispensable. »

À peine eurent-ils passé la porte qu'Henry de la Pomeroy murmura à son cousin Bernard Cheever : « Et si elles échouent toutes les deux, deux coudées d'acier dans une venelle sombre nous offriront notre solution. »

Le jour du sabbat fut très chargé pour le coroner. Après avoir passé la matinée au bord de la rivière à Saint-James, il fut appelé dans l'après-midi sur l'île d'Exe, de l'autre côté des remparts, où un corps venait d'être découvert sous la roue d'un moulin. Le coroner et Gwyn s'approchèrent du bief, un étroit canal qui partait de la rivière pour amener l'eau jusqu'au moulin via une écluse en bois. La roue était une « roue en dessous », dans laquelle l'eau arrivait par la base des larges aubes au lieu de tomber en cascade par le dessus. Dans la matinée, le mécanisme qui actionnait un moulin à laine à l'intérieur du bâtiment de bois avait cessé de fonctionner, comme cela arrivait souvent lorsque s'y coinçaient des débris, des branches ou de temps en temps un mouton mort arrivé d'Exmoor avec le courant. Cette fois en revanche, c'était un corps que les hommes du meunier avaient hissé sur la berge.

À l'arrivée du coroner, on savait déjà que le cadavre était celui d'un homme d'une cinquantaine d'années habitant un taudis de Frog Lane, une venelle de l'île. Il avait été vu vivant pour la dernière fois la veille, dans l'après-midi, sortant d'une taverne de Fore Street, déjà saoul mais cramponné à un pichet de cidre de quatre pintes.

« Un fieffé soulard, commenta le meunier à l'intention de Wolfe. Il travaillait dans le temps, mais comme il n'était jamais sobre on l'a renvoyé. Dieu seul sait de quoi il vivait – de vol et de mendicité sans doute. »

Le corps ne révéla pas grand-chose, hormis quelques égratignures à l'endroit où la peau avait frotté contre le bois rêche de la roue. Pour savoir s'il s'était noyé, Gwyn appliqua sa technique, qui avait fait ses preuves quelques semaines plus tôt lors d'un naufrage à Torbay. De ses larges paumes, il enfonça le torse du mort allongé sur le dos dans l'herbe gelée et un filet d'écume apparut dans les narines et au coin de la bouche.

Satisfait qu'il se fût agit d'une simple noyade, Wolfe expédia son instruction à la hâte. L'homme était veuf, mais on lui découvrit un fils de vingt ans qui put venir certifier sous serment que son père était saxon. Il n'y eut donc pas d'amende. Le meunier et les deux aides qui avaient aidé à hisser le cadavre hors de l'eau, une demi-douzaine d'ouvriers et quelques habitants des taudis de l'île furent rassemblés par Gwyn pour servir de jury, et l'instruction s'acheva en moins d'une demi-heure par un verdict de mort accidentelle. Il était raisonnable de supposer que l'homme était tombé à l'eau en amont de la rivière et s'y était noyé, son corps s'étant ensuite trouvé emporté dans le bief à l'ouverture de l'écluse.

« Il n'y a aucune raison que la roue soit confisquée au nom du roi pour être remise entre les mains de Dieu, déclara le coroner au jury qui l'écoutait bouche bée. Celle-ci, en effet, n'a pas causé la mort, le corps s'y est simplement trouvé coincé. »

Un seul juré – le meunier – comprit la portée de ce qui venait d'être dit et poussa un soupir de soulagement. Tout ce qui entraînait la mort d'un homme, dague ou cheval emballé, pouvait être déclaré effet immobilier à saisir pour la Couronne. Cela arrivait parfois pour des charrettes ou même juste pour l'une des roues, privant le propriétaire de son moyen de subsistance. Le meunier avait entendu parler de cas où la roue d'un moulin avait été confisquée et vendue après avoir noyé ou écrasé quelqu'un.

Une fois la dépouille remise au fils pour l'enterrement, John et Gwyn retournèrent à *La Brousse* recueillir les ragots de la journée et se rafraîchir autour d'une chope. Le coroner, en revanche, bien que tenté par l'idée de passer la soirée avec Nesta préféra rentrer, afin de garder Matilda d'une humeur supportable.

10

Où Coroner John rencontre une femme en détresse

La prévision des deux soldats à Berry Pomeroy fut correcte : il ne neigea pas. Mais ils n'avaient en revanche pas prévu la pluie qui s'abattit sur la ville le lendemain matin. Le premier lundi du nouvel an dès l'aube, le gel fut emporté par les gouttes. Les pavés glissants faisaient çà et là leur apparition dans la boue vaseuse jonchée de détritus qui avait envahi les rues d'Exeter.

Coroner John, qui montait au château, fut surpris par un torrent d'eau sale qui dévalait dans sa direction depuis le corps de garde. L'eau ruisselait et venait s'unir au bourbier de la vaste basse-cour, entre les hauts remparts du château et la palissade de bois. Avant d'arriver au pont-levis, il vit sur sa gauche les habitants des faubourgs patauger au milieu des bicoques et des logements en appentis des hommes d'armes et de leurs familles. Des galopins à moitié nus couraient en tous sens, de la boue jusqu'aux genoux et, à l'entrée de leurs abris précaires, des femmes blotties dans leurs châles tenaient leurs braseros à l'abri de la pluie. Chevaux et bœufs pataugeaient dans la fange, tirant pour certains des charrettes à grandes roues et ajoutant au chaos d'un bourg qui était aussi un camp militaire. Sans faire cas de la pluie qui dégouttait sur son nez proéminent, Wolfe parcourut les dernières toises qui le séparaient du corps de garde.

Alors qu'il s'apprêtait à gravir l'étroit escalier qui menait à son bureau, le sergent Gabriel apparut et se mit au garde-à-vous.

« Messire John, le shérif a demandé à vous voir dès votre arrivée, dit-il en accompagnant ses mots d'une toux diplomatique. Au ton de sa voix, Messire, j'ai cru comprendre que c'était urgent. »

Wolfe ressortit sous la pluie en grommelant. La cour du château était elle aussi d'une saleté répugnante : tous les détritus qui s'étaient trouvés prisonniers du gel ces deux dernières semaines flottaient à présent à la surface de l'eau. Il s'avança dans la boue jusqu'à la grande salle et en franchit le seuil avec soulagement. Avec les allées et venues incessantes, cependant, le sol près de l'entrée était à peine moins boueux qu'à l'extérieur.

Sans prêter attention au brouhaha, il se glissa jusqu'à la porte du shérif, salua le garde d'un hochement de tête et entra. En pleine conversation avec Revelle, un clerc et un commis lui glissaient des parchemins sous les yeux. Pour une fois, Wolfe n'eut pas à attendre, dès qu'il le vit, le shérif les congédia avant d'ordonner au garde de ne laisser entrer personne sous peine de mort. Claquant ensuite la porte, il se dirigea vers la fenêtre à l'autre extrémité de la pièce, où ses propos auraient le moins de chances d'être entendus. Deux planches en bois enchâssées dans l'épaisseur du mur sous la fenêtre faisaient office de siège. Revelle se laissa lourdement tomber sur l'une d'elles et fit signe à Wolfe de faire de même. Les deux hommes se penchèrent l'un vers l'autre.

« John, il faut que nous parlions sérieusement. La dernière fois, nous nous sommes quittés sans parvenir à trouver un terrain d'entente.

— Tout me semblait pourtant clair, Richard, rétorqua Wolfe. Vous avez avoué avoir trahi le roi et conspiré avec les rebelles.

— Je n'ai rien fait de tel ! Écoutez-moi, vous êtes le mari de ma sœur et, pour cette raison, je me sens des obligations considérables à votre égard. En particulier celle de vous conserver autant que possible en vie.

— Me conserver en vie ? Je pencherais plutôt pour l'inverse.

— Ne croyez pas cela, John. Vous courez un réel danger.

— Dois-je y lire une menace, shérif ? rétorqua sombrement Wolfe.

— Pas de ma personne, non. Mais votre vie est désormais en grand péril. Plus encore sans doute que lors de vos si précieuses croisades ou guerres étrangères. »

Pour tenter de le convaincre, il prit alors un ton plus enjôleur, la voix de la raison.

« Écoutez, vous ne manquez jamais une occasion de proclamer votre fidélité sans faille au roi que vous servez. Fidélité que nous partageons.

— Vous avez de drôles de manières de le montrer, observa John, sarcastique. L'an passé, vous avez évité de peu la potence et voilà qu'à présent vous en reprenez le chemin. »

Revelle se renfrogna, sans perdre pour autant son sang-froid. « Je viens de vous dire que j'étais fidèle au roi, comme vous. Mais de quel roi parlons-nous ? L'an passé, nous croyions tous Richard mort ou en passe de l'être. Il paraissait improbable, même après le paiement de la rançon, qu'Henry d'Allemagne le relâche. Après sa libération, d'ailleurs, ils ont tenté de le reprendre et n'ont manqué son navire au port d'Anvers que de quelques heures. Nous nous préparions à mettre Jean sur le trône car il semblait probable que Richard ne rentrerait pas. »

Wolfe lui darda un regard furieux. « Eh bien, vous vous êtes tous bien fourvoyés, on dirait ! En quoi tout cela me concerne-t-il ? »

Revelle posa la main sur l'avant-bras du coroner. « Jean sera le prochain roi – ça n'est plus qu'une question de temps. Rejoignez notre cause et mettez votre grande loyauté au service du souverain le meilleur ! »

Revelle s'animait. « Richard n'a jamais accordé le moindre intérêt à l'Angleterre. Depuis son couronnement, il n'a pas passé ici plus de quelques mois. Il se contente de saigner son peuple avec l'impôt pour entretenir la Normandie et financer sa vendetta contre Philippe Auguste – l'Angleterre n'est rien d'autre qu'une colonie ! Le prince Jean changerait tout cela, il serait pour l'Angleterre un vrai roi. Et vous offririez votre allégeance à quelqu'un qui le mérite. »

Wolfe retira vivement son bras. Il était en colère – colère d'autant plus amère qu'il savait bien que le shérif, au fond, n'avait pas entièrement tort. « Le roi est le roi, mordieu ! s'écria-t-il. C'est Richard qui a été couronné souverain d'Angleterre et qui a reçu pour cela la bénédiction de Dieu. Nous avons tous les deux prêté serment de le servir jusqu'à la mort. Aussi longtemps qu'il vivra ou tant qu'il ne cédera pas volontairement le trône, il reste notre seul et unique roi. Tout écart de notre part est une trahison ! »

Revelle soupira. « Vous êtes un imbécile, vous courez à votre perte ! Est-ce là votre dernier mot ?

— Vous serez mort – je m'en assurerai moi-même – avant de pouvoir me convaincre de trahir le roi ! » gronda le coroner.

Revelle se leva et le toisant, son visage étroit tordu par l'émotion. « Alors nous nous y prendrons différemment, John, lança-t-il avec dédain, barbe pointée vers son interlocuteur comme une dague. Si je dois essayer de vous sauver la vie, abandonnez sur-le-champ toute idée de vous rendre à Winchester pour y colporter vos rumeurs de rébellion ou tout autre ragot. Est-ce clair ? »

Wolfe le dévisagea avec stupéfaction. « Allez au diable, Richard ! Je ferai exactement ce qui me semble juste. Comment donc pensez-vous m'en empêcher ? Avec votre petite épée, peut-être ? »

Les traits congestionnés, Revelle ravala sa colère. Ses piètres qualités de guerrier n'étaient un secret pour personne – un sujet sur lequel il demeurait atrocement chatouilleux. Courtisan dans l'âme, il avait toujours rêvé de briller dans l'arène politique, jamais par les armes. Mais l'offense de Wolfe lui rendit l'ultimatum plus aisé.

« La façon scandaleuse dont vous menez votre vie privée n'a échappé à personne, surtout pas à mes espions. Si vous n'acceptez pas de vous taire, je veillerai à ce que Matilda apprenne l'existence non seulement de cette moins-que-rien que vous fréquentez à la taverne, mais aussi celle d'Hilda, la femme de Thorgil. Et, pour plus d'équité, nous parlerons également de sa rivale à la Galloise ! »

Stupéfait, Wolfe se leva à son tour. Baissant le regard sur son beau-frère, il partit d'un grand éclat de rire, réaction à laquelle le shérif ne s'attendait pas. Il riait toujours quand il franchit la porte sous les yeux ébahis du garde.

Cet après-midi-là, Wolfe assista aux funérailles du chanoine Robert de Hane. Bien que ce dernier fût mort depuis plus d'une semaine, le chapitre de la cathédrale avait choisi de retarder la cérémonie jusqu'au retour de l'évêque, qui devait présider à la messe. Le temps glacial avait préservé le corps de la putréfaction.

Tandis qu'on descendait le cercueil dans une profonde cavité creusée sous une dalle de l'abside, derrière l'autel, le coroner maudit le shérif de ne pas avoir mis les deux assassins de Hane sous les verrous. Où se trouvaient Braose et son sbire à présent ? Il n'en avait pas la moindre idée. Sans doute étaient-ils hébergés quelque part à l'ouest du comté, proba-blement à Totnes ou à Berry Pomeroy. Un coroner n'ayant pas le pouvoir d'appréhender les criminels, Gwyn et lui avaient peu de cartes en mains, sinon le subterfuge comme à Dunsford pour l'embuscade, mais cela pouvait difficilement être réitéré.

Après la cérémonie, il s'entretint brièvement avec John d'Alençon dans la nef. Les autres chanoines qui passaient à leur hauteur en sortant les saluèrent tous de la tête. Tous, à l'exception de Thomas de Boterellis, qui les ignora délibérément. En apercevant au loin la silhouette de l'évêque qui retournait à son palais, Wolfe se demanda à quel point celui-ci était impliqué dans la rébellion naissante.

Il raconta à l'archidiacre comment le shérif avait tenté de le suborner avant d'opter pour un chantage ridicule. D'Alençon eut un sourire désabusé. Tout cela était difficile à comprendre pour un prêtre tel que lui, qui observait à la lettre son vœu de chasteté.

« Dois-je entendre que vos affaires de cœur ne constituent pas à vos yeux une menace suffisante, John ?

— Cet homme est fou de penser que ce sera pour moi autre chose qu'un petit agacement passager ! grogna Wolfe. Tout ce qui m'inquiète est de savoir comment il a appris l'existence de la dame de Dawlish. Il doit, comme il le prétend, payer des informateurs dans le but de m'espionner. »

L'archidiacre leva les yeux vers le jubé en bois sculpté, comme à la recherche d'une inspiration divine. « Que doit-on faire, John ? Allez-vous réellement vous rendre à Winchester ?

— Il le faut. Cette affaire ne peut pas se poursuivre impunément. Mais j'aimerais pouvoir apporter à Hubert Gautier des preuves plus solides. Je vais attendre encore quelques jours pour voir si quelque chose se précise, même si ce maudit shérif surveille à présent mes moindres faits et gestes. »

John d'Alençon posa la main sur le bras du coroner. « John, je vous le répète, soyez prudent. Ces hommes jouent gros et vous écraseront comme un moustique s'ils le peuvent. Voyez ce qu'il est arrivé à Fitzhamon et à ce pauvre Robert, qui repose ici dans cette boîte à présent. »

La mise en garde sonnait encore aux oreilles de Wolfe quand il regagna son domicile de Martin's Lane, sous la pluie persistante.

Au moment de passer à table pour le repas de la mi-journée composé de porc frit, d'oignons, de pain et de pommes fripées, Matilda était d'une humeur que Wolfe qualifiait de « moyenne ». Sans participer activement à la conversation, elle répondait au moins courtoisement à ses questions et commentaires, mais d'une voix qui trahissait son désintérêt absolu pour tout ce qui concernait son mari. Il ne parvint à susciter qu'une brève étincelle de curiosité quand il mentionna les funérailles de Robert de Hane : elle voulut savoir qui y avait assisté, si certaines épouses étaient présentes et ce qu'elles portaient. Faute de pouvoir répondre à sa dernière question, John la vit se refermer comme une huître.

Plus tard, comme il n'y avait ni pendaison ni mutilation où sa présence était requise, Gwyn et lui se rendirent à pied jusqu'à Bull Mead, faubourg du sud de la ville. Vers l'est, dans la prairie entre Holloway et Magdalen Street, des lices avaient été dressées pour une joute locale. Plus jeune, Wolfe avait participé assidûment à ces tournois qui permettaient aux combattants d'aiguiser leur savoir-faire entre les vraies batailles. Il en avait remporté plusieurs – et gagné de belles sommes d'argent comme parfois les faveurs d'une dame, qui venaient avec la victoire.

Bran comme lui étaient à présent trop rouillés pour un sport si violent et souvent fatal, mais il en appréciait toujours le spectacle. Comme Gwyn lui servait jadis d'écuyer, tous deux observèrent d'un œil critique les deux jeunes hommes qui fonçaient l'un vers l'autre séparés par un clayonnage, pour se désarçonner d'un coup de lance contre le bouclier. La pluie avait fini par s'arrêter, mais sous les sabots des chevaux, le terrain était un bourbier et dès qu'un homme tombait, les rires fusaient de le voir se relever couvert d'une ignominieuse fange.

Les deux anciens croisés restèrent assis une heure ou deux sur les tribunes rudimentaires dressées autour du terrain, laissant les bruits et les images raviver leurs souvenirs de batailles passées.

Quand le précoce crépuscule hivernal commença à tomber sur la ville, le tournoi s'acheva et la foule se dispersa. D'un pas lourd, Gwyn rentra chez lui à Saint-Sidwell, laissant Wolfe partir seul vers la taverne. L'endroit était presque désert à cette heure de la journée, mais en le voyant, Nesta sortit précipitamment de la cuisine et le tira par le bras à l'écart des autres clients. Elle avait les joues en feu et ses yeux brûlaient d'indignation. À la hâte, Wolfe chercha s'il avait sur la conscience quelque chose qui serait susceptible d'expliquer sa colère, mais il comprit vite que la raison était ailleurs. « Jamais je n'ai entendu pareille impertinence ! siffla-t-elle. Ce vieux sottard plein de rhumatismes qui sert de commis au shérif a eu le culot de se présenter ici avec un message de son maître ! »

D'abord stupéfait, Wolfe ne tarda pas à comprendre. « Dieu du ciel, jamais je n'aurais pensé qu'il tomberait si bas ! »

La jolie tavernière lui lança un regard mauvais. « Tu sais donc ce qu'il m'a dit ?

— C'était à propos d'Hilda, c'est bien ça ?

— Oui, à propos de cette fichue Hilda ! C'est déjà bien assez dur de savoir que tu m'es infidèle, pour ne pas apprendre qu'en plus tout Exeter en discute ! Que se passe-t-il donc ? »

Il la tira doucement jusqu'à sa table auprès de l'âtre. En s'asseyant, Nesta fit signe à Edwin d'apporter à Wolfe sa chope de bière. Le vieux serveur, qui n'avait pas osé approcher, intimidé par le courroux de sa maîtresse, sourit d'un air soulagé et fila à ses tonneaux.

Quand John eut expliqué le chantage de Revelle, Nesta, avec la versatilité qu'on attend d'une rousse, voyant immédiatement le ridicule de la situation, se mit à glousser au-dessus de la chope qu'ils partageaient.

« Une chance qu'on ait eu cette conversation l'autre jour, John. J'aurais détesté l'apprendre par le shérif ! » fit-elle avant d'ajouter, pensive : « Mais s'il est vindicatif au point de venir me rapporter tes exploits avec les dames, il se gênera encore moins pour aller trouver ta femme. Et celle-là ne te pardonnera pas aussi aisément que je l'ai fait, c'est certain.

— Elle sait que tu existes depuis des années, mon cœur.

— Tout le Devon le sait, John. Mais Hilda ? Matilda est-elle au courant de sa présence sur ta liste de conquêtes ? » ne put-elle s'empêcher d'ajouter d'un ton amer.

Même s'il se doutait fort bien qu'il allait devoir affronter le courroux de sa femme, Wolfe préféra chasser la remarque d'un haussement d'épaules.

Avec la nuit qui tombait, la journée de travail des hommes s'achevait et la taverne commençait à se remplir. Nesta devait s'affairer, harceler les filles de salle et les cuisiniers, aussi Wolfe décida-t-il de regagner avec des pieds de plomb ses sinistres pénates à côté de la cathédrale. Alors qu'il ôtait sa cape et ses bottes trempées et dégoulinantes dans le vestibule, Mary glissa la tête dans le couloir de l'arrière-cour. Désignant la porte de la grande salle, elle leva les yeux au ciel avant de disparaître. Brutus la suivit, la queue entre les jambes.

Wolfe était assis devant le feu, sur le fauteuil d'habitude réservé à sa femme. Son vieux chien était discrètement revenu s'allonger à ses pieds. Simon, le vieillard employé à couper le bois et à s'occuper de la volaille et du cochon nain, avait rentré assez de bûches pour la soirée. Mary lui avait apporté une cruche en pierre de vin de la Loire, la dernière de celles qu'ils avaient achetées à Éric Picot avant que celui-ci n'eût disparu le mois dernier. Ainsi ravitaillé, il entamait une longue soirée solitaire, bercée par les gémissements du vent d'ouest et le crépitement de la pluie contre les volets. La porte claqua derrière Mary qui partait rejoindre sa mère sur Rack Lane. Il pouvait à présent tranquillement méditer sur les événements des dernières heures.

Comme Nesta l'avait prévu, son beau-frère, voyant ses menaces de chantage balayées avec mépris, s'était empressé de se venger. Et cette fois, ça n'était pas le commis qui s'était déplacé mais le shérif lui-même, dans l'après-midi, quand Wolfe était aux joutes, bien décidé à empoisonner les oreilles de sa sœur.

Assis sombrement devant le feu, John buvait son vin par petites gorgées tout en repensant à sa dernière confrontation avec Matilda plus tôt dans la soirée. Il s'attendait, en rentrant de la taverne, à une éclatante prise de bec, à des grossièretés, peut-être à recevoir quelque chose à la figure avant de se voir banni quelques semaines de leur glacial lit conjugal, autant de choses dont il avait appris à s'accommoder.

Cette fois, cependant, tout avait été différent. Sans savoir précisément ce que Revelle avait dit à sa sœur, Wolfe le suspectait d'avoir considérablement brodé sur la vérité en ajoutant sans doute à l'infidélité quelques menteries politiques. Peu importe, Matilda en tout cas l'avait accueilli debout dans la grande salle, la mine sévère et le regard dur, mais bizarrement sans s'emporter. Wolfe se souvenait exactement des mots qu'elle avait prononcés – il y en avait eu si peu.

« Mon frère m'a appris votre infamie, John de Wolfe. Porter votre nom est un fardeau qui me fait honte et j'ai décidé de vous quitter sur-le-champ. Considérez que vous n'avez plus de femme et j'espère ne jamais vous revoir. »

Puis elle était partie, son visage carré aux pommettes saillantes pâle d'une nervosité dont elle ne voulait rien laisser paraître. Il avait ensuite remarqué la présence de Lucille, dissimulée dans l'ombre près de la porte, déjà habillée pour sortir. Celle-ci avait dans les bras une cape qu'elle avait posée sur les épaules de sa maîtresse, avant de ramasser de grands ballots et de quitter la pièce derrière Matilda.

« Pour l'amour de Dieu, où allez-vous donc ? s'était exclamé Wolfe en les suivant jusqu'à la porte. Matilda n'avait rien répondu mais quand elle était sortie, il avait vu le sergent Gabriel et deux hommes d'armes qui l'attendaient pour l'escorter. Alors que le petit groupe s'éloignait, Gabriel lui avait discrètement fait signe de les rejoindre à Rougemont. Puis ils avaient disparu dans l'obscurité de la venelle à peine éclairée par les torches du maréchal-ferrant, de l'autre côté de la rue. Oscillant entre humiliation et soulagement, Wolfe était retourné à l'intérieur, claquant la porte derrière lui. Et tout de suite, Mary était apparue dans le couloir, d'où elle avait tout écouté.

« Ma belle, elle m'a quitté ! lui avait-il lancé, presque incré-dule.

— J'en doute, Messire Coroner ! avait répondu cyniquement la bonne. Elle reviendra bientôt.

Vous êtes un trop beau parti pour qu'une femme de son âge vous laisse filer entre ses doigts. »

Elle le suivit dans la pénombre de la grande salle qui, étrangement, paraissait désormais encore plus morne.

« J'imagine qu'elle est allée chez son frère, marmonna-t-il.

— Oui, je l'ai entendue en parler à Lucille – cette affreuse sorcière est tout aussi ravie de vous voir souffrir qu'elle l'est d'aller vivre dans un manoir.

— Quel manoir ? demanda-t-il.

— Elles ne vont loger dans les appartements du shérif à Rougemont qu'un ou deux jours, en l'absence de lady Eleanor qui est rentrée chez elle, puis elles partiront s'installer pour de bon à Revelstoke. »

Wolfe rugit d'un rire sardonique. « Par le Christ, je me sens déjà mieux ! Matilda et Eleanor sous le même toit ! En moins d'une semaine, il y aura un meurtre. Et Revelstoke, cet endroit isolé à flanc de falaise, votre amie Lucille s'y morfondra d'ennui. Autant vivre sur la lune. »

Revelstoke, la résidence familiale des Revelle depuis plusieurs générations, se trouvait loin de tout sur la côte dans la région de Plympton, à l'ouest du comté. Matilda et Richard y avaient tous les deux grandi. Richard était propriétaire d'un autre manoir près de Tavistock, le préféré de son altière épouse.

« As-tu entendu autre chose, Mary ? demanda-t-il.

— Non, j'étais sortie acheter du poisson quand le shérif est passé. Tout ce que j'ai entendu ensuite, c'est que votre femme renverra Lucille chercher le reste de ses affaires dans quelque temps. »

Seul à présent devant l'âtre, avec son chien et son vin, Wolfe réfléchissait aux conséquences qu'allaient avoir ces événements inattendus. Mary avait raison, il n'en doutait pas vraiment : avec le temps Matilda reviendrait. Que pouvait-elle faire d'autre ? Divorcer était quasiment impossible et à quarante-six ans, une femme n'avait pas d'autre perspective que de payer pour entrer au couvent. Étant donné les inclinations religieuses de Matilda, ça n'était cependant pas exclu, mais l'idée était si belle qu'elle paraissait impossible.

En regardant le bon côté des choses, il avait peu de raisons d'être inquiet. La maison lui appartenait, achetée avec de l'argent légué par son père et avec le butin accumulé lors de douzaines de guerres. Il avait judicieusement investi dans le commerce d'exportation de laine de Hugh de Regala, et sa part des manoirs de Stoke-in-Teignhead et Holcombe lui procurait un revenu régulier. Il n'aurait d'ailleurs pas pu être nommé coroner s'il n'avait pas bénéficié de cette indépendance financière, le grand justicier ayant édicté que pour prétendre à ce poste, un chevalier devait justifier d'au moins vingt livres de revenu annuel, somme censée préserver des tentations de détournements de fonds. Avec Mary pour se soucier de sa panse et Nesta de son cœur et de son entrejambe, il se sentait paré – et si Matilda choisissait de prendre le voile, il n'aurait plus qu'à lui souhaiter bonne chance !

Tandis qu'il sirotait son vin dans la chaleur de l'âtre, il envisagea sans enthousiasme de retourner à la taverne annoncer la nouvelle à sa maîtresse galloise, mais le sommeil prit le dessus.

Wolfe avait bien dû s'assoupir plusieurs heures. Mais la pendule la plus proche se trouvant en Allemagne, il dut attendre que sonne la cloche de la cathédrale pour calculer qu'il avait dû se réveiller aux alentours de la dixième heure. Dans son dernier rêve, il lui avait semblé qu'on frappait et en ouvrant les yeux à demi, il comprit que quelqu'un tambourinait réellement à sa porte.

Se hissant sur ses jambes, encore groggy de sommeil, il jeta quelques petites branches dans le feu presque éteint avant de traverser le glacial sol en pierre d'un pas mal assuré, pendant que Brutus se redressait paresseusement sur son arrière-train. Un petit bout de chandelle de suif brûlait encore sur la longue table, et il en alluma une autre pour se faire de la lumière jusqu'à la porte.

Les coups se faisaient plus urgents. Wolfe se demanda qui cela pouvait être. Pas Mary en tout cas, puisqu'elle était partie passer la nuit chez sa mère et ne rentrerait que le lendemain matin pour lui préparer son petit déjeuner. Elle savait, de surcroît, la porte toujours ouverte, comme Gwyn et Thomas.

Il souleva le gros loquet en fer. Chez le maréchal-ferrant tout était éteint. Il leva donc sa bougie. La pluie et le vent s'étaient calmés et la flamme de sa chandelle résista à la petite brise qui persistait, lui révélant sur le seuil une silhouette emmitouflée. N'ayant pas oublié les avertissements de l'archidiacre, il n'ouvrit d'abord qu'à demi, avant de s'apercevoir qu'il s'agissait d'une femme.

« Êtes-vous Messire John, le coroner ? s'enquit une voix craintive mais non sans charme.

— C'est bien moi, en effet. À qui ai-je l'honneur ?

– Mon nom est Rosamunde – Rosamunde de Rye, comme on m'appelle. Je pourrais vous parler, Coroner, s'il vous plaît ? J'ai des ennuis. »

La lueur chancelante de la chandelle se posa sur un beau visage à demi dissimulé sous un profond capuchon malgré lequel on distinguait tout de même qu'un œil clochait. Le galant Wolfe, qui aurait porté secours à n'importe quelle femme, même une vieille harpie, se laissa charmer par cette voix sensuelle et ce visage d'ange.

Ouvrant la porte en grand, il lui fit signe d'entrer. C'était donc cette femme que fréquentaient Giles Fulford et probablement aussi Jocelin de Braose. Pourtant Wolfe douta qu'elle fût venue le poignarder. Il l'escorta jusqu'à la grande salle et s'approcha avec elle de la cheminée, où les flammes vives répandaient leur lueur dans toute la pièce. Brutus se redressa pour examiner la nouvelle venue puis, ne flairant aucun danger, remua lentement la queue avant de se recoucher.

La femme, grande et élancée, était toujours drapée dans une lourde cape qui lui tombait sur les pieds. « Je sais que vous avez entendu parler de moi, Messire John, dans des circonstances qui n'étaient pas très favorables. »

Tandis qu'ils se mesuraient du regard, debout à chaque extrémité de l'âtre, elle repoussa d'un geste son capuchon pointu, révélant une cascade de cheveux noirs soyeux qui se mirent à luire devant les flammes. Elle révéla aussi, sur les traits fins de son visage à la bouche généreuse, une importante ecchymose qui lui avait jauni la paupière et le haut de la joue gauche. « Regardez cela, Messire John – et cela encore ! » Rosamunde fit glisser sa cape sur ses épaules et la laissa tomber derrière elle. Elle portait une robe de soie vert vif au profond décolleté arrondi très éloigné des modestes corsages auxquels il était accoutumé. La soie épousait sa poitrine généreuse et lui enserrait la taille, tendue dans le dos par un laçage.

Non sans effort, il se concentra à nouveau sur ce qu'elle lui montrait. Des deux côtés de son long cou blanc, on distinguait des égratignures, de toute évidence laissées par des ongles, et au-dessus de sa clavicule, que les contours de sa robe ne découvraient qu'à demi, se trouvaient des bleus récents.

« J'ai été méchamment violentée, Coroner, et ça n'est là que la moitié ! Je connais la réputation que l'on me fait, mais elle ne m'empêche pas d'avoir droit à la protection de la loi. »

Entre ses paupières à demi baissées, elle lui lança de ses grands yeux un regard suppliant. Elle avait les cils noircis à la suie et la bouche fardée de rouge.

Pris d'un élan de compassion, Wolfe s'approcha d'elle, pour examiner ses blessures. « Qui t'a fait cela, fille ? demanda-t-il.

— Ce fumier de Jocelin de Braose ! Vous savez sans doute que je suis la compagne de son écuyer, Giles Fulford. Eh bien, son maître a décidé qu'il devait lui aussi coucher avec moi, alors en l'absence de Giles aujourd'hui il s'est imposé à moi – regardez ici ! »

Otant la main de son épaule droite, elle révéla la soie verte, déchirée de la nuque jusqu'à la longue manche cloche. Comme elle laissait glisser ses doigts sur le tissu, un large pan du corsage tomba, mettant à nu la plus grande partie de son sein droit. « C'est la même chose de l'autre côté, Coroner », dit-elle de sa voix grave, désignant d'un doigt fin sur son sein et autour de l'aréole une grappe de petits bleus de la taille d'un penny.

Devant un corps si séduisant, aussi intéressé qu'il fût par les plaies et les coups, Wolfe eut du mal à rester concentré sur les détails des contusions – d'autant que le visage et les lèvres de Rosamunde se trouvaient à présent à quelques pouces à peine des siennes. Ravalant sa salive, il s'efforça de reprendre ses esprits. « Où est Braose ? » grogna-t-il. Si le renégat se trouvait en ville, peut-être aurait-il une chance de le piéger malgré l'absence de Gwyn, bloqué de l'autre côté des remparts jusqu'au matin.

L'absence de réponse de Rosamunde déclencha cependant dans sa tête une alarme. Mais avant qu'il ait pu reculer, elle avait passé un bras autour de son cou pour l'embrasser à pleine bouche, plaquant ses seins nus contre son torse.

Se laissant tomber aussitôt à ses pieds, elle se mit à hurler « au viol, au viol ! » à gorge déployée tout en déchirant d'une main l'autre côté de son corsage avant de relever sa jupe, découvrant son corps nu jusqu'à la taille. Pendant plusieurs secondes qui lui semblèrent des minutes, Wolfe resta paralysé de surprise. Sur le champ de bataille, pourtant, il réagissait au quart de tour, mais l'épisode était si inattendu, si scandaleusement étrange, qu'il demeurait bouche bée devant le spectacle qu'elle offrait dans cette maison vide.

Ladite maison, cependant, n'était en réalité pas si vide : la porte de la grande salle s'ouvrit soudain avec fracas et quatre hommes s'emparèrent de lui. Il tenta de résister mais ses armes se trouvant à leur place habituelle dans le vestibule, il n'avait rien, pas même une dague, pour se défendre. Son vieux chien se jeta en grognant sur le premier intrus avant d'être écarté d'un grand coup de pied dans les côtes qui lui arracha un glapissement.

Deux coquins arrivèrent dans son dos et lui saisirent les bras tandis que les deux autres vinrent se planter devant lui – Jocelin de Braose et Giles Fulford. Ils lui ricanèrent au visage. Braose lui envoya un grand coup de poing dans l'estomac qui l'aurait fait se plier en deux s'il n'avait pas été retenu par les hommes derrière lui. « Ça, c'est pour Dunsford », gronda-t-il. Fulford prit la relève, avec deux gifles à lui arracher la tête. « Et ça, c'est pour m'avoir presque noyé, Coroner. Vous me paierez le reste plus tard ! »

Un instant, Wolfe pensa que sa fin était venue, mais quand il recouvra ses esprits, la raison lui dicta que s'il avait simplement été question de l'assassiner, la petite comédie de Rosamunde n'aurait eu aucun sens.

Celle-ci se mit debout sans qu'aucun des deux hommes ne lui offrît son aide. Calmement, elle laissa retomber le jupon de sa robe et releva sur son sein son corsage qu'elle raccrocha avec une petite broche tirée d'une poche de sa cape avant de remettre celle-ci sur ses épaules. Malgré ses lèvres gonflées par les coups qu'il venait de recevoir, Wolfe retrouva enfin sa langue. Après un torrent de jurons qui suscita l'admiration des deux brutes qui le tenaient, il marmonna d'une voix pâteuse : « Que me voulez-vous, fumiers ? Vous avez déjà commis deux meurtres qui vous conduiront à la potence – et vous avez essayé de dérober le trésor du roi ! Vous voulez donc être pendus trois fois, c'est ça ? »

Braose approcha son visage rond à la moustache rousse de celui du coroner. « Et vous, quelle sera votre peine pour avoir abusé de cette pauvre fille, Coroner ? Une seule corde suffira à vous allonger le cou, dit-il tout en lui envoyant un autre coup dans l'estomac.

— Et qui me condamnera sur la base d'un monceau de parjures ridicules que deux criminels et une putain peinturlurée vont débiter ? rétorqua-t-il d'une voix de taureau.

— Putain peinturlurée ? Eh oui, Coroner, c'est bien de la peinture de ses lèvres que vous avez sur les vôtres, vieux cochon ! ricana Fulford, les traits de son étroit visage tordus par la haine.

— Vous demandez qui vous condamnera ? ajouta Braose. Le shérif, bien sûr. L'idée était en partie la sienne, puisque la suggestion stupide qu'il avait d'abord faite d'utiliser vos maîtresses pour vous couvrir de honte n'avait aucune chance de succès. Tout le monde sait quel vieux satyre vous êtes, même votre femme à tête de truie.

— Je vous interdis de parler ainsi de ma femme ! rugit Wolfe, catégoriquement convaincu d'être le seul habilité à insulter Matilda. Elle en vaut mille comme vous, seau de merde putride ! »

Braose leva la main, prêt à frapper John de nouveau, mais se ravisant, il se tourna vers la femme.

« Tu as retenu ce que tu dois dire ? demanda-t-il. Nous allons tous monter au château et jeter cette tête de mule dans les geôles, à moins que Revelle réussisse à lui faire entendre raison.

— Ne t'en fais pas pour moi, je suis meilleure comédienne que toi, répondit nonchalamment Rosamunde. Et la prochaine fois, si prochaine fois il y a, montre-toi un peu moins zélé de tes poings et de tes ongles, espèce de sadique ! Tu m'as presque arraché les mamelles en me faisant ces bleus ! »

Sans écouter ses récriminations, le massif Braose se tourna vers le coroner. « Je vais vous accorder une dernière chance, Wolfe, mais j'espère que vous ne la saisirez pas, tant je veux vous voir pendu. »

Le coroner lui jeta un regard mauvais, il aurait voulu l'étrangler. « Et qui, exactement, vous autorise à me donner cette dernière chance, quelle qu'elle soit ?

— Henry de la Pomeroy, mais sans doute le savez-vous déjà. Il m'a chargé de vous dire que si vous acceptez de ne pas causer d'ennuis à la campagne légitime que nous menons pour offrir un meilleur souverain à l'Angleterre, nous ne vous traînerons même pas jusqu'à Rougemont. Vous resterez coroner et conserverez votre poste sous le règne du nouveau roi. »

Il s'arrêta pour voir si Wolfe avait quelque chose à dire, mais le coroner attendait, muet. Il alla donc jusqu'au bout de son ultimatum. « La plainte de cette femme, en revanche, continuera à planer sur votre personne, corroborée par le témoignage sous serment de quatre hommes, au cas où l'envie vous prendrait de faire marche arrière et de rompre notre accord dans les quatre ou cinq semaines à venir. Au-delà, peu importe – Jean sera de toute façon sur le trône. »

Il se tut, attendant une réponse qui ne tarda pas.

« Bien sûr que je ne me tairai pas, bande de sottards ! cria Wolfe. Pourquoi en passer par cette parodie de viol ridicule ? Pourquoi ne pas me tuer sur-le-champ et vous enfuir, comme vous l'avez fait avec le vieux chanoine et William Fitzhamon ? Cela m'empêcherait d'aller annoncer la nouvelle au justicier, en vous épargnant toute cette pompe. »

Braose haussa les épaules avec indifférence. « Je vous l'accorde – mais Pomeroy et Revelle sont d'avis que l'assassinat d'un coroner en ferait tiquer quelques-uns à Winchester ou à Londres. Et en moins de deux, quelques justiciers du roi risqueraient de venir fourrer leur nez dans nos petites affaires. La prompte condamnation puis l'exécution d'un violeur lubrique, en revanche, a peu de chances d'attirer l'attention. »

Fulford fit un geste en direction des deux mercenaires qui, vu leurs vêtements grossiers, avaient sans doute été recrutés parmi les hors-la-loi. « Allez, il a dit non, emmenons-le chez le shérif. »

Jocelin essaya une dernière fois. « Vous comprenez qu'une fois cette porte passée, vous serez accusé de viol et damné aux yeux de la ville comme du comté ? Il sera alors impossible de battre en retraite ! »

En guise de réponse, Wolfe lui cracha en plein visage avant de recevoir un coup de poing dans l'estomac qui le fit se tordre de douleur, suivi d'un autre qui lui ouvrit la lèvre supérieure. Quand on le traîna vers la porte, il se débattit, sous le regard triste de son chien, toujours tapi au fond de la pièce.

11

Où Coroner John est jeté dans une geôle

Au moins Wolfe n'eut-il pas à souffrir de l'ignominie de traverser Exeter prisonnier en plein jour. Il était presque minuit quand ils gravirent la côte qui menait à Rougemont, et comme le vent et la pluie étaient de retour, parmi les rares gens qui les virent passer, peu prêtèrent attention au petit groupe compact qui se rendait d'un bon pas au château.

Les deux méchantes crapules lui avaient lâché les bras après lui avoir lié les poignets. L'un d'eux, juste derrière lui, se servait à présent de la corde comme d'une laisse, tandis que Fulford, Braose et la femme ouvraient la marche.

Hormis un homme au corps de garde qui, sur les ordres qu'il avait reçus de Revelle de laisser entrer Braose, se contenta de les regarder passer d'un air stupéfait, ils ne croisèrent quasiment personne sur leur chemin. Wolfe avait la sensation de vivre un cauchemar, mais il comprit qu'il valait mieux pour l'instant se laisser faire : appeler à l'aide n'importe quel quidam sur le bord de la route aurait été vain. Le shérif étant le représentant de l'ordre dans ce comté, tout en la matière passait par lui, d'où l'importance pour les rebelles de l'avoir de leur côté. Le salut, pour Wolfe, ne pourrait venir que de l'extérieur de la ville et ne manifesterait pas ce soir.

Arrivés au donjon, ils descendirent dans l'obscurité presque totale du sous-sol. On apercevait tout au fond la faible lueur du feu allumé par Stigand. Celui-ci vivait là, sous l'une des voûtes qu'il avait séparée du reste par une grossière cloison de planches derrière laquelle se trouvaient un matelas crasseux et quelques pots pour la cuisine. Fulford le réveilla d'un coup de pied. Le temps de retrouver ses esprits, le geôlier alluma des torches à contrecœur avant de tituber jusqu'à la grille en fer de la prison qui s'ouvrit en grinçant, sous une pluie de jurons et le cliquettement des clés. Stigand ouvrit la marche. À gauche, la première geôle était grande ouverte. Wolfe y fut poussé sans ménagement et après avoir libéré ses poignets, on verrouilla la porte derrière lui. Le visage de Braose apparut derrière la petite grille percée dans le bois.

« Vous ne serez pas seul très longtemps, Coroner. Le shérif veut vous parler – concernant les détails de la pendaison ! » dit-il, fier de son trait d'humour, avant de disparaître en riant.

Wolfe, qui venait à la prison plusieurs fois par semaine pour y enregistrer les ordalies et les mutilations, en connaissait toutes les cellules. À tâtons, il chercha l'épaisse plaque d'ardoise enchâssée dans le mur et s'y assit sans faire cas des protestations des rats que l'on avait dérangés sur la paille sale du sol. Sur son ventre, la douleur laissée par les coups était cuisante, son visage tuméfié et sa lèvre déchirée le brûlaient, mais il pouvait garder la tête haute : il n'avait pas cédé. Il avait déjà connu la prison dans des endroits bien pires, en France et en Angleterre, mais comme prisonnier de guerre et non comme violeur présumé. Il s'en voulait de s'être si peu méfié de la femme à sa porte, mais comment aurait-il pu prévoir une machination si tortueuse ? Qu'on lui planterait un jour un couteau dans le dos, ça il l'avait envisagé, alors qu'un piège comme celui-là, non, jamais. Piège qui ne pouvait marcher, bien sûr, que grâce au pouvoir sans partage du shérif sur le comté. Il essaya donc de réfléchir, mais sans succès, à la meilleure manière de lui mettre des bâtons dans les roues. Quelques minutes plus tard, il entendit des voix et vit danser la lueur de torches dans le couloir. La grille s'ouvrit en grinçant avant de se refermer sur ses gonds rouillés. Puis ce fut au tour de sa porte.

Richard de Revelle apparut dans le chambranle. Wolfe reconnut derrière lui les trois autres conspirateurs. Les deux costauds en revanche avaient disparu, et on avait éloigné Stigand.

« Quelle tristesse que tout cela, John, lui dit son beau-frère d'une voix mielleuse. Je vous ai toujours su porté sur les plaisirs de la chair, mais pas au point de vous penser capable de forcement !

— Épargnez-moi vos sottises, Richard. Je doute que ce fût votre idée, vous n'êtes pas assez malin pour ça. »

Le shérif eut un sourire sardonique. « Ça n'était pas votre jour, n'est-ce pas, John ? Votre femme vous quitte pour de bon à cause de votre adultère honteux avec Dieu sait combien de femmes – et à peine quelques heures plus tard, vous avez l'indécence de vous en prendre à cette pauvre fille. Il était pour vous, j'imagine, trop difficile de résister à ses indubitables charmes.

— Il n'y a pas si longtemps, je vous ai surpris au lit avec une putain, Richard, répliqua Wolfe. Mais j'ai été assez bête pour ne pas m'être fait accompagner ce jour-là de témoins parjures. »

Le shérif se raidit, contrarié. Ici, cependant, sa moralité n'intéressait personne. « John, c'est votre dernière chance. Malheureusement, vous êtes toujours un membre de ma famille par alliance, ce qui me fait d'autant plus regretter la situation dans laquelle vous vous trouvez. Mais puisque vous êtes trop buté pour vous joindre à nous, je ne mettrai pas ma réputation et ma vie en danger en vous laissant vous rendre à Londres à cause d'une loyauté mal placée. »

Il jeta un regard par-dessus son épaule, comme pour chercher l'approbation.

« Vous savez tout à fait quelle réponse je vais vous faire ! hurla Wolfe à plein poumons, pour être entendu de tous ceux qui se trouvaient à proximité, même s'il s'agissait seulement des autres misérables prisonniers le long du couloir. Richard de Revelle, je vous accuse de félonie envers le roi que vous avez juré de servir et de rébellion contre la couronne d'Angleterre ! On vous pendra pour cela – mais peut-être seulement après vous avoir crevé les yeux, castré et éviscéré. Ma réponse, la voilà ! »

La tirade fit s'esclaffer Braose, mais le shérif pour sa part ne la prit pas à la légère. Wolfe remarqua le va-et-vient de sa pomme d'Adam quand il avala sa salive : l'homme était nerveux. « Balivernes, monsieur, vous n'avez aucune preuve – pas le moindre témoin qui pourrait m'impliquer. À supposer que vous puissiez encore en parler, à qui vous adresser à présent avec de telles sornettes ? Winchester et Londres sont loin, très loin, lorsque l'on est incarcéré pour viol.

— Alors que comptez-vous faire de moi, beau-frère ? Ordonner à Stigand de m'empoisonner ce soir – ou me couper la langue demain pour me réduire au silence ? Ce serait une solution puisque vous me savez incapable d'écrire ! »

Revelle, qui se rendait compte de l'énormité de la faute qu'on le forçait à commettre, se sentit de plus en plus désta-bilisé. Se débarrasser d'un coroner du roi n'était pas aussi simple que de se débarrasser d'un criminel lambda. Les coroners ne pouvaient pas simplement disparaître de la surface de la terre sans que cela soulevât des interrogations au plus haut niveau. Il était désormais irrévocablement lancé dans cette entreprise hasardeuse, mais plus il avançait, moins il l'appréciait.

John, qui le sentait, moqua ouvertement son beau-frère. Levant son long menton, il posa le doigt sur son cou parsemé de picots noirs. « Quand vous me pendrez devant tous ces bons bourgeois et ces ecclésiastiques, pensez-vous que le nœud devrait être à gauche ou à droite ? »

Comprenant ce qui était en train de se passer, Jocelin de Braose s'avança vers eux avec colère. « Laissez-le donc, shérif, il essaie de nous faire passer pour des imbéciles !

— Trop tard, Dieu s'est chargé de cela il y a des années ! » ricana Wolfe.

Braose leva le bras pour le frapper mais se souvint que Wolfe n'était pas attaché. Il recula alors précipitamment, tirant sa dague de son fourreau.

« Mais oui ! Mettez le coroner en pièces, suggéra Wolfe, sarcastique. Voilà qui ne manquerait pas d'intriguer le grand justicier et le maréchal d'Angleterre.

Richard de Revelle était à bout de patience. « Arrêtez, Braose ! Pour qui vous prenez-vous ? Vous n'êtes qu'un mercenaire et n'avez pas dans ces affaires votre mot à dire », lança-t-il avant de se tourner vers le prisonnier pour l'implorer une dernière fois. « John, je vous en conjure, prenez la nuit pour reconsidérer votre point de vue. Sans quoi cette femme portera plainte pour viol dès demain devant la cour du comté. Nous avons quatre témoins de votre agression licencieuse – et un apothicaire qui dira avoir trouvé sur elle en l'examinant de graves contusions autour des parties intimes. Vous serez accusé, jugé, condamné et pendu en quelques jours. Une fois que vous aurez passé la porte de Shire Hall demain matin, je ne pourrai plus rien pour vous. »

Puis, comme par peur de la réponse, le shérif recula et claqua la porte, criant à Stigand de venir la verrouiller.

Wolfe avait largement de quoi s'occuper l'esprit, à présent. Il s'allongea sur le bloc d'ardoise froide. L'intérieur d'une tombe était-il aussi dur et aussi sombre que cette pierre brute ?

S'il avait pris le même malin plaisir à apprendre à sa sœur les infidélités de son mari, Richard de Revelle n'en avait pas prévu les conséquences. Il avait compté sur le fait qu'elle savonnerait Wolfe plus encore que d'habitude mais ne s'attendait pas à ce qu'elle quittât dans l'instant son foyer pour envahir sa vie à lui. Matilda avait toujours idolâtré son frère aîné. Lequel, malgré l'affection qu'il lui témoignait, l'avait toujours considérée comme une fille inintéressante et rabat-joie dont l'âcreté ne s'était pas arrangée avec le temps. La voir à présent poser ses bagages dans ses appartements déjà exigus de Rougemont était plus qu'il ne pouvait tolérer – en particulier en des temps si cruciaux. Sans parler de la bonne française aux dents de lapin et à l'œil mauvais qui l'accompagnait. Il avait dû mettre dehors son commis pour prendre sa place dans l'antichambre, céder sa couche à Matilda et faire apporter une paillasse pour la bonne. Dieu merci la situation était provisoire : il pourrait dans quelques jours se débarrasser d'elles en les escortant jusqu'à Revelstoke – quoiqu'il tremblât à l'idée d'annoncer à sa femme Eleanor qu'elle allait accueillir des pensionnaires permanentes. Peut-être Eleanor ou Matilda choisirait-elle finalement de s'installer dans son autre manoir, près de Tavistock. Tout ceci en tout cas annonçait pour l'avenir de sérieux ennuis domestiques dont Revelle ne voyait pas le bout.

Mais son avenir à lui durerait-il assez longtemps – si tant est qu'il en eût un ?

Aux premières heures du jour, allongé sur le matelas défoncé de son commis, en proie à l'insomnie, il fut gagné par l'appréhension. De quoi la journée – et les semaines à venir – allaient-elles être faites ? Il sentait la situation lui échapper. Au stade de la préparation, quand les conjurés se réunissaient autour de pichets de vin pour changer la face de l'Angleterre, cette grande idée d'une sédition lui avait paru incroyablement exaltante. Mais maintenant qu'il risquait de se voir contraint de conduire à la potence son propre beau-frère, officier du roi et ami du justicier et du monarque en personne, ce complot impersonnel lui semblait lointain et la réalité bien moins savoureuse.

Moins d'un an auparavant, Revelle avait déjà frôlé le désastre. Comme il avait toujours rêvé de se voir promu à de hautes fonctions, être nommé shérif d'un comté de l'ouest si éloigné du pouvoir central n'avait pas satisfait son ambition. Jamais il n'avait eu les faveurs de la cour d'Henry II ou de son fils Richard. Tous les efforts qu'il avait entrepris pour décrocher un poste à Winchester ou à Westminster avaient été vains. Peut-être était-il devenu paranoïaque, mais il avait le sentiment de ne recevoir partout que rebuffades personnelles et refus, surtout depuis la mort du vieux roi en 1189. Deux ans plus tôt, quand il avait eu vent des rumeurs selon lesquelles le comte de Mortain prévoyait de s'emparer du trône en l'absence de son frère Richard, il y avait vu l'occasion d'accrocher ses couleurs à un nouveau mât et celle, l'espérait-il, d'obtenir ensuite du nouveau souverain de l'avancement en guise de remerciement.

Par chance, il ne s'était pas encore aventuré très loin dans cette voie quand celle-ci s'était abîmée sous lui. Avant qu'Aliénor, la vieille reine, n'eût mobilisé ses troupes pour contrer les rebelles, peu avant la libération de Richard Cœur de Lion, Revelle s'était vu promettre le poste de shérif grâce à l'intervention de barons acquis à la cause du comte. Et quand la conjuration avait été défaite, il s'était trouvé mis dans le même panier de disgrâce que les autres rebelles et avait vu sa promotion au rang de shérif suspendue. À la même époque, le père d'Henry de la Pomeroy avait été acculé au suicide. Revelle n'avait dû son salut qu'au pardon désinvolte et irresponsable accordé par le roi à son frère et à la plupart des rebelles, et il avait fini par recouvrer son poste.

On aurait dit maintenant que le cycle entier recommençait et, allongé sur sa paillasse glacée, il regrettait de ne pas avoir su se contenter de son sort. Les affres de l'ambition le rongeaient encore mais les deux derniers jours l'avaient conduit à se demander si le jeu en valait vraiment la chandelle : tant de tourment n'était-il pas trop cher payé pour les faveurs incertaines qu'il comptait en tirer ?

Lorsqu'ils s'étaient réunis deux jours plus tôt à Berry Pomeroy, il avait mis en avant son médiocre projet de réduire Wolfe au silence par le biais du déshonneur, avec le faible espoir que la situation actuelle pourrait être évitée, que Bernard Cheever et Braose ne verraient pas se concrétiser leur rêve de mettre le coroner sous les verrous pour tentative de viol afin de le faire pendre en toute légalité ! Mais depuis, la situation avait empiré au point de devenir un véritable cauchemar, hors de contrôle et irréversible. Revelle se tournait et se retournait dans son lit en pestant – contre lui-même pour s'être laissé entraîner si loin et contre cet imbécile de Wolfe qui se montrait si buté. Un imbécile dont la loyauté inspirait cependant le respect en comparaison avec sa propre bassesse.

Avant que l'épuisement n'eût raison de son insomnie, il eut droit à un dernier mauvais rêve éveillé : demain matin, songea-t-il, il allait devoir apprendre à Matilda que son mari, non content d'être adultère, était désormais aussi un violeur, ce qui ferait probablement d'elle avant la fin de la semaine la veuve d'un criminel.

Rien dans la petite ville d'Exeter ne pouvait être gardé secret très longtemps. Peu après l'aube, la rumeur que sir John de Wolfe, le coroner, avait passé la nuit dans une geôle de Rougemont avait commencé à se répandre comme une traînée de poudre, sans que personne pour l'instant sût la cause de son incarcération. À la fin de son service, l'homme en faction au poste de garde avait dit la nouvelle à ses camarades de beuverie, qui eux-mêmes en avaient parlé à leurs femmes, de sorte qu'à l'arrivée massive des marchands et des colporteurs à l'ouverture des portes, le potin avait en un rien de temps fait le tour de la ville.

Quand il l'entendit, Gwyn était en train d'acheter un morceau de fromage sur un étal tout proche de la porte est, par laquelle il arrivait de Saint-Sidwell. Stupéfait, il se précipita alors vers le château, devançant Thomas de Peyne qui gravissait la côte aussi vite que sa patte folle le lui permettait. Ce dernier tenait quant à lui la nouvelle d'un cuisinier du clos de la cathédrale sorti acheter du beurre pour le petit déjeuner. En passant la porte du château, tous les deux rongés par l'inquiétude, ils remarquèrent que le nombre d'hommes au poste de garde avait été doublé. Personne n'avait reçu l'ordre d'empêcher l'équipe du coroner d'entrer – et Gwyn n'aurait de toute façon pas manqué d'étrangler quiconque aurait essayé de l'arrêter. Ils s'engouffrèrent dans l'escalier qui menait au sous-sol, Thomas sautillant et boitillant pour ne pas se laisser distancer par le Cornique qui dévalait les marches à grandes enjambées. La grille qui menait aux cellules étant verrouillée, Gwyn se mit à hurler en direction de l'antre de Stigand où l'énorme geôlier s'affairait au-dessus d'une marmite.

« Ouvre cette maudite porte, gros crapaud ! Je dois voir le coroner immédiatement. »

Le Saxon boursouflé leva les yeux en ricanant. « Personne n'a le droit de lui parler, j'ai des ordres. »

Gwyn n'était pas d'humeur à discutailler. Saisissant Stigand par les épaules de sa tunique crasseuse, il le mit brusquement debout et le secoua violemment. « Écoute, sac à merde, ouvre cette grille ou je te tords le cou ! »

Il n'en fallut pas davantage pour convaincre le répugnant gardien de prison, qui fila aussitôt vers l'autre bout du couloir, houspillé par Gwyn qui le talonnait. Thomas leur emboîta le pas. Quand le geôlier eut trouvé la bonne clé pour leur ouvrir la porte, Gwyn s'empara de son trousseau et ordonna au clerc d'aller verrouiller la grille. « Pas question que ce gros lard puisse aller donner l'alarme », dit-il d'un ton sec. Jetant ensuite un coup d'œil à l'intérieur de la cellule, il se retrouva nez à nez avec Wolfe qui s'était approché du judas. « Dans un instant vous serez dehors, Coroner ! Thomas, apporte-moi donc les clés. »

Wolfe avait eu toute la nuit pour réfléchir. « Non, Gwyn, ça n'est pas la bonne approche. Les hommes du poste de garde vous ont certes laissé entrer, mais il est sûr qu'ils ne me laisseront pas sortir. De toute façon, je ne vais pas fuir ma propre ville. Si vous tentez de me faire évader, vous serez piégés vous aussi. »

Il leur résuma brièvement comment il s'était fait avoir par Jocelin et sa clique. Gwyn n'eut alors plus qu'une envie : retrouver Braose et le disséquer avec un couteau mal aiguisé. Mais de nouveau John tempéra.

« Il est vital que tu restes libre – et toi aussi, Thomas. Vous êtes mon seul lien avec l'extérieur. Gwyn, tu vas discrètement ressortir et chevaucher au plus vite le comté pour prévenir les barons et les chevaliers que nous savons fidèles au roi. Lord Ferrars et Réginald de Courcy – tu te souviens, ceux que tu as vus il y a quelques semaines lors de cette histoire concernant Fitzosbern. Ils transmettront ensuite le message à d'autres. Dis-leur qu'il se mijote une nouvelle sédition et que Pomeroy, Cheever et Nonant en sont les piliers dans le Devon. »

Quelque chose le retint d'inclure le shérif à sa liste.

« Dis-leur aussi que l'on m'accuse à tort d'un crime pour m'empêcher de parler et que j'ai besoin d'aide au plus vite. Cela devrait suffire à les faire venir promptement en ville. »

Il se tourna alors vers son clerc dont le visage hâve était plus sale et moins bien rasé que de coutume, et baissa sa grande carcasse pour mieux voir par le judas. « Thomas, quant à toi, tu vas courir aussi vite que tes jambes t'y autoriseront apporter le même message à l'archidiacre. Ajoute que les responsables sont également les meurtriers du chanoine. À présent, filez, tous les deux, et ne vous faites pas prendre ou je suis perdu ! »

Il retourna dans l'obscurité de sa cellule pour devancer les protestations de Gwyn, lequel était prêt à démolir la geôle pierre par pierre pour libérer son maître. Mais le géant, qui avait senti au ton de Wolfe le caractère impérieux du message, obéit.

« Vas-y, fonce à la cathédrale, nabot », lança-t-il en ouvrant la grille pour pousser Thomas dehors. Stigand fit un mouvement pour le suivre, mais Gwyn l'attrapa par le col et le traîna jusqu'à la dernière cellule au fond du couloir, où trois hommes en haillons attendaient leur pendaison prévue pour le lendemain. Déverrouillant la porte, il jeta le geôlier à l'intérieur avant de refermer. Puis il se dirigea vers la sortie, sans se soucier des hurlements et des cris de la brute épaisse livrée à la colère des trois condamnés.

Il rattrapa le clerc quelques toises plus loin, et tous deux franchirent la porte avec une nonchalance exagérée avant de descendre en ville au pas de course faire ce qui leur avait été ordonné.

Pendant ce temps, le shérif se préparait à la confrontation avec sa sœur. Si d'habitude il mangeait à la table principale de la grande salle du château, il se fit ce matin-là monter son petit déjeuner dans son bureau. Le commis, qui supportait mal de s'être fait chasser de sa paillasse, posa sans ménagement les bols sur la table d'un air dédaigneux, mais Revelle n'était pas d'humeur à se soucier des domestiques. Il le congédia dès le dernier bol posé. Lucille, quant à elle, avait été envoyée à la cuisine avec les autres bonnes pour y prendre son petit déjeuner.

Une fois seul, il alla frapper à la porte de sa chambre pour convier Matilda à se joindre à lui. Mais, faute de réponse, il dut frapper de nouveau, plus fort, puis plus fort encore. Soudain en proie à un mauvais pressentiment, il entrouvrit pour jeter un coup d'œil à l'intérieur et l'aperçut assise au bord du lit tout habillée, le regard perdu vers l'étroite fenêtre. À force d'insistance et devant le ton de plus en plus sec et impatient de son frère, elle finit par se lever et passa devant lui sans un mot ni un regard.

« Fichues bonnes femmes ! marmonna-t-il dans sa barbe, tout en lui tirant galamment l'unique chaise avant d'aller lui-même s'asseoir sur un tabouret de l'autre côté de la table. Richard n'avait déjà pas beaucoup d'appétit, mais aussi incroyable que cela pût paraître, Matilda n'en avait quant à elle pas du tout. Rompant quelques morceaux de pain, elle se livrait tête baissée à un simulacre de repas. Alors qu'il rassemblait tout son courage pour lui faire part de la nouvelle concernant son mari, Richard vit des larmes silencieuses apparaître au coin de ses lourdes paupières.

Versant un peu plus de bière tiède dans son bol déjà plein, il s'éclaircit la gorge. « Matilda, j'ai peur d'avoir de bien préoccupantes nouvelles. »

Elle ne répondit rien, laissant les larmes de chaque côté de son nez plutôt épaté dégouliner jusqu'à ses lèvres. Revelle ne comprenait pas à quel point la douleur causée par l'infidélité de son mari était grande. Il la savait depuis longtemps au courant de son aventure avec la femme de la taverne, « la putain galloise » comme elle avait coutume de l'appeler – il l'avait même maintes fois entendue railler Wolfe à ce sujet. Aussi cela dépassait-il son entendement qu'elle fût si affligée par la révélation d'une liaison avec la femme de Dawlish. D'autant que Matilda était la première à accuser John de fréquenter d'autres femmes que Nesta. Mais, accoutumé au comportement souvent irrationnel de sa propre épouse, il préféra passer outre et considérer tout cela comme une autre aberration propre à la gent féminine.

Restait encore à lui annoncer la pire des nouvelles. « Il s'est passé cette nuit quelque chose d'affreux, ma chère Matilda. Je ne sais comment vous le dire avec tact. John est dans les geôles du château, sous nos pieds. Accusé de viol par une femme de la ville. Que celle-ci ne vaille guère mieux qu'une ribaude change peu à l'affaire, car quatre témoins et la fille tiennent à le remettre à la cour du comté ce matin même. »

Matilda releva lentement la tête et posa sur lui un regard vide, comme il ne lui en avait jamais vu jusqu'ici – ni dans leur enfance ni après. Un instant, il la crut devenue folle et se mit à bredouiller, pris de peur de se trouver face à une malade mentale.

« Je dois le juger, Matilda, je n'ai pas le choix. Je n'y suis pour rien, l'Appel[1] émane de cette

1. Au Moyen Âge, le terme d'Appel (*appeal*, en anglais) n'avait pas le même sens qu'aujourd'hui et désignait la plainte déposée

femme, soutenue par ses amis qui ont surpris John en train de commettre cet acte lubrique ! Je suis le shérif du roi dans ce comté, je ne fais que mon devoir. »

La chaise de Matilda bascula dans un grand fracas. Debout à présent, elle le fusillait du regard, les lèvres frémissantes, mais sans un mot. Pâle et tremblante, elle se dirigea vers la chambre et ferma la porte derrière elle. Déconcerté, Richard s'approcha timidement et frappa de nouveau. « Sœur, est-ce que tout va bien ? Dois-je faire monter votre bonne ? »

Il y eut un bref silence puis elle se mit à parler, d'une voix certes faible mais calme. « Je serai à Shire Hall pour soutenir mon mari. »

Avec un soupir, Revelle tourna les talons en rêvant brièvement d'un monde où seuls vivraient des hommes, avant d'être aussitôt assailli par ses autres soucis. Il aurait donné cher pour se trouver n'importe où plutôt que dans le Devon – de préférence en Afrique ou au Cathay.

---

par une partie lésée, le plus souvent un proche, en cas de crime. La peine infligée pouvait aller du dédommagement financier au duel judiciaire en passant par l'ordalie. Historiquement, l'Appel est antérieur au droit de la Couronne à poursuivre un criminel et, à partir du XIIe siècle, les deux systèmes furent concurrents. (N.D.A.)

12

Où Coroner John est présenté devant la cour du comté

Avec le vent d'est, les pluies intermittentes avaient laissé place au grésil, mais ni le froid ni l'humidité n'avaient dissuadé la foule qui se pressait dans Shire Hall peu avant la dixième heure ce matin-là. La vaste salle dépouillée au sol boueux débordait de spectateurs et maints autres jouaient des coudes devant le porche pour entrer. Seule était encore déserte l'estrade meublée de deux chaises, de quelques bancs et de tabourets qui, à une extrémité de la salle, attendait les officiels.

Alors qu'au loin les cloches de la cathédrale sonnaient l'heure, deux petits cortèges se rejoignirent devant le donjon pour parcourir ensemble les quelques toises qui les séparaient de la salle d'audience. Le sergent Gabriel émergea du sous-sol avec John de Wolfe, escortés par deux hommes d'armes, et le petit groupe emboîta le pas au cortège en tête duquel marchait le connétable Ralph Morin, suivi de Richard de Revelle, puis du grand chantre Thomas de Boterellis et des deux magistrats portuaires, Henry Rifford – dont la fille avait été violée le mois dernier – et Hugh de Regala. Matilda et Lucille, chaudement emmitouflées dans leurs lourdes capes, fermaient la marche.

Gabriel, le visage déjà ravagé par la guerre, avait les traits tirés de devoir conduire vers un verdict qui pourrait se révéler fatal un ami qu'il respectait. Comme Wolfe, quoique d'un rang bien inférieur, il avait été soldat et partageait avec lui l'expérience des combats en Angleterre et en Terre sainte. Le vieux soldat, qui ne croyait pas à la culpabilité du coroner, flairait une machination du shérif qu'il haïssait. Il n'avait pas, Dieu merci, reçu l'ordre d'entraver le coroner comme il était d'usage quand on conduisait un prisonnier à Shire Hall. Chose qu'il aurait de toute façon refusée, au risque de se voir infliger un sévère châtiment.

Ralph Morin avait sans ambages informé le shérif qu'il n'était pas prêt à mettre Wolfe aux fers et Revelle, dont la détermination s'émoussait, n'avait pas insisté.

À l'arrivée du cortège sous le grand porche de la salle d'audience, toutes les conversations cessèrent et la foule s'écarta. Alors que d'habitude les prisonniers devaient endurer huées, sifflets et même projectiles, le silence respectueux qui se fit avait quelque chose de surnaturel, de plus impressionnant encore que des acclamations ou des encouragements. Quelques mains se tendaient, touchant furtivement Wolfe au passage du cortège.

Livide, le shérif ouvrit la marche jusqu'à l'estrade et s'installa au centre, les autres dignitaires, clercs et hommes d'armes de part et d'autre de lui. L'invitation qu'il lança à sa sœur de le rejoindre jeta un instant de trouble sur l'assemblée car celle-ci refusa d'un violent signe de tête avant d'aller s'asseoir avec sa bonne au premier rang du public, derrière son mari, qui avait été conduit par Gabriel et un autre soldat en un point de la salle situé en face mais en contrebas du shérif.

La foule se serra encore sous la poussée des derniers arrivés qui voulaient se mettre à l'abri de la pluie glaciale et ne rien manquer des échanges. Malgré ses cheveux noirs en bataille et sa tunique froissée, John observait calmement les hommes qui bavardaient à mi-voix sur l'estrade. Chacun des deux clercs du tribunal agitait un parchemin à l'intention de l'autre. Ralph Morin, derrière le shérif et le dépassant d'une tête, bouillonnait de colère. En face, Jocelin de Braose, Giles Fulford, Rosamunde de Rye et un homme à la mine sournoise, sans doute l'apothicaire, tous mal à l'aise, se tenaient entourés des soldats de Morin, comme pour être protégés du courroux de la foule. Pas très loin, en compagnie de Thomas de Peyne, d'Edwin et de l'une des filles de salle de la taverne, se trouvait Nesta, les traits tirés et sillonnés de larmes.

Le shérif prit place peu après sur la chaise centrale tandis que les magistrats portuaires et le grand chantre s'installaient sur les bancs de chaque côté. C'est alors qu'une silhouette longiligne vêtue d'une large robe noire, celle de l'archidiacre, se fraya un chemin à travers la foule et, d'un air décidé qui ne souffrait pas la contradiction, vint s'asseoir à côté de Hugh de Regala sans y avoir été invité.

Richard de Revelle leva la main pour signifier à son clerc principal que la séance était ouverte. Le shérif s'était vêtu plus sobrement que d'habitude, comme s'il souhaitait éviter d'attirer sur lui l'attention. Visiblement très mal à l'aise, il esquivait soigneusement de croiser le regard de sa sœur ou de son mari. Le clerc se racla la gorge et déroula un parchemin pour lire l'acte d'accusation.

« Attendu que cette femme, Rosamunde, fille de Ranulph, plus connue sous le nom de Rosamunde de Rye, domiciliée dans la ville d'Exeter, sise dans le comté du Devon, a saisi, conformément à la loi, la cour du shérif du comté du Devon susmentionné et que ladite Rosamunde affirme avoir été victime du crime de viol, commis sur sa personne et en contravention avec le droit coutumier, perpétré par le dénommé John de Wolfe, chevalier dudit comté, demeurant à la date du 3 janvier de l'année du Seigneur 1195 sur Martin's Lane, ladite Rosamunde prie et en appelle à la justice pour que réparation lui soit faite en accord avec la loi. »

Après avoir reculé d'un pas et roulé son parchemin, il se tourna vers le shérif pour l'étape suivante. De moins en moins décidé, maintenant que les terribles conséquences de son ambition se faisaient plus palpables, Revelle se leva. Il s'apprêtait à prendre la parole quand une voix familière vint l'interrompre.

« Avant que ne débute cette mascarade absurde, qu'il soit dit que la procédure est sans valeur et illégale ! Le crime présumé de viol étant désormais considéré attentatoire à la paix royale, il doit être présenté devant une juridiction pénale et jugé par les justiciers du roi. Ce qui peut être légalement entrepris aujourd'hui se limite à l'enregistrement des prétendues preuves qui seront présentées lors de la prochaine cour d'assises. »

Après cette première attaque cinglante, Wolfe se tut, sans cesser de fusiller du regard les hommes sur l'estrade. Les deux clercs gloussèrent en haussant les épaules avant de se tourner vers le shérif dans l'attente d'éclaircissements. Lequel, pour faire diversion, choisit de s'attarder sur la complexité des textes, qui demeuraient aux yeux de beaucoup une énigme. Il voulait voir reculer le moment où il allait devoir prendre la responsabilité de condamner à la potence le mari de sa sœur. Il se leva pour parler :

« Le cas relève toujours de la compétence de cette cour ! Certes, une alternative est à présent offerte à cette femme par les cours royales, mais elle a encore tout à fait le droit de choisir la voie traditionnelle. Clerc, veuillez poursuivre le procès ! » lança-t-il avant de se rasseoir en tirant nerveusement sur sa barbe.

Personne ne s'enquit de savoir si le prisonnier plaidait coupable ou non coupable, et le clerc fit signe aux soldats de faire approcher l'accusation ainsi que les témoins principaux, qui vinrent s'aligner à côté de Wolfe, séparés de lui cependant par un homme d'armes pour éviter toute empoignade.

Le clerc le plus âgé, les cheveux gris et un gros nez criblé de cicatrices d'abcès, déroula un nouveau parchemin. « Rosamunde, fille de Ranulf, maintenez-vous votre appel contre le prisonnier ? »

La femme rejeta son capuchon en arrière pour découvrir à tous un regard plus noir que jamais.

« Je le maintiens, monsieur ! Il m'a d'abord agressée puis il m'a violée », dit-elle d'une voix forte et effrontée.

La réponse ne se fit pas attendre, cinglante et tout aussi retentissante.

« Sale putain menteuse ! Répète donc cela une main sur les Saintes Écritures et tu rôtiras en enfer ! »

Ça n'était pas un prêtre mais bien Matilda Wolfe. Un murmure de consternation parcourut la salle et le shérif pâlit encore. Comment accuser sa propre sœur d'outrage à la cour, ou même la faire expulser ? Il ouvrit la bouche puis la referma sans un mot. Comme Matilda s'en tint là, il préféra finalement ignorer l'interruption et poursuivre.

Appelés un par un, les témoins affabulèrent solennellement et se montrèrent plutôt convaincants, à l'exception de l'apothicaire, une vraie boule de nerfs. Ni Wolfe ni sa femme ne firent de nouvel esclandre. Rosamunde prétendit que la veille, elle rentrait tranquillement chez elle après être allée faire ses dévotions à la cathédrale. Elle pourrait si nécessaire, ajouta-t-elle, faire venir un prêtre qui pourrait confirmer qu'il l'avait vue agenouillée devant l'autel de saint Edmond aux alentours de la neuvième heure. En passant dans Martin's Lane, elle avait entendu des pas derrière elle, puis une voix d'homme l'appeler. Ayant reconnu sir John de Wolfe, coroner du comté, elle ne s'était pas méfiée, même quand il lui avait instamment demandé de le suivre chez lui pour discuter d'une affaire de première importance concernant son ami Giles Fulford. Inquiète pour ce dernier et ne soupçonnant rien, elle avait accepté. Mais à peine entrés, Wolfe s'était jeté sur elle pour l'embrasser et la patiner. Quand elle s'était débattue et avait tenté de crier, il l'avait frappée plusieurs fois au visage avant de la coucher par terre, déchirant son corsage et lui griffant le cou.

Sanglotant avec emphase, Rosamunde raconta alors comment il lui avait malmené les seins avant de soulever sa robe pour la prendre de force, sans son consentement. Ses cris avaient fini par être entendus de ses amis qui en faisant irruption dans la maison, avaient mis fin à l'agression, lui sauvant peut-être la vie.

Ce fut ensuite au tour de Jocelin de Braose et de Giles Fulford, qui se présenta comme le « protecteur » de Rosamunde. Sur le ton du mélodrame, tous deux narrèrent comment, ne voyant pas arriver la femme au coin de la Grand-Rue et de Martin's Lane à l'heure où ils avaient prévu de s'y retrouver, ils s'étaient précipités dans un logement tout proche d'où s'échappaient des cris violents pour y trouver Wolfe en train de la violer. L'apothicaire malingre au regard fuyant ajouta pour finir que les témoins avaient emmené la victime dans son échoppe de Curre Street afin que ses plaies et ses égratignures puissent être lavées et badigeonnées d'onguent. Après avoir fait le catalogue des blessures, il précisa qu'à leur demande, il avait examiné ses parties intimes et confirmé les saignements indiquant une maltraitance. La loi sur le viol exigeant des preuves matérielles de blessures vénériennes, il alla même jusqu'à produire un linge froissé présentant de petites tâches de sang, dont il prétendit qu'il lui avait servi à nettoyer les cuisses de la dame. À la fin des témoignages, un nouveau murmure parcourut l'assistance. Si quelques-uns se montrèrent impressionnés par ce limpide récit de luxure, la majorité n'y vit qu'une histoire inventée de toutes pièces.

Le shérif qui, en écoutant, se mordillait l'intérieur des joues jusqu'au sang, osa enfin baisser le regard sur Wolfe. « Vous êtes autorisé à répondre à cette accusation », dit-il d'une voix rauque.

Le coroner prit une profonde inspiration, prêt à livrer bataille contre son beau-frère, à se lancer une dénonciation si accablante de ses témoins et de sa loyauté qu'il en tomberait de l'estrade. Même si l'histoire n'était d'abord pas crue, elle aurait le mérite de semer le doute sur l'intégrité du shérif et permettrait de retarder suffisamment l'affaire pour permettre à Gwyn de mobiliser les partisans du Cœur de Lion dans le comté. Il lui était tout bonnement impossible d'accepter l'éventualité d'une condamnation expéditive qui le conduirait à la potence. Mais quelle ne fut pas sa surprise, lorsque Revelle répéta sa question, de voir quelqu'un répondre à sa place.

« Il n'a pas besoin de dire quoi que soit – je vais le dire pour lui ! »

La voix aiguë et râpeuse de Matilda s'éleva pardessus les murmures de la foule. Traînant Lucille par le bras, elle écarta d'un coup d'épaule un homme d'armes et vint planter sa large carrure au côté de son mari. « Cette catin et ces soi-disant témoins ne sont que de fieffés menteurs qui méritent d'être punis pour leur parjure manifeste ! »

Richard de Revelle sentit soudain sa tête comme prise dans un étau. Qu'allait-il bien pouvoir dire à sa propre sœur qui, pas plus tard que la veille, avait quitté son mari adultère et qui, à présent, s'entêtait à le défendre ?

Il fit un effort pour parler. « Je conçois qu'il est tout à fait naturel qu'une fidèle épouse dût essayer de...

— Taisez-vous, frère, le coupa Matilda, ou vous en prendrez vous aussi pour votre grade ! J'affirme que tout cela n'est qu'une infâme conspiration et que pas un de ces gens ne dit la vérité. Cette créature n'a pas subi de viol. C'est elle qui a usé d'un subterfuge pour s'introduire dans notre maison tandis que ses complices rôdaient dehors, prêts à jouer le rôle de faux témoins. »

Une clameur emplit la salle, que le connétable du château apaisa en mettant ses poumons à l'épreuve, épaulé à coups de gourdin par quelques-uns de ses hommes. Une fois le calme à peu près revenu, Jocelin de Braose s'exclama, furieux : « Il faudrait la jeter dehors ! Quelle valeur ont donc les braillements d'une épouse sur l'innocence de son mari ? Qu'en sait-elle ? Elle n'était pas là. »

D'un geste majestueux, Matilda Wolfe se tourna alors vers lui, sa mâchoire carrée saillant comme la proue d'un navire. « Oh si, j'étais bien là, infâme personnage ! Vous n'auriez pas dû choisir cette nuit-là, ni d'ailleurs ce logis, pour jouer votre tour. Vous auriez dû savoir qu'il y a en haut du mur entre la grande salle et le solarium une petite fenêtre. Je me trouvais dans ce solarium et j'ai tout entendu – et presque tout vu. »

Un murmure de consternation parcourut la salle bondée.

« Cette femme s'est glissée chez moi en prétendant avoir été agressée par ce porc de Braose, poursuivit Matilda, d'une voix qui grinçait comme un clou rouillé sur une ardoise. Demandant à mon mari que justice soit faite, elle a commencé à lui dévoiler les blessures qu'elle s'était fait volontairement infliger. Il a été trop crédule pour comprendre ce qui se tramait avant qu'il ne soit trop tard. La catin a tiré sur son corsage, déchiré par elle au préalable, et s'est laissée tomber à terre en hurlant : "Au viol !" Ses complices attendaient sans doute son signal car ils sont apparus à peine quelques battements de cœur plus tard ! »

De nouveau, comme le grain souffle sur l'océan, la salle fut parcourue d'une vague de surprise qui très vite s'apaisa car nul ne voulait perdre le moindre mot de l'acte suivant.

Braose ricana d'un air dédaigneux. « Balivernes ! Le pari désespéré d'une femme cherchant à sauver son mari de la potence. Shérif, pourquoi perdez-vous votre temps à écouter pareilles sornettes ? »

C'en était trop, même pour Revelle, qui était pourtant la créature des employeurs de Braose. « Silence, Messire ! C'est de ma sœur que vous parlez de si discourtoise manière ! Même si je suis comme vous d'avis que, dans pareilles circonstances, le témoignage, certes louable, d'une épouse n'est pas acceptable à moins d'une preuve.

— La preuve, je vais vous l'apporter, frère shérif, intervint Matilda d'un ton sec. D'abord, laissez l'archidiacre ou le grand chantre, représentants de Dieu ici-bas, nous faire tous, ces scélérats comme moi-même, prêter serment sur le Testament pour voir qui dit la vérité. Sans doute les flammes de l'enfer n'effraieront-elles pas ces pêcheurs impénitents – mais m'avez-vous déjà vue, moi, rompre un serment fait au Christ ? »

Fulford et son maître grommelèrent d'un air méprisant, mais Matilda avait plus d'un tour dans sa large manche. « Vous pourrez également recueillir le témoignage de ma bonne, Lucille. Elle se trouvait avec moi dans le solarium et pourra attester de la véracité de tout ce que j'ai dit. Enfin, je vous demande de vérifier ma bonne foi par la description que vous me demanderez des vêtements que ces trois-là portaient hier soir – et qu'ils ont tous ôté depuis. »

Elle jeta vers son frère un regard triomphant. « Ni ma bonne ni moi n'avions jamais vu ces ordures auparavant, pas plus que nous ne les avons revues depuis. Pourtant, si vous saisissez les tenues qu'ils portaient au moment des faits – et en particulier la robe de soie verte dont la catin était vêtue – vous constaterez qu'ils correspondent dans les moindres détails à la description que je peux en faire tout de suite. Nous nous doutions bien, Lucille et moi, que nous ne serions pas crues. »

Le trouble s'empara des premiers rangs comme de l'estrade, où tout le monde semblait sur le point de se mettre à hurler sur son voisin. Dans la salle, les cris fusèrent : « Libérez-le ! », « Enfermez ces salauds ! », « Ajournez, ajournez ! »

Les soldats s'efforçaient d'empêcher Jocelin et Rosamunde de fondre sur Matilda et sa bonne, échauffourée à laquelle Wolfe lui-même essaya de prendre part avant que Gabriel et ses hommes ne parvinssent à rétablir le calme.

Le shérif impuissant fut abandonné au bord de l'estrade, jusqu'à ce que les beuglements de taureau de Ralph Morin et les efforts de ses hommes ne rétablissent à nouveau un peu d'ordre. L'archidiacre et les deux magistrats portuaires vinrent s'entretenir en aparté avec Revelle, et le connétable lui-même traversa l'estrade pour lui murmurer des reproches véhéments. Le shérif, désorienté, secouait la tête. Matilda, qui l'observait de loin, s'avança jusqu'à l'estrade.

« Je peux aussi mentionner d'autres détails que j'ai entendus dans le solarium, mon frère, et dont certains vous concernaient vous et vos récentes occupations, lui dit-elle à voix basse. Tenez-vous à les entendre en public ? Car depuis qu'hier vous m'avez tenu des propos sur mon mari qui m'ont conduit à le haïr, mon respect à votre égard s'est mué en mépris. »

Ces mots firent à Richard l'effet d'une douche froide. Il se sut soudain vaincu. Plus rien n'importait à présent que de sauver du naufrage tout ce qui pourrait être sauvé – sa carrière et peut-être même sa vie. Mû par un puissant instinct de survie, il leva les bras et, épaulé de nouveau par Morin et les siens, exigea que l'ordre fût rétabli.

« Face à la controverse manifeste soulevée par ces preuves, je n'ai d'autre choix que d'ajourner le procès, lança-t-il avant de se tourner vers les dénonciateurs. Je recommande chaudement à la plaignante et à ses témoins de reconsidérer leur Appel, dont la véracité semble être contredite par des preuves substantielles. »

Il hésita un instant, mais un regard de Ralph Morin le convainquit qu'il n'avait pas d'alternative, si bien qu'il ajouta : « De même, je demande à ce que l'accusé soit libéré, même si, bien sûr, l'affaire n'est pas close. »

Quelques éclats de rire sardoniques fusèrent de la salle mais, à présent résolu à tuer dans l'œuf tout risque d'être ouvertement mêlé au complot, le shérif déclara : « La séance est levée, toutes les parties peuvent prendre leurs aises. »

Il s'apprêtait à faire demi-tour pour descendre de l'estrade quand la voix de Wolfe retentit, pareille au claquement d'un fouet : « Non, shérif, on ne va pas en rester là ! »

Tous se figèrent et regardèrent en retenant leur souffle les deux principaux protagonistes s'affronter une fois de plus.

« Il n'est pas question que ces deux hommes soient une fois de plus libérés. Ils sont accusés du meurtre du chanoine Robert de Hane et du meurtre de sir William Fitzhamon, ainsi que de la tentative de vol d'un trésor du roi, autant de crimes pour lesquels j'exige leur incarcération jusqu'à la venue des justiciers. »

Marquant une pause, il tourna le regard vers la gauche et pointa le doigt sur ses accusateurs. « La putain et l'apothicaire m'importent peu, leur rôle est insignifiant, mais ces deux hommes doivent être traduits en justice ! »

Revelle, censé avoir pris part à la conspiration fomentée par Bernard Cheever, hésita de nouveau. Voilà qu'on lui demandait à présent d'arrêter ses complices ! Mais quelques secondes de réflexion lui suffirent pour comprendre qu'ils seraient mieux à leur place dans les geôles de Stigand que libres de rapporter sa mauvaise foi à Pomeroy et Cheever. Voyant qu'il hésitait, Ralph Morin se pencha vers lui pour lui glisser rageusement à l'oreille : « Quoi que vous disiez shérif, je ne laisserai pas repartir ces hommes ! »

Menacé de tous côtés par la mutinerie, Revelle approuva d'un signe de tête.

Immédiatement, le sergent Gabriel, ravi, fit signe à ses hommes d'empoigner Braose et Fulford. Une avalanche de bras et de jambes s'abattit alors sur eux dont ils sortirent plaqués au sol et couverts de bleus.

« Sortez-les d'ici ! », hurla le shérif, terrifié par ce qu'ils pourraient se mettre à hurler sur son compte maintenant qu'il les avait trahis.

Tandis que les gardes les poussaient sans ménagement à travers la cour du château, Revelle s'éclipsa, laissant John de Wolfe assailli par la foule venue le congratuler et lui assurer n'avoir jamais cru à ces ignobles calomnies – même si parmi les badauds, certains auraient volontiers assisté à sa pendaison si les choses s'étaient déroulées autrement.

Dès qu'il put s'échapper, John chercha Matilda des yeux pour la remercier et la ramener chez eux, sur Martin's Lane. Mais elle avait disparu aussi vite que son frère, avec Lucille, et sans lui accorder une parole.

Alors que la foule se pressait vers l'extérieur, il remarqua, à l'écart de la cohue, Thomas et le trio de *La Brousse* qu'il s'empressa de rejoindre. Nesta, toujours assez diplomate pour ne pas faire étalage de leur liaison hors des murs de la taverne, lui prit la main pour lui raconter, les larmes aux yeux, quel cauchemar elle avait vécu depuis qu'à l'aube, elle avait appris la nouvelle.

« Je passerai te voir bientôt pour tout te raconter dans les détails, lui promit-il. « À présent, il faut que je retrouve Matilda – sans doute est-elle rentrée. »

Nesta secoua la tête. « J'en doute, John. Tout n'est pas si simple. »

Elle n'avait pas tort. De retour à Martin's Lane, Wolfe apprit par Mary, presque la seule en ville à n'avoir pas été mise au courant de l'affaire, qu'il n'y avait pas eu le moindre signe de la maîtresse. Déconcerté, il hésitait à retourner au château pour s'assurer qu'elle n'était pas avec son frère, quand John d'Alençon et Hugh de Regala frappèrent à sa porte et entrèrent. Ayant échangé quelques mots sur le fiasco de Shire Hall, dont ils s'efforcèrent de comprendre toute la portée, ils réfléchirent aux suites à donner aux événements.

« Il est certain que votre femme a fait basculer la situation, John. Quels que soient les problèmes de votre couple, elle a su prouver que les liens du mariage sont à toute épreuve », remarqua le prêtre avec une foi touchante pour une institution dont il ne ferait jamais l'expérience.

Wolfe ne pouvait se départir du sentiment qu'une telle explication était trop simple, mais il le laissa dire. « Au moins, les assassins du chanoine sont-ils de nouveau sous les verrous, reste à voir cependant quelle suite le shérif va donner à tout cela. »

L'archidiacre, qui se trouvait à côté de Revelle lorsque sa sœur était venue le menacer, ajouta :

« Je crois bien que notre shérif est en train de revoir sa position concernant ce début de rébellion. Il a toujours eu l'instinct de survie, aussi ne serais-je pas étonné qu'il cherche quelque moyen d'échapper aux liens qui l'unissent à Pomeroy et sa bande.

Hugh de Regala, resplendissant comme de coutume dans une tunique rouge et une cape moutarde avec coiffure à pans tombants assortie, avait un esprit perspicace qu'il mit au profit de la situation. « Nous pourrions peut-être tourner cela à notre avantage, suggéra-t-il. Mais tout dépend à quel point vous désirez voir votre beau-frère pendu au bout d'une corde, John.

— Que voulez-vous dire ? demanda le coroner avec méfiance.

— Si Revelle est vraiment désireux de sauver sa peau, voire même son poste de shérif, il sera peut-être prêt à coopérer pour confondre les traîtres de notre comté. S'il n'y a rien d'autre que nous puissions faire, nous pouvons certainement au moins mettre des bâtons dans les roues de Pomeroy et Nonant. »

Wolfe comprenait sa logique. « Oui, Ferrars, Courcy et peut-être Ralegh devraient être ici demain au plus tard, si Gwyn a bien fait son travail. Ils peuvent, à eux tous, réunir un grand nombre d'hommes – de plus, les rebelles sont désormais privés du chef de leurs mercenaires, ce maudit Braose. »

D'Alençon, en homme de paix, semblait perplexe. « Comment le shérif peut-il jouer un rôle là-dedans ? » demanda-t-il.

Regala se montrait aimable mais il ne fallait pas s'y tromper, même s'il avait réussi dans le négoce, il avait toujours rêvé d'être un homme de guerre, comme le prouva sa réponse. « S'il est prêt à ramper pour être pardonné, alors qu'on se serve de lui pour faire sortir Pomeroy et Nonant de leurs forteresses sous un faux prétexte et ainsi nous permettre de les appréhender. Nous n'avons pas besoin de nouveaux sièges comme aux châteaux de Tickhill et de Nottingham l'an passé. »

Wolfe se montra sceptique. « Attendez ! Pourquoi ce porc devrait-il s'en tirer ? rétorqua-t-il amèrement. C'est un traître, il a déjà trahi par le passé et il n'est pas digne de confiance.

— Il s'agit du frère de votre femme, John, remarqua l'archidiacre avec indulgence.

— Peu m'importe ! Il était, il y a une heure à peine, prêt à me pendre et vous me suggérez maintenant de faire la paix ?

— Tendre l'autre joue, John... lui rappela avec douceur l'archidiacre.

— Et qu'allons-nous faire de l'évêque, archidiacre ? intervint Hugh de Regala. Ses sympathies pour Mortain sont davantage qu'une rumeur.

— Comme Richard de Revelle, il cherche à se trouver dans le camp des vainqueurs. Je pense qu'il a pour l'instant à peine trempé un orteil dans l'eau. S'il la trouve trop chaude, il reculera. Il y a en revanche des soutiens plus fervents dans le clos de la cathédrale. L'un d'eux se trouvait à Shire Hall aujourd'hui même, quelqu'un qui aspire à devenir évêque en cas de victoire du prince Jean. »

Le grand chantre, ils le savaient tous. Mais à cet instant, cela semblait secondaire.

Avant qu'ils partent, John leur assura qu'ils se reverraient dès l'arrivée de lord Ferrars et des autres seigneurs. Puis il monta au solarium, vidé de toutes les affaires de Matilda, vêtements, broderies et crucifix. Déconcerté, il marcha jusqu'à la fente percée dans la cloison et s'aperçut qu'il ne pouvait, en regardant en bas, voir qu'une partie de l'endroit où Rosamunde avait joué sa petite comédie la veille au soir. Mais il entendit sans difficulté Mary qui chantait doucement et parlait à Brutus en vidant l'âtre de ses cendres. Ce qu'avait dit Matilda était donc possible.

Se sentant crasseux d'avoir passé la nuit en prison, il contrevint à sa propre règle de ne se laver que deux fois par semaine et gagna l'arrière-cour pour faire ses ablutions dans un seau d'eau tiède, retirant la crasse à l'aide d'un savon de suif de chèvre et de cendre de hêtre, et se rasant même avec son couteau affûté pour l'occasion. Après lui avoir apporté des vêtements propres, Mary jeta dans un chaudron d'eau bouillante pour tuer poux et puces la tenue qu'il portait en prison. Puis la fidèle servante lui prépara de quoi manger. Propre et repus, il n'en restait pas moins inquiet et aurait notamment voulu savoir où et dans quelle disposition se trouvait sa femme.

Il avait le sentiment plutôt humiliant que la fougue avec laquelle elle avait volé à son secours aujourd'hui prenait racine ailleurs que dans l'amour qu'elle éprouvait à son endroit.

13

Où Coroner John parle à sa femme

En milieu de matinée, Wolfe n'y tint plus : il fallait qu'il sorte. Il avait besoin de savoir où Gwyn en était de sa recherche de renforts et se tracassait toujours pour Matilda. Quelle ironie, songea-t-il, que de se trouver maintenant inquiet du sort d'une femme dont il avait des années durant supporté la mauvaise humeur et qu'il fuyait à la moindre occasion.

La tête rentrée dans le col de son manteau en peau de loup, il traversa à grandes enjambées les rues froides et détrempées, répondant aux saluts et aux sourires de ceux qui étaient au courant du procès avorté. Son officier parti, son bureau dans la tour était désert ; quant à Thomas, soulagé par la libération de son maître, il était retourné à sa recherche opiniâtre de la carte au trésor disparue dans la bibliothèque de la maison capitulaire.

Wolfe redescendit pour gagner le donjon. Dans la haute cour, il fut accosté une douzaine de fois, les félicitations les plus tonitruantes offertes par Gabriel qui s'était fait un plaisir de mettre Braose et Fulford sous les verrous.

Accueilli par un nouveau tonnerre d'applaudissements dans la grande salle du donjon, il partit se réfugier dans le bureau du shérif, vide lui aussi. Le commis regarnissait joyeusement de paille fraîche sa paillasse, récupérée auprès du shérif.

« Sir Richard est sorti, Messire, je ne sais pas où il est allé, dit-il. Ces dames aussi sont parties. Un homme d'armes est passé prendre leurs affaires avec une charrette à bras. »

Un instant, Wolfe craignit que Richard de Revelle se fût enfui au galop au coucher du soleil pour éviter d'avoir à affronter ses problèmes, mais cela lui parut improbable. Il avait désormais une nouvelle chance de se racheter, et avec deux manoirs et une femme dans le comté, il semblait peu plausible qu'il devînt hors-la-loi ou abjurât le royaume.

Quant à Matilda, le transfert par charrette à bras de ses vêtements et parures, auxquels elle tenait tant, était un bon indice qu'elle n'était pas allée bien loin – et son seul point de chute était la maison de sa cousine sur North Street, à moins qu'elle n'eût choisi de vivre dans le péché avec le gros curé de Saint-Olaf, songea Wolfe, cynique.

Il était hors de question pour lui d'affronter sa femme chez sa cousine, plus désagréable encore que Matilda. Il rentra donc chez lui. Privé de la présence exaspérante mais si familière de sa femme, il se sentait en proie à un étrange sentiment d'incomplétude, à la sensation désagréable de partir à vau-l'eau.

Ôtant son manteau et ses bottes dans le vestibule, il gagna la grande salle, déterminé à se mettre une pinte de vin dans le gosier avant le repas que lui porterait Mary. Quelle ne fut pas sa surprise en ouvrant la porte de trouver Matilda debout à l'extrémité de la longue table. Elle n'avait pas ôté ses vêtements d'extérieur et avait toujours sur la tête, par-dessus sa coiffe, un fin capuchon en cuir encore humide de pluie. Il s'élança vers elle les mains tendues mais elle se raidit et recula d'un pas.

Elle avait les joues mouillées et la pluie n'y était pour rien.

« Je tenais à vous remercier pour ce que vous avez fait ce matin, dit-il humblement. Vous m'avez sans doute sauvé la vie. »

Matilda eut un geste de mépris. « John, il faut que je vous parle, lui dit-elle d'une voix hachée. Je suis venue vous implorer. »

L'espace d'un instant, Wolfe en resta interdit. Le fautif, c'était lui, sans conteste. Lui qui devrait pour son inconstance implorer son pardon, surtout après le soutien qu'elle lui avait apporté en public. Pourquoi devrait-elle l'implorer ? Il voulut la convaincre de s'asseoir près du feu, mais elle refusa et, droite comme une statue de granit au milieu de la pièce, elle poursuivit : « Si j'ai agi de la sorte aujourd'hui, c'est à cause de mon frère. Que vous eussiez souffert pour servir ses intérêts aurait été injuste. »

Wolfe commençait à comprendre. Il savait l'admiration que Matilda vouait à son frère, non tant la conséquence de leurs liens du sang que parce qu'il était ambitieux, cultivé, titulaire du poste le plus haut placé du comté et plus arriviste encore qu'elle ne l'était elle-même. Or, elle venait de s'apercevoir que ce géant-là avait des pieds d'argile et valait à peine mieux qu'un traître au roi qu'il représentait. Jamais elle n'avait pu se faire à l'idée que sa disgrâce temporaire l'an passé fût la conséquence d'autre chose que d'une conspiration de jaloux – cette fois, en revanche, elle avait entendu de ses propres oreilles quelque chose qui avait fait tomber son idole de son piédestal. D'une voix de plomb, elle confirma bientôt sa déduction.

« La nuit dernière, j'étais avec Lucille venue chercher le reste de mes affaires. La bonne s'était absentée et vous dormiez quant à vous à poings fermés, alors nous sommes montées au solarium. »

Un instant, sa voix flancha.

« Ne préférant pas vous voir, je ne vous ai pas réveillé, John. Puis cette femme est arrivée et j'ai tout entendu de la façon dont elle vous a piégé en feignant le viol. Et ces monstres qui sont entrés, ils attendaient de toute évidence dehors qu'elle leur donne le signal. »

La voyant prête à défaillir, John la saisit par le bras. Elle ne résista pas, cette fois, quand il la conduisit jusqu'à son fauteuil habituel près de l'âtre. Il s'installa face à elle et attendit.

« Ceci était déjà suffisamment terrible, mais le pire vint après, avec les sarcasmes de ce Jocelin sur mon frère. J'ai essayé depuis, mais en vain, de ne plus y penser ! Il faut que je me rende à l'évidence : mon frère s'est bel et bien de nouveau allié aux ennemis du roi. Quelle humiliation, John ! Cette ambition que j'admirais chez lui est si dévorante qu'elle est en passe de le détruire, à moins que d'une façon ou d'une autre, il puisse être protégé. »

Sa voix, sous le coup de l'émotion, se fit plus forte et plus tourmentée. Elle se pencha pour lui attraper le bras. « Après ce que l'on m'a révélé sur vous et ces femmes, ma fierté, pourtant, m'inspire autre chose. Non que je l'eusse ignoré, comme l'ignorent la plupart des femmes, mais l'entendre de la bouche de mon frère et voir ce dernier envoyer son serviteur jouer les garçons de course auprès de votre tavernière était trop cruel. Je sais à présent qu'il s'agissait d'une médiocre tentative pour vous museler afin que vous ne disiez rien de sa trahison, mais cela m'a piqué au vif. »

Elle se mit à sangloter et s'essuya les yeux du revers de sa manche cloche. « Puis conspirer, de surcroît, dans le but de vous faire condamner pour viol, simplement pour essayer d'acheter votre silence, fut dix fois pire et je le hais d'y avoir songé – mais j'ai peur pour sa vie, John ! »

Matilda renifla bruyamment et lui serra plus fort le poignet. « Aidez-nous, je vous en conjure ! Faites votre possible pour sauver cet imbécile malgré lui ! »

Wolfe espéra un instant que le sol allait s'ouvrir sous lui pour l'avaler. Les effusions de sentiments l'avaient toujours mis mal à l'aise, aussi la vue de sa femme en pleurs et le suppliant de sauver la vie de son frère, elle qui était habituellement si insensible, lui donna-t-elle envie de fuir.

Pourtant, il se sentait aussi gagné par l'indulgence et ressentait une réelle compassion devant son tourment. Parler d'une affection naissante eût été exagéré – elle avait été trop longtemps une adversaire au cœur de pierre – mais, presque malgré lui, sa main tomba sur celle de sa femme qu'il serra gauchement. « Bien sûr, Matilda, je ferai mon possible. L'homme est faible, une girouette qui tourne avec le vent. Jamais je ne lui ai fait confiance et cela ne va pas changer – mais pour vous, je ferai mon possible. Il existe peut-être une manière de le sauver, si le sottard veut bien obéir. »

Le visage de Matilda s'illumina à travers les larmes qui descendaient en rigoles sur ses joues poudrées de blanc. « Il le fera John, je m'en assurerai. Quand j'aurai fini de lui parler, continua-t-elle sombrement, il fera tout ce que nous lui demanderons ! »

Elle se leva brusquement et redevint la vieille Matilda qu'il connaissait, avec sur le visage une expression qui laissait présager un bien mauvais quart d'heure pour son frère. « Lucille ! hurla-t-elle en levant la tête vers l'étroite fenêtre du solarium. Lucille, nous partons, tout de suite. »

Wolfe, en la raccompagnant à la porte, laissa échapper un soupir. Le voile qu'elle avait levé un instant, laissant entrevoir brièvement celle qu'elle était au fond d'elle-même, était retombé pour laisser de nouveau place à l'épouse qu'il connaissait et dont il n'avait cessé de subir les humeurs.

À la porte de la maison, John demanda à sa femme de revenir, mais elle refusa. « Pas encore, John, il est trop tôt. Il faut d'abord que je règle cette crise, pour y voir à nouveau clair. Je ne ressens en ce moment que de la haine à l'égard de tous les hommes, vous comme mon frère. Je logerai pour l'instant chez ma cousine. »

Tandis qu'elle s'éloignait, sa bonne française dans son sillage, Wolfe espéra pour le bien de Matilda qu'elle ne se montrait pas trop optimiste quant au sort de son frère. Personnellement, peu lui importait de voir ou non Revelle se balancer au bout d'une corde, ce dernier en tout cas ne méritait pas moins – mais, étrangement, il ne souhaitait pas que sa femme souffrît davantage, elle dont les plus scintillantes étoiles venaient tout juste d'être délogées de leurs cieux.

Il les regarda tourner le coin de la rue et disparaître, penchées vers l'avant pour se protéger du mélange de grésil et de pluie soufflant avec le vent glacial qui s'engouffrait dans la venelle conduisant de la Grand-Rue au clos de la cathédrale. De retour à l'intérieur, il aperçut Mary qui le regardait depuis le fond du couloir. « La maîtresse est partie ? demanda-t-elle. J'ai préféré ne pas me montrer. L'expression qu'elle avait en arrivant aurait pétrifié un ange. »

Wolfe eut un sourire désabusé. « Pour la première fois depuis des années, j'ai eu pitié d'elle », confia-t-il en soupirant. À présent, apporte-moi mon dîner, ma belle ! »

Retrouvant l'entrain qui le caractérisait, il lui déposa un baiser sur la joue, une main sur ses fesses.

Tandis que les cloches de la cathédrale continuaient d'égrener les heures, Wolfe s'impatientait de voir revenir Gwyn. Il savoura son dîner de poisson salé et de porc bouilli, un repas hivernal typique, mais il fallut attendre la deuxième heure de l'après-midi avant que le claquement des sabots et le hennissement des chevaux ne signalassent l'arrivée d'un groupe aux écuries du maréchal-ferrant, de l'autre côté de la rue.

Bientôt la grande salle s'anima. La petite Mary s'affairait parmi les hommes à l'imposante carrure, trempés, affamés et assoiffés, leur servant bière et vin, et apportant toute la nourriture que ses mains pouvaient contenir. En plus de Reginald de Courcy et de lord Guy Ferrars et son fils Hugh, Gwyn était revenu accompagné de Walter Ralegh et d'Alan de Furnellis, deux propriétaires fonciers du sud du comté. On envoya Simon, l'homme à tout faire de Wolfe, à la cathédrale quérir l'archidiacre qui arriva bientôt.

Un domestique du maréchal-ferrant parti à Rougemont revint avec le connétable Ralph Morin, directement nommé par le roi.

Une fois réchauffés et restaurés, tous prirent place autour de la grande table pour y tenir un conseil de guerre. Wolfe commença par un résumé des événements, en insistant tout particulièrement sur le complot sournois destiné à l'empêcher d'aller apporter la nouvelle de la conjuration au grand justicier. Soucieux de Matilda et de la promesse qu'il lui avait faite, il minimisa l'implication du shérif qu'il présenta comme une marionnette des conjurés, prisonnier d'une situation sans issue. À voir leurs expressions, il était cependant clair que certains dans l'assemblée n'étaient pas convaincus, mais il y avait des affaires plus urgentes à régler.

« À quel point ces traîtres sont-ils prêts à agir ? demanda Guy Ferrars d'un ton sec. C'était le plus puissant des barons présents. Solidement charpenté, il avait un visage rougeaud, à demi dissimulé sous une moustache et une barbe brune. Bien que d'une loyauté à toute épreuve envers le roi, c'était un homme arrogant et intolérant, normand jusqu'au bout des ongles qui, s'il était né plus d'un siècle plus tôt, en seigneur des marches, se serait taillé son propre empire. Son fils était taillé dans le même moule, quoiqu'il fût trop porté sur la boisson et sur les femmes pour avoir jamais un jour la stature de son père.

« Ils ont une armée de mercenaires – et semblent avoir employé bon nombre de hors-la-loi comme fantassins, répondit John. Il est impossible de dire combien d'hommes ils ont avec eux sans aller surveiller leurs camps, mais heureusement, leur chef, ce Jocelin de Braose, est chez nous, sous les verrous.

— Nous devons tuer cette rébellion dans l'œuf au plus vite », intervint Courcy, un autre puissant personnage du Devon. Plus âgé que les autres, il était complètement chauve mais avait sur le visage une étroite bande de barbe grise que rejoignait une moustache éparse. Il y a peu, la mort de sa fille avait engendré une sérieuse brouille avec Ferrars, au fils duquel elle avait été promise. Mais au grand soulagement du coroner, ils semblaient à présent les meilleurs amis du monde.

« Nous devons autant que possible prendre les chefs par surprise, grommela Ferrars. Jouez-leur les mêmes sales tours que ceux qu'ils vous ont joués, Wolfe. Mieux vaut éviter une bataille rangée entre nos armées, si nous le pouvons. »

Ralegh et Alan de Furnellis approuvèrent à mi-voix. Après des années sans querelles dans la région, tous deux aspiraient dans la mesure du possible à ne pas bousculer l'existence confortable qu'ils menaient.

C'était l'ouverture que le coroner attendait. « Nous avons une occasion de le faire, dit-il. Nous savons, puisque lui-même nous en a fait part, que Richard de Revelle est bien connu de leur clique, et tant que la nouvelle de ce qui s'est passé aujourd'hui ne s'est pas répandue dans tout le comté, il reste le bienvenu parmi eux.

— En quoi cela va-t-il nous aider ? objecta Ferrars père.

— Nous devons parvenir à attirer Henry de la Pomeroy et Henry de Nonant hors des murs de leur château. Ils ont mis ce projet en branle pour me faire taire – un misérable échec mais ils ne le savent pas encore. Si le shérif leur fait parvenir un message exigeant une réunion de toute urgence à mon sujet, nous pourrons leur tendre une embuscade loin de leur repaire et trancher ainsi la tête du serpent. »

Après quelques minutes de discussion, ils ne trouvèrent rien à redire au projet à condition que l'on parvînt à le mettre sur pied.

« Mais est-ce légal ? s'enquit Ralegh qui, avec ses cheveux châtain foncé, était une version délavée de Wolfe.

— On se contrefiche que cela soit légal ou pas ! aboya l'irascible Ferrars. La trahison est-elle légale ? Ces porcs méritent d'être écartelés par des chevaux – la pendaison est pour eux trop douce.

— Eh bien, commençons par les attraper, intervint Alan de Furnellis, jeune seigneur des environs de Brixham, la voix tranquille de la raison. Il faudrait agir ce soir. Dès qu'ils apprendront l'arrestation de ce Braose, ils cesseront de faire confiance au shérif, qui était censé assurer la protection des conjurés. Vous savez à quel point, dans nos contrées, les mauvaises nouvelles vont vite. »

Courcy se tourna vers d'Alençon. « Et où se situe l'Église dans tout cela, archidiacre ? Il est de notoriété publique que l'évêque n'est pas impartial dans cette affaire.

— Je crois que Canterbury ne lui déplairait pas si le prince Jean arrive à ses fins. Sans doute Hubert Gautier ne tiendrait-il pas cinq minutes sous le règne d'un nouveau roi – qu'il s'en tire vivant serait déjà une chance. Mais à ce stade, je doute qu'Henry Marshal soit prêt à franchir le Rubicon de la trahison – pas avant un signal clair qui lui assurerait d'avoir choisi le bon camp en tout cas. »

Au terme de la discussion, ils décidèrent d'aller immédiatement trouver le shérif pour lui faire part d'un ultimatum : aidez-nous sans quoi vous aurez des problèmes !

La perspective d'un conflit armé pour le lendemain décida les visiteurs à passer la nuit à Exeter. Ferrars et Courcy étaient propriétaires de demeures en ville. Et tandis que les deux autres partaient louer une chambre dans quelque taverne, la petite assemblée gagna Rougemont pour la confrontation avec Revelle.

Ils entrèrent dans le bureau du shérif sans se faire annoncer et le trouvèrent assis à sa table, ses rouleaux et ses parchemins en pagaille devant lui. La peur, quand il les vit, le fit bondir sur ses pieds, blême et convaincu que cette délégation de partisans de Cœur de Lion était venue pour l'arrêter.

Wolfe, qui ne l'avait pas vu depuis la débâcle de Shire Hall, nota que Revelle fuyait son regard. Le shérif commença sans grande conviction à se chercher des excuses mais Wolfe l'interrompit sur-le-champ et, sans l'accuser directement de complicité, lui exposa leur proposition.

Dans l'espoir de s'y soustraire, le shérif prétendit n'être pas au courant de l'implication de Pomeroy et Nonant, et être donc impuissant à exercer sur eux une quelconque influence. Exaspéré, Wolfe se tourna alors vers Ferrars et Courcy.

« Je crois que je vais devoir exposer la situation à mon beau-frère en privé, dit-il d'un ton acide. S'ajoutent à tout cela, comme vous pouvez l'imaginer, des considérations familiales ayant trait à ma femme. »

Se saisissant de Revelle, il le traîna jusqu'à la chambre à coucher et claqua la porte derrière lui.

« Comprenez-le et comprenez-le vite, Richard ! grinça-t-il. Si vous voulez avoir la vie sauve – et peut-être même conserver votre poste – vous allez faire exactement ce que nous vous demandons, sans vous poser de question. »

Richard tenta une dernière fois l'indignation. « Il y a quelques heures, John, c'était votre vie à vous qui était en danger. Je n'ai que la parole de Matilda après tout, et il se peut qu'elle ait inventé toute la scène pour vous protéger, comme l'a suggéré Braose. »

Wolfe se retint d'aplatir le nez de l'imbécile d'un coup de poing. « Votre sœur est éperdue de douleur, pas tant à cause des dangers que j'ai courus – elle se soucie peu de ma personne – mais à cause de votre trahison. L'amour devient vite de la haine, Richard, et votre vie dépend à présent de Matilda. Elle a entendu Braose vous impliquer dans la rébellion. Elle est venue me supplier de vous donner une chance. Si vous ne parvenez pas à la saisir des deux mains, sa dénonciation s'ajoutera à la mienne. Vous êtes au pied du mur, l'ami. Si vous tenez à vos yeux, à vos testicules et à votre tête, vous n'avez qu'une alternative. Alors décidez-vous, et tout de suite ! »

Il s'était exprimé avec une brutalité si pressante que le shérif perdit tout courage et acquiesça d'un air malheureux. Ils retournèrent alors dans le bureau pour régler les détails pratiques. Et moins d'une heure plus tard, le sergent Gabriel se lançait seul au galop vers Berry Pomeroy sur le meilleur cheval de l'écurie, espérant avoir couvert la plus grande partie du trajet avant la tombée de la nuit.

Au diable ce que le jour nouveau apporterait ! Pour Wolfe, la soirée comme la nuit furent excellentes. Chassant de ses pensées son inquiétude et son zeste de culpabilité vis-à-vis de Matilda, il descendit à *La Brousse* et ne rentra chez lui qu'après le petit déjeuner. Là-bas, il eut de nouveau droit à de nombreuses effusions de sympathie et marques de soutien, et on lui offrit de la bière et du cidre en quantité suffisante pour remplir le célèbre abreuvoir qui se trouvait dehors. Il parvint finalement tout de même à prendre place au coin de l'âtre, Nesta à ses côtés, pour déguster un canard entier frit dans le lard, puis une tranche de pain et du gâteau de miel. Quand il eut terminé le récit de sa trépidante journée, Nesta se blottit dans ses bras. La terreur qu'elle avait éprouvée à l'avoir vu risquer la potence s'estompait peu à peu.

« Aurais-tu couru un réel danger sans l'intervention de Matilda ? demanda-t-elle.

— Et comment ! grogna-t-il. Je n'avais que Gwyn et sa campagne de recrutement des autres partisans du roi sur qui compter – lesquels ne sont pas arrivés avant cet après-midi. Il ne fait aucun doute que ce charlatan perfide là-haut dans le château m'aurait condamné. Quant à savoir s'ils m'auraient conduit jusqu'à Magdalen Street avant la fin de la semaine, c'est une autre affaire. »

C'est sur Magdalen Street, une rue qui menait vers les faubourgs est de la ville, que la potence était plantée.

La Galloise resta silencieuse un instant, essayant de chasser de son esprit l'image de son amant, les poings liés, s'agitant convulsivement au bout d'une corde une fois la charrette à bœufs ôtée de sous ses pieds. Même si elle avait déjà assisté maintes fois à de telles scènes, les pendaisons bihebdomadaires demeurant dans toute ville une source de divertissement, elle fut parcourue d'un frisson.

John trempa les doigts dans un bol d'eau qu'Edwin avait posé sur la table et se débarrassa de la graisse de canard à l'aide d'un torchon. Puis il glissa sous la table une main qu'il fit remonter le long de la cuisse de Nesta, goûtant à la chaleur de sa chair à travers la robe en lin. Elle lui donna un petit coup de coude espiègle. « Ta semaine a été riche en femmes, vieux vicieux ! murmura-t-elle. D'abord Hilda, maudit sois-tu, puis la belle Rosamunde de Rye ! »

Elle se pencha vers lui pour lui murmurer à l'oreille. « Tu ne l'as pas fait, n'est-ce pas ? »

La main qui la caressait la pinça. « Non ma dame, je ne l'ai pas fait ! Mais il faut bien admettre que cette fille vaut le détour. J'aime cependant de mes femmes qu'elles soient coopératives. Je ne pense pas que le viol soit à mon goût. »

Une heure plus tard, il lui en fit d'ailleurs la démonstration dans la petite pièce à l'étage, d'où l'on entendait à travers la cloison les ronflements et les grognements des pensionnaires sur leurs paillasses.

14
Où Coroner John félicite son clerc

Le message qu'apportait Gabriel à Henry de la Pomeroy demandait la tenue d'une réunion en urgence avec Richard de Revelle le lendemain à midi. On avait choisi comme lieu de rencontre le gué de l'autre côté de la Teign, près du village de Kingsteignton, environ à mi-chemin entre Exeter et Totnes. Le sergent demeura volontairement vague quant aux raisons de la requête, affirmant que le shérif ne lui en avait pas dit plus. Il laissa cependant échapper que cela avait trait au coroner qui, leur dit-il, venait d'être condamné pour viol et renvoyé dans une geôle en attendant la sentence. À contrecœur, Pomeroy accepta de transmettre le message à Henry de Nonant et à Bernard Cheever à la première heure le lendemain matin, pour les faire venir au point de rendez-vous à l'heure dite.

Gabriel, qui comptait les y escorter, fut renvoyé à Exeter au point du jour après avoir été nourri – il n'alla cependant pas plus loin que le gué et attendit. Là-bas, au-delà de la ligne de marée haute, la rivière était étroite et les arbres descendaient presque jusqu'au ras de l'eau sur les deux rives. Une heure avant midi, pour autant qu'il pouvait en juger sous un ciel gris et sans soleil, il entendit qu'on sifflait sur la rive est et, en s'avançant dans les bois, vit arriver ses hommes en nombre menés par le connétable, le coroner et son officier, ainsi que les seigneurs qui s'étaient réunis à Exeter la veille.

Le sergent leur ayant confirmé que Pomeroy et ses complices avaient bien mordu à l'hameçon, Ralph Morin entreprit d'organiser l'embuscade. Une vingtaine d'hommes d'armes à cheval furent envoyés se cacher de part et d'autre du chemin sur l'autre rive. Tous les autres se déployèrent le long des berges de la rivière pour eux aussi disparaître entre les arbres à la lisière de la forêt. Seuls Revelle et un soldat d'escorte restèrent bien en vue, juchés sur leurs montures au milieu du chemin.

Une heure plus tard, un groupe de cavaliers coiffés de casques fit son apparition sur l'autre rive et s'arrêta à l'ombre des arbres. Quatre d'entre eux étaient de toute évidence des gardes, les trois autres portaient des houppelandes de brocart par-dessus leurs tuniques. Le shérif répondit d'un geste à leur salut et les deux groupes s'avancèrent dans l'eau du gué.

Puis il y eut soudain le rugissement d'une corne et des claquements de sabots : les hommes de Morin se précipitèrent sur le chemin derrière les nouveaux venus. Un autre groupe de cavaliers armés émergea entre les arbres pour converger vers les visiteurs. Lesquels, atterrés, tournèrent bride pour se rendre compte qu'ils étaient cernés, car d'autres soldats encore avaient fait leur apparition derrière le shérif, rendant impossible toute fuite à travers la rivière.

On n'eut pas à croiser le fer. Le cercle de soldats se referma sur les sept hommes sans qu'aucun d'eux ne songeât à tirer l'épée tant l'affaire était désespérée.

Wolfe et Revelle galopèrent vers eux dans une gerbe d'eau, suivis de près par Guy Ferrars et les autres seigneurs.

Mais, arrivé à proximité des cavaliers pris en embuscade, Revelle s'arrêta net : « Ce ne sont pas les bons ! s'écria-t-il. On nous a joué un tour ! »

Il fut vite évident, en effet, que tous les hommes n'étaient que de simples soldats de la garnison de Pomeroy. Les casques à protège-nez et les cottes de maille dont ils étaient vêtus des pieds jusqu'au menton n'avaient pas permis de les identifier de loin – le raffinement des houppelandes n'ayant rien ôté au subterfuge.

« On nous a demandé d'escorter le shérif jusqu'à Berry Pomeroy s'il était bien seul », grommela le chef des hommes d'armes, déguisé en Pomeroy. N'ayant fait qu'obéir aux ordres de son maître sans rien savoir de ce qui se tramait, il ne semblait pas craindre d'être capturé.

Déçus, les chefs de l'armée d'Exeter se regroupèrent pour tenir conférence sans descendre de cheval. Clamant tout de suite haut et fort qu'il avait joué son rôle du mieux qu'il le pouvait, le shérif se défendit d'être en rien responsable de la méfiance de Pomeroy.

Il ne restait plus qu'à tourner bride et rentrer chez soi.

« Nous ne pourrons pas assiéger Totnes et Berry Pomeroy avec les seules forces que nous avons dans la région, aboya Guy Ferrars. Laissons Hubert Gautier ou le roi décider de ce qui doit être fait. »

Il n'y eut personne pour le contredire, nul n'avait envie de se lancer dans une guerre locale sans l'appui de la Couronne.

« Laissez rentrer ces soldats chez leurs maîtres, suggéra Ralph Morin. Ce ne sont pas sept hommes qui feront la différence dans un soulèvement national – et au moins informeront-ils Pomeroy et sa clique que leur secret n'en est plus un. »

Wolfe laissa échapper un juron mais se rangea à la logique du connétable. « Sans doute bon nombre de sympathisants à la cause vont-ils reconsidérer leur position quand ils comprendront que dans quelques jours au plus tard, Winchester sera informé de ce qui se trame ici », concéda-t-il, résigné.

Les hommes de Berry Pomeroy furent donc renvoyés chez eux avec pour instruction de faire savoir à leurs seigneurs que des messagers seraient envoyés le jour même chez le justicier avec la nouvelle.

« Cela devrait leur coûter quelques nuits sans sommeil ! observa John. Ils vont soit devoir acheter leur pardon et l'amende sera chère, soit approvisionner leur château car le siège sera long. La première option leur sera moins onéreuse, je pense. »

Frustrés de n'avoir pas pu se battre, ils firent demi-tour et repartirent sous la pluie vers la ville.

Avant de se séparer, les partisans du roi se retrouvèrent une dernière fois dans le bureau du shérif au château de Rougemont pour bien lui faire comprendre que nul n'allait faire l'impasse sur son comportement douteux et que tous le tenaient à l'œil. Avec force courbettes, Revelle se chercha des excuses, prétendant qu'il n'avait discuté avec les rebelles que dans le but de découvrir qui se trouvait dans leurs rangs et quelles étaient leurs intentions. Ses médiocres arguments ne parvinrent cependant à convaincre personne.

« Sans l'intervention de votre beau-frère qui souhaite tout naturellement épargner une telle humiliation à sa femme, nous vous dénoncerions à Hubert Gautier et le laisserions décider lui-même de votre sort, martela Guy Ferrars au nom de tous les autres. Pour l'instant, nous nous contenterons cependant de fermer les yeux, mais le moindre écart vous condamnera. Est-ce bien compris ? »

La réunion s'acheva alors que le soir commençait à tomber et tous sauf Wolfe prirent congé.

Désormais seul avec le coroner, Revelle se mit à marmonner gauchement des remerciements mêlés d'excuses. Wolfe y coupa court sans tarder. « N'y pensons plus et soyez certain que je surveillerai le moindre de vos mouvements, Richard. À présent, je veux savoir ce que vous comptez faire de ces assassins enfermés dans vos geôles sous nos pieds. »

Maintenant que l'épée de Damoclès des loyalistes pesait au-dessus de sa tête, le shérif, qui jusqu'ici n'avait pas voulu en entendre parler, allant même jusqu'à relâcher l'un d'eux, n'osait plus se montrer si partial, ni même indifférent. « Que me suggérez-vous, John ? demanda-t-il, diplomate. Avez-vous réellement de solides preuves contre eux ?

— J'ai les aveux de Fulford devant trois témoins, couchés sur un parchemin peu après par mon clerc, lui répondit Wolfe d'un ton sec. Il est vrai qu'ils ne mentionnent que Jocelin de Braose pour les deux meurtres, mais dans les deux cas son écuyer l'accompagnait, ce qui fait de lui son complice. Quant au trésor de Saewulf qu'ils ont voulu dérober, je les ai vus tous les deux de mes propres yeux – et ils ont essayé ensemble d'assassiner les officiers du roi qui leur ont fait une sommation. Cela suffit amplement à les faire condamner trois fois. »

Terrassé il y a peu, Revelle retrouvait déjà sa ruse. Voyant une occasion de se laver les mains de toute cette affaire, il rétorqua : « Il s'agit là de crimes, John ! Vous devriez donc les déférer devant les justiciers la prochaine fois que ceux-ci viendront. Voilà votre chance de faire enfin usage de ce privilège dont vous avez tant rêvé. »

Mais il n'était pas question pour Wolfe de se laisser prendre à son propre jeu. Braose devait avoir ce qu'il méritait. Et attendre des mois le passage des justiciers comportait des risques considérables. Les évasions étaient monnaie courante dans presque toute l'Angleterre, où seule une infime partie des prisonniers se présentait devant les juges le jour venu. Le financement des geôles reposait sur les contribuables locaux, ce qui couplé avec la corruption des geôliers et le piteux état des bâtiments, faisait de l'évasion une pratique banale. Beaucoup de prisonniers trouvaient asile à l'étranger et abjuraient le royaume, tandis que les autres allaient rejoindre les rangs des hors-la-loi dans la forêt quand ils ne parvenaient pas à repartir de zéro à l'autre bout du pays. Wolfe n'avait aucune intention de prendre le risque de voir Jocelin de Braose retourner couler des jours paisibles dans les marches galloises après les meurtres sanglants qu'il avait commis.

Le shérif était trop faible d'esprit et trop prompt à louvoyer pour lui être d'une aide quelconque. Il sentait bien que Revelle, qui ne perdait toujours pas de vue la possibilité de voir le prince Jean reprendre le dessus, ferait tout pour éviter que son nom figurât sur la liste noire du nouveau gouvernement et de ses partisans. Une idée, cependant, commençait à germer. Laissant Richard panser les plaies de son amour-propre, il retourna dans son bureau, tout en haut de la tour de garde.

Là-bas, Gwyn était comme à son habitude occupé à manger, faute d'avoir pu passer les portes de la ville pour rejoindre sa famille avant le couvre-feu. Tous deux prirent quelques minutes pour faire le point sur les événements des deux derniers jours. Wolfe se doutait que s'il avait été condamné, son fidèle géant de Cornouailles serait allé jusqu'à démolir la potence pour éviter la pendaison. Tandis qu'ils conversaient, ils entendirent les heurts irréguliers d'une jambe folle contre les marches de l'escalier. « Le curé nain a l'air bien pressé ce soir », grogna Gwyn à l'instant où le rideau de jute s'écartait devant un Thomas euphorique, sa face de furet rouge d'excitation.

« Je l'ai trouvé, Coroner ! » piaula-t-il en plongeant la main dans le sac de toile miteux qui lui servait à transporter ses stylos, son encre et ses parchemins. Gagnant prestement la table, il déroula délicatement à la lueur des deux chandelles de suif un parchemin qui protégeait une feuille volante, tâchée et mouchetée par les ans. « Après toutes ces journées et toutes ces nuits, je l'ai enfin trouvé ! Le plan qui va nous conduire au trésor de Saewulf ! » L'excitation l'empêchait presque de parler.

Wolfe se leva de son tabouret pour mieux voir et Gwyn s'approcha sans même penser à le tarabuster. Ni l'un ni l'autre ne pouvaient lire, mais tous deux contemplèrent, fascinés, la feuille élimée en peau de mouton traitée où l'encre fanée disparaissait çà et là sous la moisissure et les taches de rousseur.

« Es-tu bien certain qu'il s'agit du document authentique ? s'enquit Wolfe.

— Et où donc l'as-tu trouvé, nabot ? » tonna Gwyn, secrètement fier que la ténacité de son camarade ait payé.

Thomas se passa la main dans les cheveux, gêné. « Je me suis endormi dans les archives cet après-midi et je me suis presque assommé contre le bureau en tombant de mon tabouret. La douleur m'a empêché de me relever tout de suite et en levant les yeux, j'ai remarqué sous le plateau du pupitre de Robert de Hane ce parchemin qu'on avait fixé là avec de la colle d'os. En le décollant, j'ai trouvé à l'intérieur cette vieille feuille de vélin. »

Tous trois baissèrent de nouveau les yeux vers l'objet. « Alors, que dit-il ? » demanda Gwyn.

Thomas parcourut d'un doigt les mots à demi effacés en prenant bien soin de ne pas toucher la fragile membrane. « Soixante pas, chacun de quatre longueurs de souliers dans la diagonale du mur ouest du clocher. Puis, à partir de ce point, vingt autres pas en direction de l'if le plus grand. À une jambe de profondeur. » Il se tut un instant pour les laisser digérer les informations.

« Tout ça ne nous dit pas où, et il n'est fait aucune mention de Saewulf ni d'un prêtre de village ni même d'un trésor, grinça Gwyn.

— Le vélin est déchiré au ras du texte, tant en bas qu'en haut, expliqua Thomas, indigné de voir minimiser sa fabuleuse découverte. Quelqu'un a amputé le document d'une partie des indications – peut-être est-ce la suite de l'original dont Limesi nous a fait mention. »

Le coroner se montra moins négatif que son officier. « Étant donné les éléments que nous avons concernant l'histoire de Saewulf et l'endroit où la broche a été trouvée – et vu que ce parchemin a été délibérément caché sous le pupitre de Hane – son authenticité fait peu de doute à mes yeux. Bravo, Thomas. Ton zèle sera récompensé. »

Le clerc ne put se délecter bien longtemps du compliment de son maître car Gwyn n'avait toujours pas compris comment le message devait être interprété.

« Il s'agit forcément de Dunsford, lui expliqua Thomas, exaspéré. Les indications sont suffisamment précises, à condition qu'on ne prenne pas tes pieds de géant comme unité de mesure – ils nous conduiraient dix toises trop loin ! »

Il se baissa, évitant de peu le coup de l'officier rouquin. Wolfe, pendant ce temps, reconstituait mentalement l'endroit du guet-apens tendu à Jocelin et Fulford. « Le clocher en bois étant carré, il faut faire soixante pas à partir du mur du fond. Ce qui nous ramène dans le terrain accidenté de l'autre côté de la haie.

— Et que fait-on de l'arbre, Coroner ? intervint le clerc. Ce texte date d'il y a plus de cent ans.

— Ces ifs résistent à tout. Le plus gros d'entre eux était sans doute déjà là du temps de Jésus-Christ », répliqua le coroner, sûr de lui.

Gwyn frotta ses grandes mains l'une contre l'autre. « Je vais chercher une pelle ? » demanda-t-il joyeusement.

Trouver le trésor de Saewulf se révéla si facile que c'en fut presque décevant. Le soir où Thomas trouva le vélin, Wolfe alla porter la bonne nouvelle à l'archidiacre. Lequel décida qu'il valait mieux en informer l'évêque Henry Marshal sur-le-champ, puisqu'il était pour une fois de passage dans son palais d'Exeter. D'Alençon et John d'Exeter, le trésorier, avaient déjà fait le nécessaire pour que tout le monde, dans le clos de la cathédrale, fût informé de la découverte d'une conjuration dans le comté. Si l'on n'avait mentionné aucun nom, hormis ceux de Pomeroy et Nonant, beaucoup devinaient que plusieurs résidents d'Exeter garderaient profil bas quelque temps – et ce, même aux abords de la cathédrale.

Le coroner et l'archidiacre firent une brève visite au palais, la plus grande demeure d'Exeter, nichée derrière l'aile sud-est de la cathédrale. Wolfe profita de l'occasion pour s'assurer qu'il était bien clair aux yeux de l'évêque Henry qu'il appartenait au coroner de déterminer par le biais de son instruction à qui le trésor reviendrait, et que ce ne serait pas nécessairement à l'Église.

L'évêque écouta d'une oreille distraite avant d'accepter de se plier aux conclusions de l'enquête. Après avoir quitté le palais, John d'Alençon fit le nécessaire pour trouver à Wolfe de l'aide et des chevaux, comme lors de l'embuscade. Ils retourneraient à Dunsford le lendemain matin, armés de pelles, de pioches et de paniers, avec la ferme intention d'y trouver cette fois autre chose qu'une unique broche saxonne.

Dans le cortège qui se présenta dans le petit village le lendemain, se trouvaient trois chanoines en tenue de voyage. Le trésorier s'était senti obligé d'accompagner l'archidiacre. Jordan de Brent, l'archiviste, débordait d'enthousiasme à l'idée de voir revenir à la vie sous ses yeux un petit bout de l'histoire du diocèse. On avait naturellement laissé à Wolfe, Gwyn et Thomas le commandement de l'expédition, laquelle risquait d'aboutir à une instruction. Les trois domestiques de la cathédrale fermaient la marche.

Intimidé par l'arrivée d'ecclésiastiques si haut placés, le curé du village se tint à distance et regarda avec la moitié des habitants du village les domestiques décharger les outils du cheval de bât. Quelques minutes plus tard, on commença à compter en prenant comme unité de mesure une enjambée du rondouillet chanoine Brent qui s'en trouva fort flatté, Wolfe et Gwyn ayant été jugés trop grands. Le jovial prébendier fit de grand pas dans les herbes hautes, suivant une ligne imaginaire tracée d'un geste par le coroner qui, un œil fermé, lui criait ses ordres depuis le pied de la vieille tour.

Le prêtre fit quarante pas avant d'arriver à la haie où il dut attendre qu'on lui dégageât un passage entre ronces mortes, branches de noisetier et herbes folles pour poursuivre sa route vers le taillis. Au soixantième pas, on planta un pieu dans le sol, à partir duquel Gwyn évalua à l'œil nu le trajet menant à l'if. Et le chanoine se remit en route, comptant vingt pas avant de s'arrêter. Sous les acclamations lancées par quelques gorges fatiguées, on planta un second pieu avant de se mettre à creuser. Gwyn et les domestiques entreprirent d'extraire de grandes pelletées de terre rouge, heureusement sans être gênés par les racines de plusieurs arbustes poussant à quelques coudées de là.

S'octroyant une marge d'erreur tant au niveau de la longueur des pas que de leur direction, en quelques minutes ils avaient creusé un cercle de six pieds de diamètre à profondeur de cuisse. David, le valet, fut le premier à buter sur quelque chose. Il creusait en bordure du trou quand sa pelle en bois bordée de cuivre fit un bruit métallique. « Un pot, Messire ! Et un gros », s'écria-t-il après avoir écarté la terre de ses doigts. Quelques minutes plus tard, deux grands récipients en terre cuite ressemblant d'assez près à des amphores furent hissés hors du trou. Les poignées à la base du goulot étaient cassées et les larges embouchures avaient été scellées par des bondes en bois couvertes d'une épaisse couche de cire rouge.

Avant de sortir du trou, ceux qui avaient creusé s'assurèrent qu'il n'y avait rien d'autre dans les parois. « Elles sont sacrément lourdes, Coroner ! » s'exclama joyeusement le valet. « Je crois bien qu'elles contiennent plus qu'une broche, cette fois. »

Face à tous les regards implorants qui, de l'archidiacre à l'idiot du village, s'étaient posés sur lui, Wolfe sentit faiblir sa résolution de ne les ouvrir qu'une fois de retour à Exeter.

En face de l'église, de l'autre côté du raidillon qui descendait vers la sortie du village, se trouvait une auberge. Celle-là même qu'ils avaient mise à profit lors de l'embuscade. La femme qui brassait et vendait la bière fut plus que ravie de les laisser s'installer dans l'unique salle pour ouvrir leurs jarres sous les regards curieux de la plus grande partie des habitants de Dunsford qui se tassaient à l'intérieur ou se pressaient à la porte.

Fragilisée par les années, l'épaisse couche de cire scellant la première jarre céda sans difficulté sous les doigts de Gwyn, qui souleva ensuite le bouchon du bout de sa dague.

« Renverse-la doucement par terre », ordonna John. Et le public regarda ébahi la cascade de pièces qui s'en échappa. La plupart étaient en argent, des pennies d'une douzaine de monnaies saxonnes différentes, et même quelques pièces romaines – mais quelques-unes étaient en or, privées de leur lustre par l'humidité et les années mais prêtes à resplendir de nouveau une fois frottées du bout des doigts. Tandis que Gwyn gardait un œil sur le tas et empêchait les mains des villageois d'approcher, Wolfe examina plusieurs pièces d'or. « Sur celle-ci, il est écrit "Offa Rex" – elle est ancienne », commenta-t-il.

Thomas je-sais-tout se pencha par-dessus son épaule et désigna les grossiers caractères arabes. « Utilisé pour le commerce avec l'Orient, une copie de la monnaie du califat d'Al- Mansour », dit-il d'un air important qui lui valut de la part de Gwyn un coup de coude dans les côtes.

Cette première jarre ne contenait que des pièces, dont le coroner évalua le total à environ sept ou huit cents. La deuxième en revanche, quand Gwyn la renversa, dévoila également un assortiment de broches, de bagues et d'épingles qui se répandirent sur le sol de terre battue. La plupart étaient en or ou en argent, mais quelques-unes étaient serties de pierres rouges ou vertes. Personne ici auparavant n'avait vu tant de richesses rassemblées en un seul lieu, pas même le trésorier de la cathédrale.

« Ce Saewulf devait être un homme très riche, John », murmura l'ascétique archidiacre qui, bien que détaché du monde, n'en demeurait pas moins impressionné par une si grande quantité de métal précieux.

Tandis que Gwyn ramassait le trésor avec soin pour en remplir de nouveau les jarres, Wolfe commanda pour son équipe une tournée de bière avant de retourner à Exeter. L'archidiacre promit au curé du village de Dunsford que si l'Église se voyait octroyer une partie du trésor, il ne serait pas oublié – au moins pour compenser le fait qu'il allait devoir reboucher deux grands trous laissés dans le sous-bois.

« Que le trésor se fût trouvé sur un terrain appartenant à l'Église nous évite au moins une complication, se félicita le coroner. Si nous l'avions trouvé sur les terres du manoir, nous aurions dû négocier avec les Fulford. »

Le sort voulait en effet que le seigneur de Dunsford fût lié par le sang à l'écuyer de Jocelin de Braose, Giles, mais John était certain qu'ils ne tiendraient pas à être mêlés à leur cousin scélérat.

Une fois les jarres solidement sanglées au cheval de bât, le cortège repartit vers Exeter, à sept miles de là. L'esprit de Wolfe fut tour à tour occupé par le trésor, les intentions de Matilda et une idée concernant Braose qui prenait forme dans sa tête.

Cette nuit-là, sa femme ne se montra pas à Martin's Lane. Il passa la soirée à *La Brousse* mais rentra dormir chez lui. Allongé sur le grand matelas du solarium, il se sentait étrangement seul. Les ronflements et les grognements qui jusque-là avaient été une source constante d'irritation lui manquaient. Non qu'il se fût soudain pris d'une nouvelle affection pour Matilda depuis les crises des derniers jours – là-dessus, il ne se faisait pas d'illusions –, mais depuis son retour de Palestine, deux ans plus tôt, il avait pris goût à la stabilité qu'apportait une routine bien réglée. Il se tournait et retournait sous les peaux de mouton et la grande fourrure d'ours qui le protégeaient du froid de la chambre, regrettant à présent de n'être pas resté avec Nesta. De temps à autre, l'image de la blonde Hilda, fruit défendu pendant un ou deux mois au moins, lui traversait l'esprit.

Finalement, avant que le sommeil ne vienne enfin s'emparer de lui, il se mit à penser avec intérêt au matin, qui verrait s'ouvrir l'instruction sur le trésor de Saewulf. Depuis sa nomination au poste de coroner, quatre mois plus tôt, il n'avait jamais eu à s'occuper de pareil magot. Les règles régissant sa profession étaient si peu nombreuses qu'il lui était alloué une latitude considérable sur la conduite de l'enquête. Devrait-il se contenter de consigner les faits pour laisser les justiciers du roi se charger du reste plus tard ? Non, trancha-t-il, qu'ils aillent au diable, je suis le coroner, je prendrai moi-même les décisions.

Le lendemain matin, il conduisit ses délibérations à Shire Hall. Le shérif, dont la présence n'était pas requise, préféra ne pas se montrer ; le connétable du château, en revanche, était bien là. Et tous ceux qui avaient assisté à l'excavation furent appelés à siéger dans le jury, prêtres y compris. Pour une fois, l'instruction avait lieu devant un auditoire plutôt restreint. Gwyn avait installé sur l'estrade une table à tréteaux empruntée en douce dans les cuisines du château. Ayant eu vent de la découverte, les deux magistrats portuaires et quelques-uns des chanoines avaient fait le déplacement. Une poignée de soldats en permission et de petites gens se tenaient quant à eux au pied de l'estrade, bouchée bée devant l'or et l'argent qui étincelaient sous leurs yeux. Mais, une fois n'était pas coutume, la nouvelle de l'expédition de la veille n'avait pas fait le tour de la ville.

Avant l'instruction, John et son clerc avaient trié les pièces en fonction du métal et de leur valeur, et les avaient séparés des bijoux. Puis Thomas avait laborieusement consigné chaque élément, avec une description des broches, bagues et épingles. Certaines broches en or, d'un poids considérable, étaient de larges boucles de plusieurs pouces de diamètre que l'on utilisait pour fermer un manteau à l'épaule en faisant remonter le coin du tissu dans l'anneau. On avait apporté pour les peser des balances empruntées à un apothicaire. On ne connaîtrait la valeur des plus richement serties que lorsqu'un artisan serait venu les examiner.

Wolfe n'ayant aucune idée de ce qui devait être dit, en dehors du fait qu'il devait désigner un propriétaire, l'instruction fut sommaire. « La valeur des pièces devra être estimée par des monnayeurs et des orfèvres, annonça-t-il une fois passé les préliminaires. Nous ne savons pas à quel point les métaux sont purs, ni la valeur des bijoux. Pour corriger cela, il sera peut-être nécessaire d'envoyer l'intégralité du trésor à Londres, mais il n'est pas exclu qu'une valeur équivalente, ou une partie de sa valeur, revienne ensuite à Exeter. » Sans une once de cupidité, il considéra la fortune qui scintillait sur la table.

« À présent, même si Saewulf a souhaité que le trésor revînt à sa famille après son décès – et nous savons que c'était le cas – il ne l'a ni abandonné ni perdu. Faute de pouvoir le remettre à ses descendants, a-t-il également indiqué, le magot devait revenir à l'Église. »

La voix de John d'Exeter, le trésorier de la cathédrale, s'éleva dans la salle. C'était un homme aux cheveux d'un gris métallique, qui respirait la bonté et l'honnêteté. « Ces indications ne font-elles pas office de testament, lequel s'applique toujours aujourd'hui ? Je ne vois pas en quoi le fait qu'il se soit écoulé un siècle rendrait caduques ses volontés. »

Wolfe considéra la remarque un instant. « Sans doute les intentions de Saewulf n'ont-elles pas changé, je vous l'accorde. Cependant, rappelez-vous, elles ont été énoncées sous une autre race de rois, et un nouveau système législatif a vu le jour après la bataille d'Hastings. Il n'y a aucune raison de se conformer aux volontés des Saxons datant d'avant la conquête. »

Gwyn eut un grognement menaçant auquel personne ne prêta attention, tout le monde connaissait autant son aversion de Celte à l'égard de la conquête normande que son antipathie pour le clergé.

« Je pourrais dès lors décider que ce trésor, trouvé en terre anglaise, laquelle appartient au roi Richard, échoit entièrement à la Couronne. »

Tout le monde se tut, attendant impatiemment la suite.

« Cependant, au vu du testament et comme le trésor se trouvait sur un terrain qui appartenait déjà à l'Église au moment où il a été enterré, je pense qu'il serait plus équitable de le diviser en deux parts égales, l'une revenant au roi, et l'autre au diocèse du Devon et de la Cornouaille pour l'usage qu'ils souhaiteront en faire. C'est donc là mon verdict.

— Le même que pour ce maudit esturgeon la semaine dernière », grommela Gwyn, visiblement seul insatisfait dans l'affaire.

Wolfe confia le trésor à Ralph Morin qui devait se charger de le mettre à l'abri dans le coffre-fort de Rougemont, situé dans le bureau du shérif. Même s'il pensait que Revelle se tiendrait désormais et pour longtemps à distance des ennuis, Wolfe se fit mentalement la promesse d'aller vérifier le contenu du coffre à intervalles réguliers jusqu'à son expédition pour Londres.

En sortant de Shire Hall, le coroner jeta un regard de l'autre côté de la cour, vers l'entrée des geôles où croupissait Jocelin de Braose. Ce triste sire était désormais sa priorité et il fallait agir de manière drastique. En moins d'une heure, Gwyn et lui étaient en selle et partaient à Dartington rencontrer la famille du défunt William Fitzhamon.

15

Où Coroner John se sert d'un vieux gant

Il était trop tard pour rentrer à Exeter ce soir-là. John de Wolfe passa donc la nuit chez sa famille à Stoke-in-Teignhead. Le lendemain, cependant, il rentra sagement en ville sans faire de halte à Dawlish. Il eut une longue conversation avec Gwyn sur ses projets concernant Braose, car ceux-ci pourraient bien mettre la vie de son officier en danger. Bien que sceptique quant à la faisabilité du plan, le Cornique ne fit aucune difficulté pour en être, tant que celui-ci serait accepté par les autres participants.

Dès leur arrivée à Exeter, John se mit au travail. Après avoir récupéré au poste de garde un Thomas éberlué pour tenir le rôle de témoin et de greffier, ils se dirigèrent vers la prison.

Gwyn réveilla Stigand qui ronflait sur sa paillasse et le poussa jusqu'à la grille des geôles. Wolfe s'engagea dans le couloir. L'odeur d'humidité, de moisissure et d'excréments le prit à la gorge. Jetant un coup d'œil par le judas de chaque porte, il finit par trouver Braose et Fulford dans deux cellules adjacentes. Le geôlier gras comme une baleine, son visage encore couvert des bleus qu'on lui avait infligés quelques jours plus tôt, s'avança pour déverrouiller la porte de Jocelin. Mais le coroner l'arrêta d'un geste. « Ce que j'ai à dire peut être dit d'ici ! » grinça-t-il.

Par le guichet, il aperçut l'homme assis sur la dalle d'ardoise. Mains sur les genoux, celui-ci avait tourné la tête vers la porte et scrutait l'obscurité. Il était crasseux et des picots roux avaient poussé sur le haut de ses joues, au-dessus de sa barbe. À la vue du coroner, il se leva d'un bond et vint secouer la porte, le couvrant d'injures. Dans la cellule voisine, Giles Fulford se mit aussi à crier, demandant à son maître ce qui se passait. Stigand donna quelques coups de gourdin sur la porte de Fulford pour le faire taire et peu à peu le tumulte cessa. Le coroner attendit patiemment de pouvoir s'exprimer.

« Jocelin de Braose, tu seras sans doute pendu si la justice suit son cours. Tes méfaits étant des crimes graves, ils doivent en théorie être entendus par les justiciers lors de leur prochain passage en ville. Le shérif voulait que tu sois jugé par la cour du comté pour tes ignobles manigances à mon encontre – ce qui signifierait pour toi la potence en moins d'une semaine. »

Devant le menu qu'on lui présentait et dont le plat du jour était une mort certaine, ses insultes cessèrent. « Le shérif ! s'écria-t-il enfin. Revelle ne me ferait aucun mal. Nous avons dans le pays de puissants protecteurs.

— Plus maintenant, jeune homme. Le shérif a admis ses erreurs et s'est à nouveau rangé du côté du roi. Quant à vos chefs de Berry Pomeroy et de Totnes, ils se préoccuperont trop de sauver leur propre peau pour s'intéresser à vous. Leur rébellion s'est dégonflée comme une galette de mardi gras. »

Aucun son ne sortit de la cellule, mais à côté, Giles Fulford s'écria avec colère : « J'ai entendu, Jocelin ! C'est un piège, ne les écoutez pas ! »

Wolfe fit quelques pas vers le fond du couloir et jeta un regard furieux par le judas de la porte voisine. Sous une tignasse de cheveux blonds ébouriffés, un autre visage crasseux était tourné vers lui. « À votre place, je garderai ma langue dans ma bouche, mon cher Fulford, lui dit-il posément. Car c'est la même langue, ne l'oubliez pas, qui une fois lubrifiée par l'eau froide a condamné votre maître.

— J'ai menti ! J'ai menti sous la torture. Rien de tout ce que j'ai dit n'était vrai.

— Dites donc cela au bourreau ! Peut-être vous croira-t-il, car moi, je ne vous crois pas, lui répondit Wolfe d'un ton sec avant de reculer vers la cellule de Braose. « Mais il existe – pour tous les deux – une troisième possibilité. »

Renfrogné, Braose lança au coroner un regard suspicieux. À hauteur de son oreille gauche, un pou longeait l'une de ses mèches rousses mais il n'y prêta pas attention. Son matelas grouillait d'insectes et son cou comme ses mains étaient couverts de piqûres.

« Quelle nouvelle ruse avez-vous inventée, Coroner ? Si nous devons être pendus, alors fichez-nous la paix. Ne venez pas nous tourmenter et jubiler sous notre nez. »

En guise de réponse, Wolfe plongea la main dans la poche intérieure de sa cape et en sortit un vieux gant pris chez lui pour l'occasion. Passant la main entre les barreaux du guichet, il frappa légèrement le visage de Braose pour déloger le pou avant de lâcher le gant à ses pieds. « Je vous mets au défi, Jocelin de Braose, de combattre jusqu'à ce que mort s'ensuive. Si vous gagnez, vous et votre écuyer serez libres. »

Le mercenaire aux cheveux auburn le dévisagea à travers la petite ouverture. « Ils disaient tous que vous étiez fou et ils n'avaient pas tort ! Par la Sainte Vierge, comment un coroner peut-il provoquer un prisonnier en duel ?

— Que se passe-t-il ? hurla Fulford de la cellule voisine.

— Ce fou me propose un duel à mort !

— Mieux vaut ça que la potence », cria Fulford.

Le regard noir, Braose écarta la proposition d'un geste avant de tourner les talons pour aller retrouver sa place sur la dalle d'ardoise. « Allez-vous en, laissez-nous en paix.

— Je vous ai simplement lancé un défi, non pas en tant que coroner, ni même en tant qu'officier judiciaire mais comme le champion d'une partie lésée ayant déposé plainte contre vous. »

Braose revint à la porte. « Champion ? Et de qui diable êtes-vous le champion ?

— D'un mineur que son jeune âge empêche de vous poursuivre lui-même. Vous savez sans doute tout aussi bien que moi que la pratique est d'usage courant quand il s'agit de femmes, d'infirmes ou d'enfants.

— Bien sûr que je le sais, Coroner ! Mais qui, dites-vous, a eu ce geste ridicule ?

— Robert Fitzhamon – dont vous avez si ignoblement assassiné le père et qui cherche à la fois justice et vengeance. »

Il y eut un bref silence. « Je démens cela, il n'y a aucune preuve qui m'accuse. Les prétendus aveux de mon écuyer lui ont été arrachés sous la torture.

— Alors prouvez-le au combat. Battez-vous et gagnez, ma mort sera la preuve de votre innocence – la procédure est courante. Oubliez que je suis coroner, voyez simplement en moi le vieux croisé à l'esprit lent et au bras rouillé ! »

Jocelin, qui n'avait pas oublié l'échauffourée derrière l'église de Dunsford quelques jours plus tôt, ne se faisait aucune illusion quant aux qualités de combattant de Wolfe.

« Je vous autoriserai à faire de Fulford votre écuyer. Quant au mien, ce sera mon officier, Gwyn de Polruan.

— Êtes-vous vraiment sérieux, Wolfe ?

— Vous avez tué un vieux prêtre inoffensif pour un simple trésor puis fait d'un jeune homme un orphelin pour arranger vos comploteurs de maîtres.

Comme, pour l'instant, je ne peux les combattre eux, je me contenterai de vous. »

Braose ne cacha pas son mépris. « Vous ne m'aurez pas une deuxième fois par surprise, comme à Dunsford. Je vous tuerai, Coroner. »

Wolfe se montra philosophe. « Peut-être que oui, mais peut-être que non. Nous verrons. D'accord ?

— Comment procéderons-nous, alors ? Le choix des armes revient à celui qui a été provoqué.

— À votre guise – mais la lance et le bouclier sont les armes habituelles. Si nous sommes désarçonnés, alors l'épée décidera.

— Ça me va, Coroner, si vous me laissez chevaucher ma propre monture. Je vous tuerai en un rien de temps. »

Il éleva la voix.

« Tu entends ça, Giles ? Nous serons bientôt libres, grâce aux envies de suicide du coroner ! »

Fulford répondit par un flot de jurons enthousiastes teinté d'une note d'optimisme – rien de plus naturel de la part d'un homme qui n'avait jusque-là pour tout horizon que la potence.

« Maintenant, allons convaincre Richard de Revelle que tout cela est légal, même s'il n'est pas franchement expert en matière de légalité », marmonna Wolfe à ses hommes, en gravissant la volée de marches qui menait à la cour du château.

Dans la soirée, alors que Matilda était toujours chez sa cousine, Wolfe entreprit son pèlerinage habituel jusqu'à *La Brousse*. La nouvelle du duel ne s'était pas encore répandue, mais il savait qu'avant demain tout Exeter serait en émoi d'apprendre que son coroner s'apprêtait à se battre contre un homme accusé de deux meurtres.

À l'idée que son amant allait mettre sa vie en danger, Nesta était folle d'angoisse. « Il est tellement plus jeune que toi, John ! l'implora-t-elle. Il n'a pas plus de vingt-cinq ans sans doute, d'après ce que j'en ai vu à Shire Hall. »

Tous deux s'étaient installés à sa table habituelle à côté de l'âtre. Passant un bras sur ses épaules, Wolfe la serra contre lui. « Je suis donc sénile ? J'ai fait mon temps ? Tu en es certaine, mon amour ? » la taquina-t-il.

Elle leva vers lui ses grands yeux noisette, les traits tirés par l'inquiétude. « Tu pourrais te faire tuer, John. Et moi, que deviendrais-je ?

— Je pourrais mourir n'importe quand, Nesta. Je pourrais tomber de cheval ou être pris dans une embuscade tendue par une douzaine de hors-la-loi, ou même me faire poignarder par un mari jaloux ! »

Elle lui envoya un coup de coude dans les côtes. « Cesse donc, John ! On ne plaisante pas avec ça. Certes, tu te bats depuis plus de vingt ans, mais ce Braose est jeune et agile. Et Gwyn ? Il n'est plus aussi adroit que jadis – sans compter qu'il a pris de l'embonpoint. »

Wolfe secoua la tête. « Gwyn ne va pas se battre contre Fulford. Ils seront nos écuyers, s'occuperont de l'organisation – et ramasseront les corps.

— Qu'adviendra-t-il de Fulford si Braose est vaincu ?

— Cela signifiera qu'ils sont coupables, il sera donc pendu. »

Nesta soupira. Ces violentes traditions normandes étaient si différentes des lois galloises dont l'objectif était la réparation et non la vengeance et la mort. « Je ne pourrai pas fermer l'œil tant que tout ceci ne sera pas fini, John. Où et quand est-ce prévu ?

— Dans trois jours à Bull Mead, dans la lice où l'on fait les joutes. Braose pourra y chevaucher sa monture la veille pour se familiariser avec l'endroit. Le combattre raide et engourdi au sortir d'une cellule, sans qu'il ait pu s'échauffer un peu, serait injuste. »

Nesta secoua la tête, elle ne comprenait décidément rien à la folie des hommes. « Tu prends cela comme un jeu ! Je ne te comprends pas... jouer ainsi avec la mort comme si c'était un simple divertissement. »

Les traits de John s'assombrirent. « Nous ne pouvons pas nous permettre de voir ces deux-là repartir de nouveau libres. Je ne fais toujours pas confiance au shérif et il existe maintes autres façons d'échapper à la justice, surtout quand il peut s'écouler des mois avant que les justiciers ne viennent. »

Elle bouda un moment, les yeux rivés aux flammes, se figurant la vie sans son homme. « Revelle a-t-il donné son accord ?

— Il n'est pas en position de faire autrement. Il s'est élevé contre l'idée seulement pour la forme.

— Qu'a-t-il dit ?

— Il m'a signalé que la procédure stipulait théoriquement qu'un duel judiciaire ne pouvait être accepté qu'après cinq citations devant la cour. Ce qui prendrait des semaines. Je lui ai donc dit que j'usais des pouvoirs qui m'étaient conférés par mon titre de coroner pour abroger cette règle.

— Tu as le droit ?

— Non, pour autant que je sache ! Mais personne ici ne pourrait le contester sans une décision des juges de la Couronne – décision que nous n'aurons pas à temps. Le shérif n'a de toute façon pas compétence pour rejeter une plainte – et j'ai rapporté une lettre du prêtre de Robert Fitzhamon confirmant que le garçon, souhaitant poursuivre Braose, m'a du fait de son jeune âge nommé son champion. »

La tavernière s'accrocha davantage à son bras. « J'ai peur, John, j'ai vraiment peur pour toi ! Et Bran ? Ce vieux destrier a vieilli, comme toi. Peut-on compter sur lui ?

— Tant qu'il peut galoper en ligne droite, je ne lui en demande pas plus. »

Rien ne parvenant à calmer son appréhension, Nesta se résigna à passer les trois prochains jours inquiète pour ce grand bonhomme aux cheveux noirs et aux joues sombres qu'elle aimait et qu'elle avait peur de perdre, à présent, à cause d'un rituel masculin idiot.

La joute n'empêcha pas John de Wolfe de dormir. Il croyait en sa victoire, mais n'y voyait en rien une raison de se réjouir car le perdant mourrait, aucun doute là-dessus. Les années passées à combattre Irlandais, Français, Maures et même Anglais lui avaient enseigné la fatalité, car plusieurs fois déjà il avait frôlé la mort.

S'il se prépara raisonnablement à l'événement, il ne le laissa pas interférer avec ses responsabilités quotidiennes. De fait, un jour entier fut consacré à l'enquête et à l'instruction du meurtre d'un homme lors d'un brigandage sur le grand chemin près du village d'Okehampton. Il prit cependant le temps d'aller rendre visite à Bran à l'écurie, pour examiner ses sabots et le purger de ses vers à l'aide d'un extrait de fougère mâle. Gwyn affûta toutes leurs armes et vérifia la bonne tenue des mailles du haubert de John. Puis ils descendirent ensemble jusqu'au terrain de Magdalen Street pour assister à l'entraînement de Braose et son écuyer. Fidèle à sa parole, le coroner avait obtenu de Ralph Morin l'autorisation de libérer les deux hommes quelques heures sous la surveillance de gardes, afin de leur permettre de s'entraîner sur leurs propres montures que l'on avait mises en pension près du *Sarrasin*. Il avait même fait livrer à leurs geôles un savoureux repas au lieu de la bouillie infâme de Stigand, pour ne pas se voir reprocher d'avoir affronté un adversaire sous-alimenté et rendu dolent par la prison.

Une heure durant, Gwyn et lui restèrent assis sur les deux rangées de bancs de Bull Mead réservées aux bourgeois de la ville lors des tournois. Ils regardèrent Braose charger la quintaine, un mannequin mobile accroché au sommet d'un poteau et équipé à un bras d'un bouclier et à l'autre d'un lourd sac de sable suspendu au bout d'une corde. L'assaillant devait toucher le bouclier de sa lance tout en évitant le violent balancement du sac pour ne pas être désarçonné.

Jocelin et Fulford s'entraînèrent ensuite ensemble, chargeant face à face de part et d'autre du clayonnage, longue barrière de branches de noisetiers plantée entre deux bandes de terre poussiéreuse battue par les sabots des lourds destriers. À l'entraînement, ils portaient leurs boucliers plats, mais comme ils n'utilisaient que des perches de bois à bout rond et non de vraies lances, ils n'étaient vêtus que d'armures en cuir. Au terme d'une douzaine de passages, Braose avait désarçonné deux fois son écuyer qui s'en tira contusionné mais entier.

Les deux hommes avaient une poignée de spectateurs, dont les gardes de Morin, quelques vieillards rêvant à des batailles depuis longtemps révolues, des femmes et leurs galopins courant partout avec leurs épées en bois, ainsi que plusieurs handicapés et mendiants qui n'avaient rien de mieux à faire. Tous, dans l'ensemble, demeuraient cois ; ils savaient que les deux combattants étaient des criminels qui dans un jour ou deux combattraient pour avoir la vie sauve. Cependant, chaque fois que Fulford tombait de sa jument, un faible murmure parcourait l'assistance, inquiète à l'idée qu'il se fût brisé le cou ou le dos.

Après la quintaine et la joute, les deux bandits s'entraînèrent une demi-heure à l'épée, jusqu'à ce que les hommes d'armes ne vinssent les interrompre pour les ramener sans ménagement à Rougemont, longeant les rangées de vêtements de serge qui séchaient sur des cordes dans les moindres recoins autour des remparts de la ville.

« Ce Braose est doué avec une lance. Il va falloir vous méfier, reconnut Gwyn à contrecœur tandis qu'ils retournaient en ville par la porte sud. Et il manie bien la grande l'épée. Il m'a traversé l'esprit qu'ils auraient pu essayer de fuir, avec leurs chevaux sous eux.

— Ralph y avait songé – c'est pourquoi il avait envoyé vingt soldats pour les surveiller, dont la moitié était à cheval. Ils auraient eu bien du mal à franchir l'obstacle avec pour seule arme un long manche à balai et des épées volontairement émoussées.

— Dommage qu'ils n'aient pas essayé, cela vous aurait peut-être évité bien des risques », grommela Gwyn qui doutait secrètement des chances du coroner dans le combat.

Wolfe lui asséna une joyeuse bourrade dans le dos. « Allez Gwyn ! Maintes fois nous avons battu des hommes autrement plus admirables que ces deux-là. Je ne suis pas encore prêt à raccrocher les armes pour m'asseoir au coin du feu. »

Le jour du duel se leva sous une pluie fine, mais en milieu de matinée les gouttes avaient cessé, laissant flotter dans l'air une humidité déplaisante. « Au moins, le sol sera souple si l'un de nous deux tombe, remarqua John. La boue gelée peut tuer aussi bien qu'une lance dans les tripes. »

Gwyn et lui avaient pris place dans l'une des salles d'armes, nom pompeux que l'on donnait à deux cabanes de chaume branlantes construites à chaque extrémité des deux rangées de bancs. Thomas de Peyne traînait nerveusement dans les environs, se signant fréquemment et récitant des prières pour le salut de son maître – ou de son âme si celui-ci sortait vainqueur. Sous bonne garde dans l'autre abri, Jocelin de Braose et Giles Fulford se livraient aux mêmes gestes que John et son officier. Le connétable de Rougemont avait envoyé une charrette à bras tirée par deux soldats pour le transport des armures et des armes. Wolfe, bien sûr, se servait de la sienne, éprouvée dans de nombreuses batailles, et on avait prêté à Braose un équipement de l'armurerie du château, le sien se trouvant à Berry Pomeroy.

Pendant que Gwyn aidait son maître à enfiler sa tenue de combat, la clameur de la foule au-dehors ne cessait de croître. Tout le monde à Exeter et dans les villages environnants était au courant du tournoi et nombre de ceux qui avaient pu échapper à leur labeur se trouvaient là. Certains marchands et artisans avaient même accordé quelques heures à leurs ouvriers.

« On dirait que la moitié de l'Angleterre s'est déplacée pour vous voir tuer Braose », remarqua le Cornique en aidant Wolfe à enfiler son gobisson, vêtement matelassé que l'on mettait sous le haubert pour amortir les coups de lance.

« Peu leur importe qui sortira vainqueur, je pense, tant que le sang coule à flots pour faire un bon spectacle », répliqua le coroner, cynique.

Passer le lourd haubert était plus difficile. Celui de John, heureusement, était un modèle ancien à manches trois quarts et donc sans gants, ce qui allégeait un peu le poids des centaines de chaînons cousus à la toile. Aucun des deux n'évoqua l'éventualité d'une défaite, mais ils s'étaient livrés à cette routine si souvent par le passé que chacun pouvait lire dans les pensées de l'autre. Wolfe se demandait ce qu'il adviendrait de Matilda s'il était tué. Il ne l'avait plus vue depuis qu'elle était venue l'implorer après son coup d'éclat de Shire Hall. S'il survivait, sans doute finirait-elle par rentrer. Allait elle venir assister à ce combat ? Combat qui, il fallait bien l'admettre, ressemblait de plus en plus à une bravade insensée.

« On ne va quand même pas porter l'armure complète ? » demanda Gwyn, les yeux sur les grèves métalliques destinées à protéger les tibias que Ralph Morin avaient incluses dans la charrette.

John fit signe que non. « Nous n'allons pas livrer bataille une journée entière, Gwyn. Un quart d'heure devrait largement suffire pour que l'un de nous deux soit vaincu, je ne pense donc pas que les jambes seront une cible.

— Ce maudit Fulford les a pourtant visées la dernière fois – mais aujourd'hui, c'est vrai qu'il n'a pas de pelle ! » grommela Gwyn qui voulait faire de l'humour.

Par-dessus le haubert, il fixa au torse de Wolfe un plastron en plaques destiné à protéger le cœur, dont il noua dans le dos les lacets en cuir pour le maintenir en place. Wolfe mit ensuite sa coiffe, un bonnet de laine épaisse qu'il attacha sous le menton, avant de poser par-dessus un heaume arrondi, modèle qui avait remplacé depuis quelques années les casques coniques. Le protège-nez y était plus large et le casque se prolongeait par un camail en maille annulaire qui, tel un rideau, couvrait l'intégralité du cou et remontait à l'avant jusqu'en haut du menton.

« Et ça ? demanda le Cornique, en brandissant un vêtement en lin passablement froissé et jauni par les années.

— Oui, pourquoi pas ? répondit John. Que je gagne ou que je perde, autant qu'ils me voient dans le surcot de mon père. »

Il passa par la tête le vêtement sans manches qui lui descendait jusqu'au niveau des genoux. Sur l'avant, lui couvrant la poitrine, était brodée une tête de loup en fil noir.

Gwyn recula d'un pas pour juger du résultat, faisant le tour de son maître afin de s'assurer que tout était parfait. Des bottes en cuir équipées d'éperons sur des chausses nouées au niveau du genou complétaient la tenue, sans oublier les épais gantelets en plaques de métal rivetées sur le dos de la main et au niveau des doigts. Satisfait, Gwyn lui passa à l'épaule droite la lourde bande de cuir qui rejoignait à la taille, pour tenir l'épée, une grosse ceinture qu'il boucla sur le surcot. « On pourrait se raser avec ça maintenant, commenta-t-il fièrement en désignant l'épée qui avait elle aussi appartenu au père de John, Simon de Wolfe.

— Et la lance ? » grogna le coroner, soupesant une hampe en bois de hêtre de près de deux mètres cinquante de long.

Il en examina minutieusement le manche protégé par une garde, puis l'extrémité en fer qui se terminait par une minuscule traverse destinée à empêcher que l'arme s'enfonce trop profondément dans la chair, afin d'en faciliter le retrait.

« J'ai bien affûté le bout, commenta Gwyn. Avec ça, on pourrait même empaler une mouche à viande. »

Tout semblait en ordre. Sans plus attendre, Wolfe sortit de la cabane. Gabriel, inquiet, l'attendait avec Bran qui savourait avec insouciance du grain pilé dans un seau. De là où ils se trouvaient, la foule massée sur deux rangs à bonne distance de la joute longue de près de cent toises ne pouvait pas les voir. Quand Gwyn vint faire la courte échelle à Wolfe pour l'aider à se mettre en selle, les conversations animées et les cris se changèrent en un seul bourdonnement fébrile. Hormis un masque de cuir de pure forme qui le protégeait des oreilles jusqu'au museau et auquel on avait riveté quelques plaques en fer au niveau du front, le destrier ne portait pas d'armure. Gwyn tendit à son maître la lance puis le bouclier en bois de tilleul renforcé d'une double épaisseur de cuir bouilli sur lequel on avait aussi grossièrement peint une tête de loup.

« Vous êtes prêt, Messire John ? demanda anxieusement Gabriel.

Wolfe lui ayant fait signe que oui, il disparut au coin de la cabane pour rejoindre la première rangée de bancs en face de la ligne qui, sur la clôture, signalait le milieu de la lice. La deuxième rangée de planches était réservée aux notables. Richard de Revelle et Ralph Morin se trouvaient au centre, en compagnie des deux magistrats portuaires, dont Hugh de Regala, la mine grise à l'idée de voir son ami et associé risquer ainsi sa vie. Plus surprenante, puisque l'Église ne voyait généralement pas les joutes et les tournois d'un bon œil, était la présence de plusieurs chanoines et quelques prêtres qui, blottis dans leurs capes noires, s'efforçaient de passer inaperçus. Parmi eux se trouvaient l'archidiacre et le trésorier, ainsi que Jordan de Brent. Quant aux autres bancs de la rangée, ils étaient occupés par des bourgeois et maîtres de guildes, accompagnés de quelques femmes qui attendaient avec impatience le début du combat, visiblement peu horrifiées à l'idée de voir bientôt des plaies mortelles.

En longeant les bancs au pas, Wolfe parcourut la foule du regard, fronçant un instant les sourcils à la vue de Matilda qui, le visage de marbre, se trouvait assise à côté de son frère. Elle était vêtue de noir, ce qui n'était pas dans ses habitudes, si bien que Wolfe se demanda s'il fallait y voir une intention de se préparer à un veuvage imminent ou bien à une entrée au couvent – à moins que ce ne fût les deux. Elle tourna lentement la tête vers lui et leurs regards se croisèrent. Ses yeux restèrent sans expression, mais elle leva lentement le bras pour le saluer, sans qu'il puisse toutefois saisir le sens de ce geste – cherchait-elle à lui souhaiter bonne chance ou à lui dire adieu ?

De part et d'autre des bancs, au-delà des deux salles d'armes, des spectateurs s'étaient alignés sur deux rangs jusqu'aux extrémités du clayonnage central. À l'autre bout du terrain, mendiants, colporteurs et devins venus profiter de l'occasion pour arrondir leurs affaires harcelaient la foule.

Pendant les quelques instants qu'il lui restait avant que le shérif n'ouvrît la séance, Wolfe scruta anxieusement l'assistance à la recherche de Nesta, sans parvenir à la distinguer des autres femmes qui se trouvaient là.

Quand s'éleva la voix de Revelle, Wolfe tourna le regard dans sa direction. « Je vous en conjure une dernière fois », cria le shérif. Jocelin de Braose était apparu de l'autre côté et s'avançait vers le milieu de la lice, vêtu presque entièrement comme lui, chevauchant un grand hongre noir bien plus jeune que Bran. Il ne portait pas de surcot sur sa cotte de maille, mais Morin s'était assuré qu'armure et armes seraient identiques, pour éviter toute accusation de favoritisme.

Le shérif s'était levé pour prononcer son discours. Malgré l'humiliation qu'il venait de subir, Revelle retrouvait déjà sa vanité et sa vieille arrogance. John décida donc de le remettre à sa place sans tarder, au moins pour lui signifier que ses pouvoirs avaient leurs limites.

« De quoi donc parlez-vous shérif ? s'emporta-t-il. Cet homme est accusé du meurtre du père de Robert Fitzhamon, et ce n'est pas son seul péché. Alors soit vous laissez se poursuivre ce légitime duel judiciaire, soit il retourne dans sa geôle pour y attendre le passage des justiciers du roi, qui sans doute ne manqueront pas de le condamner à la potence et de laisser pourrir son corps au bout de la corde. »

Braose lui jeta un regard mauvais avant de se tourner à nouveau vers Revelle. « Malgré toute l'inimitié que m'inspire Wolfe, je partage son avis, cria-t-il d'une voix vibrante. Il n'y a pas d'alternative. Shérif, j'ai votre parole que si je sors vainqueur de ce duel, moi et mon écuyer serons libres. Qu'est-ce qu'un homme peut souhaiter d'autre lorsqu'il a été injustement accusé d'un crime qu'il n'a pas commis ? »

Richard leva les mains au ciel en signe de résignation. « Alors, qu'il en soit ainsi. Vous pouvez poursuivre cette entreprise insensée. »

Soulagé en réalité que les choses en fussent arrivées là, Revelle espérait ardemment une victoire de son beau-frère, non par tendresse mais parce qu'il sentait que Matilda ferait de sa vie un enfer plusieurs années durant s'il permettait que son mari fût tué – sans compter qu'il ne serait pas inutile d'être débarrassé de Braose qui en savait trop sur ses liens avec les rebelles pour ne pas représenter un danger.

« Il ne s'agit pas aujourd'hui d'un tournoi ni d'une joute sportive mais d'un duel judiciaire, conclut-il, soulagé. Vous pouvez donc vous battre à votre guise jusqu'à ce que mort s'ensuive. »

Quand il se laissa retomber lourdement sur le banc, John d'Alençon ne put résister à l'envie de se lever à son tour pour bénir solennellement le duel de la main, priant à mi-voix pour que le bien l'emporte – et que l'âme du vaincu repose en paix. Debout près de la salle d'armes, Thomas, au bord des larmes, se signa nerveusement plusieurs fois.

Ralph Morin, le militaire le plus haut gradé de l'assistance, se leva à son tour et pointa le doigt vers Braose. « Vous partirez de l'extrémité est, et votre adversaire de l'ouest. Vous pourrez vous lancer lorsque je lâcherai ce mouchoir blanc, gronda-t-il. Il n'y a pas de limites quant aux nombres de bottes. Et si vous êtes désarçonné, vous serez autorisé à vous remettre en selle, si toutefois vous le pouvez. Hormis cela, nulle règle. Vous vous battrez jusqu'à ce que l'un des deux succombe. »

Il resta debout et regarda les deux cavaliers gagner au petit trot leur ligne de départ aux deux extrémités du clayonnage, leurs écuyers courant derrière eux, puis tourner bride pour se faire face.

La foule se tut. Il arrivait régulièrement que des participants soient mortellement blessés pendant les tournois et les joutes, mais les duels judiciaires, où la mort était de rigueur, se faisaient de plus en plus rares. Voir le coroner du comté, un ancien croisé que tous connaissaient et respectaient, affronter un meurtrier présumé en tant que champion d'un garçon de treize ans était un événement unique. Jusqu'au signal du connétable, la ville retint son souffle. Tous attendaient de voir le mouchoir tomber. Même les nuages semblaient s'être arrêtés.

Il y eut un frémissement de blanc puis le grondement des sabots. Les deux cavaliers se lancèrent au galop, de part et d'autre de la lice, baissant peu à peu leurs lances. Le coursier de Braose était plus rapide que le vieux Bran, si bien qu'ils se croisèrent sur la gauche des tribunes.

Simultanément, les deux lances heurtèrent les boucliers. Le cuir ploya avec un claquement déchirant. Au dernier moment, Braose voulut relever son fer pour atteindre Wolfe au visage mais, brandissant son bouclier, le coroner dévia le coup tandis que sa lance à lui télescopait le bouclier de Braose à hauteur de poitrine. La puissance de Bran et le fer de lance que Wolfe fit pivoter de toute la force de son bras au moment de l'impact déstabilisèrent brusquement le mercenaire et manquèrent de le faire basculer par-dessus le haut troussequin à l'arrière de la selle. En une fraction de seconde, ils s'étaient croisés et pouvaient maintenant ralentir pour gagner le bout du terrain.

Dans la foule, on se détendit un peu, certains hurlaient des encouragements et d'autres sifflaient, car même si tous savaient que dans ce combat-là, tout était permis, pour les habitués des joutes, viser la tête demeurait un coup bas.

À peine Wolfe eut-il atteint l'extrémité du clayonnage qu'il fit décrire à Bran un large cercle pour ne pas perdre de vitesse, avant de repartir au galop. Braose, qui s'était presque arrêté pour tourner bride, ne s'était pas encore lancé quand il vit le coroner foncer sur lui. Pris au dépourvu, il eut besoin de quelques secondes de plus pour lancer sa monture. Wolfe arriva sur lui avant qu'il ait pu prendre de la vitesse et heurta de nouveau son bouclier, qui s'écrasa contre son torse. Désarçonné, il s'étala de tout son long dans la boue. Une clameur parcourut la foule et tous ceux qui se trouvaient sur les bancs bondirent sur leurs pieds pour mieux voir.

Bran parcourut dix autres toises avant que Wolfe ne parvînt à freiner sa charpente massive lancée à pleine vitesse pour le remettre dans l'axe de la lice. Entre-temps, Braose s'était relevé, miraculeusement indemne semblait-il. Le cheval, bien entraîné, avait fait demi-tour après la chute pour revenir au petit galop à hauteur de son cavalier. Jocelin mit le pied à l'étrier et se hissa sur la selle – ce qui, avec quarante livres de cotte de mailles sur le dos, n'était pas une mince affaire et en disait long sur la condition physique de son jeune corps. La foule rugit devant l'exploit, applaudissant avec autant de ferveur sa récupération rapide qu'elle avait condamné son coup bas quelques instants plus tôt.

Giles Fulford s'était précipité vers son maître pour lui remettre la lance dans la main droite. Entre-temps, Wolfe était remonté à sa hauteur de l'autre côté de la lice, mais il ne tentait rien, attendant que son adversaire fût à nouveau en selle. Soudain pourtant, Braose transperça le clayonnage de sa lance et frappa le coroner dans les côtes. Coup futile puisque sans la force d'un cheval au galop, la lance n'avait aucune chance de déchirer la cotte de mailles pour infliger davantage qu'un bleu. La foule, y voyant un geste déloyal, se mit à huer sans tenir compte, une fois encore, du fait que tout était permis dans ce duel à mort.

Inébranlé, le combattant au blason à tête de loup retourna au petit galop jusqu'au bout de la lice, tourna bride promptement et accéléra vers

Jocelin de Braose. Le jeune homme, cette fois, avait compris la leçon et fit de même. Si bien qu'ils se croisèrent tous les deux au maximum de leur vitesse. Cependant, au lieu de lever sa lance vers le visage de Wolfe comme la première fois, à la dernière minute Braose l'inclina et enfonça délibérément son fer dans le cou du vieil étalon à l'instant même où la lance de John heurtait son bouclier.

Hennissant à la mort quand la pointe métallique lui transperça les vertèbres, Bran s'affaissa sur ses pattes avant, faisant basculer son cavalier au-dessus de sa tête. Wolfe, moins chanceux que son adversaire quelques instants plus tôt, s'écrasa à terre, son cheval sur lui. Comme au ralenti, il entendit se briser sous l'impact les os de son tibia gauche. Son crâne et son torse avaient été épargnés et la douleur, d'abord atroce, se calma un peu. C'était surtout pour son cheval, son très cher Bran, qu'il souffrait.

« Mon cheval ! Bâtard sans nom, Braose, fumier ! » s'entendit-il hurler vers le ciel.

La foule semblait d'accord, de tous côtés on s'indignait bruyamment. Le duel se jouait entre deux hommes, pas entre des chevaux. Les spectateurs se mirent à hurler leur haine. Certains, en colère, s'élancèrent en direction de la lice, mais les hommes d'armes de Morin vinrent rapidement s'interposer et les faire reculer.

Secoué de spasmes, la lance toujours enfoncée dans la colonne vertébrale, le grand étalon donnait des coups de sabots incontrôlés, ses yeux roulaient dans leurs orbites, ne laissant plus voir que le blanc. Il vivait ses derniers instants. Voyant Braose franchir le clayonnage épée au poing, Wolfe comprit soudain que la mort de son cheval serait un prélude à la sienne. Partout, il y avait des cris, venus pour la plupart de la foule, mais aussi de Gwyn et de Giles Fulford qui, aux deux extrémités de la lice, se précipitaient vers eux. Wolfe tenta de se relever, mais sa jambe se tordit de manière absurde sous son poids. Il ne put que se mettre à genoux et parvint à dégainer son épée. Mais Braose était déjà sur lui. Il exultait.

« Se battre à mort, as-tu dit, Coroner ? Voilà ton vœu réalisé ! Mais celui qui va mourir, c'est toi ! »

Wolfe, toujours à genoux, brandissant vainement son arme vers son assaillant aux cheveux roux, comprit quelle fin ignominieuse l'attendait, lui qui avait survécu à tant de guerres durant tant d'années. Puis, dans la fraction de seconde qui précéda le coup, il se sentit soudain en paix, son seul regret étant qu'il ne pourrait jamais plus s'étendre au côté de Nesta ou de Hilda. Alors que le pauvre Bran gargouillait et tressautait toujours près de lui, il se redressa faiblement et parvint à esquiver le premier coup d'épée de Braose.

Le sourire méprisant qu'arborait le jeune homme était pire que la peur d'une mort annoncée. « On se bat toujours, Coroner ? Alors tiens, essaie donc d'éviter celui-là ! » lança Braose avant de reculer d'un pas, sa lame brandie au-dessus de sa tête pour infliger à Wolfe un coup propre à le trancher en deux.

D'instinct, John ferma les yeux, puis il sentit quelque chose s'affaisser lourdement sur son épaule. Il en fut déconcerté. Était-il en train d'agoniser ? Il ouvrit alors les yeux pour trouver Braose embroché sur son épée dont la lame s'était glissée dans la fente du haubert entre ses cuisses. L'homme avait basculé vers l'avant, son visage reposait à présent contre l'épaule de John, maculé du sang qui s'écoulait par la bouche et les narines. Le corps tressautait un peu, mais ça n'était rien comparé aux convulsions qui agitaient toujours l'énorme animal à côté d'eux.

Stupéfait, Wolfe repoussa alors le corps. Une douleur vive lui parcourut la jambe mais il parvint à faire rouler Braose de côté. L'épée de John était toujours entre les jambes de son adversaire, le pommeau au niveau des genoux. La lame avait pénétré de plus d'une demi-coudée dans l'entrejambe de Jocelin, épargnant de peu ses organes génitaux, pour s'arrêter quelque part dans ses viscères.

Dans l'esprit troublé de Wolfe, la scène avait semblé durer des heures, mais cela avait tout aussi bien pu être des secondes. La vue d'un enragé aux cheveux blonds qui sautait la barrière et fonçait vers lui une dague à la main ne fit qu'ajouter à sa confusion. Soudain indifférent au sort qui l'attendait, John se résigna de nouveau à l'imminence d'une mort violente et retomba à genoux, l'ensemble de ses sens accaparés par la douleur à sa jambe.

Giles Fulford n'arriva cependant jamais jusqu'à lui. Une tornade hirsute accourue du bout de la lice vint s'interposer à temps. Le coup de dague que tenta Fulford ne fit que trancher sans dommages l'épaisse cuirasse en cuir de Gwyn. Il n'eut pas de deuxième occasion, le Cornique s'abattit sur lui de tout son poids avec autant de force qu'un cheval emballé, le fit violemment basculer vers l'avant et s'affala sur son dos. Wolfe, qui n'avait toujours pas recouvré tous ses esprits, vit les immenses paluches de Gwyn tirer la tête blonde vers l'arrière jusqu'à ce que le cou se brise avec un craquement sec.

« C'est ce que tu as fait à Fitzhamon, fumier ! » marmonna Gwyn en laissant retomber la tête du mort dans la boue.

Tout autour, c'était le chaos. Ceux qui se trouvaient au sud avaient tout vu de la scène et se précipitaient dans leur direction, sans que les quelques soldats chargés de rétablir l'ordre pussent les en empêcher. Au nord, les clayonnages avaient obstrué la vue, de sorte que tous les spectateurs s'étaient massés le long de la lice, curieux de voir le désordre qui régnait de l'autre côté. Sans en faire cas, Gwyn se tourna vers Wolfe et le prit dans ses bras.

« J'ai une jambe en moins, mais ceci mis à part, tout va bien », murmura le coroner en s'efforçant d'oublier la douleur qui lui transperçait la cuisse.

Avec tendresse, son lieutenant l'aida à s'asseoir, jambes étendues devant lui, ce qui le soulagea instantanément. « Je ne peux pas vous porter, Coroner. Même pour moi, vous êtes trop lourd, lui dit-il. On va demander à Gabriel d'aller chercher une charrette pour vous ramener chez vous. »

John regarda les deux cadavres à côté de lui, et son cheval mort, tristement immobile à présent. Il tendit le bras et posa doucement les doigts sur le sabot poilu de l'animal. « Mordieu, que s'est-il donc passé après que ce bâtard a planté sa lance dans mon pauvre Bran ? Il était pourtant sur le point de m'embrocher au sol ! »

Une voix s'éleva du cercle de gens qui s'était formé autour de lui. « C'est votre cheval qui vous a sauvé, John, lui annonça Ralph Morin de sa voix profonde. Juste au moment où cet ignoble personnage allait abattre son arme, l'animal a été pris d'un spasme d'une formidable puissance qui, d'un coup de sabot, a fait basculer Braose sur votre épée.

— J'y vois sans conteste un geste du Tout-Puissant, ajouta John d'Alençon en se baissant avec sollicitude pour examiner la fracture. Qui d'autre aurait pu faire que les choses s'ordonnent de telle sorte qu'un cheval mourant se vengeât ainsi de son assassin ? »

Wolfe se mit à grogner, il redevenait rapidement lui-même.

« Je ne suis qu'un vieil imbécile de m'être ainsi proposé si imprudemment de jouer les champions, marmonna-t-il tristement. Gwyn, si l'idée me vient à nouveau, ligote-moi, d'accord ? »

Tandis qu'ils attendaient le retour de Gabriel avec la charrette, Wolfe remarqua une silhouette qui l'observait en silence. C'était Matilda, déjà pareille à une nonne avec sa cape noire et son couvre-chef blanc. « Souffrez-vous, mon mari ? » demanda-t-elle simplement, toujours sans la moindre expression sur son visage.

Il lui murmura de ne pas s'en faire et soutint son regard, mal à l'aise.

« Je rentrerai vous soigner jusqu'à ce que cette jambe se ressoude, dit-elle d'un ton maussade. Cette fille, Mary, ne saurait pas comment s'occuper d'un infirme. »

Puis, tournant les talons, elle partit vers la porte de la ville en compagnie de son frère, qui jubilait intérieurement devant la tournure qu'avaient prise les événements.

Gwyn et Thomas restèrent près du coroner pendant que les soldats dispersaient la foule. « Si vous êtes cloué au lit pendant un mois, je vous apporterai tous les jours un peu de bonne bière de *La Brousse* », lui promit Gwyn.

Et pour ne pas être en reste, son petit clerc, encore au bord des larmes à l'idée que son maître aurait pu être tué, se proposa de venir lui apprendre la lecture et l'écriture pour l'aider à passer le temps.

La charrette à bras arriva, poussée par Gabriel et deux hommes d'armes. Gwyn et le sergent soulevèrent Wolfe avec précaution et l'allongèrent sur deux gambesons pour plus de confort. John, plus haut à présent, vit Richard de Revelle et Matilda disparaître au loin, et il se demanda quelle surprise la vie de couple allait encore pouvoir lui offrir.

À l'autre bout du champ, deux femmes s'avançaient dans sa direction, main dans la main. L'une avait une flamboyante chevelure rousse, l'autre était blonde.

Remerciements

L'auteur tient à remercier les personnes suivantes pour leurs conseils historiques, mais prend toute la responsabilité des éventuelles méprises liées à la complexité de la vie et des lois du xiie siècle. Mme Angela Doughty, archiviste de la cathédrale d'Exeter ; l'équipe du bureau des archives du Devon et de la bibliothèque centrale d'Exeter ; M. Stuart Blaylock, d'Exeter Archéologie ; le révérend chanoine Mawson, de la cathédrale d'Exeter ; M. Thomas Watkin, de la faculté de droit de Cardiff, Université du Pays de Galles ; le professeur Nicholas Orme, de l'Université d'Exeter.

Merci également à Hazel Orme, Gillian Holmes et Clare Ledingham, chez Simon & Schuster pour leur soutien et leurs encouragements constants.

Table

9689

Composition
PCA à Rezé

Achevé d'imprimer en Espagne
par BLACKPRINT CPI IBERICA
le 21 août 2011.
Dépôt légal août 2011. EAN 9782290036730

ÉDITIONS J'AI LU
87, quai Panhard-et-Levassor, 75013 Paris

Diffusion France et étranger : Flammarion